欹枕犹眠

第一诡异规则书

The Weirdest Rule Book

撕枕扰眠 著

第一诡异规则书

北京联合出版公司
Beijing United Publishing Co.,Ltd.

The Weirdest Rule Book

第一诡异规则书

宏强公司怪谈——

据说，城北郊区有一栋废弃的写字楼，曾属于一家叫宏强的咨询公司。有一次楼内发生火灾，整栋大楼损失惨重，尤其是位于顶层的九楼，好多人都没能跑出来……

蝴蝶大厦怪谈——

据说，住进「沉浸式」惊悚主题酒店，会遇见很多稀奇古怪的事物。比如长着猫脸的长发女人、从电视机里伸出来的黑色手臂、

THE WEIRDEST RULE BOOK

第一诡异规则书

HONGQIANG COMPANY

宏强公司

魔方大厦

A BUILDING OF CUBE

蝴蝶大厦
A BUILDING OF

胡枼大夏
胡枼大夏
F BUTTERFLY
F BUTTERFLY
F BUTTERFLY
F BUTTERFLY
F BUTTERFLY

目录

怪谈是什么？一种扭曲的空间，一种错乱的场景，同时也是怪物的巢穴。它可以迷惑人的心智，让人被困其中，越陷越深。

怪谈出现的时间不长，知道它的人还很少，接触过的人更少。

目前我们发现的怪谈都存在着天然的秩序，这种秩序很强大，支持怪谈运作的同时也在制约着它，让误入者有了活命的机会。

这些秩序有时会在怪谈里以书面形式呈现，有时则需要误入者自己去试错、分析和总结……

记录这些秩序的文字就是所谓的“规则”。

但是，规则并非完全可信。尤其是最近，虚假的规则越来越多了。

如果把怪谈比作世界病了的体现，那么，这病无疑在加剧……

如果有一天，指引生路的规则变得再也无法信任了，那他们——那些无缘无故被怪谈吞噬、困住的人，到底该怎么办呢？

——许大壮的笔记

第 1 章

欢迎来到宏强公司

◆ **周日，晚上九点。**

按理说应该是休息的时间，小鹿传媒的办公室依旧灯火通明。利落的键盘声和刻意压低的交谈声交织在一起，间或响起两声嗦粉的吸溜声，反倒给人一种安静的感觉。

许冥坐在自己的工位上，正在捣鼓一张该死的海报。旁边的手机屏幕不时亮起，一条条信息接二连三往外跳。

脑壳有包：许铭！别装死，看到回我一下！

脑壳有包：都是一家人，能不能让我省点心！

脑壳有包：小长假你也别回来了，我会带玲玲去度假散心。你自己好好想想吧。

脑壳有包：她又不是故意的，你心眼怎么那么小？我记得你以前明明不是这样的。

脑壳有包：都说了玲玲身体不好，你跟她计较什么？

“……”

消息跳完，手机又开始振动，来电显示依旧是那个“脑壳有包”。许冥目不斜视地盯着屏幕，随手挂断电话。过了一会儿，对方又打了过来。

“呃……冥冥老师？”恰好一个同事过来找许冥，见状顿了一下，“有人给你打电话。”

“哦，不用在意。傻 × 而已。”许冥冷静地说着，顺手拿起手机，挂断、拉黑一气呵成，然后看向旁边的人，“找我有事？”

“嗯。”同事不好意思地笑了一下，“就是新节目的那组宣传海报，文案又改了一版，刚刚发到你邮箱里了。麻烦你把海报也调整一下……”

“啊，又改啊？”许冥一愣，打开邮箱，“改动大吗？”

“不大不大，就是改了部分宣传词。”同事赶紧解释道，“毕竟节目叫《怪谈终结者》嘛，策划就觉得用词还是得更极致点、更阴暗点……”

这改动有什么意义吗？

依旧很土啊。

许冥真心觉得困惑，想了想还是什么都没说。和对方确认了改动，便打开PS[1]，老老实实地改了起来。

对于《怪谈终结者》这个节目，许冥其实不是特别了解。她只大概知道，这是他们这家主营自媒体的小公司正在筹备的新节目，主打内容就是怪谈探索。目前已经试录了两期，内容无非就是跑去那种有可怕传说的建筑物里到处走走，拍拍视频……

形式挺老土的，但就是有人爱看。比起单纯的恐怖片，这种偏真实的怪谈探险似乎更能挑动某些人追求刺激的神经，尤其是现在的不少怪谈都很接地气，总给人一种近在咫尺的感觉，就更刺激了。

不过许冥不太看好这个新系列。

在她看来，比起装模作样的八卦黄符、十字架，那些参与拍摄的人员更该带的是安全帽和安全绳。毕竟他们去的地方可有不少是准备拆迁的危楼……大晚上往那种地方跑，万一出了什么事，打车都不一定打得到。

思及此处，许冥下意识往不远处空着的几个工位看了一眼，很快便收回了目光。视线落在面前正在修改的海报上，又不由得一顿，在心里“哎呀”了一声。

尴尬，打错了。许是刚才开小差的缘故，原本的“怪谈终结者”竟被她改成了“怪谈拆迁办”。

不过，这名字还挺有意思的。

至少在她看来，比那什么“怪谈终结者”有趣，也更适合当前的排版形式。

许冥想了想，索性便将这张海报单独保存了一份。正打算继续改，却听见身后响起了脚步声，一张熟悉的脸突然出现在旁边。

“冥冥老师……”邱雨菲挎着小包，一脸恳求地看着许冥，“我想问一下，你还要过多久才走啊？”

“有一点东西要改，快了。”许冥奇怪地看她一眼，“怎么了？”

“那我等等和你一起走吧。”邱雨菲叹了口气，“公司外面的灯不知道怎么都关了，黑咕隆咚的，我一个人不敢出去。”

---

1 图像处理软件，全称为Adobe Photoshop。——编者注（后文如无特殊说明，均为编者注。）

“既然这样，那不如现在就撤吧。”许冥想了想，果断拿出U盘，将一堆海报文件拷了进去，“我剩的工作不多，带回去做也行。”

“呜呜，谢谢你！明天请你喝奶茶！”邱雨菲大喜过望，连连道谢。许冥摇了摇头，又奇怪地看她一眼：“你怎么一直搓手？很冷吗？”

“别提了，我们那边不知道是不是空调坏了，刚才突然好冷。还是你这边舒服。”邱雨菲道，“冥冥你有什么重的东西吗？我帮你……咦？这是什么？好别致啊。”

她注意到搁在桌角的一个笔记本，有些惊讶地瞪大了眼。

那本子不大，大约两个巴掌大小，薄薄一本。令人惊奇的是它的表面——封面和封底都覆盖着一层褐色的蜡，凹凸不平，在灯光下呈现出奇特的色泽。

“你说这个？”许冥瞟了一眼，“前阵子在网上买东西送的。看着花里胡哨的，其实就是个普通本子。”

甚至连纸质都很一般。如果非要说除了表面还有什么特别的，那就是它的扉页上还有一行自带的名字——

九号规则书

歪歪扭扭的红色字迹并没有多好看，许冥也就没太把它当回事，直接拿来当草稿本了。

随手将那个本子塞进包里，她起身招呼着邱雨菲，一起往外走去。

推开公司的门，外面的走廊上果然一片漆黑。放眼望去，除了她们公司外，整层楼竟再没有一点灯光，唯有墙上的安全出口指示牌绿油油地亮着。

这栋写字楼主要用的是玻璃墙，走动时旁边的墙上会有隐隐约约的倒影，还会跟着一起活动，确实有点刺激。

“对吧！”邱雨菲第一时间抱住了许冥的胳膊，“以前下班再晚，楼里总还有点光的。今天不知道怎么回事，其他公司的人居然全都走了，走廊灯也不开……黑黢黢的，吓死人了。”

“这说明现在还坚持周日加班的只剩我们几个倒霉蛋了。”许冥平静地开口，拖着邱雨菲往前走去，“我不觉得吓人，我只觉得凄凉。”

许冥的公司位于七楼的最北边，恰好是距离电梯最远的位置。二人打开手机上的手电筒往前走，在转过一个拐角后，终于连自家公司的灯光也看不见了，能看清的唯有手电筒照亮的一小片区域。

“你没事吧？”注意到抱着自己的邱雨菲在发抖，许冥忍不住看了她一眼，

“以前也没见你这么㞞啊。”

“还不是因为刚才那几个摄影组的在那儿讲什么宏强公司的事……”邱雨菲抱怨了一句。许冥微微挑眉：“宏强公司？这名儿听着有些耳熟啊。”

“哎呀，就是小张他们今晚去拍的那个。”邱雨菲道，“宏强咨询公司嘛。”

说起来，这也是个流传很久的故事。据说城北郊区有一栋废弃的写字楼，曾属于一家叫宏强的咨询公司，是该公司的分部。结果有一次楼内发生火灾，整个分部损失惨重，尤其是位于顶层的九楼，当时好多人都没能跑出来。

“大火之后，总公司便将分部搬到了其他地方，那栋楼便被废弃了。可附近的居民却仍会在工作日听到里面传来人活动的声音。偶尔还会有人过来，说是要‘参加面试’。”

漆黑的走廊里，邱雨菲一边贴着许冥往前走，一边小声复述着她从其他同事那儿听到的故事。

“于是就有了一种说法，说那些因为火灾而丧生的员工从此永远地留在了楼里。他们不知道公司已经搬迁了，因此仍在原来的办公地点日复一日重复着生前的工作，甚至还会通过各种渠道对外招聘新的员工。而一旦接了他们的offer[1]，加入了他们公司，就再也别想离开了……”

许冥淡淡地说：“哦。”

“哦？！”邱雨菲惊讶地看着她，“你就这反应啊？”

许冥说：“不然呢？”

“至少也稍微惊恐一下吧……你这样显得我很㞞啊。”邱雨菲咕哝着，紧张地扫了眼四周，抱着许冥胳膊的手紧了紧，“而且，你不觉得这故事在这种场合效力翻倍吗？正好都是写字楼。”

“很多时候人都是自己吓自己。‘脑补’才是害怕的根源。”许冥一本正经地说，“我倒是听过一种说法。恐惧是人心的缝隙，这道缝隙越大，就越容易被某些东西趁虚而入。”

邱雨菲“啧”了一声，忍不住捶了一下她。许冥笑了笑，又道：“你要是真的压力太大的话，我有个方法，你可以试试。”

邱雨菲问：“什么方法？”

“稍微转换一下思路，不要用常见的逻辑去解读你获得的信息，同时试着将结论引导至能够触动你其他情绪的方向。”许冥拍了拍她的胳膊，“比如，你说死过人的废弃写字楼工作日总会传来人活动的声音，觉得很吓人，对吧？”

---

1 在职场上指录用通知。

邱雨菲回答："嗯。"

"现在，换个角度想想。"许冥循循善诱，"人家'闹鬼'都只发生在工作日。而我们周日还在加班，晚上九点多了人还没回家，明天早上九点又得过来上班。之后算上调休，一周得连上七天班。"

邱雨菲沉默了。

许冥说："我们这种还在实习的应届生，老板甚至不肯主动交五险一金。要的话还得找仲裁。"

邱雨菲仍旧保持沉默。

许冥接着说："怎么样，还害怕吗？"

"老实说，还是害怕。"又沉默了一会儿，邱雨菲老实地说，"只是现在比起害怕，我更想冲到傻 × 老板的家里给他一个大耳刮子。"

"这就叫进步。"许冥表示欣慰。

邱雨菲说："可这本质不就是一本正经地胡说八道吗？"

"哪有，明明很有道理。"许冥语气笃定，"啊，到了！"

手电筒的光芒朝前一晃，终于照见了位于走廊尽头的电梯门。许冥暗暗松了口气，正要上前，目光忽然一顿。

只见电梯门上多了一张纸。

"奇怪，这是什么……通知吗？"邱雨菲小心翼翼地上前，将脸凑到纸前，轻轻地念出了声：

"'尊敬的各位业主，为保证本楼电梯设备正常运行，减少火灾隐患，物业服务中心正对本楼电梯进行检修，所有电梯暂停运行，将在检修完成后恢复使用，具体时间以我方书面通知为准。如要下楼，请使用逃生通道。

"'由此给您带来不便，敬请谅解。如违规使用电梯，一切责任事故将由使用单位自行承担……'"

她难以置信地"啊"了一声，试着伸手按了按电梯按键，一脸懊丧地说："不是吧，真没反应了。"

她转头看向许冥："好烦。这样我们就只能走楼梯下去了。"

许冥却没立刻应声，依旧盯着那张纸，直到邱雨菲又问了第二声，才轻轻地点了点头："或许……是吧。"

什么叫"或许"？

邱雨菲不解地看了过去，许冥却没再搭理她，嘴唇不易察觉地抿紧了。

不对劲。

绝对有哪里不对劲。

她记得很清楚，傍晚出来丢垃圾时明明还没有这张纸。而且哪有物业周末大晚上检修电梯的？

纸上的字的状态也很怪。大部分字都有些糊，唯有“如要下楼，请使用逃生通道”一句是用水笔写的，字迹分外清晰。而且特意强调这么一句，反而显得奇怪。

还有上面的落款……

许冥蹙了蹙眉，一只手压在通知上，将脸和手电筒的光都凑得更近了些。

通知上面的落款没有写明公司名称，只盖了个公章。而且盖章的时候明显不走心，红色的痕迹模模糊糊的，缺东少西。许冥眯着眼看了半天，也只能看清“公司”两个字，但她非常确定，这绝对不是这栋写字楼物业的公章。

别的不说，光是字数都对不上。

许冥怀疑地盯着那张纸又看了一阵，却看不出更多端倪。她略一思索，最终直起身来，准备和邱雨菲一起走楼梯下去。

楼梯在另一个方向，还得走一阵。邱雨菲抱着许冥的胳膊，不太高兴地嘟囔着。许冥一言不发地盯着自己的手掌，片刻后忽然开口：“雨菲，能不能先陪我回去一趟？”

“啊？”邱雨菲脚步一顿，一脸茫然，“啥？”

“回去一趟，回公司。”许冥依旧是那种平静的语气，握着手机的手指却微微一紧，“抱歉，我刚刚突然想起饭盒没拿。”

“咦，冥冥你今天带饭了吗？”邱雨菲愣了一下，然后摆了摆手，“没事没事，那就回去吧，还好你现在想起来了，我们还没下楼。”

“嗯，麻烦你了。”许冥应了一声，任由邱雨菲带着自己转了个方向，后背已经在不知不觉中微微冒汗了。

趁着邱雨菲不注意，她再次抬手，看了看自己的指腹与手掌。

刚才阅读通知时，她顺手将手按在了纸上，结果不知是不是打印质量不好，手上沾了不少黑色的痕迹。

许冥原本以为是油墨，然而触感不太像。直到刚才，她试着嗅了嗅，才真正确定——

她手上沾的是灰。

是那种东西烧焦后产生的黑灰。

第2章

突然变化的公司名称

其实，许冥的真名并非“许冥”。

这是她的笔名，大学时画画、写小说都用这个名字，正好现在这个公司的员工大都习惯用昵称，她便将这个名字当作自己在公司的“花名”。

她身份证上的名字其实是“顾铭”，再往前几年则是“许铭”。这个变化的背后有一个很土的原因——

出于某些微妙的理由，她过去是被送到别人家养的。直到抚养她的那位许姓阿姨无故失踪，她才被家人接回来，改回了原本的姓氏。

不过回来归回来，她和所谓的家人之间却有些生疏，总觉得自己格格不入。这种生疏在一年前亲生父母过世时终于达到顶峰，哥哥和妹妹几乎毫不掩饰对她的排挤，从父母身后事办完到现在，他们甚至没让她进过家门。

知道这事的亲戚总说他们不厚道，说她哥偏心，妹妹太心机，为了争遗产一点情义都不讲。可许冥很清楚，这种排挤和遗产还真没什么关系。

该给她的都已经打到了她卡上。他们对她可能就是单纯的讨厌而已。

当然，或许也能说是“害怕”。

和她亲生父母一脉相承的对她的害怕。

◆ 周日，晚上九点三十五分。

手机的强光在走廊中摇摇晃晃，寂静的走廊中唯有细碎的脚步声不住响起。

“冥、冥冥老师……”邱雨菲颤抖的声音再次响起，“情况是不是不太对啊……我们都走快二十分钟了，怎么还没到公司呢？”

许冥轻轻地拍了拍紧抓着自己的手，没急着说话，心却微微沉了下去。

虽说他们公司的位置距离电梯是最远的，但也不至于走到现在还找不到。不仅如此，试图联系其他人的电话也一直没有打通，手机没信号，公司的灯光更是一点都看不见……

明明现在应该还有人在加班。

思及此处，许冥的眼神越发深沉。

很小的时候她就知道，自己的体质和其他人有些不一样。在过去的很长一段时间里，她时常能看到不属于这个世界的痕迹，有时还会走到奇怪的地方去。

因此，在察觉到电梯上那张通知的古怪后，她第一时间就想到了“那个方面”，并习惯性地采取了过去最常用的应对方式。

去找人。

不听从任何奇怪的指示，不搭理任何古怪的迹象，而是立刻回头，往明亮的、活人多的地方赶。根据许冥的经验，这往往能解决百分之八九十的问题。

但这回明显不对劲。

她明明没有听从通知的指示，却还是陷入了奇怪的处境。

究竟是什么情况？“鬼打墙”吗？

许冥不太确定。她一面安慰着语气越发慌乱的邱雨菲，一面飞快地思考对策。脑海里忽然响起一个声音，空灵清脆又稍纵即逝：

“嘻嘻。”

什么动静？

许冥皱了皱眉，沉吟片刻，果断当作没听到。恰在此时，却听到邱雨菲惊叫了一声，整个人猛然往下一跌，拽得许冥也差点儿摔倒。

“雨菲？喂！”许冥慌忙稳住身体，正要询问情况，邱雨菲却松开了她的手，连连往后退了几步，脸色唰的一下变得苍白。

“有、有东西！”她惊恐地说，“我刚刚看到了，前面有东西……”

即使只有一瞬间，她还是看到了——突兀地出现在光芒中的一张烧焦的人脸！

“什么……不是，等等，你别坐地上，先站起来。”许冥一怔，赶紧将她拉起来了。邱雨菲拼命摇头，声音里隐隐带着几分哭腔。

“起、起不来……腿软了……”

似是仍沉浸在巨大的惊吓中，邱雨菲的声音颤抖着，说的话有些颠三倒四：

“我真的看到了，不是幻觉，冥冥老师你信我，这里有‘脏东西’……‘鬼打墙’！我知道了，我们肯定是遇到‘鬼打墙’了……啊！”

话未说完，又听到她惊叫了一声。许冥连忙看过去，只见邱雨菲眼睛圆睁，惊恐地瞪着走廊一侧的玻璃墙，紧接着又开始连连摇头，嘴巴大张，却过了好一会儿才艰难地挤出声音——

“跑！冥、冥冥你快跑！它过来了，从玻璃里出来了……啊，别过来！别碰我！救命，救命——”

尖叫的声音很快便戛然而止了。在许冥震惊的目光中，邱雨菲的身体突然往后一仰，一条腿高高抬起，像是被什么拉直了一样。

不仅如此，她整个人都开始在地板上移动，双手不住地挣扎着，紧扒着地板，发出刺耳的声响！

饶是许冥经验丰富，这会儿也有些被惊到了。她赶紧抓住邱雨菲的胳膊，将她使劲拉住。她往邱雨菲的脚边看，只能看到她笔直抬着的左腿和乱蹬的右腿，除此之外，什么都看不见。

有什么东西发起攻击了吗？它们正在试图拖走邱雨菲？为什么我看不见？

许冥面色凝重，却听见脑海里又响起了一个声音：

“嘻嘻。”

又是那空灵缥缈的声线，又是那种很欠揍的声音。

好烦。

许冥“啧”了一声，顾不得搭理那个欠揍的声音，只是拼尽全力抱着邱雨菲的上半身，继续和那个看不见的东西角力。好消息是，从手上感受到的力道来看，对方的力气也不是特别大，至少没到能将两人一起拖走的地步。

不过对许冥来说，也足够吃力了。而且，作为活人她会累，对面那个不知来历的东西可不会……

偏偏是这种局面，她也没什么应对的经验。以前都是自己遇险自己脱险，总结下来最有效的方法就是努力保持镇定。不过就凭邱雨菲这个状态，让她不要害怕显然极不现实。

可现在又看不到那个正在拖拽她的东西，更别提攻击了。许冥咬紧牙关，大脑飞快转动，忽然像是想到了什么，将目光转向了邱雨菲。

她这会儿明显已被吓得魂不守舍，一直在拼命叫着“放开”和“救命”。许冥提高音量，连着叫了好几声她的名字，愣是将她的注意力吸引了过来，接着迅速开口：“邱雨菲，你能看到现在抓着你的是个什么东西吗？”

“啊？”

邱雨菲震惊地看了她一眼，又闪电般地看了看自己的脚边，稍一迟疑，还是含着眼泪点了点头。

“能、能看到。”她努力克制着哭腔，“是一个干尸一样的东西，浑身焦黑，爪子像树枝，衣服破破烂烂的，还挂着个牌子……”

“好的，不用描述得那么详细。”许冥打断了她，“你能看到就行。”

“现在，听我的——去踹它！踹它的要害！”

“啊？”

邱雨菲再次震惊地看了她一眼，仿佛她说了什么疯话。

“不，冥冥啊！”她这回是真的哭出声了，“怎么可能踹得到……”

她一直在蹬脚，根本没用好吗！

“为什么不可能？”许冥却不假思索地反问了一句，语气那叫一个理直气壮，“力的作用是相互的，既然它能摸到你，那你肯定也能碰到它！”

“你确定？”邱雨菲被她说得连哭都忘了，愣是怔了一秒才找回自己的声音，“问题是这事不归牛顿管吧，你不要在这种时候瞎说……”

老实说，许冥也不是特别确定，可她是真的觉得很有道理。因为碰触是双向的，所以人在被怪物碰触的同时也能反击怪物，这条规则明显是能成立的！

“总之你先试试！”许冥的语速加快了，语气依旧是那么理直气壮，“死亦为鬼雄，牛顿现在又不在世上！”

这也叫理由？

邱雨菲都听傻了。她第一次知道即使是在极度害怕的时候，人也是控制不住“吐槽”冲动的。可不知是不是已经被吓得神志不清了，她一时竟觉得这话似乎还真是挺有道理的。

来不及细想，脚上传来的可怕触感很快又夺走了她全部的注意力。僵持了这么久，许冥显然有些撑不住了，眼见身体一点点被拖拽着往黑暗中挪去，邱雨菲的恐惧终于到达了顶峰。

“啊啊啊，给我滚蛋啊！”她不受控制地尖叫出声，一直挣扎的右腿本能地又是往前一蹬。

下一秒，却见她整个人突然一顿。

她双眼圆睁，睁得甚至比刚才还大。

许冥不知她又看到了什么，只知道自己感受到的拉扯力道突然小了不少。她抓住机会，又将人往自己这边拽了拽，说道：“你又看到什么了？”

“我看到它摔倒了。”她喃喃道，神情有些恍惚，“我踹的。”

明明之前一直碰不到的。

看，我说啥来着。

许冥看看再次陷入呆滞的邱雨菲，疲惫地呼了口气，正打算让人先起来，下一瞬却见邱雨菲神情一变，眼神一凛，两脚一抬——她对准面前的空气又开始踹！

“让你吓我！让你抓我！当我好欺负吗？我跟你说我可是练过的！踹你，踹你！”

邱雨菲骂骂咧咧的，两脚动得跟踩单车一样。一旁的许冥沉默了一会儿，迟疑着松开了抓着邱雨菲的手，邱雨菲竟也没说什么，只是飞快地爬了起来，冲到刚才猛踹的位置，“呀喝”一声，又是一记高位鞭腿，狠狠补上了一脚。接着便一溜小跑冲了回来。

许冥早有准备，一见她回来，立刻拽着她往反方向跑。一边跑一边没忘记询问刚才的情况：“所以你最后把它怎么样了？”

“我把它的头打掉了！”邱雨菲鼻音很重，声音却十分高亢，充满自豪，“那家伙看着可怕，其实动作很慢，力气也不大，只要能打到就完全不怕了！”

“装 × 时麻烦记得先把眼泪擦掉。”许冥毫不客气地补上一句，看了眼手机的电量，有些烦恼地“啧”了一声，“手机快没电了，还是得先设法离开这里才行。”

“早知道就把充电宝带上。”邱雨菲吸了吸鼻子，“冥冥老师你还好吗？我怎么感觉你比我还虚……”

许冥不知该不该告诉邱雨菲，她的感觉还真没错，自己现在确实有些腿软——不过不是被吓的，而是累的。

也不知是不是刚才角力时耗费了太多力气，现在走路都有些费劲，胸口还有点疼，像是刚跑完八百米。

邱雨菲显然也想到了之前的“人体拔河”，感激地看她一眼，又迅速转移了话题：“话说，我们算是打败了刚才那家伙吧？是不是打败它，‘鬼打墙’就破了呢？”

“哪有那么容易——嗯？”

许冥还未说完，神情忽然一顿。

就在刚才说话时，她们又匆匆跑过了一条走廊。转过拐角的刹那，许冥分明感觉到周围的环境瞬间变化了，就像她们穿过了某层障壁一样。

而且，她听得清楚，就在那种变化发生时，她脑海里的声音又响了。

只是这次，那个声音说的不是“嘻嘻”。

它只是轻轻地“啧”了一声，似乎刚刚见证了某件令它特别不愉快的事。

许冥心里一动，脚步却不敢停，继续用手机照着往外跑。没跑多远，却突然愣住了。

只见两人右边十几步远的地方，一团熟悉的灯光正从玻璃墙那头稳定地照过来。

“是咱们公司！”邱雨菲怔了一下，欢呼道，“太好了，终于找到了……”

她做梦都没想到，有一天自己居然会因为看到公司的大门而喜极而泣。

邱雨菲没忍住，刚刚干涸的眼眶又湿了。她慌忙擦了下眼睛，拖着许冥快步上前，正要推门进去，手臂却被许冥扯住了。

“等等。”许冥说，“雨菲，先和你确认一件事。”

她不解地转头，正对上许冥平静的双眼。

“我们的公司在七楼对吧？”

“当、当然啊。”邱雨菲想都不想就说道，“7012嘛。”

“而且写字楼一共就八层，对吧？”许冥再次问道。

邱雨菲不知道她问这个做什么，只得再次点点头。许冥微微摇头，将她往后扯了扯，掰着她的脑袋，让她看旁边的门牌：“那你仔细看看，这是几号？”

说来也怪，刚才还觉得十分正常的信息，经许冥这么一强调，问题突然就变得无比明显了——

9012。

门牌上写的分明是9012。

“九……九楼？”邱雨菲微微张了张嘴，过了好一会儿才找回自己的声音，“为什么是九楼？”

“或许是因为这里根本就不是我们公司吧。”许冥松开掰着她脑袋的手，独自往旁边走了走，低头盯着紧闭的玻璃门看。

邱雨菲缓缓转头，下意识循着她的目光看了过去，整个人忽然颤抖起来。

玻璃门上是用装饰贴纸拼成的公司logo[1]。

沐浴着室内透出来的融融暖光，本就色浅的装饰贴纸变得更不显眼了。即便如此，邱雨菲也看得很清楚——

门上贴着的根本就不是她们就职的小鹿传媒的logo。

而是“宏强公司”。

---

1 商标或徽标。

第3章

拳头+白痴

宏强公司。

邱雨菲当然记得这个名字。不久前，她才因为与之相关的鬼故事被吓得连夜路都不敢一个人走。

“这、这应该是假的吧？”强忍着后背蹿上来的阵阵凉意，她艰难地开始寻找合理的解释，“可能只是临时装饰？小张他们不是正在宏强那边拍摄吗？可能是需要补拍一些镜头，所以才搭建场景……”

“拉倒吧，我们下班离开的时候，他们根本就没回来。”许冥不客气地戳穿了她自欺欺人的想法，同时伸手稳稳按住了邱雨菲缩起来的肩膀。

“这种时候急也没用。先想想该怎么办吧。”

“什么怎么办……”邱雨菲脸色越发难看，“除了跑还有别的法子吗？”

“我估计直接跑会有些困难。”许冥实诚地说，“你刚才也看到了，朝后走的话，就会回到那种没灯的走廊上……”

目前知道的疑似出口的地方只有电梯和楼道口，但电梯没法儿用，而楼道……

许冥还是很在意之前的那张通知。而且关于楼道的情报也明显不足。

许冥又隔着玻璃墙往里看了看，终于下定决心，伸手推开了面前的门。

一旁的邱雨菲吓了一跳。

“等等，冥冥老师，你确定要进去吗？这可是‘幽灵公司’啊！”

“我知道，但这不是没别的地方可逛吗？而且我的手机快没电了，这里至少有灯。”许冥探头进去，四下望了望，“你要是怕的话就在外面等我。”

等是不可能的，绝对不可能！在这种恐怖场景里，保命的首要法则就是绝不落单，上卫生间都得挤一个隔间！

邱雨菲咬咬牙，赶紧跟了上去。谁料前脚刚进大门，后脚就听到“哔哔”声，她匆忙转头，片刻后收回了目光。

“那、那个，冥冥……”

她努力不让自己哭出来：“大门的电子锁自己锁上了……”

“看到了。”许冥回应道。她习惯性地拿出手机看了一眼，又很快收了回去：“安心，既然进来后并没有直接死掉，那就说明还有挣扎的机会。先到处看看，说不定会有什么有用的线索。”

“啊，你的意思是还要翻东西啊？”邱雨菲咽了口唾沫，“万一又遇到什么奇怪的东西……”

“能打就打，不能打就逃呗。你是练过的，你怕什么。”许冥说。

许冥和邱雨菲大学同窗四年，对她的真实“武力值”还是有点数的——她可学过家传的咏春，大学还参加过散打俱乐部。

“……”想起刚才自己将那东西头都踢掉的场景，邱雨菲似乎也冷静了一些。许冥又道：“而且往好的方面想，至少这里的场景还不错。看着挺像样的。”

虽然从外面看门面和小鹿传媒差不多，但实际空间大多了，一眼望去成片的工位规规整整的，还有专门的茶水间和接待室。重点是很干净。

“有又怎么样，也得敢用啊。”邱雨菲小声说，“像茶水间里的水，就算有，你敢喝吗？”

“水没事，就算喝了问题也不大。”许冥边环顾边说，“别乱吃东西就行。食物可是第二危险的东西。”

这算是她的经验之谈——至少在她过往的经历里，怪谈区域内的水、电都是可以直接蹭的。

当然会有副作用。喝了这种地方的水，出去就会感冒、发烧或者过敏。电子产品如果在这种地方充了电，出去基本就废了。

不过许冥对此无所谓。她身上就带了一部手机，而且早就打算换了。

相对麻烦的只有除了水以外的食物——你永远不知道那些看着精致美丽的食物到底是什么恶心的东西，吃下去又会付出何种代价。

好消息是，根据她的经验，活人在怪谈区域是不会饿的。所以只要克制食欲，问题应该也不大。

许冥在脑海里默默复习着，一旁的邱雨菲却有些诧异，本能地追问了一句：“食物是第二危险的？那第一危险的是什么呀？”

许冥看了看她，倒是没隐瞒：“规则。”

邱雨菲问道：“什么？”

“条例、通知、建议书，还有各种笔记。说得宽泛点，就是所有可被阅读和理解的信息都是有风险的。”许冥说着，忽然停下巡视的脚步，抬手指了指面前的墙壁，“喏，就像这样的。”

邱雨菲一怔，下意识看了过去。只见墙上贴着一张规整的A4纸，最上面印着一行清楚的大字。

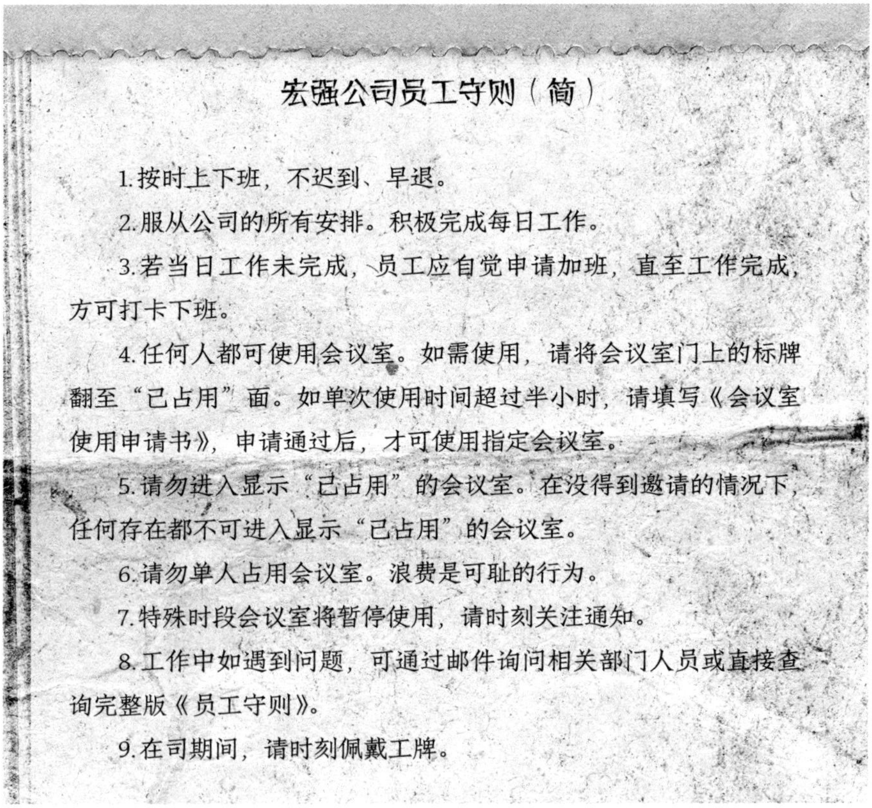

宏强公司员工守则（简）

1.按时上下班，不迟到、早退。

2.服从公司的所有安排。积极完成每日工作。

3.若当日工作未完成，员工应自觉申请加班，直至工作完成，方可打卡下班。

4.任何人都可使用会议室。如需使用，请将会议室门上的标牌翻至“已占用”面。如单次使用时间超过半小时，请填写《会议室使用申请书》，申请通过后，才可使用指定会议室。

5.请勿进入显示“已占用”的会议室。在没得到邀请的情况下，任何存在都不可进入显示“已占用”的会议室。

6.请勿单人占用会议室。浪费是可耻的行为。

7.特殊时段会议室将暂停使用，请时刻关注通知。

8.工作中如遇到问题，可通过邮件询问相关部门人员或直接查询完整版《员工守则》。

9.在司期间，请时刻佩戴工牌。

“这就是规则？”邱雨菲小声道，“意思是我们得按照它写的做？”

许冥回答道：“未必，只是违反规则可能会有风险，但遵守规则不一定有益。”一切都得斟酌。

“可这些规则的约束力该怎么算呢？”邱雨菲面露忧色，“像这里，说会议室被占用了，其他存在就不能进去，这个应该不光指人类吧？可怎么确定那些不是人类的……也会遵守呢？”

“这就得看规则有没有效力了。”许冥叹息，“如果无效，那就谁都可以违反；如果有效，那就谁都得遵守。”

她不知道这种强大的约束力从何而来，至少她以前经历的怪谈都遵循着这一法则。

但这并不代表规则就是可以依靠的。毕竟制定规则的都是那些非人类的存在，规则是从它们的利益出发的。人类能做的也就只有尽可能揣摩和利用而已。

许冥一边思索一边低下头。她毫不意外地发现胸前多出了一块薄薄的工牌。

邱雨菲那边亦是如此。许冥拿起自己的那张，仔细打量了一下。只见工牌上印着几行清晰的字：

姓名：顾铭

部门：美术部

工号：GM0031

所属公司：宏强公司

文字上方是张一寸的黑白照片。照片上的她面容僵硬，嘴角却带着诡异的笑容，人像旁边花团锦簇，菊花盛开。

看起来走得很安详。

邱雨菲工牌上的照片也是一样的，而她显然被这种不祥的照片刺激得不轻，脸色很快就变得铁青。

就在许冥以为她又陷入了恐惧时，却听到她再次开口了。不知为何，她的声音忽然变得镇定不少。

“冥冥老师，”她认真地盯着那张照片，声音很轻，“我想问一下，你刚才说的那些什么规则啊，都是真的对吗？不是编来吓唬我的？”

许冥有些惊讶地看了她一眼，摇了摇头：“嗯，不是。”

“你大二那年的生日，喝多了酒说胡话。”邱雨菲继续道，“当时你说你小时候经常遇到奇怪的事。这也是真的，对吗？”

许冥顿了一下，轻轻点头：“嗯，是的。”

“行，明白了。”

邱雨菲说着，深深地吐出了一口气，放下了那张工牌。挂在脖子上的工牌轻轻地摇晃着。

“那接下来我都听你的。”她缓缓地说，声音仍有些紧绷，却努力维持着稳定，“你告诉我吧，我需要干吗？你说什么，我做什么。”

“既然这样，”许冥果断朝前伸手，“那就先给我五千……”

“可如果你非要‘抖机灵’的话，我依旧会捶你。”邱雨菲及时补充道。

“我只是想让你放松一些好吧。”许冥咕哝着，“而且你突然这么冷静，很奇怪啊。我总得先确认一下你是不是还正常嘛……至于接下来要做的事，我之前不就说了嘛，不要害怕，以及寻找线索。”

邱雨菲有些疑惑。

“恐惧是人心的缝隙，你越害怕，它就越能影响你。”许冥的语气变得认真起来，“所以，虽然很难，但尽量不要害怕。如果实在害怕，你就来找我，我在这方面很有经验。另外，我不知道你注意到没有……”她说着，示意邱雨菲拿出手机。她看了眼屏幕，脸色瞬间一变。

“时间变了。”邱雨菲低声道。

她们下班的时间是周日晚上，然而现在手机上的时间却是周一上午十点四十五分。

至于日期，则是十分模糊，根本看不清。

“嗯。”许冥点头，“手机里的时间变了，这个变化不会没有意义，所以我们可以重点找找关于时间的线索，关于‘工作’方面的内容也需要进一步确认。还有就是——”

邱雨菲说：“嗯？”

“规则。”许冥眨了眨眼，再次说出这两个字。

邱雨菲一愣：“什么？”

“接下来要找的，还有更多的规则。”许冥轻声道，“条例、通知、建议书，还有各种笔记。说得宽泛点，就是所有可被阅读和理解的信息。能找多少就找多少。

“我们活命的机会，或许就在那些规则里。”

◆ 遥远的另一个房间内。

房间里十分幽暗，唯有电脑屏幕幽幽地亮着。两个臃肿的身影坐在屏幕前，一个似是在埋首吃面，不住发出哧溜哧溜的声音；另一个则将两腿都架在电脑桌上，百无聊赖地盯着电脑屏幕，突然嘎嘎笑了起来。

屏幕里正是宏强公司的局部场景。通过四十五度俯视的角度，恰好可以看到正在交谈的许冥和邱雨菲。

视频没有声音，只能看到许冥一边说话，一边从包里拿出了充电器。

“笑什么呢？”一个婀娜的身影悄无声息地来到房间里。她身体前倾，纤细的手臂轻轻架在正在发笑的那人身上。

"在看傻子。"那人依旧笑个没完，伸手指给她看，"这个蠢货想用怪谈区域的插座充电。"

"嗯？"那女人抬头看了眼，轻轻"嘁"了一声，"人家可能只是不知道这么做的代价，这也值得你笑？"

她欣然起身，转到了旁边，坐在角落的扶手椅上："这就是宏强？看上去只是棵还算茁壮的普通树木而已，犯得着专门盯它？"

"最近的传闻你没听说？"那人看了她一眼，咧嘴一笑，"有人熔出了具有预言功能的规则书，而那玩意儿给出的第一条预言就是——

"四月底五月初，九号规则书会出现在这座城市的某个怪谈区域中。"

"九号规则书？"女人微微坐直了身体，"预言得这么精准？"

"反正得到的预言就是这样的。"那人"啧"了一声，反问道，"你知道九号规则书？"

"不，但我知道，能得到这个编号的规则书，效果一定很特别。"女人转动眼珠，视线扫向屏幕，"所以呢，你怎么就挑了宏强公司？"

"不是挑的。这破电脑能随机观测一定范围内展开的怪谈区域，我想找'直播'下饭，顺便找找线索，正好切到了这个区域的画面而已。"那人说着，拍拍电脑，笑了一下，"好用吧？我从另一个怪谈区域里抢出来的。"

"它很丑。"女人非常坦率，接着又说，"那你有收获吗？这个区域里会有带着规则书的人吗？"

"或许吧。这里头除了这俩弱鸡，还有另外四个活人。我看好其中一个大块头。怎么样，要来猜猜吗？"

他再次嘎嘎大笑起来："猜猜看，这些活人里谁会最先被'吃掉'？我赌她……哦不，赌她。"

他伸手朝屏幕上一戳，原本想指邱雨菲，想了想，又将手指转向了旁边的许冥。

"这个看着更弱一点。"他大声给出自己的评价。

女人看了他一眼，嘴角轻微地向下撇。男人似是察觉到她的不赞同，嗤笑一声，伸手一拍旁边正在嗦面的同伴："不信的话，来，大眼，你看看这两个女的。告诉我，从她们身上，你能读出什么关键词？"

正在嗦面的那人不太高兴地抬起了头，却还是依言看了过去。他脸上的数十只眼睛成团蠕动着，发出黏糊糊的声响。片刻后，他终于给出了答案。

"拳头。"他伸出肿胀的指头遥遥指了指邱雨菲，又将手指缓缓移向许冥，给出了自己从她身上读到的关键词：

“‘白痴’。”

“看，我说什么来着！”

“……”

女人陷入了沉默，男人却很开心似的再度大笑起来。

第4章

怪谈测评中

◆ **宏强公司右侧办公区内。**

许冥和邱雨菲正在一间会议室里小心检查着每一个角落。

虽说《员工守则》提到了工作的要求，但她们手里的信息还是太少了。保险起见，还是先搜一轮比较好。

从会议室找起是许冥的主意。

宏强的办公区虽大，但布局十分规整。中央是大片的工位，长桌相连，每个工位上都有电脑和键盘，一眼望去至少有十多排。左边是接待室和茶水间，再往左还有好几条走廊，尚不清楚通往何处。

右边则是扎堆的会议室和办公室。许冥思索后便将这边定为了探索起点，理由很简单：一来空间相对宽敞，要是出了什么事，更有折腾的余地；二来这边的房间用的都是透明玻璃墙，转头就能看到外面的工位，视野更广，观察起来效率也更高；三来会议室里都有插座，方便她给手机充电；最后，也是最重要的一点——她看过了，一共三间会议室，全部都处在空闲状态。

会议室门上有可以调整的标牌，一面写着“已占用”，一面写着“空闲中”。门口的小桌子上放着《使用申请书》和水笔。

她们没打算在里面待很久，这意味着她们可以无须申请，直接以开会为由，将会议室门上的标牌翻至“已占用”面。换言之，如果《员工守则》有效，会议室就可以成为她们暂时的安全区。

从结果来看，也确实如此，她们在搜索过程中并没有再遇到什么奇怪的东西，至少会议室内没有。

当然，会议室外就不保证了。

邱雨菲原本并未意识到这点，直到她在翻找时无意间抬起了头。

只见刚才还空荡荡的玻璃墙外已经站满了“人”。

它们脸色灰败，面无表情，穿着统一的工作制服，佩戴着统一的工牌，就那样静静站在玻璃墙外，无声地望着她。然后在和她对上视线的瞬间，又不约而同地牵动嘴角，露出了笑容。那副样子像极了拍集体照时明明很僵硬却还是努力装作开心的自己。

邱雨菲不知道它们为什么要笑，反正她这会儿根本笑不出来。

就在她缓缓抬手，试图赶紧把许冥叫过来救驾时，墙外的一切却又消失不见了。

奇怪的是，许冥明明和她冲着同一个方向，她却好像什么都没看见。

"怎么这样啊？"邱雨菲吸着鼻子，没好气地翻着面前积灰的柜子，"怎么怪谈也欺负人啊，就专挑我吓呗。"

"也不一定是专挑你，可能你正好赶上了。"许冥说，"看过恐怖电影吗？里面不都是这样的，动不动就唰地出现幻象——jumpscare[1]，懂了吗？"

邱雨菲心想："谢谢，不是很想懂。"

"总之，你只要记住，不少怪谈区域的幻象也属于这种，目的就是放大你的恐惧。所以下次再看到这些，只要没真正攻击你，都不用理会，就当它们是气氛组或特效就行。"许冥又贴心地给出补充。

邱雨菲又想："虽然我能感觉到你是真的想教会我，但你觉不觉得这要求本身就有点高？"

一时不知该如何回应，她只能再次将注意力转回面前的柜子。她又好奇地问："冥冥你经常遇到这种事吗？"

许冥回答道："倒也不是。中学时次数比较多，成年后似乎就再也没遇到过了。"

准确地说，是高中毕业后就再也没遇到过了。所以，今天发现状况不对时，她也着实有些慌张。

"而且，怎么说呢……这种条件的怪谈，我其实也是头一回遇到。"许冥下意识看了眼四周，声音低了下去，"老实说，我也还在慢慢适应。"

邱雨菲有些慌张，心脏再次高高悬起："什么叫'这种条件'？是说范围很大吗？还是很危——"

"干净、整洁、宽敞、现代。"

话未说完，便听到许冥再次开口，语气甚至带着几分感慨："装修很好，设施完善，灯光稳定，一眼望去没有肉眼可见的血迹等脏污，空气中无明显刺鼻气味，垃圾也都好好地装在垃圾桶里……没有直接'贴面杀'的怪物，也没

1 意为突发惊吓。

有一进来就听到可疑的声音……

“免费的水电就不说了，我刚刚看过了，茶水间里还有沙发和按摩椅。空调也是能用的，虽然里面卡了些头发……哦对了，卫生间也很干净，甚至能自动冲水！”

迎着邱雨菲难以理解的目光，许冥得出了最终结论：

“作为人类活动场所只能算一般，但作为怪谈区域可以说是非常不错的了。就冲这稳定的灯光，我能给五星！”

话音刚落，会议室的顶灯很给面子地闪了一下。

许冥心想：“很好，现在只有四星了。”

邱雨菲陷入了沉默。

冥冥老师青春期到底经历了什么？

雨菲很好奇，但雨菲不敢问。邱雨菲想了又想，聪明地决定放弃这个话题，继续去翻面前的柜子。

她从上层一直翻到下层，忽然看见张皱巴巴的纸，心中一动，赶紧抽了出来。片刻后，却露出了一言难尽的神情。

“找到东西了？”许冥立刻转过头，“写的啥？”

“嗯，算是吧。”邱雨菲随手将纸递了过去，有些嫌弃，“又是张‘我爱宏强’。没用的信息。”

真要说起来，她们翻找到现在，似乎就没找到什么有用的信息。

这几间会议室看着空间大，实际上藏的东西很少。有一些文件夹放在显眼处，里面装着的也都是差不多的纸，要么就是满纸的“好好工作”，要么就都写着“我爱宏强”。

就连刚才找到的那张也是，区别就是比较皱而已。

这算什么事啊，在现实中被“不做人”的老板洗脑，在怪谈区域还要被不是人类的老板接着洗脑？

邱雨菲忽然感到有些悲哀。她发现许冥说得其实挺对的，人感到悲哀的时候，恐惧心理似乎是会减弱那么一两分。

转过头，却见许冥仍在端详那张“我爱宏强”，她不由得一愣：“怎么了？上面的内容有什么不对劲的吗？”

“那倒没有。”许冥说，“只是这张纸本身有点令人在意……”

邱雨菲说：“我知道，挺皱的。”

“不只。”许冥拿起那张纸，“之前我们找到的纸，好像没有这种带口子的吧？”

邱雨菲定睛一看，发现还真是这样的。这张纸的边缘有两个明显是撕扯造成的小缺口，就像是被人从订书钉上扯下来了一样。

邱雨菲说："问题是就算有点不一样，可它上面写的还是'我爱宏强'啊？"

还是成片的"我爱宏强"，怪瘆人的。

许冥想了想，还是将纸收了起来。

"不确定，再看看。"她说着，随手将折好的纸塞进了包里。纸落到包底的瞬间，她的脑海里再次响起了古怪的声音。

"啧。"

"冥冥老师？"邱雨菲好奇地看过来，"你又发现什么了？"

"……"许冥没说话，只是若无其事地瞟了眼自己的包。

"没事。"她说着，将包往上提了提，语气一如既往的平静，"这边的会议室我们都看得差不多了，还是去外面找找——"

话未说完，她突然像是注意到了什么，声音蓦地一顿。

邱雨菲不解地转头，循着她的目光看去，神情亦是一变。

只见会议室的门上，那张翻到"已占用"面的标牌不知为何竟轻轻地摇晃着。

它晃得很慢，幅度却越来越大。很快它就当着她们俩的面，自食其力地给自己翻了个面——

朝外的一面变成了"空闲中"。

邱雨菲看得眼皮一跳，惊恐地看向一旁的许冥。后者冲她做了个安抚的手势，小心上前，又试着将那块标牌翻了回去。

然而她上一秒刚翻完，下一秒那标牌再次动了起来——沉默地翻回了"空闲中"那面。

"尴尬。"许冥道，"这块牌子会自转。"

"这种时候拜托你就别讲冷笑话了好不好？"邱雨菲的心都快跳出来了，"这是什么情况？不是说翻过来就安全了……那规则该不是骗我们的吧？故意把我们骗进来杀？"

"不。"许冥摇了摇头，"不太可能。正常情况下，有效的规则是不会说谎的，也不会出尔反尔。"

如果出尔反尔，那就只有一种可能——

似是意识到了什么，许冥蓦地抬头朝外望去。

几乎是同一时间，那个空灵的声音再次在她脑海里响起：

"呀，糟糕的时间。

"你们的运气真不好。"

许冥微微蹙眉，却没搭理它的话，只是继续用目光搜寻着。没过多久，她就找到了自己想找的东西——

会议室外的小桌上又多出了一张纸。

不知是不是距离原因，许冥看不太清。所幸邱雨菲视力很好，很快就向她转达了纸上写的内容。

特殊时段会议室将暂停使用，请所有员工迅速离开。

再次重复，特殊时段会议室将暂停使用，请所有员工迅速离开。

“……果然。”许冥心里咯噔一下。

确实，正常情况下，有效规则是不会反复无常的。而一旦它开始反复无常或突然失效了，那就只有一种可能——

优先级更高、更强势的规则出现了。

◆ **另一边。**

遥远的房间内，坐在电脑前的男人倒吸了一口气，兴奋地坐直了身体。

“怎么了？”旁边的女人不解地看他一眼，“要死人了？”

“还没，快了。”男人专注地盯着屏幕，“你没注意时间？这个怪谈区域内的时间快到十一点半了！”

女人有些不解：“所以呢？”

“所以，有趣的事情马上就要发生了。”男人又开始嘎嘎大笑：“这个怪谈区域我以前也刷到过一次。没记错的话，就在这个时间、这个地点，最令人食欲大开的环节——啊，想想就开心。

“你看了就知道了，可有意思了！”

第5章

你才白痴，你全家都白痴！

◆ **宏强公司内。**

确认会议室已不再安全后，许冥也没纠结，赶紧带着邱雨菲出去了。

她们才刚走出会议室，忽然听到连着响起数声“咚咚咚”的声音，一下比一下急促。

“什么声音？”许冥警觉地抬头，邱雨菲站位靠外，因此看得更清楚。

“是钟！墙上的钟在响！十一点半了。”

说完，又响起一连串的“嗡嗡”声，整个工位区的电脑屏幕竟齐刷刷地亮了起来。

居然能开机？

许冥愣了一下。她记得在去查会议室之前还特意试了试，根本打不开。

不过现在不是想这些的时候。注意到屏幕上有字，她赶紧凑了过去，很快又吃力地眨了眨眼睛：“怎么回事？好模糊，我看不清。”

邱雨菲倒是看得清楚，赶紧道：“这是一份紧急通知，说现在到了经理视察的时间，本次视察的部门为美术部，请相关员工及时回到工位上，否则后果自负。嘁。”

她匆忙看了眼自己的工牌。她的部门是文案部，这一点倒是和现实中一样。

但许冥是美术部的。

许冥很快也想起了这一点，眼神微变，朝邱雨菲用力地挥了挥手。

“去茶水间躲着，观察我这边的情况！”她飞快地说。现在会议室失去了安全区功能，那相较而言，还是有掩体和退路的茶水间更安全。

邱雨菲说：“你不去吗？万一这通知没安好心……”

“那也没办法。规则出现的方式越高调，违反的风险就越大……”许冥说，“暂时说不清，总之你先过去！记住，不管看到什么都不要大叫，没攻击你的一律算幻象！等这边恢复正常后再来找我，靠近前先问我三个问题，如果我的回答不对，直接给我一巴掌。要是没效果，那就多来几巴掌！”

“行！”邱雨菲这会儿倒没半点迟疑，“给你一巴掌是吧，记住了！”

说完，她转身就往茶水间去了。

工位区只剩下许冥一个人，她再次扫过一众工位，有些焦急地咬了咬唇。

更愁人了啊。

通知要求员工回到“自己”的工位上，那必然还涉及找位子的过程。而具体的位子很大概率和工牌上的工号或姓名有关。然而她们之前没有找到任何相关信息，工位上也没见有什么标识。

尽管她看不太清屏幕上的字，但那些刺目的红字正闪烁得越来越快，这一点她还是能看到的。毫无疑问，这预示着她可利用的时间正在减少。

来不及了！

眼看屏幕上的红字跳得越发疯狂，许冥把心一横，索性直接坐到了跟前的位子上。就在她坐下的瞬间，伴随着“哗”的一声，所有的电脑又瞬间黑屏了！

接着响起了一阵轻柔的音乐声，原来是进入了正常的开机流程。很快，所有的屏幕都被古老的蓝天绿草画面占据了。

桌面只有零星几个图标，鼠标还处于转圈缓冲的状态，暂时无法使用。

许冥知道这应该代表着“准备环节”已经走完了，“经理”即将出现。她的心跳越来越快了。她习惯性地扫视一遍桌面的内容，在看到最末的文件夹时，愣住了。

只见那文件夹的名字是SC0012，格式和工号一样。也就是说，这台电脑应该属于某个工号为SC0012的员工。

许冥差点儿吐出一口血。

这不是坑人吗？

只有开机才能看到工号，那么员工只有落座后才能知道自己坐对没有。除非还有其他能获得提示的途径，不然这不就是故意坑人吗？

不过也没办法了。

许冥做了个深呼吸，强迫自己冷静下来。

既然已经违规了，那急也没用，赶紧评估违规的后果并思考对策，这才是重中之重。

首先，必须明确这一点：虽然规则对人类和怪谈都有约束性，但规则的主体是由怪谈构建的，而怪谈必然会以自己的需求为先。

那这个怪谈需求的是什么？

员工、爱戴、奉献。至少从目前得到的信息来看，就是这样的。

也就是说，这个怪谈很可能不是喜欢直接杀人的类型，而是倾向于先影响认知，再进行猎杀。而且，如果想直接杀人，也没必要专门设一个这么刻意的陷阱。

所以，这一次应该还是以精神攻击为主。故意让人坐错位子，放大恐惧，趁机强化工号的概念和员工的身份，再进行惊吓，继续扩大恐惧缝隙，用的应该是这样一套攻心连招。

如果是这样的话，那应该挨得住。许冥如此想着，整个人镇定了不少。

就在此时，却听到脑海里“嘻嘻”一声，空灵的声音再次响起：

“哟呵。可以啊。

“不过出于好心，我再提醒你两句。

“第一，希望得到驯化的食物，不代表不会先把不听话的挑出来吃掉。第二，领导可以容忍无心的错误，可知道错了还不改，这就很讨人厌了。

“所以小孩儿，在‘经理’看到你之前，趁早换回去吧。”

许冥愣住了，下意识反问道：“换？换什么？”

“……”听她这么一问，那声音似乎也愣住了。

“换到正确的位子上啊。现在就那么几个空位，电脑又都开机了。你瞎赌一个都比坐这儿好。”

许冥却更蒙了：“什么叫‘就那几个空位’？这儿不是到处都是空位吗？”

那声音似乎比她还蒙：“什么叫‘到处都是空位’？明明都快坐满了……等等。”

它像是明白了什么，语气终于出现了几分起伏：“你、你看不见？”

看见什么？

许冥皱了皱眉，难得感受到几分真切的慌乱。几乎是同一时间，悄悄从茶水间中探出头来的邱雨菲愕然睁大了眼睛。

从她的视角看过去，工位区赫然已是阴森一片——

几乎每一个工位上都坐着一个僵硬灰败的身影，唯有零星的几台电脑前依然空着。

许冥显然是所有“人”中唯一坐错的。她旁边有个穿着工装、浑身灰败的女人正满眼幽怨地瞪着她。

但这不是重点。

重点是许冥身后有一个人影正缓缓朝她走去。

那同样是个穿着工装的女人，身体却远比其他人影长上许多，即使是在这么宽敞的空间内，也必须佝偻着身体，手臂垂下时指尖几乎碰到了地面，手中的刀前进时在地上拖行，发出刺耳的声响。

它一步步摇晃着走近，直至停在许冥身后。端详片刻后，它像是确定了什么一样，忽然咧开嘴，夸张地笑了起来。

接着，它对准许冥的头颅，高高举起了手中的尖刀——

“嘎嘎嘎，终于来到我最喜欢的环节了！”

遥远的另一个房间内，男人望着即将挨刀的许冥，克制不住地笑出了声：“难怪说她是白痴啊，明明空位就那么几个，只要在那家伙靠近前挪到对的位置上就行……嘎嘎嘎，我说啥来着，最先死的果然是她！”

他说着，开心地张开了嘴，不知从哪儿抓了一团血红的东西就要往嘴里塞，边塞还边嘎嘎大笑。尚未笑完，屏幕里高个女人的刀便砍了下去。

刀刃重重地劈进了许冥的脑壳，却像是劈进了一团空气。

白刀子进，白刀子出。许冥一无所知地坐在原地，毫发无伤，毫无所觉。她甚至没有回头，就像完全察觉不到站在自己身后的巨大怪物一样。

正美滋滋地准备吃饭的男人愣住了。

正准备冲出去救人的邱雨菲也愣住了。

许冥脑海里的那个声音倒是没愣住。

在短暂的沉默后，它在许冥的脑子里夸了一句“厉害啊”。

停顿了一下，它又补上一句：“原来如此，早说你是‘白痴’啊，给我吓的。”

莫名其妙挨了句骂的许冥也愣住了。

突然被人说成“白痴”，任谁都不高兴。她本能地回了句“你才白痴”，又四下看了看，依旧没有瞧出任何端倪。

恰在此时，鼠标漫长的转圈状态终于结束了，桌面进入了可操作的状态。

本着“来都来了”的原则，许冥索性操纵鼠标，开始一个个研究桌面上的文件。虽然不知道现在到底情况如何，不过既然无事发生，那就不要浪费调查的机会。

她完全不知道自己身后有一个枯瘦灰败的身影正不住地转动着脑袋，同样一脸疑惑地看着她。

为了搞清状况，那身影甚至艰难地垂下了脑袋，过长的身体几乎对折，枯长的头发如瀑布般垂下，差点儿碰到许冥的鼻尖。

许冥仍无知无觉，只专注看着电脑屏幕。片刻后，她忍不住用力眨了眨眼。

看不清，实在看不清。不知为何，屏幕上的文字一个比一个模糊。桌面上的图标还好，只是有点模糊，努力看还是能辨认出来，可一旦点进具体的界面，简直模糊得令人郁闷。

尤其是有大片文字的文档，更是看得许冥头昏脑涨。费了好大的劲，才连蒙带猜地读懂了一部分。

“工作要求……完成指定文档……上交……视为完成……

“上交方式……邮件或……传到打印机？”

许冥凭借多年的Word[1]操作经验盲点了一下打印按钮。打印界面立即跳了出来，她又摸索着点开了打印机列表。

列表里一共只有一台打印机可供选择。也就是说，这台电脑能连上的打印机只有一台。

问题是刚才在会议室和工位区根本没看到打印机，是放在其他办公室里了吗？

话说回来，为什么要打印？

还有，这台打印机的名字……

许冥心里犯起嘀咕，一时却找不到答案。

脑海里那个古怪的声音自打骂了她是白痴，就没了动静。许冥倒想找它说话，它却理都不理，跟死了一样。

许冥便没再指望它，想了想，悄悄掏出已经充好电的手机，趁着四下无怪，对着屏幕连拍了几张。

可一看照片，她却傻眼了。

“奇怪。”她在心里咕哝着，又往后翻了几张，“照片上怎么全是头发啊？”

她正在发蒙，“咚咚”的钟声再次响起，所有的机箱配合地发出响亮的嗡鸣声，紧接着便是接二连三的关机提示音。

伴随着嗡鸣声，许冥面前这台电脑的屏幕突然变暗了。

漆黑的屏幕上转眼便只剩许冥愕然的倒影。

“不是吧。”

她难以置信地喃喃着，疯狂地按电脑的开机键。

然而电脑一点反应都没有。

不远处的茶水间内，邱雨菲小心翼翼地走了出来。

她的心脏仍在狂跳。先前那瘦长的身影冲着许冥挥刀的一幕实在太过冲击，尽管知道许冥没什么事，她还是被吓得不轻。

---

1 文字处理软件，全称为Microsoft Office Word。

更别提那女人居然还在……

看了眼仍站在许冥身后的怪物，邱雨菲忍不住咽了口唾沫。

不过，应该不要紧吧？电脑都已经关机了，而且其他工位上的身影也都消失了，这应该代表所谓的“视察”已经结束了吧？

况且，它刚才也并没有对许冥造成什么实质性的伤害……按照许冥说的话，这很可能只是幻象而已，是用来制造恐惧的幻象……

邱雨菲在心底宽慰着自己，出于谨慎，仍没有太靠近工位区。她又在旁边观察了一会儿，才压低声音，忐忑地开口：

“冥冥老师，能听到我说话吗？我现在要问你问题了哦。”

远远看见许冥冲自己比了个“OK”的手势，她忙道：“第一个问题，你大名叫什么？”

许冥倒也配合，坐在原地老实回答：“顾铭。”

邱雨菲紧接着发出第二问：“你英语中级口笔译分数是多少？”

“没过。”许冥噎了一下。

“答对了。那接下来的第三个……”邱雨菲说着，又偷偷瞟了那瘦长的女人一眼。对方这会儿似乎终于决定放弃盯梢了，庞大的身躯挪动着，正缓缓转向另一个方向。

邱雨菲松了口气，第三个问题想也不想就问了出来。

“你之前和我说，你从小就有的能力是什么？”

“幻视。也就是能看见怪东西。”许冥还在惦记电脑里那些错过的情报，回答的时候兴致索然。听到身后传来邱雨菲的动静，这才吐出口气，拎起包，站了起来。

怪谈区域的影响有时是潜移默化的。很多时候，可能你的思维已经被掌控了，自己却茫然不知——这也是她坚持答完邱雨菲的三个问题才肯起身的原因。

当然，这法子也不是百分之百保险。但不管怎样，谨慎点总没错。

许冥如此想着，转头对上邱雨菲的目光，又是一愣。

“怎么了？”注意到对方瞪大的双眼，许冥瞬间警惕起来，“你干吗这么看着我，是我的回答出问题了吗？”

见邱雨菲摇头，她又迅速环顾四周：“还是你看到什么了？是幻象吗？”

“嗯……”邱雨菲张了张嘴，语气有些迟疑，“我不太确定……”

她不知道该怎么说，因为她真的不太确定自己看到的究竟是什么。

但她确信自己看到了，绝对看到了。

就在刚才，许冥脱口而出“能见怪东西”几个字的瞬间，原本已经走到远处、身体也已经变得半透明的瘦长女人，脚步明显顿了一下。

它转头又走回了许冥身边，迟疑地举起干瘪的手指，在她眼前晃了晃，又晃了晃。

然后，它就完全消失了——带着一副见了怪东西的表情。

◆ 另一边，监控屏幕后面。

男人仍处于极度呆滞的状态，一直旁观的女人则终于忍不住，咯咯笑出了声。

“哦，原来是这个意思啊。难怪眼睛先生会在她身上看到‘白痴’这个词……

“毕竟，这种体质确实是名副其实的‘白痴’啊。”

第6章

比进入怪谈更可怕的是和领导一起进入怪谈

“……据说，有的人类天生就拥有跨越‘边界’的能力，即使是在现实与怪谈泾渭分明的过去，也能够接触来自另一个世界的东西。”

幽暗的房间内，女人的声音不紧不慢，似乎有些愉悦。

“随着他们接触的怪异存在越来越多，他们的能力也会在某个时刻迎来二次畸变。至于畸变的方向，则取决于他们过去对待异界之物所采取的对策和态度……

“而其中一个方向，正是‘白痴’——也叫恒定观测者。”

说到这儿，女人脸上嘲讽的笑意越发明显，对上旁边男人不满的目光，又轻咳一声，抬手摸了一下几乎咧到耳根的嘴角：

“当然，这些也是我从人类那里听来的。是真是假，我可无法保证。”

“嘁。”男人毫不掩饰自己的不爽，瞪着屏幕里的许冥看了一会儿，又道，“所以那个什么‘观测者’，到底是什么意思？”

“恒定观测者。”女人鲜红的嘴角勾起，“具体的我也不清楚，这种特性据说本身就是畸变者里最少见的……不过根据我浅薄的理解，应当就是能无视变化的意思。”

见男人仍是一脸不解的表情，她终于没忍住翻了个白眼，却还是好脾气地解释道：“这么说吧，你知道这世上有一种蠢猫吗？在它们的概念里，世界是不会变化的。如果它们早上看到浴缸是干的，那么到了晚上，它们仍会以为浴缸是干的，哪怕里面已经盛满了水，也会义无反顾地跳进去。”

男人说：“所以呢？”

女人回答：“‘白痴’的能力与之类似。不同的是，当他们看不见浴缸里的水时，那对他们而言，浴缸就的确是干的。”

“他们看不见水，也很难看到那些漂在水上的东西。而相应地，那些‘不存在’的水也绝不会沾湿他们。”

“啊啊啊，真没劲，忽然觉得真没劲！”他失望地号叫起来，齿缝间隐隐露出尚未嚼完的大块血肉。

“什么观测者，搞不明白。懒得管了，去看看另一边有没有人死。”

男人说着，开始操作电脑转换视角。旁边的女人挑了挑眉：

“你确定？规则书的持有条件之一可就是畸变特性哦。”

“你之前不是说，九号规则书可能出现在这个怪谈区域吗？如果它真的在这里，这个明确拥有畸变特性的女孩儿或许就是那个持有它的人。”

似是被女人的话触动了，男人动作一顿。就在此时，已经切换到别处的画面角落，一个人影匆匆闪过。女人远远地望了一眼，蹙了蹙眉，接着便听到一阵刺啦刺啦的响声。

眼前的画面上突然出现了大片灰白色的雪花。

灰白色的雪花不断闪烁，间或响起刺耳的声音。片刻后，画面开始高频率闪烁，在大片雪花与正常的画面间不断切换。正常的画面中却凭空多了一具焦黑的尸体，直挺挺地立在画面中央，空洞的双眼隔着屏幕冷冰冰地望过来。每闪烁一次，身体就朝着屏幕更近一分。

直到最后，整张脸占满了屏幕。没有嘴唇的嘴巴突然张开，像是在发出无声的尖叫。

下一秒，画面突然变暗，漆黑的屏幕上只剩一个血红的大字：

“呀，生气了。”女人单手掩嘴，眨了眨眼，“我都和你说了不要随便偷窥别人的事。你看，冒犯了人家宏强的域主……”

“嘁，什么冒犯。它就是单纯觉得丢脸，找我撒气好吧！”男人气呼呼地关上屏幕，“嚣张什么，不就是个才发展起来的怪谈区域，连传播都得靠我们……

“等着看吧，像它这种不知好歹又小气的怪谈区域，迟早会被人连根拔起，最后凄惨无比地烂死！”

“行了，不就是不肯给你当下饭素材而已，至于这么咒人家吗？”女人不认同地摇头，又好奇地说，“我刚才注意到画面里又出现了一个人，似乎正在往工位区赶……”

“哦，应该是同样陷进来的另一拨人吧。”男人没好气地说，“四个活人，人数还不少。可惜了，刚才都没怎么看他们那边。”

女人若有所思地看了他一眼，想了想，却没再说话。

◆ **宏强公司内。**

“啊，有怪物？”

站在刚才的工位旁边，许冥难以置信：“你确定？不是幻象？”

邱雨菲说：“幻象临走前还知道冲你翻白眼啊？”

那好像不会。

“怪事。”她困惑地抱着胳膊，“可我刚才确实什么都没看到。”

“我也想问你呢……”邱雨菲说着，忽似想到了什么，突然戳了一下许冥，“冥冥老师，有没有可能是你的奇特体质‘体验卡’到期了？”

“‘体验卡’到期了就是普通人，没理由你看得见我看不见啊。”许冥越想越觉得怪，再回想一下刚才电脑屏幕上那模糊一片的文字，更是郁闷得不行。

邱雨菲不太理解她的郁闷。她倒宁愿能看到的东西少点呢。

“那现在怎么办？换地方再搜索吗？你看要不要去茶水间……”

邱雨菲话未说完，许冥已经转身朝附近的工位走去。

“来都来了，当然是再看看工位区啊。我俩的‘工作’内容还没头绪呢，这里说不定还会有什么线索。”

说完，她径直在工位上翻找起来。邱雨菲本想帮忙，但想起刚才这边坐了一片怪东西的场景，又有些心理压力，一时僵住了。刚想说些什么，余光忽然捕捉到一道闪光。

“哎，冥冥！”她赶紧报告，“那张桌子下面好像有东西！”

“哪儿？”许冥立刻转头。邱雨菲再次指给她看：“就那里，桌子下面好像有什么在反光……对对，就是那张桌子！”

她本来还担心那会不会又是许冥看不见的东西，好在这份担心是多余的。许冥很快就锁定了那张桌子，俯身看了一会儿后，熟练地从包中掏出一根自拍杆，拉长后伸进桌子下面。

她从桌子下面扫出了一堆乱七八糟的东西，什么薄荷糖、润唇膏之类的，甚至还有枚镶着细钻的戒指。刚才邱雨菲看到的闪光应该就是这个。

邱雨菲望着这一堆细碎的物品，越发迷惑了。刚要发问，却见许冥又是一动，再次扫出个东西。

这次是一个纸团。

“不是吧，这儿都能有线索。”邱雨菲震惊地看着许冥将纸团展开，“这是什么，是我们的工作内容吗？”

“你想得美。还想指定掉落物呢。”许冥瞟她一眼，“和工作关系不大，不过似乎也是有用的东西。”

她将手中的纸转过来，冲邱雨菲晃了晃。

只见纸的最上方赫然是一行红色的大字：

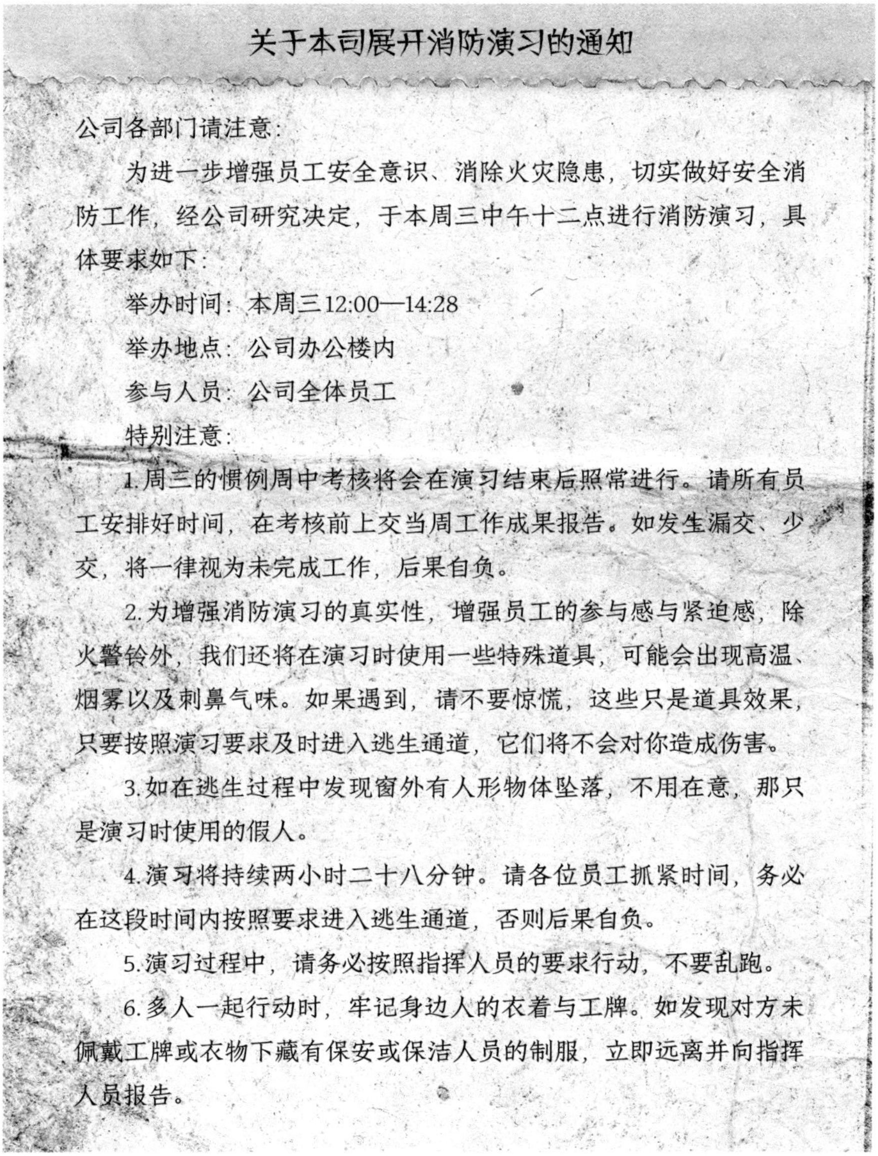

关于本司展开消防演习的通知

公司各部门请注意：

为进一步增强员工安全意识、消除火灾隐患，切实做好安全消防工作，经公司研究决定，于本周三中午十二点进行消防演习，具体要求如下：

举办时间：本周三12:00—14:28

举办地点：公司办公楼内

参与人员：公司全体员工

特别注意：

1.周三的惯例周中考核将会在演习结束后照常进行。请所有员工安排好时间，在考核前上交当周工作成果报告。如发生漏交、少交，将一律视为未完成工作，后果自负。

2.为增强消防演习的真实性，增强员工的参与感与紧迫感，除火警铃外，我们还将在演习时使用一些特殊道具，可能会出现高温、烟雾以及刺鼻气味。如果遇到，请不要惊慌，这些只是道具效果，只要按照演习要求及时进入逃生通道，它们将不会对你造成伤害。

3.如在逃生过程中发现窗外有人形物体坠落，不用在意，那只是演习时使用的假人。

4.演习将持续两小时二十八分钟。请各位员工抓紧时间，务必在这段时间内按照要求进入逃生通道，否则后果自负。

5.演习过程中，请务必按照指挥人员的要求行动，不要乱跑。

6.多人一起行动时，牢记身边人的衣着与工牌。如发现对方未佩戴工牌或衣物下藏有保安或保洁人员的制服，立即远离并向指挥人员报告。

7.进入逃生通道后，请在九楼与五楼之间停留，等候下一步指示。不要进入五楼以下的楼层！再次强调，不要进入五楼以下的楼层！

8.本司郑重承诺，本次演习活动中，我们并未聘用任何外部保安以及保洁人员，因此，如看到陌生的相关工作人员，立即远离并向指挥人员报告！

9.请记住，消防演习的目的是增强大家的安全意识、协助大家掌握逃生技能。演习机会非常珍贵，请大家好好把握，珍惜每次机会。

特此通知，望各位员工谨记并互相转告，严格配合！

……

“好怪。”

将那张通知认真读了一遍后，邱雨菲中肯地给出评价，然后抱着又看了一遍。

“我不理解，为什么一张面向员工的通知会出现在桌子下面？”她面露困惑，“而且为什么要在一个因为火灾而形成的怪谈里搞消防演习啊？更怪了。”

“不知道。”许冥托着下巴说道，“行为艺术吧。”

“你认真点。”邱雨菲拍了一下许冥，再次陷入思索。她盯着通知最后两行看了一会儿，忽然眼睛一亮。

“哎，冥冥老师，你说这会不会其实是关卡说明之类的东西？”邱雨菲拍了拍手掌，“周三的消防演习其实就是一个关卡，而按照指挥进入逃生通道就是正确的通关方式。只要通关，我们就能出去了！”

这样一来，这份通知中某些看似意有所指的语句，尤其是最后两行，也全都说得过去了——这些本来就是暗示，是关于通关的暗示！

许冥说：“那上面提到的保安和保洁人员呢？”

邱雨菲说：“嗯，或许是指我们逃生过程中会遇到的野怪？”

“你以为在玩游戏啊。”

许冥有些无语，沉默了片刻，又轻轻地呼出了一口气。

“老实说，你猜的不是没可能。但这一切都必须基于一个前提。”

邱雨菲露出了疑惑的神情。

“那就是宏强公司本身，或是写这个通知的存在，希望我们出去。”许冥道，“这就涉及立场问题了。所以，在搞清对方的立场前，我建议我们还是保守行事。

“毕竟有的建议看着诚恳，实际上就是想骗人去死。再说了，现在也没法儿确定这通知就是给我们看的啊。”

邱雨菲更加无语了。她心想：“这是什么意思？不是给我们看的，那是给谁看的？这鬼地方还有别的人吗？”

邱雨菲瞪大了眼睛，仔细琢磨了一下许冥的话，突然感觉头皮一阵发麻。

而就像呼应着她的“脑补”一般，忽然响起了一阵脚步声。

急促，小心，声音不大，似乎被刻意压低了，而且听上去分明是在往她们这个方向走……

邱雨菲一个激灵，惊恐地看向许冥。后者赶紧朝她做了个噤声的手势，又拉着她一起往会议室退去。所幸就在刚才的“经理视察”环节后，会议室再次恢复了可使用的状态，这让两人齐齐松了口气。

不久，茶水间的门再次被推开了，一个偏瘦的身影喘着粗气出现在办公区。

那是个留着中长发的女人，约莫三十岁，穿着颜色温婉的针织衫，眉眼间却显得很凌厉，视线扫过周围时，会让人想到正在觅食的鹰。

很快，她的目光就透过会议室的玻璃墙，锁定在里面的两人身上。

接着便听到她如释重负地“唉”了一声，将手中的防狼喷雾放了下来。

“你们俩怎么也在这儿啊？”她一撩头发，神情复杂地看了过来，“你们不是九点就下班走了吗？”

邱雨菲愣住了。

“冥冥。”她飞快地凑近许冥，小声道，“我好像又看到幻象了。我看到我那个超凶的主管站在外面瞪我，还挥着防狼喷雾威胁我。”

许冥带着歉意冲会议室外的女人笑了笑，抬手拍了拍邱雨菲的肩膀，并毫不客气地戳穿了对方的自欺欺人：

“傻孩子，说什么傻话呢。

“外面那个本来就是你的主管啊。”

第7章

一个月几百块你玩儿什么命啊？

袁嘉怡，江湖人称嘉怡姐，小鹿传媒文案部主管，邱雨菲的顶头上司。

她也是今天倒霉地留在小鹿传媒加班的人中的一个。许冥记得清楚，她和邱雨菲拎包走人的时候，袁嘉怡还待在工位上咬牙切齿地改方案。

换个角度说，既然她们俩能来到这鬼地方，加班的其余几人一并过来了，似乎也不是奇怪的事。

当然，出于谨慎，她还是先隔着玻璃确认了一下："嘉怡姐，抱歉多问一句。你还记得我们今晚加班的主要原因是什么吗？"

外面的袁嘉怡古怪地看了她一眼，回答得倒是很快："因为临近下班的时候，某个傻 × 把所有人叫去开大会。"

他们上班的时间是早上十点半到晚上七点半，老板开会开了一个多小时，开完大家手上又还有工作没完成，所以有那么一群倒霉蛋九点了还没下班。

许冥认可地点点头，伸手准备开门。邱雨菲瞪大眼睛，惊恐地抓住了她的手："等等，你就这么信她了？万一她是蒙的呢？"

"是不是蒙的无所谓，"许冥诚恳地说，"重点是她说咱老板是傻 × 。"

确认自己人的方式有时就是这么简单。

那也可能是蒙的啊！管老板叫傻 × 不是全世界打工人的共识吗……邱雨菲在心里号叫着，但终究没能拦住许冥的动作。

"我们离开公司后遇到了'鬼打墙'，被迫进来了。"她简单地回答了袁嘉怡之前的问题，又反问道，"你们呢？"

"加班到一半停电了，电来了之后公司就变成这样了。"袁嘉怡耸了耸肩，又看了眼许冥身后的邱雨菲，将她看得缩了缩脖子。

"你们俩没受伤吧？人还好吗？"

"没事。"许冥点了点头，"话说你是怎么找过来的？"

"我刚刚就在茶水间后面的走廊里，那边也能收到'经理视察'的通知。

我看这次视察的是美术部，觉得奇怪，就想过来看看。”袁嘉怡耸了耸肩，“毕竟我们那边的五个人没有美术部的。”

“哦。”许冥缓缓点头，忽然觉得不对，“等等，五个？”

“对，五个。我，摄影部的水獭、黑仔、老李，还有财政部新招的小王……”

袁嘉怡说着，看向许冥的目光却带着些探询的意味：“怎么了？你觉得有什么问题吗？”

许冥想了想，轻轻摇头。

她只隐隐觉得好像有哪里很奇怪，却说不上来。

许冥没在这事上纠结太久，又打听起别人的情况。毕竟好不容易遇上了，总得交流一下情报。袁嘉怡却叹了口气，指了指茶水间后面的幽深走廊：

“边走边说吧。现在那里就小王一个人，我怕他看不住水獭，得赶紧回去。”

水獭当然是绰号，是在公司用的“花名”。他本人是摄影部的大佬。许冥一听这话，当即一愣。

“水獭老师？他怎么了吗？”

“神志不清。”袁嘉怡叹了口气，“跟发病了一样。你们见了就知道了。”

数分钟后。

她们被袁嘉怡带着踏入走廊，又在一扇标牌被翻到“已占用”面的门前停下。袁嘉怡将门打开，跟在身后的两人立即小心探头朝里看去。

只见不大的空间内放着一张小方桌，方桌旁边正坐着两人。

一个是新来的财政助理小王，手里拿着剪刀和一捆胶带，看到她们出现，露出了诧异的神情。另一个正是水獭。

他这会儿正被捆在一张办公椅上，手脚上胡乱缠着大片的透明胶带，眼睛上和嘴上也各贴着厚厚一片胶带，人挣动个不停。

就在她们探头的瞬间，他嘴上的胶带恰好被挣开了。混乱的嘶吼声立即钻入了两人的耳朵里。

“我要工作，让我工作，不要拦着我工作！

“我爱宏强，我爱我的工作！

“让我工作！我要为伟大的公司奉献我卑微的一生！”

看出来了。

确实病得不轻。

“水獭老师是经历了一次‘经理视察’才变成这样的。”

小王一边继续往水獭身上缠胶带，一边对两人解释道："我们必须捆着他，不然他就会发了疯似的想去完成工作，甚至会为此自残或打人。"

这些胶带和剪刀都是在旁边的储藏室里拿的。这条走廊上有很多类似的小房间，大多是双人办公室，也有储藏室和小会议室。神奇的是，这条走廊似乎没有尽头，两边的房间也根本不知有多少间。

储藏室有独立的规则，只要是公司员工就能无限申领文具，小王他们也就没客气，有用的没用的都拿了许多，堆在这间小会议室里。

这里成了他们暂时的根据地，也成了看守水獭的地方。摄影部的另外两人则负责在外面寻找更多信息。多亏了这年头密室逃脱和无限流小说的流行，大家虽然害怕，但也总算有点思路。

只是无法联系，这会儿也不知他们在哪儿。

而根据小王他们的说法，他们进来的时间比她们俩早，应该是八点四十五分。约莫九点半的时候，就出现过一次"经理视察"，那次视察的正是摄影部，水獭他们三个被迫坐在了工位上。

"怎么说？"许冥挑眉，"他也坐错位置了？"

"不，他坐对了。事情发生在'视察'结束后。"小王小声道，"他看了电脑里的资料，说知道怎么完成'工作'了。又因为《员工守则》里写了提前完成工作就可以早下班，他就想用自己做个实验……"

所谓的"工作内容"，就是按照要求制作一些文档或者PPT[1]。这些许冥心里有数。至于获得工作素材的方式，她没能看清，同样经历过"视察"的水獭却似乎很清楚。

"素材可以去指定电脑里拷，也可以给指定的邮箱发申领邮件。水獭选的就是第二种。"一旁的袁嘉怡补充道，"他背下了邮箱地址，回来后通过自己的笔记本电脑发送邮件，还真拿到了素材。然后他就开始做PPT了。"

说到这儿，似是想起了什么可怕的情景，她脸色一沉：

"结果做到一半，他的状态明显变得很奇怪，体温高得不正常，还一直神神道道的，而且……"

而且，不知是不是她的错觉。随着那份PPT的完成度越来越高，她的心跳也越来越快了。能看到的奇怪身影越来越多，甚至能听见并不存在的脚步声和哀号声。一问其他人，也是这样的。

"还有幻觉……会觉得房间变烫了，墙壁像被烧过一样。"小王叹了口气，

1 演示文稿制作软件，全称为Power Point。也指幻灯片。

“我们觉得这样不行，就先把他捆住了。打又打不昏，只能先捆着。”

“明智的决定。”许冥肯定地点头，“对了，你们刚才说的《员工守则》是？”

“老李他们之前带回来的完整打印版，不知在哪儿找到的，等一下拿给你。”袁嘉怡正忙着帮小王一起准备胶带，看着水獭挣扎得越来越激烈，忍不住皱了皱眉，又转向许冥。

“你真的有办法让他清醒吗？他现在看上去就和癫痫发作一样。”

“不确定，我努力试试。”许冥正在翻水獭的背包。见袁嘉怡看自己的目光仍带着几分质疑，想了想又补充道，“我有个阿姨会‘叫吓着’[1]，我小时候跟她学了点。”

这当然是借口，不过总比和人说“我拥有疑似过期了的通灵体质”好听些。

而且在这方面，她也确实有些经验。

“水獭老师这状态，很明显连思维都被影响了。”许冥道，“想要让他清醒，就必须给他足够的冲击。”

不过物理刺激明显无效。她刚才已经让邱雨菲上去给了他两巴掌，除了让他的脸色变得更红润丰盈，没有任何作用。

那只能试着从精神刺激入手。不过这事许冥真没什么经验，只能努力试试。

“他包里怎么有一堆乱七八糟的东西呀？”她翻包翻得皱起了眉，“这是啥，社保缴纳证明？”

“他上周回老家办事，找人事打印了很多资料。”袁嘉怡解释道。

许冥蹙着眉从他包里拿出了一大包薄荷糖：“还有这个？”

“特产吧。”小王不确定，“我记得他给摄影部的人分了好多。”

许冥说：“他就没点什么非常眷恋的东西吗？比如女朋友的照片？”

“摄影部除了老李订了婚，其他的全是‘单身狗’！”袁嘉怡咬牙按住再次暴起的水獭，努力往他手上又缠了一圈胶带。邱雨菲后知后觉地上去帮忙，袁嘉怡的脸色总算好看了些：“实在不行你把他的相机砸了吧！当面砸！”

“我也想啊，他包里不是没有相机……”许冥咕哝着，神情忽然一变，从里面掏出张纸片状的东西。

那是一张完好的消防演习通知，上面的内容和她之前发现的一模一样，区别只是纸更干净，也更平整。

许冥的眼神变得微妙起来。

“你们在哪儿找到的这个？”

---

1 通过民间方法帮助受惊吓的人恢复正常精神状态。

"啊？演习通知吗？"袁嘉怡抽空看了一眼，"也是水獭带回来的。之前那次'经理视察'，他坐对了位置，桌子上就凭空多了张这个。"

所以这是通过视察的奖品吗？

许冥又是一愣，忽然觉得自己捡回来的那张破烂通知不香了。

不，如果是这种逻辑的话，不如说那东西的存在……更奇怪了。

许冥说："嘉怡姐，摄影部有三个人吧？那你知不知道其他人有没有拿到这份通知？还是拿到后又丢掉了？"

"不知道，没见他们拿出来过。不过这种有明显提示的东西，也不会有人丢掉吧。"袁嘉怡奇怪地看了她一眼，"你问这个做什么？"

"没什么，只是我之前也捡到了一张，在桌子底下，觉得有点怪。"许冥手上的动作没停，面上却是思索的神情。

的确，如果是奖励性的东西，一般人也不会乱丢吧？

她琢磨着，忽然又从包里掏出个东西，拿着研究了片刻，转身快步走到水獭旁边。

"刺啦"一声，她撕下了贴在对方眼皮上的胶带。

一直被贴着的眼睛突然重见光明，褐色的眼珠像是受了什么巨大的刺激般不住地震颤，眼白红得像是要喷血。小王和袁嘉怡吓了一跳，后者更是差点儿跳起来。

"你在做什么？"她忍不住大叫起来，"不能让他看见，这样他会更疯的——"

话未说完，却见许冥又猛地将一张纸放到水獭眼前。

没人知道她手上拎的是什么，只知道那一瞬间，水獭剧烈挣扎的动作突然一僵。

众人瞬间屏住了呼吸。

又过了一会儿，却没见水獭有更多反应。邱雨菲忍不住小声道："冥冥老师，你手上拿的是什么，符纸吗？要不再加一些？好像还不够啊。"

"什么符纸，是他上个月的工资条。"她叹了口气，"虽然只是试试，但至少得让他意识到，工作是为了钱吧？这是常识！"

所以像宏强这样没有约定任何报酬，也不会支付任何报酬的公司，按照常理而言，是不配得到任何员工的忠诚的。换言之，水獭现在的狂热是完全不合理的，是站不住脚的，是一触即溃的。

只要意识到这一点，水獭应该就能清醒过来。

至少许冥是这么分析的——或者说，是这么相信的。

"你确定这会有效？"旁边的袁嘉怡听傻了，"这可是'幽灵公司'！"

"'幽灵公司'怎么了？'幽灵公司'就可以'白嫖'员工的劳动和忠诚吗？这才叫不讲道——咳！"喉咙里突然涌上一股强烈的痒意，许冥一个没忍住，剧烈地咳嗽起来。

不知为何，许冥越咳越痒，似乎还听见脑海里那古怪的声音又低低地笑了一下。接着，水獭也跟着咳了一声，缓缓地眨了眨眼。

他眼底的疯狂之色逐渐褪去，紧绷的肌肉也放松下来了。他瞪大眼睛，眼神清醒又有些愕然。

袁嘉怡与小王对视了一眼，试探着撕下了他嘴上的胶带。水獭猛喘了口气，难以置信地看向他们："什么情况？我怎么了？你们这是要干吗？"

居然真的清醒了。

居然真的清醒了？！

几乎所有人的目光都转到了许冥身上，惊讶得像是在看一个奇迹。

许冥倒是镇定，随手将那张工资条又塞了回去，转身看向神情复杂的袁嘉怡，咳嗽着开口："嘉怡姐，现在能拿给我看吗？就是你之前说的那个完整版的《员工守则》。"

第8章

我才不要变得很好吃

完整版的《员工守则》是一本由五张单面印刷的A4纸组成的册子。

因为水獭需要休息，袁嘉怡找出那本册子后便带着许冥二人去了另一间小会议室，细细研读。

最值得注意的就是这份守则提供了完整的作息时间表：上班时间为早上八点四十五分到下午五点半，中间有两小时的午休，时间为十二点到下午两点。午休时间员工可以离开公司，但午休结束前必须返回，否则后果自负。

联想了一下最开始在外面走廊里遇到的差点儿把邱雨菲拖走的奇怪玩意儿，许冥大概猜到这里说的“后果”是指什么了。

至于储藏室、会议室、接待室的使用规则，这份守则中也有。关于“工作”的具体要求也在其中，总结下来就三条：

第一，每个员工都有工作任务，可通过指定电脑或发送邮件获取信息。当日工作若不完成，则默认当晚加班，完成后方可下班。

第二，完成的工作要发到指定邮箱或传输至指定打印机，才算上交完毕。若提早完成，可以提前下班。

第三，每周三都有周考核。周考核会对上半周的工作进行总结，若未能通过周考核，后果自负。

这部分也算正常，和之前零星得到的信息没有出入。重点是周三要考核，如果到时还交不出工作成果，估计真的会完蛋。

不过有水獭的前车之鉴，许冥估摸一行人里应该没人会想在这里好好工作。

令她有点惊讶的是，这份守则还特意强调了一句：“本司提倡工作优先，不鼓励员工参与消防演习、交流团建等活动。请各位员工合理安排时间，斟酌轻重。”

看上去似乎对某消防演习活动颇有微词。

此外，它还花了极大的篇幅对员工佩戴的工牌做出了规定——

11. 关于员工工牌的行为准则：

（1）在司期间，员工必须时刻佩戴工牌。如果摘下了，后果自负。

（2）本司员工的工牌皆为统一制作的。只有出自指定电脑且信息完整、清楚的长方形物体才会被视为有效工牌。员工若佩戴无效工牌，和摘下工牌无异，后果自负。

（3）禁止擅自修改、涂抹工牌，改过的工牌将被视为无效工牌。

（4）佩戴时，工牌应保持在胸口位置，露出所有信息，若佩戴错误，请在领导和同事的指导下改正。

新问题出现了——哪里来的领导和同事？

许冥猜测，这可能就是其他人不时看到奇怪影子的原因之一。

不过，最令她在意的还是这一部分的最后。

（5）佩戴工牌时，严禁进入五楼及以下的楼层。

（6）若员工进入五楼及以下区域，应自觉摘去工牌，按照规定迅速销毁。返回公司后，自觉保管好新分配的工牌。

又是五楼。

不仅如此，再往后翻，还专门有条例强调了公司没有外聘任何保安或保洁人员的事，和《消防演习通知》的内容一致。

“所以五楼及以下的楼层到底是什么区域呢？”袁嘉怡面露难色，“又为什么要强调不能将工牌带下去？”

“很明显，”许冥正色，“五楼及以下的楼层有敌人。”

“嘉怡姐你不用理她，她说冷笑话呢。”邱雨菲用胳膊肘儿推了一下许冥，“认真点！”

“就是认真说的啊，当然只是猜测。”许冥抱起胳膊，“至少目前看来，制定规则的一方对五楼及以下非常忌惮。”

袁嘉怡说：“敌人的敌人是朋友？”

“不一定，也有可能是更凶残的东西。”许冥坦然道，“十二点午休，公司的门就会开。到时要是能去看看就好了。”

“那也太吓人了，要不再找找其他线索？”邱雨菲搓搓胳膊，又拿起许冥捡回的那张破烂的通知，“还有这个，真的没什么用了吗？”

她还是觉得这通知没准儿暗藏什么玄机，甚至是生机——毕竟“逃生演习”这种事听着就生机勃勃。

而且，假设宏强公司本身就没打算让人逃出去，那为什么还要专门设计这样一个活动？就是为了吓人吗？在《员工守则》里还专门提一嘴，一副不想让人去的样子。

许冥有些疑惑，没有说话。袁嘉怡则干脆地摇了摇头：

“咱们公司明显没安好心，这份通知又是出自公司的，你们说它值得相信吗？”

“可公司不同部门之间不也会内斗吗？”邱雨菲小声说，“说不定就是宏强的哪个部门良心发现，特意想给人留一条生路呢。”

袁嘉怡“嘁”了一声，许冥却抬起了头。

“这也不是不可能。”她认真道，“我以前确实听说过，有些正直的灵魂即使堕入污泥也依然会闪光。他们会化作迷宫里的路标，尽可能帮助每一个过路的人。”

袁嘉怡挑眉问道：“听谁说的？”

许冥老实回答：“我阿姨。”

袁嘉怡说：“会‘叫吓着’的那个？”

许冥回答：“嗯。”

袁嘉怡又问：“那你亲眼见过吗？”

许冥说：“……没。”

“那不就得了。”袁嘉怡叹了口气，“想象很美好，但还是得实际一点。”

“也是。”许冥想了想，点了点头，“而且我们没法儿排除这是不是一种‘双保险’。”

邱雨菲和袁嘉怡很是不解。

“就是设置两套看似冲突的规则，利用人类对其中一方的质疑，从而加强另一方的可信度，促使人类按照另一方的规则行事。”许冥解释道，“但实际上，无论遵循哪种规则，得益的都是怪谈本身。”

“好阴险啊。”邱雨菲感叹道，又在册子上点了点，“冥冥，那这几条该怎么理解？我感觉我们好像一直在违反这些。”

许冥顺着看了过去，发现她指的是好几条列在一起的规则，都是对员工的各种奇怪要求。包括但不限于“员工必须忠于公司，乐于为公司奉献”“员工必须带着积极的情绪参加工作，严禁在公司内传播不良情绪”“不得通过任何途径制造、复制、传播侵害公司名誉和妨害公司稳定的信息”等。

许冥说："嗯，确实，要求很多，但约束力并不是很强，违反了也没有明显的惩罚……"

"这种应该算'腌料'。"

邱雨菲更疑惑了。

"就是专门用来增加暗示、促进同化的规则。"许冥解释道，"嗯，打个比方吧。现代人以熟食为主，为了让食物更好吃，就会进行加工。怪谈区域也是这样的——为了获得更健康、美味的食物，有时会先设法对食材进行处理。我们现在所经历的差不多就是被处理的过程。而为了让我们变成它们想要的味道，就需要'腌制'。"

"也就是用这种信息来驯化我们的思维？"袁嘉怡渐渐明白了，"等我们能自觉遵守这些规则的时候，就等于被'腌'好了？"

"差不多就是这个意思。"许冥点头。

"等等。"袁嘉怡突然反应过来，"那我和小王之前一直以员工的身份从储藏室里搬东西……"

"我之前就想说这事来着。"许冥同情地看了她一眼，"搬得好，不过下次别搬了。"

储藏室的规则是只要是员工就能无限申领文具。袁嘉怡他们借着这条规则"白嫖"，其实无形中也在影响自己，让自己更加认同"宏强员工"这个身份。

换句话说，就是自己"腌"自己。

虽然不像水獭那样明显，但影响肯定是有的，就像袁嘉怡之前便在无意间说出了"咱们公司"之类的话。

"那万一被完全'腌'好了呢？"邱雨菲有些慌了，"是不是就要下锅了？"

而且"腌"得这么悄无声息的，搞不好自己要死了都不知道，还傻乎乎地往锅里跳！

"所以才说要抓紧时间逃出去啊。"许冥叹气，"实在不行就改工牌呗。"

就算要死，也绝不死成很好吃的样子，这是她最后的倔强。

另外两个人沉默了，显然觉悟都还没到那份儿上。

这时，脑海里那个古怪的声音又悄悄冒了出来。

"小孩儿，我欣赏你的魄力。"它听上去非常有真情实感，"不过我认为，比起单纯地找死，你完全可以做些更有意义的事情。"

"比如？"她在意识里问道。

"比如将你在这里的经历整理好，塞进包里，然后趁着午休开门，将包丢出去。"那声音缓缓道，"之后来的人会真诚地感谢你的。"

许冥垂下了眼睛，没再说话，自顾自地翻看起手里的《员工守则》。

邱雨菲坐在她旁边，百无聊赖地看着她翻。她看了一会儿，忽然皱起了眉。

“冥冥！”她叫了起来，“订书针！”

许冥问道：“什么？”

“这本册子用了订书针，两个！”

一旁的袁嘉怡诧异地看了她一眼，不明白这有什么值得大惊小怪的。许冥却很快就反应过来了，慌忙打开包，从里面掏出个东西。

那是一张皱巴巴的纸。打开之后，每一行都写着“我爱宏强”。那张纸和其他纸最大的区别就是它的侧边有两个撕扯造成的缺口。

许冥将缺口放在订书针的位置上比了比，正好合适。

她们交换了一个诧异的眼神。许冥默默地将那张纸拼得更紧密了一些，却出现了惊人的一幕——纸上的“我爱宏强”忽然如潮水般层层淡去，一行又一行淡蓝色的字迹浮现在纸上。

许冥看不太清，但她旁边的邱雨菲轻轻地念出了声。

第一句是“不要害怕”。

第二句是“不要相信”。

第三句是“不要工作”。

面对冲突的规则时，她的宗旨向来是不乱站队。

但在这一刻，就冲这最后一句，她决定无脑拥护这张纸。

第9章

记一场“友好”的会谈

你好，很高兴你能看到这封信。这说明你已经意识到所处的环境不对了。

所以，接下来的话，请你务必认真看完。

首先，不要听“它”的话。不要害怕，不要相信，不要工作。尽可能无视你看到的任何信息，但不要摘掉工牌，也不要当着它的面故意犯错，否则会直接激怒它。

然后，请判断现在的时间。如果时间是上午，请先耐心待到午休时间，切记不要错过九点半和十一点半的“考试”，错过会死；如果是下午，切记在五点前进入会议室，那里是安全的地方。但如果要安然度过整个晚上，你必须申请至少十小时的使用权，这点你只能自己想办法。

如果你孤身一人，无法使用会议室，那就在晚上尽量保持清醒。它晚上会在这里巡视，尽可能避开它的视线。如果不幸被看到了，就做出工作的样子，但不要真的工作。

如果你安全度过了晚上，那接下来的内容就是重中之重，请你一定要好好记住。

中午十二点午休开始，公司大门会打开。出去后直接往右走，进入逃生通道，向下一直走。不要在楼道内逗留，非常危险。

进入楼道后，不论看到什么、听到什么，都别停留，一刻也别停。从六楼下去时记得数台阶，如果只有十四级，就别下去，返回六楼重新走；连走三次都是十四级，就从七楼重新开始。一直走到台阶变成十五级为止。只有这样，你才能进入真正的五楼！

从五楼开始，楼道内会出现消防门。把每扇消防门都推一遍，哪扇门能开就进哪扇门，我们的人就在门后面，沿走廊直走就能找到。遇到他们后，告诉他们你今天所处的日期，他们会视情况处理。如果你和你的同伴因为日期不同而被分开了，请不要慌张，这只是必要的流程。我们是来帮你们的，我们会帮你们逃出去，请相信我们。我们不会伤害你们！

所以，请不要谎报日期！这点非常重要！看到是周几就报周几！

最后，如果可以的话，来的时候请带上你的工牌，并尽可能保持完整。这对我们很重要，凭这一点，我们或许可以帮助更多的人。

祝你平安，希望能与活着的你相见。

最后的落款是“口口”。

“口口”是谁？

放下手中的纸，邱雨菲看向旁边的两人。许冥沉吟着没说话，袁嘉怡若有所思地开口：“看起来似乎是想救我们的人？”

“可万一这又是公司的阴谋呢？”邱雨菲道，“你懂的，钓鱼。”

袁嘉怡眉头拧得更紧了，她看向许冥，见她依旧没说话，只当她还在思考，便没催促她。

但只有许冥自己知道，比起这封突如其来的信，她更在意的是这些文字逐渐浮现时，脑海里突然出现的一句嘀咕——

那个古怪的声音说：“哟呵，规则入侵？这就有意思了。”

“规则入侵”又是什么？

许冥有意在意识里发问，却没得到回答。片刻过后，她果断站起了身。

“不好意思，去趟卫生间。”她随手拿起包，顺带制止了想陪她一起去的邱雨菲。她正要离开，又被袁嘉怡叫住了。

许冥以为她是要问自己对这封信的看法，正要说话，却见袁嘉怡摆了摆手。

“不不，不是问这纸的事，这个等你回来再说。我是想……请教一下。”她抿了抿唇，“你之前说我已经被这地方影响了，对吧？那同化的进度有可能倒退吗？”

倒退？

袁嘉怡的措辞对她而言有点陌生，她愣了一下才反应过来：“应该可以吧？重点就是保持清醒，不忘初心，不要跟着它给的逻辑走，这样多少会有点用。”

袁嘉怡问道：“初心？”

许冥正色道："就像我和水獭老师说的那样，要牢记，工作就是为了钱。

"不要问你能为公司创造什么，要问公司能给你什么。

"合同签了吗？工资能发吗？福利呢？实习证明呢？不能给？那你干吗为它工作，它还提一堆要求，什么忠诚、情绪、行为规范……它配要求这些吗？它配个钥匙。

"反复在心里念上面的话，能无压力地顺畅念完的时候，就说明你已经暂时摆脱同化了。"

袁嘉怡心想："懂了，反PUA[1]。"

她尚在消化，许冥一时没忍住，又剧烈地咳嗽起来，拍着胸口咳个没完。邱雨菲担忧地看过去，却见她连连摆手。

"没事没事，我自己缓一会儿就行。你们继续研究，我先去卫生间了。"

说完便快步走了出去。

只剩邱雨菲和袁嘉怡待在房间里，气氛突然有点尴尬。

毕竟对方是主管，邱雨菲顿时有些不敢说话，低头翻着手里的纸。袁嘉怡也没理她，闭眼默默重复许冥刚才说的话。不知是不是心理作用，反复念了几遍后，她还真有种突然松快的感觉。

邱雨菲百无聊赖地将《员工守则》又往前翻了翻，突然动作一顿。

"是我看错了吗？"邱雨菲微微睁大眼睛，有些惊讶地想。

只见纸上排在一起的好几条规则，诸如"员工必须忠于公司""员工必须带着积极的情绪参加工作""不得通过任何途径制造、复制、传播侵害公司名誉和妨害公司稳定的信息"等，字迹居然一齐变淡了。

有的甚至还有些斑驳，就像是被人用修改胶带狠狠地粘过一样。

许冥关上卫生间的隔间门，依然咳个不停。

不过似乎比之前要好些，没那么撕心裂肺了。她坐在马桶上缓了会儿，咳嗽声总算渐渐小了下去。

又过了片刻，她似是终于拿定了主意，在意识里缓缓开口：

"喂，在吗？我想和你聊聊。"

等了一会儿，却无人应答。

许冥也没强求，径直打开包，从里面掏出个东西来。

那是个本子，两个巴掌大，薄薄一本，封面和封底都覆盖着一层凹凸不

1 指在一段关系中一方通过言语打压、行为否定、精神打压的方式对另一方进行情感操纵和精神控制。

平的蜡。

正是她之前网购时拿到的赠品，那本名为九号规则书的本子。

“呵。”这回，她的脑海里终于有了动静，依旧是那个空灵的声音，“终于想到了吗？看来你也没那么笨。行吧，既然如此，那我就不装了。

“小孩儿，向我展示你的尊敬，若得我欢心，或许我会乐意再给你一些关键的指引。”

许冥没有理它。她起身掀起了马桶盖，然后捏着那本子的一角，将它悬在马桶上方。

“不好意思。”她在脑海里说，“你刚才说什么来着？”

“喂，你想干吗？放肆！”那声音的音量高了些许，“马桶？有趣。你以为我会怕这种东西吗？”

“我当然知道你不怕马桶。”许冥道，“但这个公司本身呢？你很乐意留在这里吗？”

那个声音沉默了。

许冥暗暗松了口气。她猜对了。

那家伙表现得挺明显的——她们进入公司前那一声不爽的“啧”，还有不久前那个关于将包扔出公司的荒谬提议。

“很高兴我们达成了共识。”她自顾自地为这场谈话定了性，“现在，别说多余的话，老实回答我的问题。

“第一个问题，九号规则书到底是什么？”

那声音“嘁”了一声。

“你不都念出来了吗？九号规则书就是九号规则书。”

“我问用途。”许冥摇晃着本子。

“创建规则，修改规则，取消规则，随机支付体力、健康或血肉……不然还能怎么用？规则书不都是这一套嘛！你又不是没用过！”

听着似乎有些暴躁。

许冥愣住了。那声音的意思是自己已经试过这些技能了？

她咂摸了一下这鬼东西刚才说的话，又想起自己一直咳嗽以及某些时候感受到的疲惫，心中隐隐有了猜测。

许冥又问：“那用法呢？还有使用条件、判定范围、具体效果……你这么笼统地说，是想唬谁啊？当我没玩过游戏吗？”

“我怎么知道？这是你手里的书。”那声音顿了一下，语速慢了下来，“你翻一下不就知道了。”

当我是傻子吗，你说翻就翻?

“我真不是坑你。”那声音明显有些无奈，“而是你这么问，我真的没法儿答……”

许冥问：“为什么？你不就是规则书吗？写在你身体里的东西你不知道？”

“讨厌。”它的音量忽然变小了，语气还有些扭捏，“不要在这种时候说这种话啦。”

许冥感觉怪怪的。想把这玩意儿扔掉的心情忽然无比强烈，然而纠结片刻，她还是将手一点点收了回来。

它是个鬼东西，却实在令人好奇。

盯着面前的九号规则书看了片刻，许冥终于试探着小心翻开了书页。

当然，她留了个心眼，打开前先将本子翻了个面，确保不会直接看到里面的东西。不过，她很快就意识到自己好像想多了。

因为这本子根本翻不开。

唯一能翻开的只有扉页，其他页面就像是死死粘在了一起，怎么都翻不开。

扉页上仍然只有那五个字——九号规则书。

尝试了片刻，许冥的声音沉了下来：“这是什么情况？”

“我怎么知道？我长这么大才第一次搭上九号……”

话未说完，似是察觉到了什么，它猛地住嘴了。过了一会儿，那声音才再次响起，又是那种空灵玄妙的语气：

“看来你和这书的缘分未到，倒也不必强求。”

许冥再次伸手，将本子悬在马桶上面。

“你干吗？脏死了，有葡萄球菌！”那声音再次疯叫起来。

许冥没搭理它，维持着拿本子的姿势。

于是它自己认了㞞：“行，我说实话，我也不知道……可能是你解锁的进度还不够吧。”

“进度？”许冥不解。

“规则书都是用‘根’熔炼出来的。编号取决于诞生的顺序以及初熔时‘根’的数量。这一本的编号是九号，说明初熔时熔进了三个‘根’，也就是说，它本身的上限就比较高，解锁起来也会比较麻烦。”

“可你不是说我之前用过它的力量吗？”

“说明它醒了，但没完全醒呗。”

“所以你其实不是规则书。”

“倒不必那么绝对。”它轻轻地说，“只能说是，但不完全是。”

“所以就不是。”许冥很笃定。

“……”那声音没再反驳。

许冥克制地吸了口气。

也就是说，规则书的使用方法暂时还是没法儿摸清。也不知能不能靠自己总结出来。

“那你之前说的‘规则入侵’又是什么意思？”许冥追问道，“还有……‘白痴’？”

“规则入侵就是说由其他存在创建的规则进入了当前怪谈区域，像你们刚才发现的密信，很明显就来自另一种存在，别问我它是怎么进来的，我也不知道……”

那声音好像不太高兴，语速快得像是没钱买标点：“还有你之前的修改，什么‘力的作用是相互的’，某种意义上也算是入侵！”

“啊？”许冥一愣，“不至于吧？”

“你都上手改了你说算不算？”那声音又“嘁”了一声，“得亏你改的部分不多，又都是边缘规则，没能引起域主的注意。不然你看它撕不撕你。”

她拍了拍本子的封面：“它撕不撕我我不知道，但我可以保证，我死之前，绝对会把你捧到它的面前。不必感谢。

“好了，那解释下一个名词吧。记得别再说得那么快，听得我手抖。”

邱雨菲和袁嘉怡还在小会议室内等许冥回来。

等了一会儿，没等到人，倒是听见外面传来些动静。

是男人的声音，像是在吵架。

会议室里不能只留一个人。两人交换了一下眼神，默契地决定暂时不出去。不过袁嘉怡还是贴在门口观望了一会儿，神情有些古怪。

“嘉怡姐？”邱雨菲紧张地发问，“怎么了？”

“没事，是老李和黑仔回来了。他俩似乎闹得不开心，正在吵架。小王在劝架。”

袁嘉怡说着，眉头却拧得更紧了。

注意到她的神情，邱雨菲越发紧张了：“嘉怡姐，难道还有什么问题？”

“倒不是问题……”袁嘉怡沉思了一会儿，突然看向邱雨菲，眼神严肃起来，“小邱，问你件事，你好好想想再回答我。你还记不记得，你和小许下班的时候，公司里到底还剩几个人？”

第10章

意思就是，它急了

“啊？什么剩几个人……”

会议室内，邱雨菲因为主管的问题有些茫然：“不是五个吗？”

“你确定？”袁嘉怡反问道。

邱雨菲最怕她反问，因为她一旦用这种语气说话，就意味着自己的方案肯定要被打回去修改。

这种语气给她留下的心理阴影太深，让她原本肯定的答案有些动摇。过了一会儿，她才小声地说：“那你希望我回答几个啊？”

“我不是在挑你的错……”袁嘉怡一时无奈，不由得反思了一下自己平时是不是太凶了，“是这样的，我总觉得我们现在的人数不太对。”袁嘉怡看了眼门外，压低声音，“本来只是隐隐有种感觉，可我刚刚仔细琢磨了一下，越想越觉得应该是多了。”

“啊？”邱雨菲有些诧异，“多了谁啊？”

“就是想不到啊。”袁嘉怡叹了口气，“所有人都是我们认识的。我现在唯一确定的就是你和小许肯定是没问题的。”

邱雨菲下班前和她打过招呼，提到要和许冥一起走。她当时还嘱咐了句“路上小心”，聊天记录里都有。

可其他人就没有这么明确的证据了。

“是吗？”经她这么一提，邱雨菲也突然觉得有些不对。那种感觉就像是刚进公司前被许冥提醒去看门牌一样——别人不提，完全不觉得有问题，可一指出来就觉得哪儿都不对劲。

“别人我不清楚，但小王肯定是比我晚走的。”又思索了片刻，邱雨菲笃定地说，“他今天不小心把财务开废的发票扔掉了，我走的时候他还在翻垃圾桶。”

袁嘉怡的身份她也很确定。她临下班前刚给对方传了份稿子。

唯一记忆模糊的只有摄影部。

可以确定的是，当时摄影部留下的绝对不只一个人。

“我也记得是这样的。”袁嘉怡点了点头，“要是有排班表就好了。看一下今天外出拍宏强的都有谁，剩下的应该就是没问题的人……”

说到这儿，她忽然意识到了什么，脸色骤变。

邱雨菲显然也想到了同样的事。

“主管，不对啊。”她掰着指头算，“摄影部一共四个人，每次外出拍摄都会去两个人，也就是说现在多了一个人……

“而且多的那个恰好就是该在宏强拍摄的人？”她顿时觉得鸡皮疙瘩都起来了，“这到底是什么情况？该不会是有同事在宏强出事了，然后把我们都……拉进来了吧？”

袁嘉怡心想：“问得好。我也想知道。”

许冥坐在马桶上，正在消化刚刚获得的信息。

包括但不限于什么规则入侵、“白痴”的定义……都是她没听过的词。

许冥很是不解。她只是脱离了那个世界四年多而已，就这么落后了吗？怎么出现了这么多花里胡哨的规则？

她尚在思索，忽然听到脑海里的那声音又“啧”了一声，于是问道：“干吗？”

“不是啧你。是你上面的东西。有东西趴在隔间的墙板上看你。”那声音答道。

许冥问：“什么？”

那声音说：“怪物，血肉模糊的那种。估计看你在卫生间里待太久了，过来给你警告了。”

“看什么看，没见过带薪蹲坑啊？”她没好气地抬头冲空气喊了一句，又垂下眼，灵光忽然一闪，“等一下，你能看到诡异的东西，那假如是装成活人的东西呢？你能分辨出来吗？”

那声音说：“啊？”

“就像白骨精那样，”许冥举例，“你能看出来吗？”

按袁嘉怡的说法，他们那边有五个人，可许冥总觉得人数不对，似乎比她印象里的多。

虽然只是隐约的感觉，但在这种地方，多留个心眼总没错。

那声音听完，低低地笑了声：“不好意思，这还真不好说。

“有的死人会假装自己是活人，有的死人不知道自己是死人。前者或许还有分辨的可能，后者，你真别指望我。

“不过，你要想弄清这种事，我倒可以额外送你两条提示。”略一停顿，那声音接着说，“第一条，死人是很容易丢东西的。

“第二条，死人丢掉的东西往往会聚集到一起。”

又过了三分钟，许冥终于离开卫生间，回到了会议室。

因为担心鬼故事里常见的“真假伙伴”戏码上演，邱雨菲还特意和她约定了一个极为拗口的暗号。许冥耐着性子陪她对完暗号，又就着那封信的事讨论了一会儿，才动身回到水獭所在的房间。

一进门，她们惊讶地发现黑仔和老李居然还在怄气。

黑仔是个东北汉子，个子不高，但从不怕事，为人直爽大方。老李有些胖，戴着眼镜，是那种看着就很和气的人。两个性格不错的人居然能吵到现在，实在令人诧异。

“据说刚才闹了矛盾，连带着翻起旧账了。”小王偷偷给她们仨解释，“他俩在档案室里不知触犯了什么，搞得屋子里出现怪物了。老李一个人跑出去了，把黑仔关在里面，他差点儿没出来。”

“我说了那门不是我关的。”老李无奈地说，“它是自己关上的。”

“自己关上的还是你堵上的？你当我没看见门口的椅子？”黑仔一说这事又来火了，“还有，你敢说水獭去做PPT不是你怂恿的？没找到《员工守则》的时候，你还想劝我把工牌摘了，说这样说不定就能出去……有意思，觉得能出去你自己怎么不试啊？”

“我说过了，椅子是我搬来砸门的，只是正好你自己从里面冲出来了。水獭的事是他自己决定的，而且大家一致通过了，怎么就变成我怂恿的了？”老李推推眼镜，脸庞涨得通红，“还有摘工牌，我当时就是提个想法，不是针对你……倒是你，怎么一直针对我啊？”

黑仔闻言眉毛一竖，眼看又要动怒。许冥掏出手机看了眼时间，忍不住抬手打断了他们。

“不好意思，但‘甩锅’环节可以放到最后吗？再吵下去怪物要围过来‘吃瓜’了。”她说着，举起了那封写满了蓝字的信，“而且能不能先讨论正事？拜托，我们的时间很赶。”

十分钟后，宏强公司外的幽暗走廊上。

“老实说，当时听你说‘时间很赶’，我是很赞同的。毕竟在这种鬼地方多待一秒都是折磨，与其吵架，不如好好想想出去的办法。”老李手中的手电筒摇晃着，声音也有点摇晃，“但这是不是也太赶了？”

许冥用三分钟同步完当前信息，两分钟通知大家自己打算午休时间去五楼踩点，一分钟反驳所有反对意见，两分钟挑选和自己一起下楼的队友。

等老李反应过来时，人都已经跟着许冥走出公司了。

“没办法，都说了赶时间嘛。”许冥的语气淡淡的，“根据当前情报，我们能够利用的只有午休的两小时。我们会合时已经是十二点零五分了，等慢慢讨论完，午休时间都过了。”

“其实我更好奇的是你的人选。”一旁的袁嘉怡轻声说道，下意识看了眼前面的老李，“这个配置说实话我真没想到。”

她和邱雨菲比别人更早看到信，也最早知道许冥准备午休时间去五楼的事。所以她想当然地以为许冥会找她和邱雨菲一起，而且这样一来，也能省去跟其他人解释的工夫。谁能想到许冥最终找的却是她和老李。

许冥的理由却很充分：“雨菲肯定得留在上面，我和她最熟，如果真留下了什么暗号，她是最有可能猜出来的那个。水獭还没恢复力气，跑不动。小王不靠谱儿。至于黑仔……不知为啥，我不是很喜欢他。”她看了眼旁边的两人，“其实五楼下面未必比公司安全。之所以想多找点人一起，也是觉得万一出了什么事，至少能回去一两个人报信。所以谢谢你们愿意陪我出来。”

“瞧你说的，什么叫陪你呀。”袁嘉怡摇头，“都是被困在这儿的人，谁还能独善其身不成？我是在对自己的命负责，不是对你负责，别想太多。”

“就是。”老李点头，“这又不是你一个人的事。只要能出去，让我做什么都愿意。”

“行，那么虚假的社交客套到此结束。”许冥耸耸肩，将包往肩上提了提，突然停下脚步。

惨白的手电筒光芒正好照在一扇虚掩着的门上。

那是通往逃生通道的门。

逃生通道内也是没有灯的。

因此，摸到楼梯后，三人依旧只能用手机上的手电筒照明，小心地顺着台阶下去。

因为走得太慢，照明的区域又有限，明明不长的楼梯竟给人一种无穷无尽的感觉。

“千万记得，到了六楼后要数台阶啊。”袁嘉怡小声提醒道。

“知道。现在才到八楼呢。”许冥牵着她往下走了几步，总算又踩到了平实的地面。这里是九楼和八楼之间的楼道。

楼道的墙壁上贴着张纸，三人凑过去一看，上面是整齐的印刷字体，生怕他们看不清似的，还是加粗的大字。

请注意，您现在所在的位置为八楼。
应物业要求，五楼以下的区域暂时封闭，不予通行。
如要下楼，请坐电梯。

袁嘉怡说："这鬼地方还有电梯？"

许冥说："听它鬼扯。电梯要是好使，我们早走了。"

说完，他们继续往下走。七楼的楼道里贴着张新的通知。

这次是红色的字，不是印刷体，而是纯正的手写字体，似乎写得匆忙，笔迹有些凌乱。更凌乱的是上面的内容。

如果你能看到这张纸，说明一切还有机会。
不要迟疑，赶紧转头往回走！
蓝色是谎言，你被骗了，不要再往前了！
如果你是被人带到这里来的，赶紧甩开他，不管他说什么都别听！
静下心来，好好想想，他真的是你认识的那个人吗？

许冥感觉旁边的二人脚步明显有些迟疑，索性直接停下脚步，转头看着他们。

"如何，还要继续往前吗？如果拿不定主意，你们在这儿等也行。"

又是片刻的沉默。令她有些意外的是，最先拿定主意的居然是老李。

"继续往前吧。"他用汗湿的手推了一下眼镜，"我还是那句话，为了出去，我什么都愿意做。"

"……"袁嘉怡的视线在他们之间转来转去，最终一咬牙，点了点头。

于是三人继续向下走。

到了六楼，许冥习惯性地先扫了眼墙壁，没再看到什么通知，一时竟还有些失落。

然而随着手电筒光芒的移动，她很快就发现自己失落得太早了。

墙上的确没有贴纸，但上面写着很多字。

是红色的字，很大，很凌乱，每一句的结尾都是感叹号。这些字乱七八糟地横在墙面和地板上，就像被强塞进楼道里的嘶哑尖叫。

回去！快回去！
给我滚回去！
前行者死！
别再往前了，快跑！
快逃，你被骗了！

不仅如此，六楼通往五楼的楼梯口甚至拉了警戒线。警戒线前面立着块足有一人高的立牌。

立牌上是很可爱的卡通形象——一个抱着对话框的笑脸熊。然而写在对话框里的字却冷冰冰的。

警告！前方因故封闭，请勿继续前行。

若继续前行，将视为您自愿放弃我们对您的保护，我们将不再对您的生命安全负责。

“这算什么，免责声明？”袁嘉怡忍不住低声说，这是什么意思？”

她知道宏强不是一个善意的地方，然而一路过来看到的种种措辞很难不让她怀疑自己之前是否误判了什么。

许冥对此的理解倒是十分简单粗暴。

“意思就是，它急了。”

她说着，转动手机，小心抬腿，径直跨过了面前的警戒线。

第11章

顺祝商祺，顺祝商祺！

眼见许冥带头跨过了警戒线，其余两人面面相觑，终于也下定决心，跟着跨了过去。

令人惊讶的是，从六楼下到五楼的过程竟然出乎意料地顺利。许冥本以为宏强还会再设些障碍，比如幻觉什么的，实际上什么都没有。他们轻而易举地走到了五楼，甚至只用一次机会就数出了信中所说的十五级台阶。

后面的流程则相对烦琐一些。五楼的消防门推不开，他们不得不又往下走了两层。伴随着“咚咚咚”的心跳声，他们总算在三楼找到了能打开的消防门。

就在厚重的门被推开的一瞬，三人皆愣住了。

门后有光。

消防门后面是一条宽敞的走廊，尽头是一处拐角，右侧是整齐排列的房门。顶上的灯泡闪烁着，投下不算稳定却足够明亮的灯光。

对于刚摸黑下了几层楼的三人来说，可以说是如同圣光，他们一时甚至有些睁不开眼。

许冥顾不上震撼，很快就调整好状态，带头继续往前走。在靠近拐角时，明显听到了不属于他们三个的脚步声。三人又都是一愣。

有人从拐角处走了出来，穿着皮鞋、保安制服，戴着帽子。他脸上还戴着墨镜和口罩，将脸遮得严严实实的。即便如此，在对上眼的刹那，三人依旧能感觉到对方的诧异。

“站住，等一下。”对方冲他们做了个制止的手势，有些警觉的样子，“你们是从哪里过来的？”

三人对视了一眼，袁嘉怡试探性地开口：“楼上，宏强。”

那保安似乎更警觉了，拿出对讲机，急促地和对面沟通起来。他说话有些口音，和对讲机那头的人沟通时用的是方言，他们都没听懂他说了什么。过了一会儿，那人放下对讲机，朝他们看过来。

“宏强是吧？”他迎了上来，“请跟我走，别乱跑。不要慌，你们已经安全了。”

说完，他又朝几人背后看了看，像是担心有什么会追上来一样，然后才转身带路。

三人交换了一下眼神，默契地没有多问，一起跟了上去。

“喂，在吗？”许冥一边往前走，一边在脑海里发问，“看得出这人的身份吗？”

脑海里慢悠悠地响起一声“啧”，接着便是没精打采的声音：

“都说了这种事别指望我。不过这家伙身上的气息和宏强不一样，这点我能确定。”

也行，至少是个好消息。

许冥脸色微变，又在意识中问道：“对了，你不是说我有‘白痴’特性吗？我能看到他，这能证明些什么吗？”

“证明你来到了一张新‘地图’，而这个男人是‘地图’初次加载时就存在的人物。”那声音兴致不高，“除此之外，什么都证明不了。”

“白痴”特性免疫的是变化带来的异常影响，而非变化本身。举个例子，假如许冥进了一个怪谈区域，里边有七个怪物，其中六个一开始就现身了，最后一个要到晚上才现身，那么无论晚上现身的那个是强是弱，许冥能看到的都只有一开始就出现的六个怪物。再打个比方，假如许冥在怪谈区域撞见一只怪物，它最初的造型是阳光开朗大男孩，后来换了个恐怖造型，但在许冥眼里，它依旧是那个阳光开朗大男孩。

而想凭这种能力直接判断所见之物的性质，实在不太现实。

“……”许冥思索了片刻，那保安忽然转过头来，沉声道：“你们是看到提示下来的？那你们所处的日期……”

许冥和袁嘉怡对视一眼，试探性地开口：“周一？”

保安问：“都是？”

“我的手机显示的也是周一。”袁嘉怡赶紧说道，又看向旁边，“老李呢？”

“我也是。”老李立刻点头。

保安的目光在他们身上逡巡，似乎是在思考要不要让他们出示证明。他想了想才说：“好的，都是周一对吧？这事很重要，不要撒谎。如果不知道，直接说不知道就好。”

没人更改自己的答案，保安便没再追问。

许冥突然又想到一件事，于是加快脚步上前：“等等，先生，我们这是要去哪儿？宏强还有我们的同伴……”

“很抱歉，我们没法儿去上面，只能等他们自己下来。”保安说着，在一扇门前停下脚步，“请进。”

门后是一间类似会客室的房间，布置着简单的柜子和桌椅，桌上有未开封的矿泉水和袋装食物。旁边还有一扇门，看标志像是卫生间。

许冥往里看了眼，没进去，而是接着刚才的话说道：“那能冒昧问一下你是谁吗？我们其实还不太确定……如果能从你这儿得到帮助的话，我们还想回去，将同伴也接下来。”

“回去？”保安迟疑了一下，似是有些为难，“回去应该也可以，不过你们还是要先在这儿待一会儿。”

他指了指旁边的房间：“我的身份不重要，重要的是该如何帮你们彻底摆脱宏强……”

“一刻钟后，我们会来接你们去进行‘清洁’。按照流程，清洁完毕就可以送你们离开。如果你们要回去，可以等到清洁完成，我们的人会帮忙安排。”

“清洁？”许冥蹙着眉问，“指的是？”

“清除你们的身体和意识受到的污染。”保安说道，“类似于让贝类吐沙。可能会比较麻烦，但请你们务必理解。宏强是个很棘手的存在，我们必须谨慎对待。”他再次朝房间中一指，“具体的规则上面都有。你们可以仔细看看，先决定顺序。”

“顺序？”

保安说：“清洁的顺序。我们一次只能清洁一个人。清洁完要离开还是回去，由你们自己决定。在清洁开始之前，我会一直在附近守着，有问题就叫我。”

保安说完就关上门，离开了房间。

三人待在空旷的房间里面面相觑。

过了片刻，老李才迟疑地说：“我们这算是得救了吗？”

虽然那保安看着神神秘秘的，但不管是行为还是态度，好像都挺靠谱儿的。而且到目前为止的发展也和那封信中的描述对得上……他原本对信上的内容半信半疑，现在两方印证，可信度一下子高了不少。

“应该……算是？”袁嘉怡也有些不确定，“小许，你怎么看……小许？”

她没听到回答，转头看才发现许冥已经自顾自地在房间里一边溜达一边东张西望。

“怎么了？”袁嘉怡的神经瞬间绷紧了，“你又看出什么了吗？”

“老实说，没有。”许冥抿了抿唇，直起身子。

真的没有。就像老李想的，一切都和那封信上的内容对上了。

只是不知为什么，她心里仍觉得怪怪的。具体哪里怪，又说不清。

一时没有头绪，她只能再次转移注意力，视线落在不远处的一张纸上。那是一份通知，贴在墙上，上面是黑色的印刷字体，内容倒是和保安说的差不多。

> 你们好，很高兴你们能来到这里。不必担心，你们已经安全了。为了避免来自宏强的污染继续扩散，我们必须先对你们进行清洁，消除它留下的影响。清洁完毕，就会安排你们离开，请相信我们。
>
> 清洁环节需要一些准备时间，请耐心等待。因为一次只能清洁一人，所以你们需要先确定清洁顺序。尚未排到的人，请继续在房间里等待。
>
> 等待期间请不要乱跑。请不要使用任何从宏强带出来的物品。
>
> 谢谢配合。祝你们平安。顺祝商祺。

“顺祝商祺？”许冥忍不住念出了声。

“什么棋？”袁嘉怡好奇地走过来，看到后“咦”了一声。

“顺祝商祺。这是书面用语，大概就是顺便祝你生意顺利……”

“我知道。”许冥看了她一眼，“可这种词一般会用在通知里吗？”

好像确实不会。一般都是用在商业邮件里，用在这种地方感觉怪怪的。

难不成是打错了？

袁嘉怡心里犯起了嘀咕，一旁的许冥则拧起了眉。

她掏出手机看了眼时间，又回头看了眼老李，思考片刻，忽然说要去卫生间，顺手就将袁嘉怡也拉去了卫生间。

过了一会儿，卫生间的门打开了，许冥擦着手走出来，又开始在房间里四处观察，面上没什么表情。

袁嘉怡则是一脸犹疑。她出来后摸到门边，推门探头看了眼，很快又缩了回来。

“嘉怡姐？”老李担忧地看了过去，“怎么了？你们刚才躲进卫生间，是不是又发现了什么？”

“没什么，就是单纯陪她上卫生间。”袁嘉怡摆摆手，“我有点担心，所以去看了看。还好，那保安还在外面守着呢，没事。”

“哦……哦。”老李不明所以地点头，又坐了回去。

“对了，既然很安全，那我们还是赶紧说正事吧，决定一下刚才那保安说的顺序。我可以排最后一个，你们俩商量一下吧。”

老李说着，看了眼坐回去的袁嘉怡，又转头去找许冥，却见对方已经将整个柜子都翻了一遍，这会儿正趴在地上看柜子底下。

“你这也太拼了……”不光是老李，袁嘉怡都有些傻眼了，“别告诉我你真的找到了什么。”

许冥没说话，只是自顾自地扒拉柜子底下。过了一会儿，她扒拉出一只破烂的橡胶手套，神情复杂地拿起来：“没，就找到点垃圾。”

“我就说嘛。”老李摇了摇头，“又不是密室逃脱，怎么可能把线索放在柜子底下。”

“谁说不可能？”许冥将手套装进包里，又掏出手机看了看时间，接着坐到桌边，轻飘飘地开口，“之前那张通知也是在桌子底下捡的。”

老李正在拧矿泉水瓶盖，闻言动作一顿：“什么？”

“消防演习通知啊。哦，你和黑仔当时不在。”许冥笑了一下，“就在工位区的一张桌子底下，整张纸都被揉成团了。除了那张纸，还有一堆东西，什么糖果、润唇膏、戒指……”

“这事我和嘉怡姐说过，对吧？”

“啊……对。”袁嘉怡愣了一下，点点头，“不过我没搞懂，怎么桌子底下会有那么多东西。”

“是吗？不奇怪吧。”老李不知想到了什么，似乎僵了一下，却很快又扬起了唇角，一只手放下还没拧开的矿泉水，另一只手则若无其事地揣进了外套口袋里。

“桌子底下、床底下，不都是这样的？稀里糊涂地就堆了很多东西……”

“倒也是。”许冥再次掏出手机看了眼时间，视线却很快又落在了老李身上，“不过我觉得，这事或许还有另一种解释。

“有种很奇妙的说法，不知道你们听过没有——

“已经死掉的存在在这种地方是很容易丢东西的，而且丢掉的东西往往会聚集到一起。”

第12章

顺祝商祺，顺祝商祺，顺祝商祺！

许冥记得清楚。之前在卫生间里时，她曾问过脑海里的那个声音，目前的同伴里是否有多出来的人。

对方没有给她确切的答案，但给了她两条区分活人和死人的提示。

第一，死人是很容易丢东西的。

第二，死人丢掉的东西往往会聚集到一起。

巧的是，它的话刚说了一半，许冥就反应过来，其实她以前也听过类似的话。

“我有一个阿姨，会‘叫吓着’，对这方面的事也有些了解。这事我和嘉怡姐说过。”许冥垂下眼睛，语气轻描淡写得像是在闲聊，“刚才的话也是小时候我听她说的。

“她说，死人是很难守住东西的。因为人死如灯灭，即使他们再想抓住，他们生前的痕迹也会一点点被抹掉。即使他们因为某些原因能够继续存在于世界上，灵魂包含的东西也会在他们不注意的时候不翼而飞。

“那些东西都有相同的气息，它们会彼此吸引，即使不翼而飞，也会在某种奇妙力量的作用下，自动聚集到一个地方。”

许冥将目光转向面前的老李，淡淡地说：“至于会聚集到哪儿，这就很有意思了。据说，有时候它们会落在死人最珍视的地方，有时候反而会落在死人最不在意的地方。但更多时候——尤其是在怪谈区域里的时候——所有的遗失物都会沉默地遵循这样一条规则：它们会以死人主动舍弃的第一件物品为核心，聚集在一起。”

说到这儿，许冥再次停顿了一下。她的目光直白地落在老李身上。

桌上的气氛逐渐变得古怪。袁嘉怡识趣地没有说话。她循着许冥的目光看过去，这才发现老李的额上已经满是汗水。

他的一只手仍插在口袋里摸来摸去，始终没有拿出来。

“老李。”许冥再次开口，身体微微前倾，“多嘴问一句，你应该已经订婚了吧？订婚戒指在哪里？”

“……”老李用力咽了口唾沫，好一会儿才扯出笑容，“小许你这是在说什么？我的戒指，当然是好好地收起来了……”

许冥问：“能拿给我看看吗？”

老李这回没再说话，额上的汗水越发多了。

旁边的袁嘉怡似乎意识到了什么，无声地往许冥的方向挪了挪。

“我记得你的戒指是戴在手上的吧？”她试探着开口，只觉得桌上的气氛越发令人窒息了，“我们刚在宏强会合时，我还看到你手上戴着戒指呢。后来不知道啥时候起就没再见着了……”

“等等，会合？”许冥挑了挑眉，“也就是说，你们不是一开始就在一起的？这倒有意思……”

“有什么意思！”

话音未落，只听砰的一声，老李竟然一拍桌子，猛然站了起来。

“我的戒指为什么要拿给你们看？倒是你，从刚才起就一直在胡说八道什么死人、丢东西之类的事，你到底什么意思啊！”

“我什么意思？”许冥抬眸，语气竟一下子尖锐起来，“水獭带回来的特产薄荷糖只有摄影部的人有，摄影部的人里只有你订婚了。薄荷糖和戒指都是在被丢掉的通知旁找到的，你觉得我是什么意思？

“我有糖和戒指的照片，需要直接拿给你看看，帮你回忆吗？又或者——”许冥一顿，忽然从包里掏出张纸，啪的一下拍在桌上，“请你看看这个？”

纸被摊开，正是那张许冥捡到的消防演习通知，上面的内容和水獭拿到的那张一模一样。

袁嘉怡的目光不安地转来转去，显然不太明白许冥突然拿出这东西的用意。

另一边，老李的表情却像是冻结了。

他死死地盯着那张纸，像是看到了什么再恐怖不过的东西。桌子的另一端，许冥的声音再次幽幽地飘过来：

“我之前就奇怪，这种信息量充足的东西，怎么会有人乱丢。而且被我发现时它被揉成了一团，明显是故意丢掉的。

“后来我想明白了，如果真的是被人故意丢掉的，那就只有两种可能，一种是他看不见纸上的信息，另一种是他不喜欢纸上的信息。

“所以老李，你是哪种？”

老李没有回答，仍死死地瞪着那张纸。

纸上整齐地罗列着消防演习需要注意的九条规则。然而老李看得清楚，第九条规则下面分明还有一行——别人都看不到的一行。

10.别想了，你已经逃不掉了。

不，逃得掉的。

老李的呼吸不自觉地急促起来。他伸手想要抹汗，粗壮的手掌却不受控制，一下子打在自己脸上，连眼镜都打歪了。

“逃得掉的，我一定逃得掉的。我要出去，我老婆还在等我，我绝对要出去……”

他无意识地呢喃出声，指甲深深划过眼下的皮肤，划出一道道深痕：“我不是什么死人，我还活着，我要出去，让我出去，让我出去！让我出去啊！”

呢喃到最后一句，他的音量忽然提高了。对面的袁嘉怡早就已经一脸防备，见状几乎原地蹦了起来，赶紧抓着许冥往后退了几步，掏出一瓶防狼喷雾，直直对准正在发疯的老李。

许冥却轻轻推开她的手，趁机又看了眼手机。

“十五分钟。”许冥低声说了一句话，语气竟似带着几分如释重负，“还好，时间正好。”

什么意思？

袁嘉怡惊魂未定地看了眼许冥，刚要发问，却听到“咚咚”两声——房门被敲响了。

“您好，清洁环节已经准备好了。”外面传来保安的声音，隔着门板也很清晰，“请问你们决定好顺序了吗？”

对了，还有保安！能救人的保安！

袁嘉怡浑身一震，赶紧提高了音量：“请等一下！这里有状况！这里有——”

“咳咳——咳咳咳！”

话未说完，却听到旁边传来一阵剧烈的咳嗽。许冥不知是不是急得犯病了，又开始咳嗽，甚至比之前还严重，身体都蜷曲起来了。她一边咳还一边摇晃，一个不稳，竟一头撞进了袁嘉怡怀里，险些将她撞得坐到地上。

袁嘉怡没办法，只得先将人努力扶住。另一边，老李像是被什么突然唤醒了一般，猛地抬起了头。

随后便见他眼神一凛，毫不犹豫地转身朝房门跑了过去。

“是我！”开门的瞬间，袁嘉怡听见他的声音，“我是第一个，请带我走！麻烦快点……”

接着便传来了保安的应答声，很利索，似乎并未看出老李有任何不对劲。眼见两人就要离开，袁嘉怡更是又急又气，刚要出声，忽然感觉手臂一紧。

她惊讶地低头，正对上许冥警告的眼神。

许冥死死地抓着袁嘉怡的胳膊，一面拼命咳嗽，一面轻轻摇头。

这又是什么意思?

袁嘉怡不解地瞪大眼睛，略一思索，还是住嘴了。

这时，门外又传来了保安的声音。

说的话和之前差不多，无非就是等会儿再来接她们。接着就响起了逐渐远去的脚步声。

几乎就在脚步声消失的一刹那，许冥的咳嗽便停了。

她飞快地跳起来，拖着袁嘉怡赶到门边，探头朝外望去。袁嘉怡跟着她一起往外看，只见走廊上空空荡荡的。

原本守在附近的保安已经带着老李离开了，也没人补上他的空缺。

这样不会不安全吗?

袁嘉怡心里犯起嘀咕，突然感觉许冥抓着自己的手又是一紧，然后便拉着她推门往外跑!

袁嘉怡心中浮现了大大的问号，身体却本能地跟着许冥飞奔起来，一直跑到来时的消防门前。

“什么情况？”帮着推门的时候，她终于按捺不住问出了口，接着似乎意识到了什么，脸色一僵，“别告诉我那保安也是……”

“假的。”许冥言简意赅。

“因为那个‘顺祝商祺’？”

“不只。”许冥说着，用力推开面前厚重的消防门，脑海里再次闪过先前在房间柜子底下看到的东西——

一把染血的钥匙、一只破了洞的橡胶手套，以及一张被揉皱的纸条。

纸条上是似曾相识的蓝色字迹，上面只有一个字。

逃

消防门后依旧是漆黑一片的楼道。

骤然从有光的地方跑过来，黑暗便显得更深重了。许冥不敢有丝毫迟疑，打开手机上的手电筒就往楼上赶，袁嘉怡虽然有些糊涂，但也配合地拿出手机照明，飞快地往上爬。

这是她之前就和许冥约定好的事——在那间等候室的卫生间里约定的。

许冥当时其实也没多说什么，只是和她协商了两件事。

第一，等一下许冥和老李说话，她不能随意干涉，要任由许冥发挥。

第二，如果许冥说要跑，千万不要磨蹭，要赶紧跟着跑。

老实说，其实她现在对很多事还是有些摸不着脑袋。不过，管他呢，就像工作时遇到靠谱儿的领导，跟着走就是，管那么多干吗！

打定主意，袁嘉怡更加卖力地往上爬。眼看就要爬回四楼，却听到不远处的消防门发出“嘎吱”一声。

“两位女士，”保安平静的声音从背后传来，“你们要去哪里？我说了，即使要回宏强，也需要先清洁才行。乱跑很危险，请先跟我回去。”

他的语调很正常。

袁嘉怡默默听着，后背却在不知不觉间渗出了一层冷汗。

消防门和楼梯之间明明是有一段距离的。她们上一秒才听到消防门被推开的声音，下一秒就听见保安的声音在背后响起，这是怎么回事？

袁嘉怡默不作声地与许冥交换了一个眼神，再次咽了口唾沫。

下一瞬间，两人不约而同地加快脚步，拼命地往上爬！

几乎就在同时，身后响起了清晰的脚步声，近得仿佛伸手就能将她们抓住。保安的声音再次响起：

“请配合我们的工作，我们是来帮助你们的。

“我们会救你们，帮你们摆脱宏强。

“我们是好人，请不要害怕……”

不怕才怪！

袁嘉怡只觉得心都快跳出嗓子眼儿了，手脚并用地往上爬。就在两人爬到四楼的瞬间，身后的呼唤声突然停了。

片刻过后，一种机械、呆板的声音再次响起：

“你们好，很高兴你们能来到这里。不必担心，你们已经安全了……

“清洁环节需要一些准备时间，请耐心等待……

“等待期间请不要乱跑。请不要使用任何从宏强带出来的物品……

“谢谢配合。祝你们平安。顺祝商祺……

“顺祝商祺，顺祝商祺，顺祝商祺！”

两人互相搀扶着往上爬，袁嘉怡有些抓狂：“它又发什么神经？”

实际上什么都没听到的许冥说：“啊？”

“跟卡带了似的！”袁嘉怡的鸡皮疙瘩都快掉一地了，眼见许冥似乎有些跑不动了，赶紧拽了她一把。那个声音依旧在身后穷追不舍：

“顺祝商祺，顺祝商祺！”

顺祝商祺顺祝商祺顺祝商祺顺祝商祺顺祝商祺顺祝商祺顺祝商祺顺祝商祺……

无意义重复的词句像咒语般萦绕在耳边，吵得人头都要爆炸了。袁嘉怡拼命爬上五楼的台阶，这才意识到身后紧跟着的脚步声也变了样——窸窸窣窣的，黏黏糊糊的，不像是人在移动，倒像是某种多足生物正在飞快地爬行。

现在跟在她们后面的东西到底是什么？

袁嘉怡的脚步缓了缓，强烈的好奇突然随着恐惧一齐浮上心头。她颤抖着微微侧头，脑袋还未转过去，就听见许冥大喊一声：

“别看！”

袁嘉怡一个激灵，这才回过神来。只是迟疑了这么一下，那种黏腻的声音似乎已经攀上了她的脚后跟。

她无法自抑地低叫出声，下一秒便感觉自己被用力地往上推了一把。她借着许冥的力量连续往上攀了几级台阶，终于爬到了六楼。

拦在五、六楼之间的警戒线仍在原地，袁嘉怡胡乱将它们扯开，整个人往前一扑，只觉得一直追在后面的声音终于消停了。

她不敢耽搁，转身将许冥拽了上来，两人一起坐在楼梯顶端喘了会儿。袁嘉怡终于找回了自己的声音：“它消失了？”

“应该吧。”许冥比她喘得更厉害，喉咙里都是铁锈味儿，“它最多追到五楼，上不来。”

“对了，我刚看到这立牌背面好像也有字。”袁嘉怡咽了口唾沫，指了指旁边的立牌，“不过刚才我跑得太急了，没看清写的是啥……”

“我看到了。”许冥冷冷地说，“上面写着‘欢迎回来，你个傻×’。”

说完，她没好气地拍了下旁边的立牌：“你才傻×！”

立牌背面是对着五楼的，一般情况下，只有从五楼上来的人才能看见。这行字嘲讽的是谁，不言而喻。

许冥有些无语。之前咋没发现这宏强公司的域主那么嘴欠？

袁嘉怡不想对此做任何评价。过了一会儿，她才再次开口：“你到底是啥时候发现老李有问题的？”

许冥看了她一眼，没再隐瞒：“出门前就发现了。”

袁嘉怡有些惊讶：“那你还带他出来？”

“就是知道有问题，所以才带出来的。”许冥按着胸口咳了两声，“当时是想做两手准备。”

袁嘉怡问："什么意思？"

"如果五楼下面的人靠得住，就把老李交给他们处理，就当排除一个隐患。"许冥道，"如果下面的人靠不住，就直接把他卖了，给我俩垫背。"

袁嘉怡说："这两手准备有区别吗？"

"当然有。"许冥振振有词，"前者是好聚好散，后者就是撕破脸。"

而现在，很不幸，他们终究是走到了撕破脸的那一步。

至于逼老李认清自己的身份，只是顺势而为。当时显然是不能跟去进行清洁的，需要让老李先去。可万一对方一直谦让，事情就比较尴尬了，所以得设法逼他一把才行。

另一方面，她也是想彻底验证自己的猜想。万一她猜错了呢？

"对啊。"袁嘉怡感觉很奇怪，"万一你猜错了呢？"

"猜错了就再想办法呗，区别无非就是拖着老李和我们一起逃。"许冥说着，叹了口气，"还真猜对了，也不知是好事还是坏事。"

不管怎样，让老李先去清洁，多少为她们争取了一些逃跑时间，这点是可以肯定的。

"现在想想，那个保安描述清洁时，本身就挺有问题的。"许冥想了想，又道，"他说清洁就类似于让贝类吐沙。你听听这叫什么话。"

袁嘉怡琢磨了一下，突然觉得头皮有些发麻。

人什么时候会让贝类吐沙？

当然是准备吃的时候。

这份后知后觉让她忍不住搓了搓胳膊。她好奇地说："那你带上我的原因是什么？"

"做证。"许冥直言不讳，"出门三个人，回去两个人，总得有个说得过去的理由，不然我在团队里的可信度就会降低。邱雨菲和我太熟，她的证言效力不够；其他人和我又不合拍，反而可能耽误事。"

相比起来，袁嘉怡才是那个最优解。

袁嘉怡说："我该谢谢你看得起我吗？"她又仔细一想，不由得有些感叹，"你水平这么高，当时到底为啥看上了我们公司啊？"

许冥回答："为了三方协议。当时听说签了这个学校就会让我们毕业。"

袁嘉怡一时有些无语。

说话间，两人已经摸到了七楼的楼梯口。袁嘉怡见许冥仍喘得厉害，便想伸手帮她顺顺气。刚伸出手，背后忽然又响起一个声音。

那个声音说："顺祝商祺。"

袁嘉怡当场僵住了。

几乎是同一时间，许冥亦是脸色一变。

不过不是因为听到了“顺祝商祺”，而是她突然想起了另一件很重要的事——老李被她卖了，他的工牌也等于捆绑着卖了出去。

而《员工守则》强调进入五楼后一定要记得销毁工牌。蓝字也提到工牌可以帮助他们。

工牌的作用到底是什么？

许冥心中突然浮现出一个可怕的猜测。下一瞬，这个猜测便被脑海里的声音证实了：“要死，它上来了。”

许冥转头看向身后空空的走廊，耳边响起袁嘉怡崩溃的惨叫。许冥灵机一动，转眼便拿定了主意，一下子冲到袁嘉怡旁边，将她往前用力一推，顺势掏出包里的自拍杆塞进她手里。

“你先回去！”她飞快地说，“我最晚明天中午回来！”

说完，她转身就往回跑，还不忘高高举起手里的包。

“它朝我追来了吗？”她在意识里急忙问道，“不会还在追嘉怡姐吧？”

“来了来了，它冲你来了——等等，你把包举那么高干啥？你不知道包里有我吗？喂，你往哪儿去呢！”

得到肯定的答复，许冥加快了脚步，顺着楼梯往下跑。

“楼下。”许冥在心里做出回应，“有个地方要去，正好顺便把它引开。”

“你要去哪儿？”那声音瞬间炸毛了，“五楼及以下全是它的地盘！我知道你是‘白痴’，你能当英雄，你了不起，但你能不能考虑一下我的感受？它没法儿把你怎么样，可它能把我怎么样啊！”

“不一定。”许冥说。

“啊？”

“我说，五楼及以下不一定全是它的地盘。”许冥说着，拽紧手里的包，心跳如擂鼓。

说不定还有一个地方……

她再次想起在柜子底下发现的那些东西——一把染血的钥匙、一只破烂的手套、一张警告的纸条。

那把钥匙早就被她偷偷藏进手套里，一并装进了包里。那把钥匙上贴着单面胶，上面有蓝色的字迹，清楚地写着一个门牌号。

第13章

有些正直的灵魂，即使堕入污泥也依然会闪光

◆ **106号房。**

许冥本打算等明天午休再过去看看。

她也不确定那边是否有探索的价值，但既然拿到钥匙了，总要设法过去看看。

所以对她来说，现在的奔波只是将探索计划提前了而已。顺便还能将那东西从嘉怡姐身边引开，一举两得。

但她脑海里的声音远没有她那么从容。

“快快快，你再跑快点，它快追上你了！”许冥的意识里全是它崩溃的咆哮，“举高你的包，别让它碰到！要死，你干吗拿我引诱它啊！”

“不是故意的。”许冥诚恳地道歉，“顺手而已。”

毕竟这种会说话的道具听着就很宝贵。

“……”脑海里的声音一时无语，接着又疯叫起来，催促许冥加速往前。许冥什么也看不到，只能依言拼命狂奔，一路下到一楼，脑海里的声音才渐渐消停。

“……它走了。”它轻声开口，一副惊魂未定的样子，“丫的，吓死宝宝了。”

许冥有些无语。

“它为什么不来一楼？”她想想还是有些担心，“该不会又回去追嘉怡姐了吧？”

“就算去了，这么长时间也足够那女人跑回九楼了。”脑海里的声音幽幽地说，“放心，那个工牌最多只能让它上楼，它没法儿强行进入公司。它还不够格。”

许冥说：“那你刚才还被它吓得汪汪叫？”

“你才汪汪叫。”那声音不高兴地回了句，又没动静了。许冥也没理它，自行推开消防门，小心地往里看。

消防门后的走廊上同样亮着灯，只是灯光比三楼要暗许多。

走廊一侧同样整齐地排列着几间屋子。许冥一路找过去，一边找一边推，发现所有门都锁着。她一直找到106号门前，拿出钥匙，才终于打开了一扇门。

屋里一样亮着灯。在看清里面情况的刹那，许冥没忍住，急促地低呼一声。

一出声她便反应过来了，赶紧捂住了嘴，目光里依旧有掩饰不住的惊惧。

尸体。

屋子里到处都是尸体。

穿着保洁制服的尸体横七竖八地躺着，到处都是，墙壁和地面上有大片飞溅的血迹。地上还散落着断手断脚……

与其说是尸体，不如说是尸块更合适。

平心而论，这场景才更接近许冥印象里的怪谈区域。即便是她，在看到这种画面后，也不免一阵心惊肉跳。

“什么情况？”她不由得在脑海里发问，“死人？”

“差不多。”脑海里的声音答道，“灵魂的尸体某种意义上也算是尸体吧。”

许冥愣住了：“什么意思？灵魂也有尸体？”

“尸体只是个通俗的说法。你可以理解为这是它们彻底死亡后留下的痕迹。”那声音淡淡地说，“世上没有真正的消失。既然存在过，总会留下痕迹，只是有些痕迹只存在于现世之外罢了。”

许冥咽了口唾沫，没再细究，小心翼翼地往里走。

房间不大，被乱尸一填，显得更拥挤了。她谨慎地选择落脚的地方，视线扫过角落里的一堆杂物，在看到一台被砸碎的打印机时，目光明显一顿，很快又被旁边的东西吸引了目光。

那是一个本子——有卡通封面的软面抄。

它被倒扣在地上，粉色的封面上全是血。

许冥有些迟疑，小心地上前将它捡了起来。翻到第一页，映入眼帘的是熟悉的蓝色字迹。

你好，很高兴你能看到这个本子。

嗯……这样开头，是不是有点怪？

抱歉，其实我也不知道第一句该写什么。这本子是云姐给我的，说是逃走的人留下的东西。因为在所有同伴里，除了云姐，只有我对文字的记忆是最多的，所以就把这个给了我，让我随便写，好让大脑保持活跃。

但我也不知该写什么。日记吗？可日记得有日期才有意义，对吧？

然而对我们而言，日期恰恰是最没意义的东西，不是吗？

什么叫“没有意义”？

许冥蹙了蹙眉，警觉地环视了一圈，再次确认安全后，才低下头，一页页认真地读起来。

依旧是不知道该写什么的一天。陪云姐上楼看了看，差点儿被宏强公司抓到。最近没有人类进入这里，云姐说，这是好事。

今天接到了一个从楼上逃下来的女孩儿。她是看到电梯上的通知后直接跑下来的，没有进入宏强。云姐和张姨将她送出去了。她们说，这样的人是最幸运的，因为他们可能直到离开都意识不到发生了什么事。我也好想拥有这样的幸运。

啊，我忘记了，我拥有不了。

因为我已经死了。

昨天写到了死亡，所以我今天好好回忆了一下这件事。我发现我什么都想不起来。

我只知道，当我从宏强逃出来时，我已经死了。我的时间永远停留在周五。

她们说，这栋楼里没人能活着度过周三。哪怕以为自己活着，其实也已经死了。

比如曾经的我。

云姐今天很暴躁。她们说是因为事情变得更麻烦了——宏强察觉到了我们的小动作。为了防止我们继续偷人出去，它花了很大代价，修改了这里的规则。

现在想要离开这栋楼，只能依靠工牌——一种被宏强承认，但又不属于宏强的工牌。我不太懂这是什么意思。

不过云姐已经在想办法了。她总能想出办法的。

云姐真的想出办法了！

她带着我们用之前拿到的工牌偷偷溜进了宏强，从里面抢出了一台电脑和打印机。她说只要用这个给被困的人做新的工牌，就能让他们离开。

她说这是一种钻空子的方法。因为电梯不对宏强公司的人开放，但乘坐电梯需要工牌。那么只要弄到一张不属于宏强公司的工牌，就能直接坐电梯离开。

云姐笑得好开心。她最近一直很阴沉，还一直往外渗脑浆，今天难得笑得很开心！

只是……我还是有点不明白。不如说从加入这里开始到现在，我有很多事一直不明白。

我问云姐她为什么那么开心，她说因为之后的人也能得救。我说，那关我们什么事呢？

我们只是死人。没有未来，过去也在消失，是被拘在这里受罪的死人。

云姐今天又来找我说话了。她说，关于我的问题，她想了很久。

她说她也不明白，但她觉得能多救一个人总是好的。

其实我还是不懂。不过云姐是我们中最聪明的，既然她说这是好事，那就一定是好事。

又送走了两个人。他们很感谢我们，说我们是神。我不知道该怎么告诉他们，我们不是神，我们只是死人。

不过我很开心。云姐很开心。我也很开心。

我们利用新到手的工牌又去了一次宏强。之前留在宏强的提示都被抹除得差不多了，这次我把写了很久的信藏在《员工守则》后面。

每个被困的人都会看到《员工守则》，也就是说他们一定会看到我的信。想想就是一件值得庆幸的事。

我好像懂得云姐的意思了。作为一个死人，如果能帮更多的人活下去，也不失为一件好事。

我发现了，周三是救人的好机会。只要趁消防演习的时候把他们骗下来就好了。

但是速度得快，晚一点就来不及了。而且周三行动的风险也很大，不仅要在死去的员工堆里找出活人，还要警惕宏强的域主，毕竟今天它也在逃生通道里……

不管怎样，又救下了一个。值得高兴。

坏消息。

楼里有奇怪的东西进来了。云姐的脸色很难看。

好消息。

那东西打不过我们。它被我们压制在二楼，我们封住了那边的消防门，不让它出来。

张姨说，这是因为云姐在。云姐和我们不一样，她有一颗锡制的心脏挂饰，那是她自带的“根”，是独一无二的东西。只要有那个“根”，我们就有足够的力量对抗宏强和那个奇怪的东西。

又是一个好消息。

今天又救下了一个人，是个很漂亮的女孩儿。不过她和其他人好像不一样，找到我们后，她没急着出去，而是先去找了云姐。

她给了云姐一张有叶子图案的纸片，说自己是“业内人”，这次过来就是为了彻底解决宏强的问题。不过她现在力量还不够，需要我们的帮助。

云姐把那颗锡制的心脏挂饰交给了她。应该没什么事吧？

…………

那个奇怪的东西又开始闹事了。我们镇不住它，被迫让出了五楼和四楼。

三楼也失守了。我们失去了好多同伴。张姨也没了。

它还在步步紧逼。云姐说它的实力还不足以突破宏强设在五楼以上的限制，所以我们就是它的第一目标。它需要我们手里的电脑和打印机。

可那些人怎么办呢？那些又误进了宏强的人怎么办？他们不知道五楼已经不属于我们了，我们也没法儿给出更多的提示。

云姐试图夺回三楼。她没有回来。

那个女人是骗子。我们现在什么办法都没有了。

二楼也被攻占了，我们只剩下几个人，被迫躲到一楼。这是我们最后的根据地，可我知道，我们也守不住多久了。

电脑和打印机都砸烂了，剩下的工牌也全部撕掉了。这是我们现在唯一能做的事。我们还能再做些什么呢？

我不知道。我真的不知道。

对不起。我只能做这些。我真的没办法了。我做不了更多事。对不起，真的对不起。

…………

至此，后面再无任何内容。

封底溅着大片血迹，像朵花般晕染开来。

许冥收起本子，又看了看四周的一片狼藉。那些尸块依旧静静地躺在地上，乱糟糟的，难以辨认。

许冥小心地上前，伸手想触碰什么，又停下了，喉咙涌上阵阵酸意。

“你别碰。”过了片刻，脑海里的声音再次响起，“这些尸块上都是凶手留下的恶意，很伤身的。”

话虽如此，她还是尽可能将这些尸块收拾了一下，又找了几件完整的保洁制服，将它们全部盖上了。算是一个再简陋不过的安葬仪式。

做完这些，她又强打起精神，将整个房间再次检查了一遍。确认再也没有任何线索后，便找了个角落坐下，准备挨到明天午休时间。

“喂，”察觉到她情绪不佳，那声音纠结良久，还是硬着头皮开口了，“你也别太在意……他们本来就已经死了，再死一次对他们而言也只是回归原本的结局，没差别。”

“嗯。”许冥在意识里应了一声，兴致不高的样子。

那声音再次沉默了，许冥却忽然发问：

“‘业内人’指的是什么？”

“还能是什么，专攻这方面问题的活人呗。有人陷进怪谈区域就设法捞捞，没人需要帮忙就进来探探规则……起码我知道的是这样的。”脑海里的声音说着，话锋忽然一转，“说不定这会儿外面也有人正在设法救你们。你们尽可能多‘苟’一阵，也许就能得救。”

许冥瞟了眼不远处铺开的保洁制服，又看了看那本染血的本子，无意识地抿了抿唇。

“不需要。”她轻轻地应了一声，向后靠在墙上，闭眼开始休息。

出于本能的警觉，许冥一晚上基本没睡。

那声音也说最好别睡。根据它所说的，“白痴”的观测能力可能会在睡醒后重置，如果她醒来时，那个来自三楼的奇怪玩意儿恰好蹲在门口，就会被许冥直接观测到，换言之，她也就没法儿免疫对方的影响与伤害了。

熬了一晚上，许冥第二天晕头转向的。所幸回去的过程足够顺利，除了爬楼梯累得够呛外，没再遇到什么奇奇怪怪的事。

宏强的状况也令她松了口气——至少她回去时，几个人都全须全尾的，看着也正常，对老李的事似乎也都接受了。

邱雨菲说他们昨晚直接按照蓝字信上的建议，在会议室里度过了一整晚。虽说会议室外面不时就会出现新的怪物，还时常响起敲门声和惨叫，但因为一直监督彼此不去开门，倒也有惊无险。

而且，因为外面一直吵吵嚷嚷的，他们实际上也没怎么睡，这让许冥一下子平衡了许多。

“总之，情况大概就是这样的。”

会议室内，在再次用拗口的暗号证明自己的身份后，许冥没有耽搁，直接拿出了手机——里面有她拍下来的日记内容。

其他人传阅了一圈，一时没人说话。会议室里的气氛越来越凝重了。

不知过了多久，水獭率先出声："所以，这个地方原本有一群正义的怪物……"

"正直的灵魂。"许冥严肃地纠正了他的措辞，"是闪闪发光且正直的灵魂。"

"行，正直的灵魂。"水獭叹了口气，"它们会协助误入的人逃跑……"

袁嘉怡说："而现在，它们已经没了？"

"是牺牲，"许冥再次严肃地纠正她，"悲壮的牺牲。应该是楼下那狗东西干的。"

"也就是说……"小王魂不守舍地喃喃道，"我们死定了？彻底逃不出去了？"

"是快死了。"许冥严肃地说，"周二和周三上午还是安全的，周三中午就不好说了。"

"那有差别吗？"小王看着都快哭出来了，"横竖都是——"

"可是，"许冥竖起一根手指，"谁说我们逃不出去了？"

一时间，所有人都看了过来。

"什么意思？"黑仔忍不住说，"这日记上不是明说了吗，能救人的那些已经没……牺牲了。"

"是啊。"许冥坐直身体，"但出去的法子里面不也写了吗？"

这回邱雨菲倒是很快就反应过来了："你是说制作工牌，然后坐电梯跑？"

"可是，楼下的电脑和打印机都坏了……"

"楼下的坏了，"许冥说，"可公司里还有啊。"

"目前可以确定，公司里至少还有一台打印机。只要设法找出那台打印机，然后制作不属于宏强的工牌，这事不就完了吗？"

许冥耸了耸肩。

"问题就是怎么找啊。"黑仔叹了口气，"这公司能去的地方我可全去过了，就没看到过打印机——"

"有一台专门用来接收工作成果的。可以用工位区的电脑找。"许冥毫不犹豫地说。

"但就算能找到，怎么用也是个问题吧？"小王小声地说，"打印其他公司的工牌，算不算背叛公司？万一因为这个受罚……"

"这个确实有风险。"许冥认同地点头，"所以我建议，行动时间定在明天中午消防演习的时候。"

根据日记透露的情报，那时候宏强公司的异常存在应该都会聚集到逃生通道内，这或许就是他们的机会。

反正周三是条分水岭，熬不过周三也是死，不如趁这个机会拼一把。

众人面面相觑，皆有些动摇。

水獭突然开口说：“不，还有一个问题。”

他抬头扫了眼众人，摇了摇头，拿出纸笔，推给旁边的人：“来，小王，写‘小鹿传媒’。”

小王不解地看了他一眼，依言拿起笔来。写完的刹那，他忍不住低呼了一声。

众人凑过去看，哪里有什么“小鹿传媒”？纸上的字分明是“宏强公司”。

“不仅手写会变成这样，用电脑打字也是一样的。”水獭收回纸笔，叹息一声，“这是我在‘工作’时发现的。只要是公司名称，无论写什么，都会变成‘宏强公司’。”

这就意味着只要在公司内，他们就无法做出不属于宏强公司的工牌。

可除此之外，他们又能怎么办呢？总不能再搬一组电脑和打印机出去。

“……”

会议室内，沉默再次开始蔓延。

许冥沉思片刻，忽然抬起了头。

“无法直接打字……”她喃喃道，“那复制可以吗？或者贴图呢？”

水獭一愣，这他还真不知道。

“值得试试。”许冥说着，立即坐直身体，借来了水獭的笔记本电脑，又从包里掏出个U盘，利落地插了上去。

U盘里只有一堆工作用的文件和美术素材。好在水獭的笔记本电脑上也装了PS。许冥直接打开一个文件，开始熟练地从海报上抠字。

“这是啥？”邱雨菲好奇地凑过来看，“你接的私活儿？”

“我看你像个私活儿。”许冥白了她一眼，“我之前做海报打错了字，但觉得好看，就把那一版留下了。正好打错的字还挺好玩的，看着像个公司名称，就想抠下来试试，说不定能用。”

说话间，她手上的工作已经完成了。许冥将电脑转过去，将屏幕朝向好奇的众人。

只见那张画布上赫然是五个大字：

第14章

逃跑倒计时

怪谈拆迁办。

许冥展示这个名字时，其实还有点兴奋。

不过很可惜，对于这个名字，其他人似乎并不像许冥那样喜欢。

有担心这个名字不顶用的，也有受许冥启发，开始寻找其他公司名称的。不过很可惜，一番搜索下来，唯一能用的似乎依旧只有这个。

他们一一查看身上所有印着公司名称的物品，包括手机、零食、餐巾纸等，却发现这些东西上印的生产企业也全部变成了“宏强公司”。

唯一幸免的只有许冥做的海报上的“怪谈拆迁办”。

“能说吗？这样反而让人更不安了啊。”小王忐忑地说，“别的公司名称无法出现，只有这个没变，那是不是说明这根本就不算是公司名称？”

“为什么不能算？”许冥振振有词地说，“又不是只有得到它认同的才是正规公司。它是谁啊？管发营业执照吗？不管的话理它干吗？”

“会不会太狂妄了？”水獭还是有些担心，“我们身处怪谈区域，还用这样的名字……”

许冥说：“往好的方面想，哪怕我们跑不出去，至少能硌硬它一下，多赚啊。”

不论怎样，除了这个，他们也没有别的选择。尽管半信半疑，众人还是一致决定将这个定为新工牌上的公司名称。

工牌上还要放照片，这个倒简单。水獭的相机存储卡里有前阵子拍的员工合照，只要把几人的照片截下来就行。关于工号，大家一致同意胡编，反正公司名称也是编的。至于制作，被邱雨菲自信地包揽了。

“我会我会！”她兴奋地举手，“我大学计算机课学过这个！”

“问题是，工牌需要出自指定电脑……这是《员工守则》规定的。”袁嘉怡担忧地蹙着眉，“还不知道那台电脑在哪儿呢。”

“和打印机一起找吧。”水獭叹了口气，“找到后用它编辑打印，应该就可以了。”

这就又绕回了那个至关重要的问题——打印机在哪儿？

“哦对，说到这个，我可能有线索。”许冥忽然想起一件事，再次掏出手机，“我之前不是经历过一次‘经理视察’吗？当时拍了些照。我记得我特地拍了打印机的信息……”

当时她只是看不清罢了，而且那几张照片上不知为何还有大把垂下来的头发。不过，许冥觉得应该还是拍到了字。

如此想着，她凭记忆点开照片，往会议桌上一放。下一秒，却听见桌边的人发出一阵乱叫。

“啊啊啊啊！什么鬼啊这是！”

“拿开，快拿开！”

“救命！”

“你们为什么反应这么大？”许冥这才后知后觉地意识到，自己拍到的可能不只头发。

果然，接着就听见小王崩溃地叫出了声：

“许老师，你下次拿这种恐怖照片出来能先打声招呼吗？突然看到这种高清大图，还是正面……”

“抱歉，是我的问题。”她真心实意地道歉，又把手机往前推了推，“所以，能看到字吗？”

“……”

又是一阵沉默。

片刻过后，邱雨菲忍着恐惧上前仔细翻看。翻了几张照片后，她还真找到了，可连接的打印机名称是——

hq1428。

“这个格式倒是和工号很像。”

对着打印机的名称研究了一会儿，袁嘉怡开口道：“该不会是藏在工位区吧？”

“那不是完蛋了！”小王倒吸了一口气，“工位区的设备都只能在‘经理视察’的时候启动！”

“先别急着定论……”许冥忽然像是注意到了什么，目光转向了旁边，“黑仔，你想到什么了吗？”

被点名的人一愣，显然没想到自己这么快就被注意到了，犹豫了一下才说：“1428，这个数字我见过。”

“你肯定见过啊，”邱雨菲有些莫名其妙，“这是消防演习结束的时间呀。”

“不是。”黑仔不太高兴地看了她一眼，“不是时间。我敢肯定，我还在什么地方看到过这串数字，就是我和老李出去找线索的时候……等等。”

他猛地一顿，随后抬起头：

“我想起来了——是档案室！”

许冥之前并未去过档案室。

它的位置很隐蔽，在茶水间后面的那条走廊上，要横穿一个房间才能到达。

档案室很小，里面有一个被塞满了的铁皮柜，旁边有张小桌子，桌上有个塞满烟头的烟灰缸。

“这个房间有特殊的规则，”黑仔带他们进去时，特意嘱咐道，“烟灰缸里的烟头有时会燃起火星，一旦看到必须立刻摁灭，否则房间里的温度就会升高，然后……”他皱了皱脸，似是想起了某些恐怖的回忆，“这里就会出现一些很可怕的东西。”

众人了然地点头。袁嘉怡忽然想起一件事，轻声说道：“对了，那你之前和老李闹矛盾……”

“就是因为这个。”黑仔摇了摇头，“当时我和老李约好轮流看着烟灰缸，轮到老李时，他忽然掉了链子，烟头没摁灭，导致房间变得……很吓人。他倒好，一看出事了，就直接跑出去了，还把门锁了。我费了好大劲才硬闯出去……”

他把门撞开时，一眼就看到了被撞翻在地的老李，手里还抓着把椅子。他一时气昏了头，觉得老李是故意坑他。现在仔细想想……

“等等。”想起老李死人的身份，黑仔忽然反应过来了，“他不会真的是要坑我吧？”

许冥正在翻柜子里的东西，闻言看了他一眼，顺手将一个档案袋放在桌上：“看样子，似乎是的。”

黑仔垂眸，只见档案袋上写的正是老李的大名。

“他的档案和我们的不在一处。”许冥指了指身后的柜子，“我们几个人的档案都在最边上的那个格子里，写着1159的那个。只有老李的被放在1200号格子里。”

存放档案的铁皮柜被整齐地分成了九格。左上角的编号最小，是1159，右下角的编号最大，是1428。

值得注意的是，除了1159号柜外，其余柜子的编号看似没什么顺序，但数值都在1200和1428之间。

“我明白了！1159代表活人，1200及之后的则都是死人。老李估计就是发现了这一点，又怕你也发现了，所以才想灭口……”邱雨菲恍然大悟，随后又蹙起眉，“等一下，可假如把这个看成时间的话，12点到14点28分，正好也是消防演习的时间……”

“两个多小时。”水獭淡淡地开口了，声音却有些紧绷，“我刷到过宏强相关的新闻。据说当时火灾持续了两个多小时。”

众人一时沉默了，后背突然都有些发凉。

还是许冥最先打起精神，招呼众人一起研究1428号格子。里面的档案袋塞得最满，众人一开始还慢慢地看，后来全都失了耐心，开始一摞一摞地往外搬。

许冥力气最小，索性不凑这个热闹，默默蹲在外围，顺手将其他人搬出来的档案袋摆好。一不小心撞翻了一摞，转身正要去扶，在看到面前的袋子上的名字时，动作不由得一顿。

顾云舒。

很雅致的名字。

许冥盯着看了片刻，鬼使神差地拆开了这个档案袋。她惊讶地发现，里面的档案居然意外的很正常。至少照片远没有工牌上的那么阴暗，只是一张普通的黑白照。照片里是个秀气的女孩儿，看着很瘦，很文静，嘴角带着温和的笑意。档案的内容也很正常，填写了个人履历和住址。当然，所有出现公司名称的地方都变成了宏强公司。至于住址，也不知道是不是真的，离许冥现在的住处倒是挺近的。

再往下是她的入职时间，比许冥进来的时间要早三年。至于当前状况那一栏，写着“已离职”。

许冥不知道“已离职”是不是“已逃离”的委婉表达，就像她不知道这个顾云舒是不是日记里所写的云姐。出于某种微妙的感伤，她还是双手合十，对着面前的照片无声地拜了一拜。

她拜完便将档案放回去了，接着便听到身后传来了其他人的惊呼。

许冥诧异地转头，看到挡在柜子前的黑仔往旁边挪了挪，露出了藏在柜子深处的东西——一台电脑以及与之相连的打印机。

这台电脑没有主机，只有一台显示器与一个键盘。它没有通电，但屏幕是亮着的，屏幕上是与普通电脑无异的操作界面。

打印机扁扁的，被压在显示器下面，机身上的指示灯还亮着，出纸口堵着一堆打印好的工牌和写满“我爱宏强”的纸。

“这……就是那台指定电脑？”小王小声说着，试探性地伸出手去，“这柜子好深啊……那我们是不是得先把它搬出来？”

“等等，先别急着动它！”许冥赶紧阻止了他，自己先探头进去看了看。

一格柜子用来容纳这两台机器刚刚好，没什么挪动的空间。许冥费了好大劲，总算将显示器转过来了。看到旁边有插U盘的USB接口后，她顿时松了口气，试着将自己的U盘插上去，发现能够正常读取，于是越发安心了。

她试着将显示器再转过来一些，看到了后面的连接线，表情微微一变。

连接电脑和打印机的并不是什么数据线，而是一根血管。

那是一根足有腕粗的血管，表面布满鼓胀的经络，正以一种平稳的节奏张弛着，让人想到沉睡的野兽。

许冥谨慎地将U盘拔下来，小心地退了出去。

“这不是能随便动的东西。”面对其他人疑惑的目光，她深深地吐出了一口气，“能用，但现在如果有太大动作，只会打草惊蛇。一切还是等明天再说吧。”

话虽如此，但某些时候，等待恰恰是最难熬的。

那天晚上，许冥不知道其他人睡得怎么样，但她的确没睡好。一方面是因为难以遏制的紧张，另一方面则是因为会议室里时不时就有人爬起来，迷迷瞪瞪地说要去加班。

许冥不得不一遍又一遍地把人按回去。按到最后，她一肚子火。

到了第二天开工的时间，众人的焦虑和忐忑随着公司的变化升至了最高点。

许冥自己是没有感觉的，但其他人都说室内的温度似乎高了不少，原本整洁的办公区平白多了不少烧毁的家具，门和墙壁上还出现了焦黑的抓痕。

惯例的“经理视察”环节也发生了微妙的变化。九点半那次被点的是小王，因为慌乱，他差点儿坐错了位置。有惊无险地度过后，他才发现自己无意中碰到电脑的手已经被烫得发红。

十一点半那次被选中的则是文案部，两个女孩儿倒是很沉稳，没出任何差错。只是从工位区回来时，脸色都极度难看。

邱雨菲悄悄告诉许冥，说那些死人也不一样了——原本只是直愣愣地看着电脑一动不动的它们，今天却齐齐转头看着她和袁嘉怡笑。

笑得人头皮发麻。

此时距离十二点还有不到三十分钟。

众人躲进会议室里，静静等待十二点的到来。

十一点四十分。

水獭再次打开笔记本电脑，和袁嘉怡最后检查了一遍做好的工牌，一口气往U盘里存了三份备份。

十一点四十五分。

水獭关上笔记本电脑，小心地收了起来。所有人都收拾好东西，紧紧地盯着玻璃墙外，像是在等待宣判或转机。

十二点整。

刺耳的火警声突然响起，整个公司的灯光忽然开始闪烁！小王惊叫一声，本能地想要往外跑，却被人拦住了。

“按照计划行事，别乱跑！等我回来！”许冥急急嘱咐了一句，拎起包，独自跑了出去。

十二点零五分。

许冥还未回来。会议室外已然变了模样，在闪烁的灯光中可以看到四处蔓延的火焰与扭曲挣扎的人影，痛苦的号叫不绝于耳，会议室门上的标牌开始自动旋转，默默地翻到了“空闲中”那一面。

意识到这个地方不能再待了，黑仔猛地站起了身。水獭匆匆上前，勉强将标牌翻过去，蹙眉看着众人。

“确定还要等下去吗？会议室都不管用了……”

“再等等吧。”邱雨菲咬了咬唇，语气很坚决，“冥冥肯定会回来的。”

话音刚落，就听见外面砰砰作响。一个焦黑的人影站在会议室外，面无表情地瞪着他们，干枯的手指对着玻璃敲击个不停。

邱雨菲倒吸了一口气，毫不迟疑地瞪了回去：“看什么看？会敲门了不起啊？敢进来我就揍你！”

又过了十分钟，许冥终于喘着粗气从公司大门外一路跑了回来。

“快快快！”她敲着会议室的门催促众人，“现在转移去档案室，抓紧……邱雨菲！你要是再敢跟我对那个拗口得要命的暗号，信不信我直接把你大学时的丑照发给大家看！”

确实正准备再对一次拗口暗号的邱雨菲愣住了。

“行了行了，都走吧，这肯定是真的。”她小声咕哝着，赶紧配合地将其他人推出了会议室。小王迟疑地看了她一眼，看上去仍是忐忑非常：“确定没事了吗？灯还在闪呢。”

“肯定啊。”邱雨菲信誓旦旦地说，“冥冥老师说没事，那就肯定没事。”

于是小王惊魂未定地出去了。邱雨菲一脸诚恳地走在最后，趁其他人不注意，飞快地抓住了许冥。

“喂！”她一脸紧张，“真的确定没事了吗？”

“至少没什么大事。”许冥一边快步往前，一边小声道，“那个象征宏强本体的瘦高女人也进逃生通道了。”

邱雨菲震惊地看着她：“你看得到？”

许冥回答：“感应到的。”

其实是靠某个在她脑海里鬼哭狼嚎的声音。

为了防止那个瘦高女人察觉到不对，再回来找他们，许冥离开时还特意把九楼的消防门给闩上了——用她的自拍杆。

“啊，那个啊？”邱雨菲“嘶”了一声，面露质疑，“确定有用吗？”

“不确定。”许冥非常诚实。

“……”邱雨菲无语了。

“所以我弄了个‘双重保险’。”许冥继续说，“档案室里不是有很多重复的工牌吗？我之前就顺了几个放在包里。”

邱雨菲疑惑不解地问：“啊？”

“刚刚探查情况时，我顺手从楼梯扶手的空隙里扔下去了。”许冥面不改色地说，“现在只能祈祷楼下那东西能够机智一点……”

话音未落，两人脚下忽然震了一震。邱雨菲捂住了耳朵，像是听到了某种极度刺耳的声音。

许冥什么都没听到，但她听见自己脑海里的那个声音欢快地“嘿嘿”了一声。

“给力啊，”它说，“真打起来了。”

看来楼下那东西确实很机智。

第15章

抢了“公章”就跑

虽然这么说不太礼貌，但对于楼下那东西的战斗力，许冥其实没抱太大期望。

毕竟，根据那本日记的内容，那个可以伪装成保安的异常存在是中途混进这栋楼的，而且前期一直被保洁组压着打，直到保洁组不幸被骗导致削弱，才找到机会反扑。而且许冥脑海里的声音说过，即使得到工牌，它也无法进入公司内部。从这一点来看，它的实力尚且不如原本的保洁组。

因此，听到脑海里的激情转播，被告知那东西居然和宏强的本体打得有来有回，她还惊讶了一下。

“真的假的？”许冥很诧异，但并未停下赶往档案室的脚步，“它之前在隐藏实力？”

“不，应该是进补了。”脑海里的声音说，“这会儿待在逃生通道里的有不少是宏强自己驯养的死人。对其他异常存在来说，那也是值得掠夺的养分。”

换言之，楼下那东西现在的状况就是边打边补，对实力提升肯定是有帮助的。

“从利益层面来说，这也是难得的进补机会，所以哪怕挨几下，也得多咬几口，这样反而加强了对宏强的牵制……”脑海里的声音说着，忽然带上几分感叹，“这也在你的算计中吗？”

“不，说出来你可能不信，我的算计其实只停留在狗咬狗这一层而已。真没想那么多，真的。”许冥默默地想。

很快许冥便来到了档案室。因为感知不到宏强内部的剧烈变化，她的脚步一直很稳，所以离开会议室时明明还在最后，这会儿却第一个到达档案室。

档案室的门一打开，滚滚浓烟便扑面而来。水獭想帮着把门按住，手还没碰到门板便感觉烫得不行。旁边的袁嘉怡已经有些忍耐不了了，捂着口鼻蹲下了。

许冥见状，只能临时更改计划，指挥其他人往外挪了挪，转身独自进了档案室。她硬着头皮一阵翻，很快便抱着打印机和电脑钻了出来。

“快快快，U盘呢？”

插入U盘，顺利读取，点击打印。打印机的灯快速闪了几下，发出令人牙酸的“咔咔”声。片刻后，在众人紧张的目光中，竟真的开始缓缓吐纸了。

“成了！”

第一张工牌打印好了，邱雨菲控制不住地叫出了声：

“上面写的是拆迁办！没有被改掉！”

照片、姓名……该有的信息也都有，没有任何错漏。

这法子行得通！

“别高兴得太早。”许冥幽幽地说道，顺手将打印好的第一张工牌扯了出来，“是水獭的，要先试试吗？”

“……”水獭的脸色变了，但还是点了点头。

正在打印的工牌一共有六张。其中第二张到第五张的顺序是随意排的，唯有第一张和第六张是所有人认真讨论决定的。

第六张是许冥的，因为一旦环境出现变化，她能扛最久，适合殿后。

第一张是水獭的，原因更简单，因为除了许冥外，他最敢试。

就比如现在——水獭将打印好的新工牌匆匆塞进工牌套里，毫不犹豫地挂在脖子上，然后取下了原本那个宏强公司的工牌。

写着“怪谈拆迁办”的工牌在他的胸口轻轻摇晃着。片刻过后，水獭轻轻地呼出了一口气。

“没有惩罚。”他抬手抹去额上的汗水，“这个算数的，这个工牌算数的！”

“那就行。”许冥说着，迅速将刚打印好的一张工牌抽了出来，“那就都准备一下，换好工牌的直接出去，往电梯的方向走。能坐电梯下去就下去。”

“啊？”黑仔一怔，“我们不一起走吗？”

“你看情况允许我们一起走吗？”许冥头也不抬地说，“它打得这么慢。”

现在才开始打第三张工牌，然而看袁嘉怡和小王的样子，明显已经很难受了。

黑仔皱了皱眉，显然不太想接受这个结果，张口刚要说些什么，却被呛得直咳嗽。邱雨菲赶紧将他的身体拉低了一些，又给了他一块用矿泉水打湿的手巾，费劲地朝外面指了指。

不远处，数个焦黑的身影正自顾自地游走着，脚步虚浮，若隐若现。

“没事。”她笃定地说，“听她的就是。”

黑仔按着鼻子上的手巾，皱了皱眉，没再说话。

换好新工牌的水獭和袁嘉怡已经开始往外跑了。第三张才打出大半张。许冥搓着手指在电脑前面等，愣是又等了三分钟，才终于送走了黑仔和小王。

邱雨菲的工牌排在倒数第二张，又过了三分钟才打完。如果说之前只是猜测，现在许冥就很确定——这台打印机的速度正在逐渐变慢。

不论怎样，至少前五张全部打出来了。她帮邱雨菲迅速换好工牌，目送对方一路跑出大门，然后回头看了看打印机，愣住了。

第六张工牌才露了个头，它就不动了。

“靠！”许冥忍不住骂了一句，抬手就对着打印机敲，“什么情况？卡纸了？”

“不，”脑海里的声音忽然变小了，“是它回来了。”

“什么？”许冥的话还未说完，神情就变了。

因为具有“白痴”特性，她无法感知周遭的浓烟和高温，也听不见楼道里的刺耳尖啸。可即便如此，她刚才还是听到了一个很响的声音。

是她锁住的消防门被暴力破开的声音。

许冥的心脏开始怦怦狂跳，脑海里的声音更是一阵慌乱：

“它回来了！你赶紧走吧！

“‘白痴’不是万能的，以它的诡异程度，如果真要动你，你不一定能完全免疫……”

更别提那家伙现在绝对很火大。即使躲在这里，它也能感觉到对方身上满溢的愤怒——被蝼蚁冒犯的愤怒。

“这是我想不想走的问题吗？”许冥一阵头大，“我的新工牌还没印好！没有工牌，我走不成！”

许冥忽然意识到了什么，随即陷入了沉默。

脑海里的声音很疑惑。又过了两秒，许冥若有所思地开口道：

“我记得工牌的标准是有完整信息、佩戴在胸前、出自指定电脑的长方形物体，对吧？”

“好像是的。”它微妙地停顿了一下，“你想干吗？”

许冥没说话，只是沉默地盯着面前的电脑看。

指定电脑。

长方形物体。

屏幕上显示着她的工牌，信息完整，明明白白的。

她果断地将键盘一拔，抱起面前的显示器，放在胸口处，屏幕向外，拔腿就跑！

有人规定工牌必须是个牌子吗？

没有！

更妙的是这台电脑只有一个显示器，也没多重，还不用插电，抱着跑倒不是很重。转眼许冥就跑到了公司大门处，头也不回地冲了出去。

手中的显示器连着一根粗壮的血管，血管的另一头是那台卡纸的打印机，被她毫不客气地拖在脚后跟处，在地上摩擦着，不时翻滚一圈。

出了公司大门，显示器的优势就更明显了。屏幕的光照着地面，连手电筒都不用打。许冥借着这点光，凭记忆往电梯方向走，快速跑过一个拐角时，忽然哆嗦了一下。

“奇怪。”她皱起了眉，“我刚才感觉到一股热意。”

“不奇怪。”脑海里的声音幽幽地说，“你刚刚直接从宏强本体旁边跑了过去。”

许冥愣住了。

“它还震惊地看了你一眼。”那声音继续说，“你现在还能感觉到那股热意吗？”

“嗯。”

准确地说，是热风。紧跟在她身后，她的背部都被吹得有些发热了，像是有只巨大的野兽正在她背后喘息。

“这就对了。”那声音的语气变得有些微妙，“它就在后面追你。”

“真小气。”她在心里狠狠地做出批判，“小肚鸡肠。”

“不，这还真不是它的问题……”脑海里的声音语气更微妙了。又过一会儿，它再次开口，讨论的重点却变了。

“‘根’是一种天然的存在，一种能量寄体。”那声音缓缓地说。

许冥愣了一下，不明白它好端端的为啥突然提起这个。

“‘根’只与死人相伴，拥有影响规则的力量。有的人死后会自动拥有‘根’，有的‘根’则是在大量死人聚集后逐渐凝聚而成的，后者往往也是支撑一个怪谈区域的基础。有规则支撑，怪谈区域才能存在。‘根’是规则诞生的前提，也是唯一能影响规则的工具。

“所以，‘根’是很重要的东西。”那声音做了总结。

许冥默默抱紧了怀里的显示器，她尽可能地保持镇定：“所以这和我有什么关系？”

那声音有些无语：“你以为你现在抱着狂奔的东西是啥！”

许冥心想：“吼我干吗？你之前也没说啊！”

那声音更崩溃了："我也没想到你抢了人家的东西就跑啊！"

按理说，这东西一般还真抢不走。别的不说，光档案室的规则就足够致命。偏偏许冥是个"白痴"，啥都看不见，啥也不用管。

什么叫"无知者无畏"啊！

不过这个特性不知道现在管不管用。感知到身后的存在爆发的磅礴怒火，即便躲在许冥的包里，它也遏制不住发抖的冲动。

幸亏它没有皮肤，不然许冥包里这会儿应该全是鸡皮疙瘩。

"这样不行！"它焦急地说，"它不会放过你的！'白痴'特性也护不住你！就算你能跑到电梯口，你觉得它会给你进去的机会吗？"

"那能怎么办！"许冥想都不想，"难不成还给它啊？"

还是不可能的，这辈子都不可能。许冥一咬牙，硬着头皮继续往前冲，却不得不承认，那声音确实没说错。

身后的那东西——宏强的本体——显然盯死了她。

她能感知到的热意已经越来越明显了，如果说之前只是热风，现在的感觉更像是有人举着火把贴在她背上。

灼烧的感觉近在咫尺，仿佛慢一点就会被燎到。

应该还行，扛得住！

强压住心头的恐惧，许冥很快就做出了判断——尽可能保持现在的速度，对方跟不上！

令她发愁的是怎么上电梯。她肯定没时间慢慢等电梯上来、开门，也没法儿进一步拉开身位争取时间。唯一的办法就是冲到电梯门前按一下，再换个方向遛它一会儿，遛到电梯门开的时候掐着点进去……

理论上应该行得通，就是难度有点大。她的体力能不能撑那么久都不好说，但现在也没别的办法了。

手上唯一能算得上道具的似乎就只有那本九号规则书。但那东西连个说明都没有，她又没琢磨出用法，靠不靠谱儿都不确定。

许冥无奈地眨了眨眼，在脑海里的声音的指引下又拐了个弯。看到走廊尽头时，她不由得一愣。

这个区域是没有灯的，但走廊尽头有明显的亮光。

那是来自电梯内部的亮光。

是邱雨菲！

她就站在电梯里面，一边用力按着电梯按钮，一边不住地探头向外张望，像是在紧张地等待着什么。

见到许冥过来，她的表情明显放松了，然而在往许冥身后看了一眼后，整个人又瞬间僵住了。

“关门！”

还是许冥最先反应过来，边朝电梯疾冲边大声喊：“关门，快关门！”

话音刚落，她已经跑到了门边，毫不犹豫地抱着显示器就往里冲。她前脚刚进门，后脚便听见电梯门发出“嗡嗡”声，缓慢地合上了。

砰的一声，电梯门似乎夹到了什么，又重重地向两边弹开了。

许冥惊魂未定地转头，一旁的邱雨菲已经回过神来，抡起一瓶矿泉水用力一挥：

“白鹤亮翅！”

又是砰的一声，似乎有什么从门缝里退出去了。电梯门终于合上了，轿厢开始下降。

许冥抱着显示器僵在原地，心脏怦怦直跳。狭窄的空间内，一时只能听见两人粗重的呼吸声。

又过了一会儿，许冥才缓缓地说：“你刚才那招根本就不是白鹤亮翅吧。”

那是太极拳的招式，而她只是单纯地砸瓶子而已。

“我知道，”邱雨菲手还在抖，脸色煞白，“我随便喊的。就是想有点气势。”

许冥问：“哪里来的矿泉水？”

“跑路时顺手拿的。我怕之后还需要湿手巾，拿着安心点。”邱雨菲说着，一脸茫然地看着她，“你呢？哪里来的显示器？”

许冥心想，说出来你可能不信，也是跑路时顺手拿的。

实际上，不只这台电脑，与电脑紧紧相连的打印机也在一路颠簸后愣是被拖进了电梯，上面的指示灯还亮着。

电梯还在下降。她们能隐隐听见遥远的嘶吼与尖叫声，轿厢时不时摇晃一下，给人一种随时会坠落的感觉。

许冥用力咽了口唾沫，看看怀里的显示器，又想起刚才那声音说的关于“根”的事情，突然有点头大。

“喂，”她在脑海里悄悄询问，“这东西之后该怎么处理啊？”

“我怎么知道。”那声音也有些恍惚，“你是人类，这东西你不能直接用。也就只能用来喂规则书吧……”

喂？怎么喂？

许冥又是一愣。就在此时，邱雨菲惊呼一声，神情紧张地看着她。

“冥冥，你的包！”

许冥诧异地低头，这才发现包的颜色变深了。仔细看了一会儿，才大概看出那是一种偏深的红色。

暗沉的红色液体晕开了一片，还在淅淅沥沥地往下滴。

虽然许冥看到的画面没那么精细，但可以确定，包里肯定有东西在搞鬼。

她拧了拧眉，单手环住怀里的显示器，腾出一只手翻找，很快就掏出了自己的首要怀疑对象——

那个本子，九号规则书。

本子的封面依旧干干净净的，上面覆盖的蜡凹凸不平，隐隐给人一种流动的错觉。本子侧面却沾上了一些红色的液体，面积不大，颜色刺目。

许冥试着用拇指擦了一下，没擦掉，却将合拢的内页搓开了一些。她微微一怔，又赶紧尝试掰了一下。她发现之前紧得仿佛被粘住的本子现在能打开了。

不仅如此，里面还多了不少字。许冥是从中间打开的，映入眼帘的首先就是两行熟悉的手写体：

已建立：三级规则依据："怪谈拆迁办."

这是什么意思？

许冥克制地吸了口气，连忙艰难地单手翻了起来，想获得更多信息。不料刚翻了两下，忽然听到上方传来一阵清晰的崩塌声，然后整个轿厢重重地晃了晃。

"啊哦。"脑海里的声音再次响起，"这次事情是真的闹得有点大了。还好你们出来得及时……"

什么？

许冥的眉头拧得更紧了，刚在意识里发问，耳边便响起邱雨菲惊慌的尖叫。

下一秒，伴随着一声巨响，整个轿厢突然变暗了，重重地往下坠去。

敏锐地察觉到远处传来的巨大崩塌声，一个焦急的身影停下了脚步。

那是个穿着深色连帽卫衣的高个子年轻男人，上半张脸隐在碎发与帽子的阴影下，只露出线条流畅的嘴唇与下巴。

停下脚步的瞬间，他循声朝远处望去，在缀满灯光的夜幕下什么也看不到。

尽管如此，他还是皱起了眉。片刻后，又如释重负地呼出了一口气。

他挎在肩上的旅行包忽然蠕动起来，拉链被什么东西从里面顶开了。一颗小小的、毛茸茸的脑袋从里面钻了出来，四处嗅探，又嘤嘤叫唤了起来。

“嘘。”男人赶紧朝它比了个手势，声音低得像自言自语，“我知道你很急，但你先别急。她已经没事了，我能感觉到。你乖一点，我们现在就去找她，好不好？”

狗崽儿又嘤嘤叫了几声，不情不愿地缩回了包里。男人松了口气，注意到旁边路人好奇的目光，赶紧垂下头，用力拽低了帽檐。

似乎是觉得这样还不够，他又将卫衣的拉链往上拉了拉。动作间露出修长的脖颈，喉结处突兀地缠着一根红色的丝带，带子上装饰着金色的铃铛，铃铛一侧有个阳刻的“冥”字。

随着男人的动作，那铃铛被竖起的衣领完全遮住了。紧接着，匆匆的脚步声再次响起。

男人带着那个硕大的旅行包沿着街道快步往前走。

街边的路灯闪了闪，很快便再也照不见一点人影了。

第16章

来自宏强公司的馈赠

许冥再次睁开眼睛时，已经是晚上十二点了。

她人正躺在公司楼下的车库里，就在电梯门边上。邱雨菲卧倒在她旁边，被值夜保安的手电筒晃得直眯眼睛。

“喂，喂！小姑娘！还清醒吗？”保安大爷的声音传过来，起初很模糊，很快又变得清晰了，“这都叫什么事啊……没事吧？要我叫救护车不？”

许冥听到“救护车”三个字，这才彻底清醒过来，忙摆着手坐起来。刚动了动，马上就觉得头昏脑涨，胸口酸胀得直想吐。邱雨菲的状态比她好一些，连忙伸手扶着她，只说两人是吃夜宵时喝多了酒，好说歹说，总算劝走了热心的保安大爷。

眼看对方离开了，邱雨菲脸上的表情瞬间垮了下来。

“我去……”她回头看看身后的电梯，面上犹带着几分恍惚，“冥冥老师，说出来你可能不信，我刚才做了一个好可怕的噩梦……”

“梦你大爷。扶我起来。”许冥难受得皱起了脸，“怪谈区域的时间流速和现实世界不一样，现在抓紧回去躺着，还能再睡几小时。”

“所以还真不是梦啊？”邱雨菲脸色又是一变，低头看了看自己胸前，面露古怪的神色，“我的工牌呢？里面的东西难道是不能带出来的吗？”

“理论上来说是这样的。”许冥随口应了一句，同样看了看自己空荡荡的双手，微微蹙起了眉。

不光是她们俩的工牌，她之前抱在怀里的显示器也不见了。九号规则书倒是还在，仍在她包里。

怪谈区域的寻常物品是无法带到现实世界里的，这点许冥心里有数，可那台电脑呢？

许冥也想思考，可脑袋实在太疼了。邱雨菲试着摸了摸她的额头，吓得叫出了声，赶紧将人扶出了地下车库，拿出手机开始叫车。

“喂，”就在被她扶到人行道上的时候，许冥终于忍不住开口，伸手指了指自己的包，“邱雨菲，你看，这包是什么颜色的？干净吗？”

邱雨菲莫名其妙地看了她一眼，又瞟了眼她的包，飞快地说，“白的啊，干净得很，怎么了？”

许冥没再说话，只是垂下眼睛，一副若有所思的样子。

在她的视野里，那个被邱雨菲描述为“干净得很”的白包，此刻正染着大片的血，暗沉浓郁，腥味扑鼻，血还在淅淅沥沥地往下淌。

再往周围一扫，不远处的公交车站有个穿着白裙子的女孩儿，脖子以古怪的角度扭曲着，脑袋不时滚到地上，又被她迟缓地捡起来；一个八九岁的小孩儿正僵硬地站在马路中央，一辆辆疾驰的汽车从他半透明的身体里穿过，他却像什么都感觉不到一样，只在红绿灯变换的时候，会如同惊弓之鸟般猛烈地转动头颅。

许冥沉默地收回目光，无奈地垂下眼帘。

好消息是她们应该是真的从宏强逃出来了。

坏消息是她的“白痴”特性好像消失了了。

恰在此时，邱雨菲的手机忽然响了。她慌忙低头查看消息，还顺手拍了拍许冥。

“是嘉怡姐！她拉了群，正在问我们俩的状况。”邱雨菲道，“特意问了你的情况，说给你发消息不回，电话也打不通。”

许冥这才后知后觉地想起自己的手机，摸出来一看，果不其然，根本开不了机，变成“砖”了。

“糟了，那我待会儿车钱都没法儿付……先记你账上吧。”许冥疲惫地“啧”了一声。正好这时邱雨菲叫的车到了，她摇摇晃晃地坐进后座，艰难地开口：“师傅，麻烦加一个地址。北湾大道绿竹花园27……唔！”

话未说完，脑袋又是一阵抽痛，太阳穴跳得仿佛要爆炸。邱雨菲赶紧把她按到座位上：“行了行了，你这副样子谁敢让你一个人回家啊，今晚先去我家吧。”

许冥本想拒绝，但实在难受，想想还是点了点头。车子很快启动了，她迷迷糊糊地靠在椅背上，只觉得意识在不断下沉，却突然听到旁边一直在玩手机的邱雨菲“啊”了一声。

“冥冥老师！”

在陷入昏睡前的最后一刻，她听到的是邱雨菲诧异的低语：“嘉怡姐打听到了——

“老李真的出事了！”

老李死了。

这是一件相当令人无奈且痛心的事。但对他们这些刚从宏强逃出来的人来说，似乎也不是什么值得惊讶的事。

真正让邱雨菲惊讶的是老李的死因。

他是死在自己家里的。

“据说他下午前往拍摄地的时候忽然不舒服，带队的王哥就让他先回去了，结果就在自己家里猝死了。”

邱雨菲仰躺在出租屋的小床上，还在不停地摆弄手机。她旁边是睡了两小时才总算有了点精神的许冥。

许冥正在用邱雨菲的笔记本电脑挑新手机，闻言蹙了蹙眉：“也就是说，他根本就没有参加宏强怪谈的拍摄？”

“不仅如此，”邱雨菲猛地坐起了身，“而且你猜怎么着？嘉怡姐已经问清楚了，她说我们公司要去拍的那栋废楼其实根本就不是宏强的楼，而是一栋普通的待拆危楼。网上有人用它的照片牵强附会，硬把它和宏强联系在一起！”

也就是说，老李的死也好，他们公司也好，实际上都和真正的宏强八竿子打不着。他们甚至连单方面的业务往来都够不上，撑死就是个蹭热度的关系，而且还是蹭热度未遂。

“你说怪不怪。”邱雨菲穿着睡衣盘坐在床上，一脸莫名其妙，“那我们到底为什么会进去啊？尤其是老李，他的死好像和宏强也没什么关系啊。”

许冥想了想，说：“有没有可能是因为我们侵犯了它的版权？”

邱雨菲回答：“所以它追我们来了？”

许冥也就是顺嘴那么一说。她老早就觉得这件事很奇怪。毕竟，在她的印象里，不论有怎样的牵扯，正常的人类都是不应该进入怪谈区域的——因为他们身上都是自带保护层的。

在她的认知里，正常和异常、有序和无序、理性和疯狂都是泾渭分明的东西。秩序和理性是正常的人类天然的、最强大有力的保护层，正常的人类天生就会被隔绝在所谓的异常之外，这才是世界运转的常态。

像她这种所谓的拥有“通灵体质”的人，说白了其实就是先天不足，是一种缺陷。她无法获得那种天然又强大的保护，才会一再成为这种怪谈区域的常客。

抚养她长大的阿姨是这么说的。而且在今天之前，她也确实从未见过任何一个正常的人类能和自己一样进入怪谈区域。以前哪怕是和别的小朋友手牵手走路的时候，或者被老师背去医务室的时候，她都能精准地被单独选中，从来没将谁拖下水过。

所以，今天在刚意识到情况不对的时候，她还挺困惑的。

在遇到袁嘉怡他们后，那种困惑又变为了更深的慌乱。

她说不清自己为什么会慌乱，只是本能地感到有些不安。虽然没有更明确的证据，但她能感觉到，在她脱离“那边”的四年里，这个世界的运转规则似乎发生了什么变化——一种她尚未理解的不太妙的变化。

思及此处，许冥的心不由得又沉了下去。她试探着在意识里开口：“喂，你还在吗？对于我们怎么进的宏强这事，你有什么头绪吗？”

脑海里一片寂静，许冥没有得到任何回应。

她微微蹙了蹙眉，再次看向旁边染血的包。纠结了一下，她还是放弃了刨根问底的打算。

“手机挑好了。”她打了个哈欠，将笔记本电脑递给旁边的邱雨菲，“我没法儿扫码登录，你先帮我付一下。明天再转钱给你。”

“不用给啦！这个算我送你的好了，毕竟这次多亏你……冥冥？冥冥老师？”

话未说完，就见旁边的人已经躺下了。邱雨菲愣了一下，赶紧戳了戳她，回答她的只有许冥均匀的呼吸声。

合眼才不到三秒的工夫，人已经又睡着了。

“她没事吧……”邱雨菲咕哝着，又试探着摸了摸许冥的额头，替她盖好被子，然后利落地付完款，也躺下睡着了。

◆ 北湾大道绿竹花园274号公寓楼1603室门口。

一个颀长的身影正背靠墙壁，抱着硕大的旅行包静静地站着。

偶尔有刚结束加班或夜生活的人路过，匆匆地从他身旁走过。他总会在听到脚步声的时候稍稍抬头，在确认来人不是自己要等的人后，又很快垂下脑袋，将身体往背后的墙壁里缩。

看着像是个活人，实际上却没有实体。缩到最后，几乎半个身体都陷进了墙壁里，整个人像是被水泥糊在墙上了一样。

鼓鼓的旅行包忽然蠕动起来。毛茸茸的狗崽儿又从袋子里拱了出来，嘤嘤嘤地到处嗅着。男人小心地将它往里按了按，轻轻地说：“别急，再等等。她应该就快回来了。马上就能见到了。”

被同样的话哄骗过几次的狗崽儿这回显然不太高兴，嘤嘤嘤的声音更大了。

直到叫累了，才泄愤般地在男人的手指上咬了一下，气呼呼地又自己爬进去了。

年轻男人依旧不声不响地站在原地，继续耐心地等待着。

又过去了三个多小时，第一抹日光出现在云层后，大楼里也逐渐有了人活动的声音。

伴随着一声几不可闻的叹息，男人的身影如泡沫般消失了。

◆ **邱雨菲的出租屋内。**

闷头睡了八小时，上午十点，许冥才懒洋洋地睁开眼睛，收拾东西准备回家。

邱雨菲起床的时间和她差不多。经历了昨晚惊心动魄的事件，两人一致认为工个屁的作，双双请了事假，任凭老板在大群里疯狂点她们的名，只当看不见。

许冥的烧退得差不多了，头痛也好了许多。随便吃了点东西后，她便从邱雨菲那儿蹭了张交通卡回家，打开门的瞬间竟有种恍如隔世的感觉。

她一头倒在床上，仍能感觉到太阳穴在突突地跳。她垂眸思索了片刻，终于再次打开被血染得通红的包，从里面拿出了九号规则书。

封面依旧是干干净净的。许冥翻来覆去地检查了一遍，终于确认了一件事——那些血不是从这个本子里流出来的。

这就怪了。到底是从哪儿流出来的？

许冥又翻了一遍包，依旧没什么头绪。正好这会儿身边没有其他人，她索性直接问出了口："我说，你一直都在包里吧？你知道这血是从哪儿流出来的吗？"

说话的同时，她还伸手戳了戳面前的本子。

然而等了片刻，仍然没有得到任何回应。

面前的本子一动不动，宛如一个彻底的死物。

等了一会儿，许冥果断拿着本子站了起来，打开煤气灶，直接将本子悬在火苗上方。

"喂，喂，干吗呢你！不说话当然就是不知道啊！"

刚才还一动不动的本子忽然剧烈挣扎起来——准确来说，只有封面和封底在动，表面的蜡还突兀地裂开了一道缝，快速地张合着，露出里面细密的牙齿。

"拿开！快拿开！多大仇啊！麻烦你搞清楚，这可是你的规则书！"

"这又不是我自己想要的东西。"许冥冷冷地甩下一句话，利落地关掉煤气灶，顺手将本子甩到了桌子上，“之前为什么装死？”

“什么装死，我那是怕吓到你好不好……”那道长着牙齿的缝咕哝着，似乎是为了证明自己的话，还特意把缝又张得大了些，“你看，你自己说吓不吓人！我是为你考虑，你倒好，把我往火上架……”

老实说，吓人够不上，不过确实有点恶心。

尤其是表面的蜡，不知是不是因为高温，明显有了一种融化感，现在整个封面都跟软体动物的斧足似的动来动去，看着让人起鸡皮疙瘩。

许冥忍不住说：“你说话的时候不能把嘴闭上吗？”

那道缝沉默了。

“我是说，你之前不是在这里和我对话吗？”许冥指了指自己的脑袋，“怎么，现在不可以？”

“当然不可以。”那道缝龇牙咧嘴的，“我和你之间又没有直接联系。之所以之前能和你在意识里沟通，是因为你和这本规则书有精神联结，而我又恰好被绑定在这本规则书上。规则书只有在怪谈区域才会苏醒，它现在处于休眠状态，和你的联结没有启动，我当然也没法儿和你意念沟通啊。”

“懂了。”许冥缓缓点头，“你其实是送的。”

是赠品的赠品。

“也就是说，你其实是外面这一层……”许冥偏头观察了一下，一副若有所思的样子，“那请问，你能，嗯……”

那道缝了然地“哦”了一声，覆盖在规则书表面的蜡忽然开始大幅度地蠕动，如同潮水般向两边分开，转眼便完整地从规则书上剥离，重新汇聚成褐色的一团，谨慎地窝在桌角。

只余几缕细细的红线连接着它和规则书，随着它的动作不断延长，似乎能无限延伸。

这就是它所说的绑定？

许冥微微眯起眼，拍了拍手掌。

“谢谢配合。”她对着那褐色的一团点了点头，“话说，怎么称呼？”

既然确定了对方和规则书是两个独立的个体，那还是有一个专门的称呼比较好。

那团褐色的蜡似乎没想到她会这么问，顿了几秒才再次开口：“名字……倒是没有专门的，不过我给自己起了一个，叫海棠。苏东坡的诗，读过没？‘只恐夜深花睡去，故烧高烛照红妆’的那个海棠。”

没想到它还挺有文化的。许冥一时有些无语。

“或者你也可以直接以我的本质称呼我，”它晃了晃不规则的身躯，“鲸脂人。”

“人？”许冥的语气带着一丝质疑。

“你这是什么语气？我这只是图省事的造型！”那团褐色的蜡似乎有些不高兴，“只要我愿意，我可以变成任何造型！不管什么肤色、性别……想怎么捏就怎么捏……就算想要兽耳也可以——”

“行行行，我知道了！不用介绍了，你不用介绍了！”眼见话题就要走向越来越奇怪的方向，许冥不得不赶紧叫停。

许冥的思绪转了几个弯，最终看向了规则书。

剥去了表皮那层厚重的蜡，规则书终于彻底对她展露了真容。

真正的封面素净得令人惊讶，底色为淡蓝色，材质很软。封底印着生产厂家和条形码，光看外表，只是一本普普通通的软面抄而已。

但这不是重点。重点是封面的右下角分明写着一个字：

是用黑色水笔写的，字迹有点漫不经心。但许冥一眼就认出来，那是她的字迹。

她大学时自学画画，先学的手绘。也是在那时，她给自己起了“许冥”这个笔名。那段时间，她在自己画的每幅画上都会签一个“冥”字，她绝对不会认错。

这个本子到底是怎么回事？

脑海里的问号越来越多，多到许冥觉得自己的脑袋又要开始痛了。

心知这时候乱想也没用，她将本子拿在手里，轻轻地翻开了。

不知是不是因为已经脱离了怪谈区域，这会儿翻起来异常轻松，没有任何阻碍。

最开始的几页都是她这两天的乱写乱画，有些是开会时的敷衍记录，有些是上班“摸鱼”时的涂鸦。一直翻到第十几页，许冥才终于看到一些不一样的东西。

她看到了三个方框。

是三个特别规整的方框，纵向排列，框与框之间空着几行。前两个方框里都画着问号，唯有第三个方框里写着四个整齐的字：

纸袍权威

下面还有一行小字，同样是秀气的手写体，像是对这四个字的注释：

当他们以为你身披王袍，胡说八道也可成真理；当他们看破你仅着纸衣，大声嘶吼也无人倾听

许冥并没有完全看懂。

所幸，再往下就是更详细的如同游戏说明的大片文字：

纸袍权威：当某种存在得到广泛的认可，即可将其视为权威。当你拥有足够的"权威"，便可以其为依据，对当前怪谈区域的规则进行修改，或建立自己的规则。

权威依据共分为三个等级，不同等级可实现的效果不同。

一级规则依据：凭此类依据，你可成为任何怪谈区域的有力话事人。可修改怪谈区域已成文或已被广泛接纳的核心规则，对同样信服此依据的存在而言，你的规则将天然具有核心规则的效力。

一级规则依据亦可用于修订、替换已有概念或建立全新规则，但请记住，无根之木没有站立的力量，天马行空只会增加你失败的概率。

二级规则依据：此等级的依据可帮助你修改当前怪谈区域的非核心规则或建立一些边缘规则。但请注意，当你运用此等级的依据时，会随机付出一定程度的代价。

当一个概念得到当前怪谈区域内的某类群体集体认可时，便可判定为二级规则依据。如果是广为人知的常识，无论对错，皆可直接列为二级规则依据。

三级规则依据：最低等级依据，没有任何修改或建立规则的效力，但你仍可对相信此依据的存在施加一定的精神影响。凭此依据创建的非规则类信息将无法被任何存在修改、扭曲和抹除。

身处怪谈区域时，你可以尝试建立新的三级规则依据。若脱离怪谈区域时相信此依据的人达到两个及以上，则视为建立成功。你

将可以在其他怪谈区域中，继续使用或升级此依据。

请注意，请不要在没有任何依据的情况下，强行修改任何规则！这或许会让你付出惨重的代价！

或许？

也就是不一定？

许冥微微挑眉，又翻了一页，终于看到了她之前在电梯中瞥到的那行字。

已建立：三级规则依据："怪谈拆迁办"

继续往下翻，只剩大片的空白。

许冥又往前翻，扫了一遍又一遍，神情变得越发微妙了。

即使用的是游戏说明体，她也没太看懂。不过，结合之前鲸脂人在宏强透露的情报，她总算明白了大致的状况。

那家伙曾说这本规则书的编号为九号，这就说明它最初创建时用了三个“根”。

这三个“根”很可能分别对应着三种技能，也就是那三个方框里写的东西。只是现在，她刚解锁了其中一个，也就是那个颇为拗口的“纸袍权威”。

关于这个技能，许冥目前的理解就是拿着鸡毛当令箭，扯起大旗作虎皮——搬出一个似是而非的道理或唬人的概念，再靠这个影响怪谈区域已有的规则。

就比如之前在宏强的那两次：第一次利用“力的作用是相互的”这一常识，建立了“人能打到无实体存在”这个规则，代价是体力的过快流失；第二次则是利用“给多少钱干多少事”这个打工人的共同认知，减弱了原有规则对其他人的影响，付出的代价是剧烈的咳嗽。四舍五入还算是健康。

“等等。”许冥突然反应过来了，“只是减弱影响也需要付出代价吗？”

正在试图把自己搓成完美球形的鲸脂人“啊”了一声，听到许冥的疑问，也沉默了一会儿。

“肯定不只减弱啊。”它突然说，“肯定还是有一些改动的。”

比如“员工必须忠于公司”这一条，虽说是以精神施压为主，但本身还是有一定的强制约束力的，只是弱且不明显。一般来说，这种规则的约束力只会在员工进行某些触及底线的操作时触发。

然而，事实是许冥他们连偷用电脑和打印其他公司的工牌这种“大逆不道”的事都做了，这条规则却始终没有表现出应有的约束力。

唯一的可能就是它在许冥激情宣扬“拿钱办事、拒绝加班、拒绝职场PUA”时，就被顺带推翻了。

这么说来，邱雨菲确实也提过，《员工守则》里那些很不讲道理的规则突然就变淡了。

她仔细琢磨了一下，忽然感到有些后怕：“那假如这条规则没有被改掉呢？会怎样？”

“我怎么知道，我又不是宏强的人。”鲸脂人幽幽地说，“不过，类似的案例我倒是见过。”不知想到了什么，它忽然嘻嘻笑了起来，声音里透着些令人牙齿发酸的尖锐，“大概是在两年前，一群不幸被卷入另一个怪谈区域的倒霉蛋好不容易找到了逃出去的法子，但是就因为类似规则的约束，到了最后一步，愣是没人敢动手。最后硬生生耗得一点理智也不剩，又被带回去了。”

说着，它又叽叽咯咯地笑起来，似乎觉得这事有趣极了。不料没笑一会儿，一个杯垫忽然从旁边飞过来，差点儿把它从桌角砸下去。

“嘿！”它艰难地稳住身形，不高兴地说，“好好说话，你突然砸我干吗？”

“看你不爽，行不行？”许冥没好气地顶了回去，盯着它看了一会儿，突然又皱了皱眉，“我说……”她再次开口，声音却变得认真起来，“你到底是个什么东西？”

虽然到现在为止一直没表现出什么威胁性，逃生过程中也称得上很配合，但许冥始终记得它在自己和邱雨菲最初被怪谈纠缠时发出的笑声，心里的警惕始终没有消失。

而现在，看到它毫不掩饰地幸灾乐祸，她更加肯定自己的猜测——眼前这东西绝不是什么善碴儿。

套用自己看过的小说桥段，搞不好就是因为它太危险，才会和这本规则书绑定在一起……

思及此处，许冥的目光越发凝重了。那团褐色的蜡却低声地“喂”了一句。

“有意思，我还以为你不准备问呢。”它的语气倒是十分坦然，“当然了，也不是什么了不起的东西。我只是一个异化的‘根’罢了。”

许冥露出疑惑的表情。

“说得直白点，你也可以理解为道具成精什么的。”那团蜡咕哝着，忽然裂开一道缝，像是露出了一个夸张的笑，“还记得我和你说的吗？‘根’是一种自然形成的能量寄体，只会伴随死人出现。但你也知道，死人是会丢东西的。

“那些生前的记忆、情感都会逐渐消失……当那些东西完全消失，又没有新的意志支撑它的行为，那它还能做什么呢？它有什么资本再去使用自己的‘根’呢？

“所以那个时候，有些‘根’就会反噬自己的持有者。一旦反噬成功，就会拥有更强大的活性，甚至拥有独立的人格……”

那团褐色的蜡轻声说着，忽然一个后仰，摔下了桌面。下一秒，只见大量的蜡原地飞起，在空中飞快地蠕动、旋转、塑形，最终凝成了一具婀娜多姿的躯体。

那副躯体皮肤莹白，身材匀称，留着黑色的短发，一张脸美得十分妖艳，雌雄莫辨。

“……以及全新的身体。”

它唇角微扬，这才慢悠悠地说完后半句，接着炫耀般在原地转了个圈。

“看吧，我就说我可以变成任何样子。怎么样，好看吗？”

“懂了，说白了就跟植物人一样。”她凭自己精妙的理解对异化“根”的概念做出总结，顺便抬了抬手指，“以及请变回去。”

鲸脂人瞪大了眼睛：“为什么啊，不好看吗？”

许冥坚持说道：“变回去。”

鲸脂人说：“这种都不行啊？还是你比较喜欢兽人或者人鱼？”

许冥大喊：“变回去！不然我就开空调热风！”

鲸脂人不高兴地翻了个白眼，身体立刻变矮了。片刻之后，它又变回了土豆般的褐色团子，哼哧哼哧地爬回了桌面。

许冥这才松了口气，又好奇地问道：“你为什么和这本规则书绑定了？”

“我怎么知道？之前被人类抓到了，醒过来的时候就这样了。”鲸脂人百无聊赖地说，“当时吓死人家了，还以为要被当成饲料喂了呢，没想到一觉醒来倒是没什么事，只是被人固定在这本规则书上了……”

说到这儿，它似乎意识到了什么，突然住了口。

许冥反应过来了，用力地拍了一下桌子：“也就是说，异化‘根’可以用来喂规则书？”

鲸脂人没敢再吱声。

僵持了片刻，它土豆般的身躯上突然长出了一排脚。它撒开脚丫一阵狂奔，连滚带爬地滚下桌子，头也不回地钻进了床底。

许冥心想：“到底谁是非人类啊？”

不过这玩意儿的反应倒是提醒了她另一件事。

她抱着的显示器呢？那么大一台连着打印机的显示器呢？总不至于说没就没了。

再次看向手里的本子，许冥似乎想到了什么，又往后连着翻了几页，终于在其中一页找到了些许痕迹。

那一页有一台电脑与一台打印机，下面是数行文字说明。

来自某咨询公司的馈赠，一台能够随意打印工牌的设备。戴上工牌的存在将和规则书产生一定的绑定关系，该绑定关系可随相关的规则书强化而升级，取下工牌后，关系解除。

工牌上的信息无须真实，且可在某些条件下变得真实。被认为“真实”的信息将在一定程度上自动影响佩戴者的认知，取下工牌后，影响消失。

请记住，工牌上的信息必须完整。若你发放工牌前并未征得对方同意，那至少请保证工牌上有一个被对方认同的名字。

怎么打印？

这个问题只在她脑海里停留了短短一瞬，很快许冥便注意到这段话中的另外两个词——“强化”与“升级”。

规则书可以强化，强化后携带的技能也能升级，这是一种非常直白的奖励机制，就像玩游戏一样。

但怎么强化呢？被喂下的“根”以技能的形式加进规则书中，就是一种强化吗？

当初那个骗走云姐锡制心脏的人是否也有一本规则书？

她会不会就是为了骗云姐手里的“根”，所以才进入宏强，然后三言两语就攻略了云姐，就像攻略一个游戏里的NPC[1]那样？

许冥的心忽然沉了下去。她将面前的本子又翻回前面几页，看着纵向排列的三个方框，嘴唇不知不觉间抿紧了。

三个方框，三个技能，三个“根”。

这些“根”又是从哪里来的？

她之前思考的方向一直都是这东西和她有什么关系、有什么效果、能赋予

1 电子游戏中不受真人玩家操纵的游戏角色。

她什么能力，但直到此刻，她才后知后觉地意识到一个更为重要的问题。

这东西她真的该碰吗？

许冥呼吸一顿，脑袋又开始阵阵作痛。片刻过后，她终于拿定主意般将手中的本子缓缓合上了。这时，她听见了敲门声。

许冥被吓了一跳，差点儿没拿稳手里的东西。她的第一反应就是昨晚买的手机到了，于是匆匆将手上的本子塞进抽屉里，转身就往大门走去。她通过猫眼往外看了一眼，却觉得有些不对劲。

门外的人不是快递员，而是一个穿着西装的女人。

看着比自己要年长一些，妆容得体，面容秀丽，手上抱着一个文件夹，像是来做什么调查的样子。

是卖保险的？还是上门推销信用卡的？

许冥不想搭理，决定装作不在家。

她默默想着，蹑手蹑脚地朝后退去。就在此时，门外的那女人却像察觉到了什么似的，突然抬起头来，双眼直直地看向猫眼。她清了清嗓子，匆忙出声："顾铭女士是吧？麻烦开门好吗？我知道你在家。请不要害怕，我是来帮助你的。我知道你刚经历了一些很糟糕的事，方便的话，我想和你聊聊。"

许冥无力地说："不好意思，不太方便。"她揉了揉又开始抽痛的太阳穴，想了想，直接说，"我现在也不是很想聊，请回吧。"

"啊……"

门外的女人似乎没想到她会这么直白地拒绝，明显愣了一下。

"你确定吗？你其实不用防备我，我真的是来帮你的，你不用硬撑……"

"我没硬撑。"许冥扶着脑袋认真地说，"谢谢你的好意，心领了，请回吧。"

门外的女人有些烦恼地搔了搔脸颊，又抓了抓头发，像是一时不知该怎么办了。过了一会儿，她又说："行，那我先不打扰你了。我留一张名片给你，如果有任何需要，你打我的电话就行，也可以直接加我的微信。然后，呃……"她翻开手里的文件夹看了一眼，不太熟练地接着说，"如果最近做噩梦或者出现幻觉的话，也请联系我，嗯，那就先这样吧。"

她掏出一张名片，准备插进门缝里。不料面前的门忽然往外一顶，她吓得往后一仰，下一秒便见许冥的脸从门后探了出来。

"不好意思。"许冥轻声说着，视线扫了过去，"名片能给我看看吗？"

那女人愣了一下，连忙将名片递了过去。许冥盯着上面的叶子标记看了一会儿，眉心微微一动。

"冒犯了。"她说着，往里让了让，"请进。"

第17章

找到你了，嘎嘎

在将那女人引到桌边坐下的时候，许冥的脑子里就一个念头——大意了。

她不该让对方进门的。她现在不太舒服，而且没有手机能用，万一出了什么事，连报警都做不到。她也没有确认对方的身份，万一是骗子呢？

但是，有时候人一上头，确实就没那么有脑子了。

至少许冥可以确定，从猫眼里看到对方名片上的叶子图案时，她的大脑有那么几秒没有运转。

不过现在想这些也来不及了。许冥强迫自己打起精神，顺便又看了看对方递过来的名片。

上面的名字是施绵，公司名称是“安心园艺有限公司”，职位是业务员。

她将名片翻过去，看到背面还有一行字。

修剪您的烦恼，守护您的心灵。任何怪异，我们修剪；任何不安，我们倾听。

上面的“怪”和“异”两个字颜色还不一样，看上去分外醒目，充满了暗示。

但这不是重点。重点是名片的正反面都印着翠绿的叶子图案，这也恰恰是许冥刚才开门的原因。

许冥盯着那图案又沉默了。施绵打开文件夹，露出了亲切的笑容。

“谢谢你愿意相信我。那么接下来，请允许我再次自我介绍。我叫施绵，名片你已经看到了。实际上，我们涉及的业务范围很广，其中就包括一些怪异的事……我知道你刚刚经历了一些匪夷所思的事情。方便的话，能和我好好聊聊吗？”

许冥有些无奈地揉揉额角：“聊什么？”

“就先从你在怪谈……我是说，那个怪异地点的经历谈起吧！”施绵说，“我知道这部分经历可能包含一些你自己也没法儿相信和确定的事，不过没关系，你记得什么就说什么，记不清楚也没事，我都会认真听。”

许冥不知该不该告诉她，自己其实都记得挺清楚的。不过既然对方这么说了，她也乐得给自己省事。

于是许冥直接掐头去尾地讲起自己在宏强的经历，遇到不想讲的或懒得讲的，就说记不清了，十分敷衍。

因为很多部分都讲得太过含糊，施绵的笑容渐渐挂不住了。

“所以，后来你就因为某种自己也说不清的原因，稀里糊涂地跑进了一个隐藏房间，然后在里面稀里糊涂地找到了出去的方法……”

她揉着脑袋，头痛地看着手里的笔记：“呃，然后呢？除了那个你也记不清的逃脱方法，你还看到了什么吗？”

许冥表情一顿，随即蹙起了眉。

施绵以为她又想不起来了，连忙表示理解，摆了摆手。

“没关系，想不起来就算了。记忆模糊是正常现象，大部分人逃出来后都是这样的，你不必挂心——”

“我还看到了日记。”没等她说完，许冥开口说道。

施绵停下动作，有些诧异地看着她。

许冥自顾自地说了下去，声音有些紧绷：“一个死者……不，应该说是灵魂的日记。她和她的同伴们之前一直努力地在那个地方救人。她们全都死了，本来可以什么都不管的，可她们还是竭尽全力，试图拯救进入那里的每一个活人……”

真笨。许冥一边说，一边在心里疯狂地锤脑袋。

她不该现在提这些的。之前的很多关键信息她都是一笔带过的，现在却突然给出那么详细的陈述，肯定会让人怀疑。而且施绵也未必会把她的话当回事，说不定还会像黑衣人一样直接掏出什么消除记忆的东西来封她的口……

可许冥还是忍不住。

就像之前让施绵进门时那样，有些事一旦上头了就控制不住。明知道有些事说了也未必有回应，有些事计较也没意义，可声音还是会不由自主地从心脏和骨头里钻出来。

“……所以后来，她们全部没了。因为失去了那个道具的支持，她们没有办法继续和宏强以及那个入侵者对抗。”她努力克制翻涌的情绪，认真地看向对面的人，“而那个以拯救之名拿走她们的道具的人，就持有一张印着叶子图案的名片，还自称‘业内人’。”

话音落下，施绵微微瞪大了眼睛。又过了一会儿，她才轻声说：“所以，你的意思是……”

听到这话，许冥反倒愣住了。因为老实说，她也不知道自己是什么意思。她只是一时上头，想讲出这件事而已。可之后呢？她又能做什么？

要求施绵解释这件事？或是借此表明自己不愿合作的态度？还是要他们给那些逝去的灵魂道歉？

许冥没想那么多。她只知道自己心里有簇小小的火苗，但她不知道这火应该往哪里烧。

许冥陷入了沉默。又过了一会儿，她才开口说：“我从小受到的教育就是活着很不容易，要珍惜遇到的每一点善意，不论它来自哪里。所有的善良和正义都是值得被记住和感激的。

“所以对于这件事，我实在很难不在意。将一群灵魂不计代价的善意弃如敝屣，只为了从它们那儿谋取一点利益，这在我看来是很难接受的事。如果这事是真的……”

“如果这事是真的，”施绵淡淡地说，“你对我们产生不好的印象也是很正常的。”

许冥有些诧异地抬眼，回应她的是施绵有些无奈的笑容：“行，我明白了。这件事我会尽力去查的。”施绵认真地说，“虽然不敢保证一定能查到什么，但我会尽力给你答复。”

对方的语气太过认真，许冥自己反倒有些蒙了。发了一会儿呆，许冥才找回自己的声音：“我刚才的话可能有些冲动……倒也不一定要答复什么的，毕竟我也不是当事人……”

“不。我觉得这很有必要。”施绵打断了她的话，“我认同你说的，所有的善心都值得被记住，一个将善心不当回事的组织也确实很难得到认同。这也是你刚才一直敷衍我的原因吧。”

许冥继续保持沉默。

“能够将那么长的日记完整地复述出来，对其他事情的记忆应该不至于那么模糊。”施绵吐出了一口气，“那不如另外做个约定吧。关于那个骗走道具的女人，我会尽快给你答复。如果你对我给出的答复感觉满意，就再约个时间，好好谈谈你在宏强的经历，好吗？”

许冥嘴唇微抿，没有直接答应：“我想问一下，你们打听这种事情到底是为了……”

“和那些灵魂的目的一样——救人。”施绵毫不犹豫地说，“知道得越多，后面的人就安全。但你不必有压力，我说了，可以等你认同我们之后再合作。现在你半信半疑的，你敢说，我还不敢听呢。”

许冥做了个深呼吸，最终点了点头：“行，我答应你。”

“那就这么说定了！”施绵笑了，飞快地将手中的文件又翻了一页，“那这部分就先跳过吧，接下来，我还有几个别的问题想问你……”

说是“几个”问题，其实也就两个。

一个是许冥当前的精神状态如何，是否出现了噩梦或幻觉，甚至是PTSD[1]。不仅如此，她还提供了一个电话，说如果有需要，随时可以去他们那里做心理辅导，甚至可以接受催眠，忘记在宏强的可怕经历。

另一个问题则让许冥有些费解。施绵认真询问了有关老李的事，十分具体。她还特意打听老李在出事前是否提到了什么特别的经历或产生了某些微妙的变化。

许冥平时和同事交流不多，真答不上来。施绵也没继续追问，看出许冥不太舒服，很快便起身告辞了。

她临走前还指了指许冥的包，笑吟吟地说：“你这包倒是挺好看的，粉粉的，好别致。”

许冥看了眼快被鲜血染成大红色的包，明智地没有吱声。

将施绵送出门，许冥取了清凉油涂在太阳穴上，边涂还边思索。

“关键果然在老李身上？”她无意识地喃喃着，“不过人都死了，他们还问这些做什么？”

“估计是为了研究传播方式吧。”

一个凉凉的声音忽然从角落传来。许冥转头，看见鲸脂人正一扭一扭地从床底滚出来。

四目相对，它明显僵了一下，不过很快便调整过来，继续一扭一扭地往前滚，最后一屁股坐在许冥放在墙角的体重秤上。

许冥默默地心疼了一下自己的体重秤，开口说道：“麻烦说详细点。”

“我才不，说得太详细不就显得我没价值了吗？”鲸脂人毫不掩饰地说道，显然打定主意要将信息差作为自己保命的手段。

许冥沉默了一下，转头就从抽屉里拿出空调遥控器，对着空调开始调温度。

“喂，别！”鲸脂人立即跳了起来，因为太过激动，脚下还突兀地长出了两

---

1 创伤后应激障碍，指经历创伤后仍会在一定时间内回想起当时的痛苦，精神上再次受到伤害。

条大长腿，看起来像是突然站起来的北极兔——当然没那么可爱就是了。

“别别别，犯不着犯不着……我只是说不会讲得很详细，又没说要保密。”鲸脂人咕哝着，看到许冥将遥控器收起来了，才如释重负地呼出了一口气。

“人类知道多少我不清楚，不过对非人类而言，这也不是什么了不起的知识点。”它清了清嗓子，缓缓地说，“怪谈的影响是由非人类传播的。”

许冥皱了皱眉：“这我知道。”

“你知道个什么呀你……”鲸脂人本能地又开始嘲讽许冥，但对上她的目光，瞬间便㞞了，“我的意思是，你可能了解得不是很透彻。我说的非人类实际上包含两个部分：第一部分包括但不限于持有‘根’的死人和异化‘根’；第二部分则纯粹一点，单指死人。”

鲸脂人幽幽地说：“能将活人拉进怪谈区域的只有死人。可具体会拉进哪个怪谈，取决于这个人生前被种下了哪一颗种子。你不是奇怪为什么那些正常人也能进入宏强吗？原因其实很简单。

“因为老李生前被种下了宏强的种子——或许是在他研究那个怪谈的时候，或许是在他不停琢磨那件事的时候。在他死后，那颗种子就发芽了。

“它就种在老李的灵魂里，牵引着他的灵魂往宏强走。而在这个过程中，他飘荡的灵魂又接触了你们……”

“所以我们也一起进入了宏强。”许冥喃喃道。

她这才想起另一件事——那天加班的时候，邱雨菲抱怨办公室的空调温度太低了。可仔细一想，现在才四月底，谁会没事开空调？不过有些灵魂出现时温度的确会变低。

“总之，就是这么个意思吧。”鲸脂人伸了个懒腰，随意摆了摆手，“所以这事从人类的角度看，其实挺难控制的。世上每天死那么多人，你怎么知道谁的身上被种了种子，谁身上没有？那么多灵魂漫无目的地飘来荡去，你怎么知道它们要去哪儿，路上又会接触谁、影响谁？更别提有些家伙就是喜欢浑水摸鱼，帮助传播各种怪谈……这谁管得住啊。”

“帮助传播？”许冥不由得坐直了身体，“为什么？”

“原因可多了。”鲸脂人嗤笑一声，“找乐子、找补品、找对象……有的是想进某个怪谈却进不去，只能广撒网，等别人为它开道；有的是把怪谈当成自己的共生体，帮它找猎物的同时，自己也分一杯羹……在这个世上，坏心眼的人多，坏心眼的非人类更多。你管得了谁啊？”

许冥本想说“你”，然而转念一想，又默默地将这话咽了回去。

这东西奇奇怪怪的，谁知道它说的几分真几分假。说不定它现在只是故意示弱，就等着以后反扑也说不定。

总之不能放松警惕。

明确了这一点，许冥眼神微变。和施绵的询问联系起来，一些事情突然就变得很好理解了。

就像鲸脂人所说的，目前无法确定人类是否了解这种怪谈拉人的机制，但施绵那边的人肯定已经知道了主要问题在老李身上。打听得那么细致，估计也是想搞清到底是什么影响了老李，让他无意间成了怪谈的传播者与引路人。

如果能搞清楚，或许就能阻拦新的人进入怪谈区域。

许冥突然觉得不对劲。

“喂，你之前说，有的异常存在会为了进入特定的怪谈而去散播种子。”她蹙眉看向鲸脂人，“那假如人类想进入特定的怪谈呢？有什么特殊方法没有？”

“这我不清楚。我只知道人类如果留心，也能搭上死者的便车。”鲸脂人临时给自己捏出两只小手，像模像样地往两边一摊，“不过不好说。毕竟人类还持有规则书这种东西，说不定能靠它研究出什么特殊的法子呢。就像这回，能这么快知晓宏强怪谈的事，还能锁定你们几个，多半也是靠那东西。”

“规则书……”许冥抿了抿唇，“只是靠这个吗？”

“不然呢？靠科学？还是靠大炮？”鲸脂人“嘁”了一声，“有规则书就不错了，有序和无序的边界可不是那么容易跨越的。不过这也是才出现没几年的新鲜玩意儿，人类估计还有得摸索呢。”

才出现没几年？

再次捕捉到对方话语中的微妙用词，许冥的眉毛微微一动。她随手放回清凉油，刚想说些什么，动作却忽然一顿。

她的清凉油是从储物柜里拿出来的。储物柜旁边就是衣柜，为了拿取方便，柜门并未关上。因此，许冥看得很清楚，衣柜里的衣服下面分明多了一双鞋。

是一双黑色的橡胶雨鞋。

许冥脸色微变，小心地靠了过去，抓住中间的衣服猛然往旁边一拨，却发现衣服后面空荡荡的，什么都没有，那双雨鞋也不见了。

但柜子里有两道红色的脚印。

“哦，对了，看在咱俩算是绑定了的分上，再告诉你件事吧。”鲸脂人的声音自许冥身后幽幽传来，“‘根’可以当规则书的养料。相反地，规则书对某些存在而言也是值得觊觎的东西。不被它们发现还好，如果被发现了，你就自求多福吧。”

许冥盯着衣柜看了会儿，轻轻地闭上了眼。

"知道了，谢谢提醒。"

说完，她又唰地将衣服拉回了原位。

之后的几天，一切似乎回归了平静。

施绵如她所保证的那样，并未再来找许冥，只是偶尔会发短信询问许冥的状况。

据许冥所知，当晚被困在宏强的其他活人也都无一例外地被"家访"了，和她这边一样，主要是询问老李的信息、怪谈的情报，以及劝说他们接受心理辅导或者催眠。

据说小王选择了催眠，想忘记关于那晚的一切记忆，黑仔和水獭则预约了心理辅导。袁嘉怡暂时没有动静，一来是保持警惕，还在纠结；二来则是忙着离职的事。

这几天，他们几人基本都提了离职。许冥和邱雨菲是实习生，走得比较干脆；水獭不知从哪儿弄来张病历，也成功跑路了；就剩袁嘉怡一个，老板死活不放人，画的大饼都快垒成酱香千层饼了，搞得她现在天天在群里实名骂人。

这个群是他们逃出去的那晚，袁嘉怡为了确认众人的状况而临时建的小群。除了小王在确认接受催眠后退群了，其余人都还在，现在便成了大家天天聊天、吐"黑泥"的地方。出于某种微妙的默契，那晚之后，很少有人主动提及关于宏强的话题。

"说起来，我之前就想问，"许冥小心地揭开面前的自热火锅的盖子，随手抽出张纸巾擦了擦手，然后拿起新手机，放到对面的邱雨菲跟前，"这个群名是怎么回事？谁起的？"

屏幕上正是袁嘉怡建的那个小群。最上方是一行小字：

怪谈拆迁办·北湾分办

邱雨菲看了她一眼，不好意思地笑了笑，拿着筷子去夹火锅里的牛腩："这真不关我事，应该是嘉怡姐自己想的。"

许冥说："那你能解释一下你这个'拍一拍'是怎么回事吗？"

她说着，找到邱雨菲的头像连点了两下。屏幕上立刻跳出一行字：

你拍了拍邱雨菲的肩，说许主任找你

究竟谁是许主任！

她现在一在群里“冒泡”，就有人开玩笑似的排队喊“主任好”，连袁嘉怡都跟着起哄，也不知道想干吗。

“哎，我就是看到群名后突然想到的……公司名称是你想出来的，主任当然是你啦。”邱雨菲讨好地往她碗里放了块牛腩，“安啦，这个‘梗’只有群里的人懂，没人在意的。”

许冥心想：“重点不就是群里的这些人吗？

她唇角微动，没好气地放下手机，低头往碗里捞了两筷子粉丝，话头忽然一转：“你是怎么打算的？也不准备接受心理辅导吗？”

“我当然不需要！”邱雨菲瞪大眼睛看她，“我现在精神状态好着呢。反正一切都结束了，就当是去鬼屋玩了一次嘛。我跟你说，我这两天一直在刷小红书，有的鬼屋布景可比那里还恐怖呢。”邱雨菲说着，自我肯定般点了点头，“反正把自己的精神健康坦然交给外人，这事我做不到。催眠什么的，听着就让人心里发毛。”

“和你对接的那个工作人员呢？”许冥好奇地说，“他没继续向你推销啊？”

“那倒没。”邱雨菲摇了摇头，“不过我总觉得那人对我的态度有点怪……”

许冥有些疑惑：“什么意思？”

“就是说话好像不太直爽，拐弯抹角的，又好像在试探我……”邱雨菲不知道该怎么表达，“就像咱们的大学辅导员那样。”

“哦，”许冥反应过来了，“自以为是的人精。”

“对对，就是那种人！”邱雨菲疯狂地点头，“那种不把话说明白又拼命暗示的感觉，可太像了！”

最要命的是，他好像真的以为邱雨菲能听懂他的暗示。可她真的听不懂啊！

许冥来兴致了：“他都暗示了些啥？”

“动不动就说‘我们这种人’‘我知道你不容易’之类的话，奇奇怪怪的。”

邱雨菲说着撇了撇嘴，忽然听到窗外传来一阵响亮的摇铃声。她好奇走到窗边，看见楼下的空地上有两个穿着奇怪衣袍的阿婆，正摇着大铃铛不住地走来走去。

“这是在干吗？”她忍不住偏了偏头，“是什么新式广场舞吗？”

“是作法。”许冥也走了过来，抱着胳膊往下看，“应该是哪家业主请来的吧？”

“作法？”邱雨菲一下子紧张起来，“为什么要作法？”

许冥耸了耸肩，她也不是很清楚，不过业主群里最近总提到这类事，说隔壁楼这两天总有人看到奇怪的影子或听到模糊的狗叫声，还有人在电梯角落发现渗血的垃圾袋。甚至有人信誓旦旦地说自己连着三天晚上回家时都看到一个挎着旅行包的男人，袋子里不时传出嘤嘤声，像是女人在哭泣。

“城南年前不是刚侦破一起连环杀人分尸案吗？拖了两年才抓到人的那个。”许冥说，“有人猜是不是和那个案子有关。”

“啊，那也太吓人了。”邱雨菲不由得搓了搓胳膊，“你呢？你比较有经验，你怎么看？”

“不好说。”许冥老实地说，“确实感觉到了一些东西，但来历没法儿确定……”

其实，她一年三百六十五天都能感觉到奇怪的东西，不过大多数是沉浸在自己的世界中，无法沟通也没什么影响的存在。令她比较在意的就只有包上的血迹和那天突然出现的雨鞋。

但她亲眼所见的也就只有这两件事而已。其他东西她并没有接触过，至于业主群里说的什么挎着旅行包的男人、渗血的垃圾袋，更是从没见过。

许冥思索着，无意中往下一瞥，忽然“咦”了一声。

“下面那个人好怪啊。”

“啊？”邱雨菲正在查那个分尸案，闻言抬起了头，“哪个？”

“就那个男的，背着个大袋子的那个……”许冥轻声说着，无意识地蹙了蹙眉。

邱雨菲也“咦”了一声，不住地朝下望：“男的？哪里？楼下不就只有两个老婆婆吗？”

许冥一怔，再次朝下望去，正好看见楼下的男人抬起头来。

那是个衣衫褴褛的男人，长发遮眼，佝偻着背。他抬起头时，许冥才看清，原来他是没有嘴唇的。

男人的牙齿与牙龈都露在外面，旁边的肌肉动了动，像是在笑。他背在身后的蛇皮袋忽然剧烈扭动起来，仿佛正因感知到了什么而变得兴奋。

紧接着，那个男人抬起乌黑的手指，一层层地向上数，一直数到许冥所在的这一层。随后，他露出了更明显的笑容，嘴巴不住地开合着。

他说，找到你了。

嘎嘎。

第18章

奇妙的相遇

“冥冥？冥冥老师？”

旁边传来邱雨菲担忧的声音，许冥这才回过神来。

“怎么了？下面有什么奇怪的东西吗？”

看她脸色不对，邱雨菲的语气也认真起来。许冥想了想，没有多说，只领着她又坐回桌边吃饭，吃完就让她赶紧回家了。

邱雨菲不明所以，但还是依言离开了。许冥一个人坐了片刻，又拉开窗帘往下看，但什么都看不到了。

“喂，”她熟练地弯腰看向床底，用扫帚将躲在下面的鲸脂人扒拉出来，“今天楼下的那东西，你有什么头绪没有？”

“啊？”

鲸脂人睡得眼睛都还没睁开，躺在簸箕里一头雾水：“什么楼下的那东西？关我什么事？”

“不要什么奇奇怪怪的事情都来问我好不好？我又不是搜索引擎！”鲸脂人气愤地想。

“楼下那个没长嘴的男人。”许冥抱着胳膊，理直气壮地说，“你没感应到？”

小说里的异常存在不是都非常灵敏，大老远都能对着同类龇牙咧嘴吗？

“拜托，不要凭‘脑补’就随随便便加设定好不好？怎么可能大老远就感应到啊！”鲸脂人都快崩溃了，“况且我都说了，我是异化‘根’，本来就迟钝……你对我的设定到底有什么误解啊！”

许冥挑眉：“什么意思？异化‘根’的感应能力很弱吗？”

“至少在现实世界里很弱！”鲸脂人没好气地说，“有序和无序之间可是天然有壁垒的。光是待在这个世界里，就已经够让人不舒服的了。”

身上就像套了个厚重的麻袋，和外界之间本身就隔了一层。别说远距离感应了，就算近距离精准感应都不一定能做到。

这也是很多异化“根”都更乐意待在怪谈区域的原因。

它这样的情况其实还好。有的异化“根”身处现实世界时，不仅对外界的感应很迟钝，甚至连某些概念都很难搞清，尤其是涉及方向、数字、时间、颜色等的认知，经常是两眼一抹黑，很容易就会表现得像“脑干缺失”。

“这么说来，你说的那个男人能找到这儿，没准儿还挺不容易的。”鲸脂人一边给自己捏脚，一边漫不经心地说，“住宅区这种东西最讨厌了，到处都是几何和数字。对异化‘根’来说，简直就和迷宫差不多。”

许冥抬眼看它：“你怎么知道那家伙是异化‘根’？你又没见过它。”

“很简单啊，它威胁你了嘛。”鲸脂人摊摊小手，“听你的描述，它是专门来找你的，而且打算对你出手。死人是无法直接攻击活人的，它们只能恐吓。而且这个节骨眼儿来找你，大概就是冲着规则书来的。死人大多懵懵懂懂的，即使持有‘根’，也没有‘培养’的概念。与之相比，异化‘根’更明白自己需要什么。”它眨了眨自己刚捏出来的大眼睛，意味深长地看向许冥，“规则书这事一旦被人知道，可是很棘手的。”

许冥表情微动，一时没有说话。

鲸脂人见状，只当她是吓到了，本能地嗤笑了一声。它刚想说些什么，却见许冥突兀地举起拳头砸在它身上。

“你干吗？！”它震惊地看过来，“我只是笑了一下啊！”

“不好意思，试试手感。”许冥毫无诚意地道歉，看向自己的手，“我能打到你，那应该也能打到它吧？”

所有的恐惧都来源于火力不足。不论对方是什么来头，只要能攻击，那问题就不大。

鲸脂人听着，忍不住拍了下脑门。

“你拿我做实验有什么用？我是绑定在规则书上的，你是规则书的持有者，当然能碰到我呀！异化‘根’这种异常存在，外在表现和俗称的鬼差不多，你能打到才怪。”

当然，能打到的人不是没有，不过就像许冥的“白痴”特性一样，算是一种通灵能力的畸变，也只能在怪谈区域生效。在现实世界中，人类想赤手空拳地触碰异常存在，只能说是天方夜谭。

“那能怎么办？”许冥蹙眉，“靠规则书？”

“这是唯一的手段。”鲸脂人说，“不过也得看具体能力。”

许冥的规则书目前只解锁了两种能力——“纸袍权威”和“工牌打印”。其中“纸袍权威”仅限怪谈区域生效，肯定派不上用场，至于“工牌打印”……

“戴上工牌就意味着绑定，”许冥灵机一动，“绑定之后就能碰到？”

“那也得它愿意戴，戴上后还不摘才行。”鲸脂人说。

那确实是有些不切实际。

许冥叹了口气，忽似想到了什么，眸光一转，视线又落在鲸脂人身上。

“等一下，”她偏了一下头，“那你能打到吗？

“当然不行。”鲸脂人立刻说，“我又不擅长打架。”

“但你能打到。”许冥缓缓地说。

“对，我能……”鲸脂人说到一半，忽然觉得不对，“等等，什么叫‘我能打到’？”

回应它的只有许冥意有所指的目光与久久的沉默。

鲸脂人心想：“救我！虽然完全不知道她在想什么，但是谁能救救我啊！”

当晚凌晨两点，房间内一片昏暗，许冥躺在床上睡得正香。

因为某种隐藏的威胁而提心吊胆地不敢睡觉，在她看来是不太明智的做法。合理的休息是很有必要的。更何况，根据她的经验，真到了不该睡的时候，都不用人催，身体会自己醒来。

就像现在这样。

感觉到自己在梦中突兀地从高空坠落，躺在床上的许冥猛然睁开双眼，心脏仍因为刚才的噩梦而怦怦跳个不停。她很快便察觉到了什么，一下就坐了起来。

有声音。

门外有声音。

是脚步声。有节奏，很清晰，一下一下地回荡在走廊上，声音由小变大，明显是在逐渐靠近。

终于来了吗？

许冥呼吸微滞，神经立刻绷紧了，下意识将手伸向了旁边的床头柜，接着却蹙起了眉。

那声音停下来了，但不是停在她家门口。

似乎是稍远一些的位置，大概是1608或者1609。随即便响起了一阵窸窸窣窣的声响，间或传来刺耳的“哔哔哔”声。许冥愣了一下才反应过来，那是输密码的声音。

住在这栋公寓的人用的都是电子锁。

怪物进门也需要开锁吗？

这个疑问只在许冥的脑海里停留了短短一瞬，很快便在“咔嗒”一声中被生生压了下去——它打开了那扇门。

许冥一下子警觉起来。它进去了？进的是哪户人家？为了什么？她要不要立刻示警或者过去看看……

还没等她想出个所以然来，又听到砰的一声。

门被关上了，怪物再次开始在走廊上徘徊。

没过多久，怪物再度停下了。随后又是输密码、开门的声响。不到一分钟，那门又被关上了，怪物再一次开始徘徊。

哔哔，咔嗒，砰。

哔哔，咔嗒，砰。

同样的声音不断循环，许冥听得呼吸越来越急促了。

那家伙到底想做什么？恐吓她吗？试图用这种方式来给她增加压力？可它怎么知道她这会儿醒着？

还是说她搞错了？今晚来的并不是白天的那个家伙？那它一遍又一遍地开门是为了什么，总不能也是在找人吧？

想起鲸脂人白天说的话，许冥突然反应过来。

对，找人。搞不好真的是在找人。

白天的那个家伙数清了楼层，但不知道门牌号，所以它现在是在凭感觉一间一间地瞎找。

许冥一时竟不知道找不到门的怪物和被找不到门的怪物吓得浑身冷汗的自己，究竟谁更傻。

就在此时，怪物再次停下了。

许冥浑身一震，感觉背都僵了。

这一次怪物终于停在了她家门前。

输密码的“哔哔哔”声再度响起，刺耳得像是利爪抓挠的声音。许冥屏住呼吸，拉开床头柜的抽屉，里面放着一双刚拆封的丝袜，丝袜里是一动不动的鲸脂人——组合在一起就是能砸怪物的流星锤。

她缓缓将丝袜的一端抓在掌心，紧盯着闪烁的门锁，咽了口唾沫。

漫长而刺耳的输密码声终于停了。伴随着“咔嗒”一声，许冥的心悬到了嗓子眼儿。

要来了！

她深吸了一口气，蓦地翻身下床。突然，门外传来一声惨叫。

正缩在丝袜里睡觉的鲸脂人一下子惊醒过来，惊恐地抓挠着丝袜：“什么情况？要开打了吗？别打我的眼睛，我刚捏好的欧式双眼皮……”

“安静！”许冥被它吵得思绪都乱了，低声喊了一句，赶紧走到了门边。她对着猫眼看了一会儿，露出茫然的神情，迟疑着打开了门。

门外一片寂静。常亮的灯光将整条走廊照得十分清楚，压根儿不见半点人影。

地上似乎有什么东西。许冥俯身仔细看了看，发现是几颗染血的碎牙。

碎牙旁边还有浅到几乎看不出来的脚印。是红色的，有些凌乱。许冥觉得眼熟，想了会儿才想起来，这脚印几乎和之前在衣柜里看到的雨鞋留下的脚印一模一样，只是颜色更浅。

那脚印一直往前延伸，许冥略一迟疑，果断提着丝袜跟了过去。一路跟到楼下的逃生通道，在角落里发现了一块蛇皮袋的碎片，以及一块……

不，是一坨血肉模糊的碎肉。

许冥不确定碎肉的来历，但蛇皮袋的碎片她确定自己见过。白天那个古怪的男人就背着一个会动的蛇皮袋。

碎肉旁边也有那种红色的脚印，颜色比之前要深不少，而且还在向前延伸。

许冥更疑惑了，索性继续跟了过去。她跟着那串脚印一直走出逃生通道，又穿过楼下的走廊，最后走进了电梯间。

许冥试着按了一下，电梯从楼上下来了。于是她又乘着电梯返回楼上，果然在电梯外的走廊里看到了新的脚印。

脚印的颜色更深了，也更新鲜了，沿着走廊一路延伸。许冥跟着脚印走，最终停在了自己家门前。

她抿了抿唇，迅速打开了门。家里的地板上布满了花一般的血红色脚印，许冥跟着绕来绕去，最后停在了衣柜前面。

她做好心理准备，猛地拉开了衣柜。

衣柜里缩着一个颤抖的人影。

那人头上戴着防尘面罩，身上穿着酒店保洁人员的制服，手上戴着清洁用的橡胶手套，其中一只破了个洞，脚上是一双黑色的雨鞋。大片的血迹正从她身下蔓延开来。

察觉到开门的动静，她缓缓抬头，防尘面罩下是一双乌黑的眼睛，眼睛旁边隐隐可见大片的烧伤痕迹。

“对不起。”她的声音很小，“对不起，弄脏了你的包，还有衣柜。”

坦白讲，许冥现在真的有点蒙。

将那个女孩儿从衣柜里劝出来后，她的脑子里依旧充满了疑惑。

不过，联想到之前看到的碎牙和碎肉，有件事她大概搞明白了。

“外面那个东西是你赶跑的吗？”

她蹲下去看着缩成一团的女孩儿，尽可能放慢语速道：“就是那个背着蛇皮袋的男人，是你帮我赶跑的，对吗？”

女孩儿迟缓地抬头看她，片刻过后才点了点头：“嗯。你，帮了我。所以我，也想帮你。”

“帮你？”许冥有些茫然，“我什么时候帮你了？”

“你，带我出来了。”那女孩儿一边分外认真地说，一边虚弱地抬手指了指许冥放在墙角的包，“你还，帮我们说话。谢谢你，很谢谢你。”

原来如此。她想起来了。

她在宏强三楼的时候，为了瞒着老李拿到楼下的钥匙，捡了一只破了洞的橡胶手套。之后那手套似乎就一直被她装在包里，再也没拿出来过。

直到离开宏强，她才再次检查包里的东西，不过没有看到那只手套。因为人从怪谈区域带出来的普通物件本身就会消失，所以她也没细究。

再看看女孩儿戴着的破洞手套，一切似乎不言而喻。

“所以，包上的血是你的，还有之前看到的雨鞋……”许冥喃喃道，忽然蹙了蹙眉，“那之前你是故意躲着我的？为什么？”

女孩儿默默拢了拢脸上的面罩，没再吱声。

许冥观察着她的动作，明智地没再追问，转而问道：“最近小区里不少人都看到了奇怪的影子……也是你？”

“对不起。”女孩儿喃喃地说，将自己缩得更小了，“对不起，我不是故意的。我只是想回家看看，可我记不得我家在哪里了，我只记得在这附近……”

因为实在记不得了，所以只能像无头苍蝇似的转来转去。明明已经很注意了，可有时还是会控制不住自己，不小心被人看到。

“没事没事，不要紧。你今天打跑了怪物，我谢谢你还来不及！”许冥赶紧说道。她无意间往下一看了一眼，心猛地一跳。

只见女孩儿身下的血迹越来越多了，像是打翻了颜料，她也抖得越来越厉害了。

“咦？”隐隐意识到不对，许冥赶快将鲸脂人从丝袜里扯了出来，“这是什么情况？要紧吗？”

“哦，没什么要紧的。”鲸脂人只是淡淡地瞥了一眼，转身又往床底钻，“死亡的迹象而已。”

许冥把它往回拽："说清楚点！"

"说啥啊，不就是那个意思……"鲸脂人"哎呀"了一声，"说白了就是熬不住了，要消失了呗。"

许冥惊讶地看了女孩儿一眼，又迅速收回目光，压低声音说："怎么会……"

"怎么不会？她本来就是快要消失的灵魂，能撑到现在已经算是天赋异禀了。"鲸脂人很无奈地说，"我琢磨了一下，估计是她的灵魂属于比较强健的那一类，之前在宏强时又被你放进包里，无意间沾了规则书的力量，所以才能出来蹦跶……

"不过这种临时的沾染提供不了多少力量，她刚才又和异化'根'交了手。说真的，她能把异化'根'打跑，已经算是非常生猛了，你不能对她要求太高。"

"等等，你刚才说她沾了规则书的力量。"许冥眨了眨眼，忽然反应过来了，"那如果我再把规则书给她……"

鲸脂人回答："你以为规则书是西洋参吗，随便就能给人吊口气？"

许冥又问："那绑定呢？像你一样绑定？"

这回鲸脂人沉默了。

又过了片刻，它才缓缓说道："这个倒是可行的，不过，我也不知道我是怎么绑定的……"

要是知道，它早就跑了。

许冥心中已有了打算，再次拿出了那本规则书。

"小妹，"她边翻边对女孩儿说，"你快要消失了，而我有办法让你在这个世界上继续待下去。关键是你愿意吗？"

正在发抖的女孩儿蓦地抬起头来，不久便嗫嚅着点了点头。

"我想看看我的家。"她轻声说，"虽然我不记得在哪里了，但我想再看一眼。"

"好，"许冥轻轻点头，"我帮你。"

我会帮你找家。虽然我不知道需要多久，但我保证，我会帮你。

许冥抿紧嘴唇，将规则书翻到打印机的那一页。原本还想再琢磨一下应该如何打印，定睛一看，却愣了一下。

那一页不知何时又有了新的变化——空白的区域多了一个工整的方框，框内是一个更小的方框与好几行空着的横线。看上去就像是空白的工牌模板。

意识到这一点，许冥心中忽然有了个大胆的想法。

这时，鲸脂人再次探头说道：“如果实在不确定使用方法的话，只能等进入怪谈区域再说了。规则书这玩意儿的使用其实也挺看灵感和天分的，在怪谈区域或许更容易触发。”看到许冥一本正经地从包里拿出一支水笔，鲸脂人的话语一顿，“等等，别告诉我你打算直接画……”

它还没说完，许冥已经在规则书上飞快地画了起来。

她本来就学过画画，手速又快，没过多久，就在那个工牌模板上勾勒出了一个简单的卡通人像，工号则是随便填了个数字。至于所属公司，许冥的笔尖顿了一下，最后撇了撇嘴，填上了“怪谈拆迁办”。

“只剩名字了。”许冥抬眼看向对面半透明的人影，“我其实不太确定，但你说你家就在附近，手套又是我在宏强的三楼捡到的……”

虽然她脸上戴着面罩，难以辨认面目，但许冥还是想尝试一下。

“顾云舒，”她轻声道，“我先给你登记这个名字。如果你以后想起了自己的名字，或者想取别的名字，再给你改，好不好？”

女孩儿闻言只是偏了偏头，也不知道听懂没有。

又过了一会儿，她才轻声答道：“好。”

许冥这才松了口气，低头在模板上认真写下“顾云舒”三个字。

她的动作无比郑重，可最后一笔写完，依然什么都没有发生。

这是为什么？

许冥的眉心跳了一下。她又开始翻来覆去地研究手上的规则书。就在她准备将书拿起来抖一抖的时候，一旁的鲸脂人忽然低呼出声：“哟呵，有意思。”

许冥不解地抬头，这才注意到女孩儿的胸前多了个东西——一块巴掌大的长方形牌子，上面是她刚画好的卡通人像以及排列得整整齐齐的个人信息。

也就是说，一块属于“怪谈拆迁办”的工牌凭空出现在她身上了。

只是系在那块工牌上的不是什么细绳或带子，而是数根细细的红线，被人注视时还会轻轻地飘动，像是飘荡的血丝。

这红线好像还挺眼熟的？连接鲸脂人和规则书的好像也是这样的红线……

许冥默默地想着，注意到女孩儿开始低头摆弄自己的工牌，不由得直起了身体：“怎么样？有什么特别的感觉吗？”

女孩儿轻轻地摇了摇头，小声说：“谢、谢谢。”

“没事，不用……”注意到她脚下的血迹终于不再扩散了，许冥总算放心了，“先就这样吧。”

说完，她就准备将规则书收起来。翻动的同时，她又注意到了另一件事——打印机前面印有三个初始技能的那一页似乎也发生了变化。

原本的三个技能框中，前两个都被涂黑了，这会儿再看却能明显感觉到第二个框里的黑色变淡了，甚至能隐隐看出下方的字迹。

这是什么意思？技能进一步解锁了？

许冥愣了一下，立即将鲸脂人抓了过来。鲸脂人也是满脸茫然，过了半晌才说："你问我，我也……难不成是因为公司扩招了，所以解锁进度推进了？"

"什么公司，那个'怪谈拆迁办'吗？"

许冥一时有些无语。鲸脂人打了个哈欠，又说："哎呀，都说了我也不清楚……实在不行你再试试嘛。再去路边找个死人发工牌，看看解锁进度会不会变。"

"你看你说的，"许冥忍不住晃了晃它，"我是刷业绩的HR[1]吗？为了绩效随便什么人都要？而且哪有那么多异常存在等着我发工牌啊……"

"有！"那个女孩儿一听，忽然有些激动，"有，有！"

"有？"许冥奇怪地看着她，"有什么？"

"有人，可以拿。"女孩儿指了指她的规则书，努力组织着语句，"可以拿，你的牌子，就在附近。"

"附近？小区里吗？"许冥蹙了蹙眉，想起了最近小区里的传言，"也是死人吗？"

"不确定，"女孩儿小声道，"但他在。一直守在一个地方，傻傻的，很可怜。"

只有晚上在，一到白天就会消失。人似乎很好。她曾在到处飘荡时见过他，他还为她治疗了伤口，让她的血流得少了一些。

许冥沉默地与鲸脂人对视了一眼，看看时间，认命地站起了身。

发工牌的事暂且不提，既然知道小区里就有个有意识的异常存在，那还是先去看看为好。

女孩儿立即飘了起来，开心地为他们带路。令许冥惊讶的是，那人距离她家还真是相当近——就在隔壁单元楼里。

许冥跟着女孩儿一路走到隔壁楼的1603室，很快就见到了女孩儿说的那个"好人"。

那是一个高个子男人，肤色苍白，面容清俊，穿着连帽卫衣，挎着旅行包，看着倒是人模人样的。

不，是相当人模人样。许冥看到的瞬间还愣了一下。

---

1 指从事人力资源相关工作的人，一般负责公司人员的招聘、薪资等事项。

微妙的是，对方在看到她的刹那明显也愣住了。

“许冥？”他缓缓启唇，似是不敢相信自己的眼睛。接着，他抬手指向旁边的1603室：“你不住在这里？”

许冥傻了。这叫什么问题？

“当然不。”迟疑了一下，她如实地说，“我住隔壁楼。”

男人看上去更呆了：“276号楼？”

许冥的目光顿时更警惕了：“你怎么知道？”

男人只是更加茫然地看着她：“所以你为什么不住在这里？”

一旁的女孩儿终于看不下去了，开口说道：“这里是274号楼。”

不知是不是许冥的错觉，听到这句话，对方的表情忽然变得有些僵硬，整个人仿佛被一层厚重的阴影盖住了。

第19章

怪谈拆迁办？拜托，哪个蠢货会当真啊？

◆ **许冥家里。**

“名字？”

“兰铎。”

许冥的笔尖一顿：“夺？夺取的‘夺’？”

“不，不是。”坐在对面的男人赶紧伸出修长的手指在空中轻轻比画，“金字旁的‘铎’。代表大铃。”

“哦……”许冥恍然大悟地点头，视线无意识地落在对方的脖子上——那里确实挂着一个铃铛。不过那个铃铛只有拇指大小，而且好像坏了，无论他怎么动作，都不会发出一点声音。

好看倒是挺好看的。许冥默默思索着，忽然看到对方用力咽了口唾沫。她诧异地抬眸，才注意到对方似乎比之前更拘谨了，耳朵还有些红。

为什么不是人耳朵也会红啊？

许冥不理解。但有一件事她还是领会到了——那个铃铛估计是不能随便看的，搞不好还是他的本体什么的。

于是她体贴地移开了目光，低头继续完成面前的工牌模板，给对面的男人画起了卡通肖像。

此时距离她和这个不知来历的男人见面已经过去了大约十分钟。

对方看上去一副很受打击的样子，交流起来倒是意外的顺畅。再加上顾云舒提供的人品保证，许冥琢磨了一下，还是决定也给他一张工牌。

当然，她也问了对方的意愿。那男人答应得很快，只是额外提了一个要求，希望许冥能把他画得好看点。

这对许冥来说并不难，毕竟他本来就挺好看的。

许冥一本正经地拿起手里的铅笔，对着面前的男人左看右看，终于笃定地落笔了。

端正的眉眼、忧郁的眼神、红色的丝带和小铃铛、简单的卫衣，还有那只不知为什么从刚才起就一直抱着他的手指死命啃的狗崽儿……

许冥轻轻地呼出一口气，最后一笔终于画完了。就在许冥放下笔的瞬间，男人身上立即出现了淡淡的微光。

很快，一块款式差不多的工牌出现在男人的胸前。

他低头看了一眼，小心翼翼地用手指将它包住。不知为何，他好像很开心。

许冥对此不是很理解。实际上，她对这家伙的大部分行为都不是很理解。最不理解的就是他明明在隔壁楼等了她几天，可问起为什么要等她时，他却只是看着她不好意思地笑，细问就只说是命运的指引。

他以为在演电视剧吗?

思及此处，许冥忍不住又看了他一眼。察觉到她的目光，男人又是腼腆一笑，轻声道："怎么了？"

"没事。"许冥迟疑着收回目光，想了想又说，"对了，你的声音，是不是……"

她刚才就发现男人说话的声音一直很轻。她原本以为是和顾云舒一样太过紧张、腼腆，但认真沟通后才发现不是。

他的嗓子好像本身就有问题，只能发出很轻的声音，稍微用力一些便会听见很明显的漏风声。

男人闻言只是不好意思地笑了一下。

"声音被挖掉了一部分。"他轻轻地说，"你不习惯？"

"不，那倒没有，就是有点好奇。"许冥顿了一下，心知可能有些不礼貌，但还是有些在意，"为什么会被挖掉？"

"代价。"男人说着，缓缓移开了目光，似乎不打算继续讨论这件事了。

他甩了甩手，将挂在自己手指上的狗崽儿甩到地上。

狗崽儿在地上摔了个跟头，好一会儿才爬起来。它"嗷嗷"叫着，正要再去咬男人的手指，却对上了男人冷冷的一瞥。僵持了一会儿，只得不情不愿地哼唧几声，又转身去找许冥要抱抱。

许冥觉得兰铎奇奇怪怪的，但对他随身带着的这只狗崽儿还是挺喜欢的。她立即将它抱在怀里，一边摸一边又将手中的规则书往前翻了几页。

果不其然，随着一张新工牌被发放出去，前面的技能页又有了变化。

第二个技能框里的黑色已经完全消失了，取而代之的是四个清秀的字——"烂果代换"。

对应的备注也解锁了，是一行秀气的小字：

老头子做事总是对的，纵使只能换到烂果子，那也一定是能吃的。

小字下面是字体稍大一些的技能说明：

一重代换：当你手中持有来自其他怪谈区域的规则时，可选择从中提取一定数量的关键词，并使用这些关键词创建属于你自己的规则。创建时需要随机支付代价。

建立完成，该规则的约束效力和原规则相等，且不可更改约束对象。其约束效力可与其他效力叠加。脱离当前怪谈区域后，规则将自动废止。

最后一行字下面还有三行空格，也不知是本就没有内容，还是有内容但许冥尚未解锁。

不过这事许冥暂时也顾不上了。

她沉默地盯着本子上刚出现的新内容，克制地开口："这个技能的意思是，我得先去一个怪谈区域，设法拿到里面的规则，再把那些规则带到另一个区域，提取关键词重新写一条规则，而且还是针对人类的规则？"

她努力理解这个新解锁的技能，但不管怎么理解，脑子里都只有四个字——我很闲吗？

"不，我觉得这个说不定还挺有用的。"鲸脂人团在桌角，漫不经心地说，"比如你要逃命，却发现有人一直在拖你后腿的时候，直接放条规则出去，然后转头自己跑路，多干脆利落啊！"

许冥没好气地看了它一眼，合起手里的本子，抱着怀里的狗崽儿小心地起身，往四周一看，忽然意识到一个更重要的问题。

她的桌上窝着一团土豆模样的鲸脂人。

她的桌边坐着一个至少一米八的男人。

被她暂时叫作顾云舒的女孩儿比较体贴，没在房间里额外占地方，而是独自缩进了衣柜里。不过，这回她把雨鞋脱下来了，一双鞋直接占据了一个角落……

好挤啊。

在凌晨三点的单身公寓里，许冥忽然意识到这个无比严重的问题。

这么一来，她的房间真的好挤啊！

挤归挤，不过暂时也没什么更好的办法。

那个男人就不说了，奇奇怪怪的。哪怕许冥好言好语将他请出门，他也会就近找地方坐下，仿佛一个坐在地铁通道里凄凉卖唱的流浪汉。坐着坐着，他的后背就会不由自主地陷进门板或墙壁里，从许冥的角度看，反而更触目惊心。而且玩着别人的狗，却把狗主人赶出去，似乎有些说不过去。

好在他一到白天就会自行消失，倒也不会占地太久。

而鲸脂人本身就和规则书深度绑定了，不能离得太远，根本走不出这间屋子。好在它个头很小，还喜欢缩在床底，倒是眼不见为净——如果能忽略床底时不时传来的奇怪声音的话。

至于顾云舒，许冥倒是挺想让她多出来走走。不过她自打拿到工牌后，似乎就下定决心跟着许冥了，又不敢在屋子里乱动，于是成天缩在许冥腾出来的空柜子里，小心翼翼的，偶尔发出一点声响。

许冥没忘记对她的承诺，两天后就带着她去隔壁小区走了一趟。

许冥在宏强的档案室里看过顾云舒的资料，如果她真是顾云舒的话，家应该就在这一带。

门牌号她倒是记得清楚，就是小区名有些不记得了。好在这事也很好确认，这片住宅区大部分都是在建房或专供单身人士居住的青年公寓，适合家庭居住的就只有两个老小区，每个都找一遍就是了。

好消息是正确的地址很快就找到了。

坏消息是原本住在那里的人搬走了。

“你说顾伯伯吗？他两年前就搬走了。”面对许冥的打听，邻居小哥很是热心，“他家里只剩他一个人了，就搬去新城区和弟弟一起住了。”

“新城区？”许冥愣住了，“那请问你知道他的新地址吗？或者电话，我……”

她本想再多打听一些情况，旁边的女孩儿却轻轻地冲她摇了摇头。

许冥一怔，邻居小哥说：“这我不清楚。他搬走后就再也没回来过，这房子也卖掉了。你要不找他的亲人问问？”

“哦，好的，谢谢。”许冥礼貌地点点头。等邻居小哥关上门，她才转头看向旁边的女孩儿。

女孩儿却只是静静地望着面前紧闭的门，一动不动，也不知在想什么。

“你有什么感觉吗？”许冥轻声问，“你认得这里吗？”

女孩儿沉默了一会儿，轻轻地摇了摇头。

“不认得，也想不起来。抱歉，我的脑子，好像空空的。”

“没事。我再想想办法。”许冥赶紧安慰她，然后带着她下楼了。

她刚下楼就听到手机响了。打开一看，一条来自邱雨菲的消息弹出来：

救命，我总算弄清安心园艺那边想干吗了！
他们以为我有什么特殊的本事，想挖我过去打工！

许冥有些无语地回复：

那你说实话呗。

接着又慢吞吞地补了一句：

或者直接拒绝。

邱雨菲回复：

试过了，没有用。不知道为什么，他们好像对我误解很深……
对了，你对他们公司感兴趣不？

许冥这回倒是回得很快：

不感兴趣！
敢卖我你就完了。

邱雨菲回了个咆哮的表情包，又接着说：

那怎么办？他们那边烦死了，又死犟，我说了我啥都不会还不信。他们就那么缺人吗？

多半挺缺的。许冥默默想道。

之前来找她的施绵就属于能“看到”，只是看不真切的那类人。许冥怀疑他们公司招人时，“不正常”就是一项硬指标。

实在不行就说你找到工作了呗。

她继续给邱雨菲出主意：

总不至于让你把工作辞掉。

邱雨菲说到这儿都有些生气了：

我说了，但他们好像能查到我的个人资料……反正非常笃定我现在还是待业状态。

这都是什么人啊？我待业关他们什么事？

许冥又是一阵无语：

那要不你就编个他们查不到的公司？

她很讲义气地开始乱出主意：

灵异一点的，听上去神秘一点的，最好还有点格调……编个他们听都没听过的。

他们无法求证，也就无法证伪，自然就不会再拿这事来逼你了。

邱雨菲回复：

……

你确定这样有用？

许冥很诚实地说：

不确定。

但万一呢？

安心园艺的特别之处就在于他们的业务涉及的是异常存在方面的事，而这方面的事恰恰是未知最多、禁忌也最多的。就算现编一个同领域的公司，他们大概也没法儿笃定地打假。

当然，这个法子还是赌的成分居多。毕竟许冥是个体户，不清楚那种有组织的大公司的运转机制是怎样的，没准儿他们真有什么办法去查也说不定。

邱雨菲却像是被她的话折服了，过了好一会儿才回复：

好像很有道理。

那我去试试。

说完，就再也没动静了。

许冥也没多管，先带着顾云舒回家了。令人惊讶的是，她前脚才刚进门，后脚邱雨菲的消息便又接二连三地蹦出来了。

兰铎正在屋子里认认真真地扫地。他随身带的那只狗崽儿原本睡在旅行包里，一听见许冥回来的动静，就马上跑过来了，像一只奔跑的雪球。

许冥一把抱起狗崽儿，美滋滋地摸了摸，才腾出手去看邱雨菲发来的信息。

一打开就是四个字：

双喜临门！！！

许冥一怔，第一反应是她找到新工作了，邱雨菲却发了一大堆表情包：

能不能不要那么实际！

她的信息飞快地传来：

是安心园艺那边啦！

我按照你说的，给自己虚构了一个听着就很有格调的新东家，居然真的有效！他们真的放弃了！

可算清静了，真好。

居然真的有效？

许冥愣了一下，又问道：

那第二件喜事呢？

邱雨菲闪电般地回复道：

第二件就更厉害了！
我跟你说，我！中！奖！了！

不知为什么，许冥对此没有很意外。

毕竟在她的印象里，邱雨菲的运气向来不错。虽说没中过什么大奖，但各种小奖却是中得不少。别的不说，大学时期她们寝室共用的抽纸和洗衣液，大部分都是邱雨菲赚回来的，她甚至还中过电饭煲——虽然隔天就被宿管阿姨收走了。

许冥一边捋着怀里软乎乎的狗崽儿，一边回复：

恭喜。
所以你中了什么？

邱雨菲毫不吝啬地用惊叹号表示她的兴奋：

酒店双人体验套餐！！！
而且是那种沉浸式的惊悚主题酒店哦！

酒店里还有多种惊悚机关、密室逃脱小游戏和小黑屋秘密餐厅，号称是和霍格沃兹城堡一样充满机关的神秘酒店。怎么样，要不要一起去体验一下？

体验套餐仅限工作日使用，正好我们俩现在都在待业，一起去玩玩呗，就当散心！

许冥有些无法理解：

你才刚从宏强出来没多久，转头就跑去住惊悚酒店？

她的胆子是不是有点太肥了？

邱雨菲却振振有词：

就是因为在宏强被吓到了，所以才要多看看这些，脱敏嘛！

这也是她这两天一直在各种社交平台积极看鬼屋视频的原因。实际上，这次抽奖正是在她在看鬼屋测评时看到的。

只是顺手转发了一下，谁能想到居然真的中奖了！

许冥思索了片刻，还是摇了摇头，低头在输入框里打字：“不，谢谢邀请，我最近不太想出——”

没等她打完，邱雨菲的消息接二连三地飞过来：

重点是，这个体验套餐，原价单人一千六百块！

我们中的这个套餐还能免费升级房间，另外赠送自助餐！

那儿的自助餐一顿好像要两三百！

许冥盯着邱雨菲发来的消息看了一会儿，默默挪动手指，将刚打的字都删掉了。

酒店什么的都无所谓，主要是一千六百块不能浪费。

◆ 安心园艺有限公司一楼办公区内。

负责和邱雨菲沟通的业务员缓缓地放下手机，脸上仍是一片茫然。

正好隔壁的外勤人员过来借胶水贴发票，见状随手拍了拍他：“喂，干吗一副魂不守舍的样子？”

“哪有……”他无力地辩解了一句，又忍不住说，“雪晴姐，你知道‘怪谈拆迁办’吗？”

被称为雪晴的女孩儿诧异地看了他一眼，莫名其妙地说：“你突然问这个干啥，看到啥资料了？”

“没有。”那个业务员也不知该怎么解释，思忖片刻，压低声音说，“我最近不是和那个从宏强逃出来的生还者联系嘛……”

雪晴问：“哪个？”

“就那个，我们在录像里看到的一脚把怪物脑袋踹掉的那个！”业务员说，“当时不是有人分析，说她可能比较特殊，让我多留意一下吗……”

那段录像是他们靠组织内持有规则书的成员设法从宏强内部读取的情景重

现。不过，说是读取，实际上目前能够看到的也就只有邱雨菲和许冥在走廊中遇袭的那一段，还没有声音。

更多的内容还在逐渐解锁，最终究竟能解锁多少，目前也无法确定。

所以他们现在能用来研究的只有各个生还者的口述资料，以及那一小段走廊里的情景重现。

而正是那一小段录像，让他们做出了邱雨菲体质特殊的猜测。

能够赤手空拳对抗无实体的怪物，这绝非常人能做到的事情。目前，最有可能的解释只有一个——邱雨菲本身也拥有特殊体质，而且她的能力已经发生畸变，具备了另一种特性。

“哦……想起来了。那个‘恶棍’是吧。”雪晴思索片刻，恍然大悟地点了点头，“嗯，然后呢？”

“我不是被要求探探她的口风，如果可以，就招揽一下她嘛。”业务员叹了口气，十分郁闷，“结果她和我说，她在这个行业已经有东家了。”

“是吗？”雪晴抬眼看着他，“那倒是有点怪。”

宏强走廊里的那段情景重现她也看过。老实说，邱雨菲的表现还真不像是老手，相比起来，另一个女孩儿倒是更像一些。

“是吧，我也觉得怪。而且你知道她和我说的公司是什么吗？”业务员说着，靠了过去，神秘兮兮地压低声音，“‘怪谈拆迁办’！”

雪晴一时有些无语。

“你听过这名字吗？反正我没有。”业务员越琢磨越想不通，“真是怪事啊，圈子里什么时候有这么个组织了？”

雪晴却摇摇头，神情微变。

“我还真听过。”她缓缓地说。

业务员立即惊讶地看着她。她不紧不慢地说：“你是不是还没看过其他生还者的口述报告？虽然相关人员的记忆大多已经模糊，但确实不只一人提过，他们之所以能逃出来，就是靠‘怪谈拆迁办’。”

业务员越发震惊了：“你的意思是，这个组织是真实存在的……”

“存在个头啊！”雪晴忍不住在他的脑袋上拍了一下，“从目前收集的情报来看，他们逃出宏强的关键应该是工牌，也就是说他们是靠改掉工牌上的信息逃出来的。而且确实有人提过，关于如何改掉工牌上的公司名称，他们思考了很久。他们最终都逃出来了，说明工牌上的公司名称被改掉了。改成什么了呢？想想他们的话，答案很明显——”

业务员一怔，接着说：“‘怪谈拆迁办’？”

“对，这应该就是他们靠‘怪谈拆迁办’离开的真相。”雪晴自信地抱着胳膊说道，“而且，你再想想我们公司叫什么？”

业务员说：“安心园艺。”

雪晴说：“隔壁公司叫什么？”

业务员说：“大力除草。”

雪晴说：“我们也是和怪谈打交道的，为什么我们不把怪谈两个字顶在脑门上啊？”

业务员有些迟疑，雪晴一巴掌拍在桌上：“因为我们是‘人’！我们是在人类社会里运转的！我们需要以人类能够接受和理解的方式存在！谁会没事把‘怪谈’两个字放在名字里啊？还‘拆迁办’，他们有那个资格吗？”

业务员说：“所以，雪晴姐你的意思是？”

“意思就是，你被骗了！”雪晴毫不迟疑地说，“敢取这么狂的名字，要么就是背后的组织确实有来头、有本钱，嚣张到根本不用像我们一样瞻前顾后；要么就是它根本不存在！多半是那个有‘恶棍’特性的女孩儿被你烦得不行，又恰好记得这个虚构的名字，就拿它来糊弄你。也就是你这种蠢货才会相信。‘怪谈拆迁办’，噗。”

她说着，伸手就去拿业务员桌上的胶水。业务员抠了抠脑门，注意到她手背上的纱布，顿了一下。

“雪晴姐，这次出去又受伤了啊？你们这些外勤人员也是真不容易，三天两头受伤。发票你放这儿吧，等会儿我帮你贴。你好好休息去吧。”

“休息啥啊，等会儿还要订车票。”雪晴却是一脸的无所谓，“下礼拜还得出差呢。”

业务员有些惊讶：“又出差？去哪儿啊？”

“一个酒店。”雪晴说着，还是拿走了胶水，“具体情况保密。”

第20章

魔方大厦

前往酒店的时间定在下周二。

许冥还没说什么，得知此事的鲸脂人倒先兴奋得不行，天天对着镜子搔首弄姿，把自己的脸捏来捏去的，说要捏一张最合适的脸过去玩，还要许冥到时候帮它拍照。

说实话，许冥其实不是很想带它去。

不过没办法，它和规则书深度绑定了。按照现在的情况，许冥肯定得随身带着规则书，自然也得带上它。

她倒是想带顾云舒。她这两天一直在思考继续帮顾云舒找家人的方法，两人或许可以再商量商量。顾云舒得知她要去陌生的地方，却是连连摇头。

“对不起。”她小声说着，下意识地扯了一下脸上的面罩，“我不太想见人。”

许冥见状只得作罢。本想临走前给她收拾一个可以让她安心窝着的地方，她却有自己的想法。

“我记得回宏强的路。”她慢慢地说，“可以的话，我想回去看看。”

“宏强？”许冥愣住了，“它还在吗？”

连扩招员工的打印机都被她搬走了，她还以为宏强已经倒闭了呢。

“倒闭倒不至于，不过估计也快了。”站在镜子前的鲸脂人漫不经心地补充道，边说边贴近镜子，试图给自己徒手开眼角，“没了‘根’，怪谈区域会逐渐萎缩。内置的规则会逐渐失效，等完全没效果了，整个区域就彻底完了。”

许冥蹙了蹙眉，转头看它：“那被困在里面的灵魂呢？”

“得看还有没有自我意识。失去自我意识的只能随着怪谈一起消失，还有自我意识的就能解放，成为自由的灵魂。”它朝顾云舒抬了抬下巴，“喏，就像她这样。”

顾云舒黯然垂下了头。

许冥没忍住，给了鲸脂人一巴掌，激起一声哀号：“你有病啊！我刚捏的完美颅顶！都被拍扁了！”

许冥只当没听见，转头看向顾云舒：“别听它的，你现在很自由。”

顾云舒低低应了一声，接着又小心地拿起胸口的工牌：“没关系，我知道，有人要我。”

正是因为有了许冥给她的工牌，她才有能力和勇气再去一次宏强。

许冥不明白她去宏强的理由，不过看她坚持，也没有再劝。鲸脂人说了，有了和规则书的绑定关系，顾云舒基本不会再被其他的怪谈区域困住，只要意识清醒，随时都可以出去，想来找许冥的话也很方便，不会再迷路。

当然，保险起见，许冥还是以“怪谈拆迁办”的名义给顾云舒写了好几条提示，让她带在身上。这些提示没啥特别作用，唯一的优势就是不会被修改和抹除。

她希望顾云舒随时看看这些提示，以免认知又被影响。

毕竟瘦死的骆驼比马大，宏强五楼还住着个“顺祝商祺”，当心一点总没错。

至于兰铎，他也不打算跟许冥一起出门，给出的理由比顾云舒更加莫名其妙。

“家里不能没人。”面对许冥的疑问，他答得煞有介事，“得有人看门。”

许冥回头环顾一圈自己堆满破烂玩意儿的破公寓，不是很懂他想看住什么。

不过，见兰铎十分坚持，她也没再说什么。反正除了规则书，唯一值钱的也就是笔记本电脑和数位板，有没人看都一样。留兰铎在家，起码狗崽儿还能有沙发睡。

至此，所有该安排的事都安排完毕了。

于是，周二一大早许冥就带着鲸脂人，背着背包出了门。

顾云舒则是中午出发的，中午她不太容易被别人看到。临走前，她还很有礼貌地和兰铎道了别。

兰铎正在清理冰箱，闻言只是淡淡地点了点头，直到目送顾云舒离开后，才缓缓地从口袋里掏出一把东西。

那是几颗牙齿。

是他被许冥带回家后，在门外捡到的碎牙。

这些碎牙应该来自另一个异化“根”。他后来打听过，的确有怪东西来找过许冥的麻烦，被守在附近的顾云舒打跑了。

这些牙齿便是当时落下的。他趁打扫的时候偷偷收集起来了。

这种细碎的东西是无法作为养分喂给规则书的。对其他异常存在而言，也没有任何食用价值，只有少数恶趣味的存在才会把这些东西收集起来，当作磨牙的零嘴或者装饰品。

当然，他并不属于这一类存在。他收集这些有他自己的打算。

他慢吞吞地将除好霜的冰箱关上，撩起围裙擦了擦手，站起来将窝在沙发上的狗崽儿叫到身边。

“闻闻这个。”

他把那些碎牙拿给它闻，狗崽儿皱了皱鼻子，露出很明显的厌恶表情。

“闻好了，我们就出去遛遛吧。”兰铎继续说，“如果是冲着规则书来的，它很可能还在附近……我们去看看，看看就回来。”

◆ **数小时后，一千多公里外的A城。**

许冥和邱雨菲带着行李走出高铁站，对着地图研究接下来的行程。

酒店在A城的郊区，距离高铁站很远，去酒店还得走高速。再加上这会儿马上就到晚餐时间了，两人合计了一下，果断决定打车过去。

司机是个有点酷的年轻人，一头黄毛，话也不多，说话时有明显的口音，像是本地人。他开了一会儿，嫌导航啰唆就关掉了，抄近路上了高速公路。

高速公路弯弯绕绕的，两人很有兴致地聊天，或者看窗外的风景，偶尔问司机一些旅游方面的问题，氛围倒是十分轻松。

渐渐地，司机似乎意识到了什么，眉头忽然皱了起来。

又过了一会儿，他的额头渐渐渗出了冷汗。

奇怪。

出不去。

上高速已经三十分钟了，按理说应该到出口了，可无论他怎么开，都找不到出口的指示牌，道路两边也封得死死的，根本看不见出去的匝道。

不知从何时开始，四周也安静下来了。周围看不见一辆车，似乎只有他们独自在这没有出口的路上飞驰。

邱雨菲小声地询问司机。她也开始奇怪为什么他们在高速上走了这么久。司机仓皇地应了一声，纠结了一下，还是打开了之前关闭的导航。

软件很快就启动了，顺利进入了导航界面。司机这才暗暗松了口气，下一秒却听到手机里传出尖锐的女音：

> 您已偏离路线，已为您重新规划路线。
>
> 您已偏离路线，已为您重新规划路线。

您已偏离路线——已为您重新规划路线——

重复的提醒不断响起，越往后声音越尖锐。司机已在不知不觉中冷汗涔涔，后座的邱雨菲带着怀疑贴近了前座。

“师傅，”她的声音阴气森森的，“你应该不是在绕路吧？”

“不，没有……”对着两个小姑娘，他一时也不知该不该说实话，又隐隐希望只是他搞错了。就在此时，后面传来另一个声音。

“师傅，”许冥微微朝前探了探头，“你要不直接打转向灯吧。”

司机一时愣住了，完全没听懂她在说什么。许冥单手托腮，自言自语般开口说道：“上高速时要打左转向灯，下高速时要打右转向灯。所以一辆车打右转向灯时，就意味着它要进匝道了，为了保证道路通畅，其他存在都应当注意并配合。”

司机浑身一僵。遇到这种怪事已经够倒霉了，没想到居然还拉了个神经病。

然而，不知是不是因为许冥的话说得太过笃定，他在短暂的迟疑后，果真如她所言，试着打开了右转向灯。

而几乎就在转向灯亮起的刹那，他愕然瞪大了眼睛。

居然真的出现了——下高速的匝道就那样静静地出现在旁边，仿佛一直都在那儿一样。

司机本能地屏住呼吸，没有半分犹豫就赶紧加速冲了过去。车子驶出匝道的一瞬间，像是冲破了一张淡淡的膜，周围的一切似乎立刻恢复了——车辆、信号灯、路边不断倒退的房屋，还有入夜后逐渐亮起的路灯……

就连计价器和导航都恢复正常了，温柔的女声听得人几乎要落泪：

您已偏离路线，已为您重新规划路线。

司机十分感动，顺手将它关上了。又往前开了一阵，他终于按捺不住，透过后视镜频频往后看。

“那个，小妹啊，”他忍不住说道，“刚才那个，到底是……”

“‘鬼打墙’。”许冥也没打算瞒他，尽可能选了一种他能理解的说法告诉他。司机听得肃然起敬，一旁的邱雨菲却是一头雾水。

“什么？什么‘鬼打墙’？”她后知后觉地转身往后看，“我们刚才遇到什么了吗？”

“都说了是‘鬼打墙’。”许冥赶紧将她按回座位上，想了想又低声补了一句，“和初遇宏强时的情况差不多。不过现在没事了，已经出来了。”

邱雨菲倒吸了一口气，反应慢半拍地跟着肃然起敬。

“不过，怎么会……”她想了想，仍觉得诧异，“这种情况那么容易遇到吗？怎么感觉走到哪儿都能碰上。”

许冥思考了一会儿，说：“不确定，可能是因为我们在来的路上遇到了怪东西。”

她想起刚上高速的时候，一辆车忽然从他们旁边开了过去。

那是一辆破破烂烂的小车，车前盖都瘪了，两个后视镜也掉了，前车门歪了，车窗碎得一塌糊涂。也正因如此，许冥可以隐隐看到车里的情况。

她看不到司机，但可以看到挡风玻璃上有一大片血迹。

明显不是活人开的车。

那辆车的速度很快，没等许冥反应过来，一口气又超过了好几辆车，转眼便失去了踪影。

消失得那么迅速，许冥都没来得及害怕。

她转念一想，高速公路这种地方本就容易出现怪东西，类似的“幽灵车”也不是头一回见，便没有太在意，怕吓到邱雨菲，也没和她说。

没想到又往前开了一阵，就遇上了“鬼打墙”。许冥见硬绕实在绕不出去，才想到试着用“纸袍权威”创造一条规则看看，没想到还真有用。

交通法规，永远的神！

思及此处，许冥不由得松了口气，随即便感觉强烈的困意涌了上来。她耷拉着脑袋，听见旁边的邱雨菲又开始和司机搭话：“师傅，那‘鬼打墙’时的那段路怎么算啊？那部分费用可不能算在我们头上啊……”

“哎呀，算了算了，这单给你们免了。”司机看了眼已经恢复正常的计价器，又透过后视镜看了看许冥，语气中不知不觉有了几分敬意，“之前就听说这边邪乎，没想到还真让我碰上了……小姑娘，你好像很懂这些啊，专业的？”

“家里有人懂。”许冥困得不行，不想细谈，想了想又强打起精神道，“话说，你刚才说这边邪乎，是什么意思啊？”

“啧，就像刚才那样，‘鬼打墙’呗。”司机扯了张纸，抹去了额头的汗水，“大概四五年前吧，附近有个小型游乐园。当时就有人说那里不对劲，经常有人傍晚进去玩，结果几个小时都绕不出来……甚至有人说，里面的鬼屋是真的，如果晚上进去，根本出不来，得硬生生熬到白天才能找到出口。后来游乐园停止运营了，类似的传言却没停。有人说游乐园附近的路也不正常了，常有车子在一条单行道上开很久很久，却怎么也找不到出口……”

后面那些还是他学车时听教练说的，也就是五年前的事。之后很少再听到类似的说法，他也就渐渐忘记了。直到这回出了这档子事，他才想起来。

司机回忆到这儿，像是想起了刚才被困在高速上的感觉，又开始扯纸巾擦汗了。许冥似乎明白了什么，露出了胸有成竹的表情。

对，这完全符合鲸脂人说的怪谈进入机制——循环且没有尽头的路，正是对应的怪谈区域。他们之前看到的“幽灵车”则属于生前被种了这个怪谈的种子的人。他死了之后，在种子的牵引下前往怪谈区域，擦肩而过的同时正好影响了他们。

不，这样又有点怪。它路过的其他车没有被影响吗？

还有，虽然作为人类说这话有点怪，但这个怪谈区域是不是太简陋了？那么容易就能出来？

许冥不由自主地往后看了一眼，除了热热闹闹的马路，什么都没看到。她思索了一下，试着在意识里呼唤鲸脂人，也没等到任何回应。

“也就是说，我们现在应该已经回到现实世界了，对吧？”许冥不太确定地想。

又是一阵强烈的困意袭来，许冥终于没忍住，缓缓闭上了眼睛。

不知过了多久，许冥被人轻轻摇醒了。

“冥冥，冥冥老师！醒醒，我们到了。”

邱雨菲的声音从旁边传来，许冥艰难地睁开眼睛，才发现车已经停了。

车窗外就是她们要住的酒店，整体是故意做旧的老建筑风格，外墙上有大片枯萎的爬山虎。从许冥的角度看，还能看见碎掉的玻璃窗。

从外面看倒不是很大，一共也就三层楼。建筑右侧是竖写的酒店名字，因为已经入夜，这会儿正亮着红色的灯光——魔方大厦。

这让许冥想起了她小时候看过的动画片。

“冥冥老师？”邱雨菲伸手将她们的包拿下来，见许冥还没有动作，忍不住用手肘撞了撞她，“快点啦，其他乘客都下去了！”

许冥这才应了一声，从她手里接过了自己的包。她忽然像是意识到了什么，又蓦地抬头看向上方的行李架，然后皱了皱眉。

邱雨菲奇怪地看过来：“怎么了，你为什么又不动了？”

“我……说不清。”许冥说，“我总觉得现在的情况好像有哪里不对，但我说不上是哪里不对。我们是在大巴上吗？”

“对啊，我们是坐大巴来的啊。”邱雨菲下意识地跟着左右看了看，有些不解，“你是不是睡蒙了？我们先去办理入住吧，然后吃点东西，好好休息一下。”

许冥没说话，只是在意识里又试着呼唤了一次鲸脂人。

依旧没有得到任何回应。

她悄悄打开包看了眼，规则书还好好地躺在里面。她试着用手戳了戳封面上的蜡，那团蜡伸出一根小触须，没好气地挥开了她的手。

鲸脂人还醒着，却无法脑内沟通，也就是说，现在确实是在现实世界里？

许冥抿紧嘴唇，听到车下传来司机的催促。她略一迟疑，还是和邱雨菲一起下去了。

走进酒店大厅后，许冥才发现里面似乎远比外面看着大。

古旧的欧式大厅十分空旷，大厅后面居然还有一个更大的展厅，展厅后面才是通往客房的电梯以及通往餐厅的走廊。

展厅里装饰着好些奇形怪状的雕塑和壁画，配上鲜红的地毯与挂毯，好不好看另说，倒是真有些“魔性”。令许冥在意的是，正对门的墙壁上画着一个突兀的“1”字。看上去是用喷漆画的，异常显眼，和周围的摆设特别不搭。

她原本还想再仔细看看，正在前台登记的邱雨菲找了过来，拽她去前台验证身份。办好入住手续，两人很快便拿到了各自的房间钥匙，以及五颗糖果。

糖果的造型很别致，看上去像是迷你的白色国际象棋，装在一个透明的束口袋里。许冥好奇地拿在手里打量，听见旁边的邱雨菲不解地问：“请问这是干吗的？小点心吗？”

“保命用的。”正在操作电脑的前台服务员冷淡地看了她一眼，“遇到觉得很怪的东西，就给它一颗糖。具体说明去看房间里的说明。每个人都只有五颗，用完就没了。记好了。”

“我觉得她的服务态度好差。”又过了两分钟，她们俩带着行李再次走进那个“魔性”的展厅，邱雨菲终于忍不住对着许冥小声抱怨，“这可是一晚一千六百块的酒店，这样的服务态度会不会有点离谱儿？”

“可我们没花钱啊。”许冥冷静地提醒她，“我们是‘白嫖’的。”

“那他们的冷脸就更说不过去啊。我们是走正规途径来的，抽奖也是他们自己选择的宣传手段。这样还区别对待，口碑不要啦？”

邱雨菲不太高兴地咕哝着，无意中往旁边瞟了一眼，又突然兴奋起来。

“喂，喂！”她连连拍打许冥的胳膊，“看那边！漂亮的Lo裙[1]小姐姐！好

---

1 洛丽塔（Lolita）是一种服饰类型，主要风格为甜美、古典、哥特等。Lo裙就是洛丽塔裙的简称。

哥特风哦……你说她会不会是NPC啊？”

“有吗？”许冥顺着她指的方向看了一眼，蹙了蹙眉，“哪里啊？我怎么没看到？”

刚才还很开心的邱雨菲表情瞬间一冷，恐惧地看了许冥一眼，又不信邪地继续拍许冥的胳膊，“不是吧？你别吓我！就在那边啊，在自拍的那个——许冥！”

注意到许冥笑弯了的眼睛与绷不住的嘴角，邱雨菲这才反应过来，打了她一下：“你干吗吓唬我！”

“不好意思，不过一开始真没看到，她正好站在雕像后面……”许冥努力克制想笑的冲动，注意到远处的女孩儿朝她们看过来，赶紧挥了挥手，算是打了招呼。

正独自拍照的Lo裙女孩儿微微一怔，很快便笑了起来，也冲她们招了招手。她目送二人进入电梯才收回目光，再次举起手机，美滋滋地继续和身后的雕像合影。

还没拍两张，忽然听到一阵凌乱的脚步声。她循声转头，只见一个人影跌跌撞撞地从走廊里跑出来，才刚跑进展厅，便脱力般重重地摔在地上。

Lo裙女孩儿吓了一跳，在看清对方身上沾满了血的衣服后，更是吓得连退了两步。不过，她很快就反应过来了。

她是今天上午入住的，比许冥和邱雨菲早几个小时，早就看了放在房间里的规则说明，甚至和朋友们分析了一阵。因此，没费什么工夫，她就弄清了当前的情况。

应该是NPC吧。

规则里明确说了，酒店里时常会有扮成鬼怪的NPC出现。如果遇到了，无须慌张，只要尽可能无视就行。

如果对方非要追赶或互动，就拿出一颗白色糖果放在它们面前的地上，它们拿了糖果就会离开。

眼前这个浑身是血的男人显然也属于NPC之列。其实她只要装作没看到就好，不过她有些爱玩，远远端详了一会儿后，反而走了过去。

听到她的脚步声，那个正在痛苦喘息的男人像受惊了一样猛地抬起头来。看到女孩儿的脸，他瞪大了眼睛，像是看到了什么极不可思议的事情。

暗暗赞叹了一句“演技精湛”，Lo裙女孩儿谨慎地停在几步之外，清了清嗓子，弯腰温和地说：“请问，你没事……”

“你没事吧？”男人喃喃地开口。

Lo裙女孩儿一愣："什么？"

对方却没再说话，只是越发愕然地看着她。Lo裙女孩儿被他看得浑身发毛，想了想还是继续说："我是想问，有没有什么……"

男人同时说："有没有什么能帮你的？"

Lo裙女孩儿微微蹙了蹙眉，伸手握住口袋里的糖果袋子，决定还是赶紧结束这一环节。本来是想放下糖就走的，握住袋子的瞬间，她却鬼使神差地开口："那个，你看上去好累，要不我请你吃点糖果吧。"

"你看上去好累，要不我请你吃点糖果吧。"几乎是同一时间，她和男人的声音齐齐响起。

Lo裙女孩儿又是一愣，男人则像是意识到了什么，连滚带爬地从地上爬了起来。

"一样的，都是一样的……又回来了，又回来了！"

他失去控制般不断喃喃着，忽然又开始焦急地东张西望，像是想要确定什么。在看到墙上的"1"字后，整个人终于停下不动了。接着爆发出一声撕心裂肺的尖叫。

他连连后退几步，Lo裙女孩儿眼睁睁地看着他连滚带爬地朝门口扑去，慌得仿佛身后有什么可怕的东西在追赶他一样。

只剩她一人僵硬地站在原地。等了一会儿，确认大厅里再没传来什么奇怪的动静后，她才缓过神似的拍了拍胸口。

"好厉害的演技，真的有点吓到我了……"她默默想着，无意识地摸了摸口袋里的糖果袋子，却又动作一顿。她把袋子拿出来，打开数了数，神情越发困惑了。

从她进酒店到现在，这个糖果袋子她基本没动过，里面该有五颗糖的。

然而现在，无论怎么数都只有四颗了。

第21章

一千六百块一晚的酒店的实力，果然不容小觑

许冥和邱雨菲的房间在酒店三楼。

酒店内部空间很大，但实际用作客房的房间很少。她们在三楼的一块牌子上看到了大楼的平面示意图，惊讶地发现这里的客房一共只有二十六间，连小型宾馆都不如。

更多的房间被标记为“展馆”。她们特意绕过去看了眼，发现和楼下的展厅一样，放满了意味不明的摆设。虽说没有什么直白的恐怖元素，但因为风格太过怪诞，还真有那么些惊悚的感觉。

还有一些房间藏在远离走廊的位置。平面图上没有标出房门的朝向，也没有任何用途说明，只画着三个并排的问号作为标记。

“这应该就是酒店介绍里所写的‘密室’了。”邱雨菲做出猜测，“住客可以在闲暇时间自由探索，找到密室并进行解谜。如果成功逃出来，就能得到奖励。”

许冥有些好奇：“什么奖励？”

“好像是纪念品，”邱雨菲认真回忆着自己看过的内容，“酒店自己做的那种。”

“那真没劲。”许冥迅速收回了目光。

没有实际价值的奖励都是耍流氓。

画着平面示意图的牌子后面就是通往各间客房的幽深走廊。三楼和二楼各十三间客房，她们俩住的都是单人间，房号分别为8312、831B。

按理说许冥的房间应该是8313，也不知是不是忌讳“13”这个数字，就写成了831B。

房间倒是很大，目测有二十多平方米，装修精致，电视柜、小冰箱、软沙发等家具一应俱全，浴室里除了淋浴间还有浴缸。不过冰箱里没有饮料，只有

矿泉水。

至于前台所说的“规则说明”，就放在电视柜上，被压在一个造型别致的小座钟下面。那是一张造型精致的折叠卡片，许冥翻开卡片一看，密密麻麻的小字顿时映入她的眼帘。

您好，欢迎入住魔方大厦。为了在您住宿期间尽可能提高您的住宿质量，我们特意为您准备了以下说明，希望您能耐心看完。

1.本酒店为沉浸式恐怖片体验酒店，为符合酒店主题，将会不定时使用投影、机关、人类扮演等方式来打造怪诞的视听体验。因此，如在住宿期间看到令人费解的事物，请您不必在意，那只是酒店打造的惊悚特效，无论它们如何表现，尽可能无视就好。

2.如果您觉得自己看见的惊悚特效实在无法接受，可以向酒店的工作人员寻求帮助。若您是在房间里触发惊悚特效的，可选择用床头座机联系前台，内线号码为9413。我们会尽快派人来帮助您解决问题。

3.如果您遇到的特效开始尝试与您互动，比如做出攻击或追赶动作，请立即联系工作人员。我们的特效尚在技术调试中，贸然互动可能会对您造成伤害，所以请务必立即联系工作人员！

4.如果您看到的特效已开始与您互动，且您暂时无法找到工作人员，请使用从前台拿到的糖果。将其中一颗放在特效面前，然后离开就好。它不会追赶您。但请记住，离开时不要回头。

5.从前台拿到的糖果务必妥善保存。请不要食用，那不是给您吃的。请不要随意拿出来把玩，如果拿出来了，请在它融化前迅速放回袋子里。糖果只有在离开袋子后才会开始融化，一旦融化，就意味着变质，变质的糖果是没有作用的。

6.每位住客都只能拥有五颗糖果，无法另行购买，耗尽后无法补充。所以，为了您的住宿体验，务必珍惜糖果，好好使用。

7.酒店目前正处在试运营阶段，部分房间尚未装修完毕，也并未投入使用。如果您意外进入此类房间，请不要慌张，仔细观察您所在的房间，墙壁或天花板上会有离开的提示。如果实在无法破解，也可通过房间内的电话联系前台求助，内线号码为9413。我们会尽快派人帮您解决问题。

8. 如在未投入使用的房间中看到惊悚特效，请不要犹豫，立刻使用糖果。

9. 酒店内部的每个房间都可通过内线电话进行联系。前台号码为9413，其余房间的号码则为房号，如需联系，直接拨打即可。但请不要给陌生人的房间打电话，这会影响他人休息。

10. 前台电话24小时有人接听，只是业务繁忙，有时可能难以及时回应。如遇占线，请不要着急，可选择稍后再拨或给前台留言。我们会在听到留言的第一时间为您安排服务。

11. 餐厅开放时间为6:00—9:00、11:00—14:00、16:00—18:00、20:00—23:00。其他时间餐厅不开放，如您在非开放时间发现有人在餐厅里活动，并邀请您进餐，请不要理会，也不要吃他拿给您的任何食物。请立即离开，并向酒店工作人员举报。他不是酒店工作人员，而是混进来的个体餐饮商，提供的食物没有安全保证。

12. 非餐厅开放时间，您可选择拨打前台电话进行订餐，我们将会送餐上门。

13. 您入住的时间为202×年5月×号18:00，预定的退房时间为202×年5月×号12:00，住宿时间为三天两夜。因为您是特殊客户，我们无法为您提供续住服务，也不能提前为您办理退房，万望谅解。

最后，感谢您选择魔方大厦，希望您的住宿平安、愉快。

以上便是酒店提供的全部规则说明。

许冥耐着性子一字不落地看完，又掏出手机看了眼时间，微微挑了挑眉。

她和邱雨菲登记的时间很不巧，正好是餐厅关闭的时间。想下去吃饭，得等两小时。

刚好两个人都不是很饿，于是达成共识，决定先各自洗漱休息一下，八点再一起下去吃饭。

不过话说回来，餐厅的开放时间安排是不是有些离谱儿？

许冥盯着那几乎被切成豆腐块的时间表看了一阵，基于某种自己也说不清的微妙担忧，又在脑海里呼唤了一次鲸脂人。

这次仍然没得到回应。她又将规则书拿出来，直接用手戳。鲸脂人迷迷糊糊的，似乎还在睡觉，被许冥戳醒后，不耐烦地挥了挥手。

“干吗啦，别烦我。”它咧着大嘴从规则书上下来，将自己缩成一个球，又伸出两条细细的胳膊将自己环得严严实实的，“忙着呢。”

许冥问：“你在忙什么？”

“我在思考，该给自己捏一张多漂亮的脸。”鲸脂人一本正经地说，“这种酒店肯定有漂亮的布景，还有傻里傻气的人类NPC，和他们互动最好玩了。你到时候记得帮我拍照啊。”

不得不说，这家伙倒是不忘初心。一路睡到现在，拍照打卡的事居然一直没忘。

不过听它的意思，许冥似乎还是多虑了，现在仍处在现实世界里。

许冥总算放心了一些。倒不是对鲸脂人有多信任，而是凭借她对这家伙的了解，如果真进了怪谈区域，它的反应肯定比她还强烈——上回在宏强，它可是打定主意，哪怕死在外面的走廊里，也绝不和域主待在一个地方。

虽然它没细说，但许冥猜测，多半是怕被吃掉。

规则书可以吸收“根”，异化“根”可以吸收规则书。那么“根”与“根”之间大概也可以相互吸收。它是个被深度绑定、没法儿跑路的异化“根”，一旦被抓到，肯定会成为盘中餐。

而且这家伙也说过，怪谈区域无法影响异化“根”的能力和认知。从这个方面看，这家伙的判断应该还是挺靠谱儿的。

再次看了眼还在畅想拍照打卡的鲸脂人，许冥轻轻叹地了口气，将它与规则书一起放回包里，一面反思自己最近是不是因为宏强的事有些草木皆兵，一面找出浴袍，打算先去浴室冲个澡放松一下。

不料刚进浴室，就听到马桶发出一阵“咕咕”声。正在拿浴巾的许冥蹙眉转头，又听到马桶发出“嗒”的一声——原本盖好的马桶盖不知怎的自己向上弹开了。

许冥一脸茫然。

她凑过去一看，马桶里的水满得几乎快要溢出来了，分明是堵上了。

这就是一千六百块一晚的酒店的实力吗？

许冥不明所以，但十分震撼。她赶紧把马桶盖合上，拼命按冲水键，想试着强冲下去。没想到试了一会儿，非但没冲下去，反而真的溢出来了。

许冥神情大变，赶紧把马桶盖摔上了。她一脸无语地退出了浴室。

马桶堵成那样，明显只能报修。许冥开门左右看了看，没看到路过的工作人员，只能回去打前台的电话，一边打一边抄起遥控器，想看看电视冷静一下。

她摁了一下遥控器，却听到空调响了一声。许冥这才反应过来自己拿错了遥控器，赶紧抬手，想把空调关掉。还没来得及动作，就听到空调发出了一阵奇怪的响声——打开一半的叶片忽然不动了。

许冥觉得不对，趁着电话还没打通，走过去伸手试了一下。

果然，空调虽然打开了，但完全感觉不到冷风。

吹风功能明显也出问题了。

这就是一千六百块一晚的酒店的实力吗？

许冥更蒙了。

前台的电话依旧没有打通，她想了想，干脆拿出新买的自拍杆，伸长了对着空调捅。捅了一会儿，她确认这不是她能搞定的事，只得又走回座机旁，重新拨打前台的电话。

电话依旧没有人接。

许冥很无奈，只好切到留言功能，告知马桶和空调出了问题，希望尽快派人来修。许冥挂了电话，想想实在没劲，索性开了电视，坐在沙发上百无聊赖地看。

没看多久，座机忽然响了。许冥随手接了起来，听筒里传来邱雨菲略显沙哑的声音。

“小顾老师，”她的音量很正常，声线却有些不稳，“你还好吗？”

许冥听着她的话，不由自主地坐直了身体：“嗯，还好。”她竭力维持语气里的平静，“你洗完澡了？”

“还没，打算等等再洗。”邱雨菲的声音越发古怪了，“就是，小顾老师啊……我突然想找你聊聊天。你还记得我们在上一家公司遇到的那件事吗？就是我们和嘉怡姐一起加班那次。”

许冥的眸光微微闪烁，很快便肯定地应了一声。

“好的。”邱雨菲的语气急了起来，“那你能再说一次那句话吗？就是我在公司走廊里被骚扰的时候你说的话。拜托了，这很重要。真的很重要。”

许冥却暂时没回应。

她担忧地朝房门的方向看了一眼，微微皱起了眉。

时间倒回数分钟前，8312号房间内。

邱雨菲简单地收拾了一下东西，兴致勃勃在自己的房间里溜达。她不时拿起手机，对准中意的角落拍上一张。

她尤其喜欢那座立在床头的猴子雕像，还特意和它合拍了一张。拍完往沙发上一坐，她开始习惯性地选图、修图一条龙，却听到一阵“咯咯”声。

她狐疑地抬眼看，却什么都没看见。

她小声嘀咕着，默默将放在地板上的双脚抬到了沙发上，正要低头继续修图，却听到“咯咯”声再次响起了。

她飞快地抬起头来，瞪大眼睛环视四周。

那“咯咯”声依旧不知来源，不过这回，她倒真发现有些不对劲——原本立在床头的猴子雕像似乎往前挪动了一点。

沙发的位置在床的右侧，雕像则摆在左侧。两个东西原本是平齐的，因此，这点位置差距很容易看出来。

这到底是什么情况？

邱雨菲被吓蒙了，过了一会儿才想起来，这应该就是规则说明所说的特效。不太像是人扮的，也不像投影，应该是机关。

就是不知道他们是怎么做到的，那么重的雕像居然能挪动，是里面内置了一个送餐机器人吗？

邱雨菲有些好奇。然而，一种本能的瑟缩很快便将这股好奇压了下去。她缩在沙发上，远远地看那座猴子雕像。明明之前看还挺可爱的，现在却怎么看都有些头皮发麻。

“不对不对，冷静下来，这都是酒店搞的惊悚特效。就像冥冥老师说的，不要怕就完事了。尽力无视，尽力无视，尽力无视……”邱雨菲在心里拼命安慰自己，想了想还是给许冥发了条消息。

许冥暂时没有回应，那声音却又响了起来。

咯咯。

邱雨菲惊讶地抬头，不过一眨眼的工夫，那猴子雕像就已经挪到了床尾。再往前挪一点，就会彻底来到邱雨菲跟前。

意识到这点，邱雨菲几乎汗毛倒竖。恰在此时，手机响了，她慌忙低头，看见来自许冥的消息跳了出来。

她只看到了两个字：

咯咯

这下，邱雨菲感觉全身的鸡皮疙瘩都起来了。

顾不得思考更多，她惊慌地起身，两只脚胡乱地往拖鞋里一塞，就准备往门外冲。没想到又听到一声“咯咯”，刚才还站在床尾的猴子雕像已然来到了门边——雕刻的猴脸正对着她。

那猴脸龇牙咧嘴的，明明在笑，表情却十分狰狞。

邱雨菲被这骇人的表情刺激到了，大脑一片空白。等她反应过来时，人已经往后跳了出去，几乎摔在床上，手机也远远地丢出去了。

手机砸到那座雕像上，却像砸到了一团空气，就那样轻而易举地掉在地上，发出了清脆的声响。

这下，邱雨菲的脸色彻底变了。

怎么会这样？明明刚才还能碰到的，她还在靠在它上面拍了照片。

这不是机关吗？不，应该说，有这么厉害的机关吗？

邱雨菲的脸色变了又变，心脏都快跳出嗓子眼儿了。她明明很想夺门而出，可那东西偏偏就堵在门口。

等等，对了，还有办法。

规则怎么说的来着？打电话或者给糖果……

电话正好就在左边，装着糖果的小包则在右边，恰好就在床上。邱雨菲纠结了一下，果断选择了感觉更方便的方法，飞快扯过了旁边的小包。

就在她将小包扒开，急速翻找的时候，她的动作又顿住了。

小包里的东西很杂，邱雨菲也没有经常整理，因此，直到此刻她才发现包里除了那袋糖果，还有另一样东西——一张工牌，是她从宏强带出来的隶属“怪谈拆迁办”的工牌。

明明离开怪谈区域后就消失不见了，许冥也说过，怪谈区域里的大部分东西都是不会出现在现实世界里的。

现在，这张工牌再度出现，意味着什么？

似乎想到了某个极为糟糕的答案，邱雨菲的脸色更难看了。

再次抬眸看向那座守在门口的猴子雕像，她用力咽了口唾沫，反而冷静下来了。

镇定，不要怕，恐惧是缝隙，恐惧是缝隙，重点是要搞清当前的状况……

她们又进怪谈区域了吗？什么时候进的？不，这个不是重点，重点是现在该怎么办？

邱雨菲垂眸，看到了放在包里的糖果。思索片刻，她还是将包用力合上了。

假设这里真的是怪谈区域，那么酒店本身就是最可疑的存在。许冥说过，有的规则看似友善，实际却可能是火坑，所以糖果也好，前台电话也好，还是都先放着，能不动就不动。可除了这两件事，她还能做什么呢？总不能直接打它——毕竟刚才手机都直接穿过去了。

邱雨菲咬了咬唇，大脑开始努力运转。就在此时，她忽然想起了另一件极为重要的事情。

在宏强外面的走廊里，她被那个焦黑的人影抓住时，一开始也是打不到它的。是在许冥说了什么后，她才可以打到的。

当时太过慌乱，她没有细想。后来逃出宏强，她倒是想了一下，那个试图挖她的安心园艺的员工曾隐晦地提过，能触碰无实体的怪物是了不得的天赋。

邱雨菲非常确定，自己绝对没有这种天赋。那么主导的力量究竟在谁身上，不言而喻。

邱雨菲深吸了一口气，紧盯着门口的雕像，小心地往旁边挪了又挪，终于下定决心，抖着手拿起了座机的听筒。

她其实不确定这电话究竟能不能打到许冥那里去，也不知道自己的推测是不是正确的，但这种时候只能赌一把。

所幸，电话很快就打通了。邱雨菲想起以前和许冥约定的报警暗号，用力闭了闭眼。

“小顾老师。”她故意这么叫，这是她和许冥以前约定的报警暗号之一，至少可以让对方知道她不是在开玩笑，“……你还记得我们在上一家公司遇到的那件事吗？……那你能再说一次那句话吗？”

片刻的沉默过后，她听见听筒里传来许冥有力的声音：“嗯。力的作用是相互的，如果一个存在能打到你，那你肯定也能打到它。所以不要慌，直接上去干吧！”

邱雨菲低低应了一声，轻轻挂断了电话。

接着，她再次抬眼看了看守在门口的猴子雕像，顺手抄起了桌上的古铜台灯，缓缓地站了起来。

邱雨菲的电话刚一挂断，许冥就立刻起身，匆匆往她的房间赶去。

刚到门口，她便听到里面传来一阵“砰砰”声，以及邱雨菲快要破音的怒吼——

“再横啊，你再横啊！

“来，‘咯咯’给我听，你不是很喜欢‘咯咯咯’嘛！

“不理你你还越咯越大声，长了脚了不起啊！

“吃屎吧你！”

停在门口的许冥抬起手，迟疑着不知该不该敲门。

又过了一会儿，伴随着一声巨响，房门终于打开了。

邱雨菲满头大汗地走出来，手里还提着那个古铜台灯。许冥越过她的肩膀往里看，什么都没看到。

“别看啦，被我挪到窗户边推下去了。”邱雨菲拨了一下黏在额上的头发，脸红扑扑的，“冥冥老师，晚上我想和你一起睡。”

许冥对此当然没什么意见。实际上，她也有一堆事情想要问邱雨菲，在搞清楚前，她觉得她们最好别分开。

于是邱雨菲关上门，和许冥一起走向831B。本想进去后先好好洗个澡，不料门一开，她整个人都惊呆了。

许冥房间的格局很简单，没什么遮蔽，因此邱雨菲一眼就看到了挂在墙上的空调。一个长发女人的半截身子正从空调的出风口探出来，双手如同游泳般在空中不断地扑腾，动作间露出一张毛茸茸的猫脸。

电视也开着。一只长长的毛茸茸的黑色手臂正从电视机里探出来，爪子在地板上抠出深深的痕迹。

同一时间，浴室里传来了响亮的水声。一条足有半人高的肥厚鱼尾艰难地从浴室里弹了出来，不知为何，它看上去有些晕乎乎的。

鱼尾的一端是整齐的切口，殷红的血液正不断地往外渗，不要钱似的在地上蔓延。

邱雨菲站在许冥的房间门口，面无表情地觉得要不还是回自己的房间吧。反正那座猴子雕像已经被扔掉了，她的房间里应该也没有别的古怪之处了。

至少比这里干净多了。

第22章

不要流淌

前台主动联系许冥已经是二十分钟后的事了。

彼时，她刚和邱雨菲合力将那个从浴室里爬出来的巨大的鱼尾扔出窗户。不过从分工上来说，主要出力的是邱雨菲，许冥只负责在旁边提供精神支持。

先对付鱼尾的理由也很简单，因为另外两个更难对付。空调里的猫脸女人就不说了，那么高，她们没法儿弄下来，更令人头痛的是从电视机里伸出来的黑色手臂。就那么一截伸在外面，死死地扒在地上，不继续往外爬，也不往回缩，跟盆栽似的，一动也不动。有人靠近时，就会突然动一下尖锐的指甲。

邱雨菲凭借自己不多的恐怖片观赏经验猜测，这东西本来可能是要从电视机里爬出来的。只是没想到许冥一来对它没反应，二来没等它出来就直接关掉了电视，导致它直接卡在了这儿，进也不是，退也不是。

许冥原本还琢磨着要不直接把电视机砸了了事，恰好在这时接到了前台的电话，得知对方很快就会安排人来处理，总算放心了些。她叫上邱雨菲，准备先去邱雨菲的房间。

“你真准备让那些工作人员进你的房间啊？”邱雨菲忧心忡忡地说，“既然这里又是那什么怪谈区域，那么那些在酒店工作的人多半也靠不住吧？”

“不管靠不靠得住，至少他们现在还顶着工作人员的头衔。该他们干的事，就该扔给他们干。”许冥回答得十分干脆。

另一方面，她也很好奇，工作人员所谓的“上门处理”，究竟是怎么个处理法。

“而且，你也需要好好休息一下吧？”许冥扫了眼邱雨菲身上汗湿的衣服，“至少得换套衣服。”

邱雨菲拨了拨额上汗湿的刘海儿，郁闷地点了点头。

怪谈区域的清水一般是能用的，只是一旦用了，回到现实后大概率会生病。出于警惕，邱雨菲回房后也没有洗澡，只是简单地清洁了一下，换了身干爽的衣服。

用她的话说，在闹鬼的地方洗澡，结果莲蓬头里喷出奇怪东西的桥段实在太经典了，她可不想亲身体会。

“希望这次能尽快逃出去吧。”她将刘海儿夹好，再次郁闷地叹气，“我想洗澡。”

“问题是，我们连自己是怎么进来的都不知道，甚至连这是哪个怪谈都不清楚。”

许冥的视线不由自主地再次滑向自己随身携带的提包。邱雨菲顺着她的目光看过去，奇怪地说：“冥冥老师，你想起什么了吗？”

“那倒不是。”许冥沉思了一下，“我只是觉得如果想搞清状况，光靠我们俩可能不行。”

邱雨菲有些疑惑。

“我这边倒是有个东西，勉强可以称作外援……不过你要先做好心理准备。”许冥说着，呼出一口气，对着邱雨菲缓缓打开了自己的提包，“先提醒你一下，你接下来看到的东西可能会吓你一跳，让你觉得很不可思议。但无论如何，我希望你能尽可能保持镇定。”

邱雨菲被许冥正经的表情震慑了，神情也不由得严肃起来。她不由自主地咽了口唾沫，才屏住呼吸往许冥打开的包里望去。

紧接着，她便瞪大了眼睛，似乎看到了什么难以置信的东西。片刻过后，她抬手掩住了嘴，低低地“哇哦”了一声。

许冥有些蒙。这是被怪物吓到的反应吗？

邱雨菲终于移开目光，看了许冥一眼，高深莫测地挑了挑眉。

“难怪你要打预防针，确实……挺令人惊讶的。”她小声说着，明明掩着嘴，但看嘴角肌肉牵动的方向，分明是在笑，尾音也有些上扬，“没想到冥冥老师你居然好这口……”

许冥有些摸不着头脑。

“但其实也还好啦。”邱雨菲自顾自地摆摆手，“人的爱好是自由的嘛……只是没想到你也开始买这种‘网红’娃娃了，挺贵的吧。”

许冥的眉心重重一跳，心中忽然涌出一种极度不妙的预感。

她猛地将包翻过来，低头一看，顿时倒吸了一口气。

出现在她包里的根本就不是什么有手有脚有嘴巴的褐色蜡团。这该死的鲸脂人也不知是不是闲得没事干，居然把她放在包里的翻盖小镜子翻了出来，这会儿正站在打开的镜子上兴致勃勃地对着镜子捏身体，还是黑发白肤、没穿衣服的身体。

它捏的身体大约只有十厘米高。麻雀虽小，五脏俱全，瞧着仿佛是个栩栩如生的小“手办”。

许冥立刻觉得这镜子不能要了。

“捏完了吗？”眼见它依旧沉浸在自己的世界里，许冥的眼睛闭了又闭，终于忍住了用手指直接把它揪出来的冲动。

怪谈区域的水虽说能用，但用完出去会生病，她得尽量避免洗手。

镜子前的鲸脂人这才如梦初醒地抬起头来，对上许冥谴责的目光，羞涩地笑了一下，转身打开一包纸巾，扯出一张纸围在身上才爬了出来。

“不好意思啊，刚才忙着捏脸，没注意到外面的动静……”它还很讲究地理了一下身上的纸巾，“出什么事了吗？”

许冥揉了一下额头，终于没忍住翻了个白眼。

就在她准备开口的瞬间，邱雨菲好奇地出声了：“捏脸？什么捏脸？”

不知是不是因为鲸脂人现在的造型还算正常，她倒没多害怕，反而挺感兴趣的。

“就是外表调整。”鲸脂人看了她一眼，非常自然地回答，“骨头、肌肉、五官……像雕刻家那样仔细雕琢，以达到最完美的状态。”

它说着，还炫耀似的撩起纸巾下摆，当着邱雨菲的面转了个圈：“喏，这就是我为这次的酒店之行设计的脸和身体，不介意的话可以先给你欣赏一下。怎么样？这孔雀般的五官，是不是很契合惊悚酒店的氛围？”

“嗯……”邱雨菲愣了一下，似乎不知道该怎么回答，顿了顿才说，“还好吧，挺好看的。”

“是吧。”鲸脂人陶醉地摸了摸下颌线，“其实我觉得还有进步的空间，不过暂时没什么头绪。”

说话间，它又转过身，借着床脚的反射开始照镜子。坐在另一个方向的许冥没好气地盯着它看，看了一会儿，好像注意到了什么，脸色微微一变。

“颅顶。”又过了一会儿，许冥喃喃道。

“啊？”邱雨菲不解地看了过去。鲸脂人也转过头问：“什么？”

“颅顶。”许冥嘴角微动，表情更严肃了，“颅顶低了。眼角还需要再开一些。”

邱雨菲完全没懂她在说什么，眼神更加困惑了。倒是鲸脂人又对着床脚端详了一会儿后，恍然大悟地叫出了声：“对，问题就在这儿！把这两处修改一下，应该就会更好看……看不出来，你衣品烂得要死，没想到美商还可以嘛！”

鲸脂人说着，兴致勃勃地再次开始调整脑袋。许冥的脸色更难看了。

“这不是我说的。”她低声道，“是你自己说的。”迎着鲸脂人诧异的目光，许冥深深地吸了口气，“几天前，我刚跟你说要去惊悚酒店住的时候，你就闲得没事说要捏脸。当时捏的就是现在这张脸。”

区别只是当时体形更大，有成年人那么高，而且穿了衣服。

当然，这不是重点，重点是那会儿鲸脂人就已经在纠结怎么让自己的脸更完美了。最后得出结论：要抬高颅顶，继续开眼角。并且在此基础上，又更新了造型。

换言之，现在的鲸脂人是在重复它几天前就做过的事。它甚至没有意识到，自己现在的造型早在几天前就改良过了。

“喂，”许冥忍不住伸手在它面前挥了挥，“你还正常吗？知道我们在哪儿，今天是几号吗？”

鲸脂人听到这话，一下子愣住了。

就在许冥以为它要说些什么时，却见它眨了眨眼，转向了对面的床脚：“别烦我啦，忙着呢。”

许冥问：“你在忙什么？”

“我在思考，该给自己捏一张多漂亮的脸。”鲸脂人一本正经地说，“这种酒店肯定有漂亮的布景，还有傻里傻气的人类NPC，和他们互动最好玩了。你到时候记得帮我拍照啊。”

鲸脂人接着说：“奇怪，这脸我是已经捏好了吗？看着居然还不错呀，很有孔雀的凌厉感。”

许冥陷入了沉默。

一旁的邱雨菲还有些搞不清状况，见她神情不对，一时也不敢说话。

片刻之后，许冥突然伸手将正在给自己开眼角的鲸脂人直接捏了起来，又从包里掏出包没用过的丝袜，让邱雨菲帮忙拆了，将鲸脂人塞了进去。

“不好意思，让你看笑话了。”许冥冷着脸，边塞边说，“虽然不太清楚原因，但是这家伙好像是废了。”

至少这会儿绝对指望不上了。

邱雨菲不明所以地点着头，忍不住问道：“那我们为什么要把它装到袜子里啊？”

“物尽其用。”许冥冷酷地说着，将打包好的鲸脂人又塞回了包里。

这是个不太妙的开端——外援靠不住，接下来只能靠她们俩自己摸索了。

“那还是和之前一样，只能先设法搜集信息。”许冥叹了口气，“现在的情报还是太少了。”

还是那句话，得搜集情报。

不仅要搜集文字信息，还得设法排查死人——她们进入怪谈区域肯定是因为死人。那个死人脑子里一定装着对应的怪谈。

如果能知晓对应的怪谈内容，她们对当前的状况也能多一些把握。

而这两个方法都不是缩在房间里就能实践的。

恰好这会儿快要八点了，餐厅就要开放了。许冥便说下楼看看，说不准能遇上其他的住客。

邱雨菲没有异议。为了增加偶遇概率，两人下楼时还特意走了楼梯，将三楼和二楼都逛了一圈，可惜一个人也没遇上。

直到走到餐厅门口，才终于瞧见了一个人影。

那是一个男人，一头黄发十分张扬，脚步匆忙，一副气急败坏的样子。不知为何，他看着有点眼熟，只可惜还没等许冥和邱雨菲想起任何相关信息，他便头也不回地钻进了不远处的卫生间，看起来很着急的样子。

“什么情况？”邱雨菲茫然地眨着眼睛，“吃坏肚子了？”

许冥同样茫然地摇了摇头。就在此时，旁边忽然传来一个细细的声音：“那个，他应该是被恶心到了。”

两人转头，看见一个女孩儿缓缓地从餐厅的方向走过来，穿着一身哥特风的Lo裙，正是她们刚入住时见过的那个。

许冥礼貌地笑了笑，带着邱雨菲往远离卫生间的位置走了几步，好奇地说：“请问，恶心指的是……”

Lo裙女孩儿四下看了看，确定周围没有工作人员才小声地说：“餐厅的自助饮料桶里有死老鼠。”

“啊？”邱雨菲下意识地捂住了嘴，“什么情况啊？真的假的？”

“真的，我亲眼看到的。”女孩儿立刻点头，“餐厅外面不是有个小露台吗，可以坐着休息。我刚才就在那儿，听到那男的问工作人员能不能先接一杯饮料喝，工作人员同意了。他就接了一杯，结果喝到一半突然开始骂脏话，砸了杯子就往外跑。我有点好奇，就走进去看了看，发现桶里飘着一只老大的死耗子。”

女孩儿说着，还煞有介事地用手比画了一下，比画得邱雨菲又是一阵发毛。

许冥似乎意识到了什么，连忙掏出手机看了看时间。

“八点过五分。”她蹙着眉，“奇怪，是正常的开放时间啊。”

“是又怎么样，反正我是不打算吃这里的东西了。”Lo裙女孩儿摇了摇头，“对了，你们俩也是准备去吃饭的吗？要慎重哦。”

“谢谢提醒，我现在已经不饿了。”许冥往餐厅的方向看了看，面上露出几分疑惑，“说起来，还没问你的名字。”

“哦，叫我薄荷就行。”Lo裙女孩儿落落大方地笑了起来，“我和朋友住在二楼，有空可以一起玩。”

“朋友？”邱雨菲好奇地问，“你们住在一起？”

薄荷回答：“不是，我们一共三个人，她们俩住大床房，我住单人间。因为大床房不能加人嘛，我就被抛弃了。”

“会害怕吗？”许冥试探道，“感觉这边房间的惊悚特效还挺多的。”

“有吗？我在房间里没有遇到。”薄荷皱了皱眉，“可能是我朋友给我挑的房间不错吧。我本来要住另一间，是她帮我换的。”

“这样啊……”许冥不着痕迹地给邱雨菲递了个眼色。

邱雨菲心领神会，立刻装出一副很感兴趣的样子，往前蹦了两步：“那能问一下是怎么换的吗？我也好想换，我那个房间里有好吓人的雕像，我看着就发毛……”

“呃……”薄荷愣了一下，“是我朋友去弄的，我不太清楚……”

“没关系，我们可以随便聊聊。在这边站着说话不方便，”没等她反应过来，邱雨菲已经上前，很热情地挽住了她的胳膊，“你之前说的小露台在哪里？不如我们坐下慢慢聊。对了，之前就想问你，你这套裙子我好像看到过，是不是××牌的？感觉这个颜色好仙啊，特别配你的眼妆……”

“啊，是吗？谢谢。其实我今天偷懒了，眼妆是乱化的。”

“哇，那你的手也太巧了，我好喜欢你眼尾的亮片。”

“谢谢，这个很便宜的，我待会儿给你发链接。我觉得你的眼睛也很适合这种亮片。露台这会儿太暗了，要不我们还是去餐厅吧，那边应该也可以免费坐。”

说话间，两个女孩儿已经挽着手臂朝餐厅的方向走了过去。

许冥安静地跟在后面，默默给邱雨菲点了个赞。

果然，这种需要社交的场合，交给“社牛”就对了。

◆ 二十分钟后，餐厅的角落。

托邱雨菲的福，她们俩已经快把对面女孩儿的情况全都摸清了。

对方是大二学生，兼职化妆师，喜欢和朋友结伴到处打卡，这次也是和朋友一起来的。奇怪的是，问她是怎么知道这家酒店的，她却答不上来。苦思冥想了半天，她只说是在网上看到的，也不知道什么怪谈，只知道这里提供很特别的惊悚体验。

和她一起来的两个朋友合住一间大床房，这会儿都在睡觉，因此她一个人出来闲逛。

“本来中午就想来试试这里的自助餐，可我朋友非说头痛，缠着我不让我下来，搞得中午啥都没吃。我就想晚上来吃呗，结果又遇到这种事……”

左聊右聊，又聊回了饮料桶里的那只死老鼠，薄荷摇了摇头，一脸嫌弃：“难怪这边吃饭的人这么少。”

确实如此，明明已经到了餐厅开放的时间，下来吃饭的人却没多少，只有零星的几个人。

实际上，许冥觉得那些多半不是人，因为她是在邱雨菲和薄荷的交谈中得知餐厅里有人的，从她的视角看过去，餐厅里始终是空荡荡的。

自助饮料桶就在正对门的地方。就算偶尔有活人进入，看到里面飘着的硕大的死老鼠，也会赶紧离开。神奇的是，那些工作人员似乎完全没意识到那只老鼠的存在，过了这么久，始终没人来处理这事。即使被住客投诉，也只是冷漠地低头，摆出一副“听到了”的姿态——简直就像AI一样。

许冥默默想着，薄荷忽然掏出手机看了眼时间。

“哎呀，这么晚了，我得赶紧回去了。”她说着，匆匆忙忙地站了起来，“我和我朋友约好了，晚上要一起看电影。不好意思啊，有空再聊！”

“等等！”眼看她就要离开，许冥赶紧叫住了她，大脑飞快地转动，“其实，我们还有件事想问你……”

薄荷眨了眨眼，好脾气地坐回桌边：“什么？”

不好意思，还没来得及编。许冥默默想着，旁边的邱雨菲却忽然往前凑了凑：“其实我们是想再问问你对这酒店里的其他住客还有没有什么了解？”

“啊？”薄荷明显愣了一下。

邱雨菲压低声音，一副神秘兮兮的样子：“是这样的，其实我们俩是靠抽奖来这儿的，奖品就是这里的免费体验券。但是，奖品兑现其实是有要求的。酒店方面给我们布置了一个秘密任务，如果能在住宿期间完成，就能免单；如果不能，就得按原价付钱。”说到这儿，她煞有介事地叹了口气，“你也知道，这里的房费不便宜。所以如果可以的话，我们还是想尽量争取一下免单。”

“哦……”薄荷缓缓地点头，一副恍然大悟的样子，“那个任务和现在住这儿的住客有关？”

“啊对，对对对！”邱雨菲立刻点头。许冥补充道：“现在的住客里至少有一个是假的，不是正经住客。我们的任务就是把假住客找出来。”

死人确实不算正经住客，这也算不上说谎。

“原来如此，明白了。”薄荷微微颔首，轻轻点了点下巴，“住客……其实我知道的也不多，不过确实有几个有印象的。二楼的话，光我知道的就有我和我的两个朋友，还有两个男的。一个很瘦，看上去像大学生，另一个年纪大一些，染着黄头发。哦对，就是刚才冲进卫生间的那个。他就住我隔壁，8206。老实说，我觉得他很像你们要找的人。”

许冥的身体微微前倾：“为什么这么说？”

“他办理入住手续的时候我就在大厅里。他和你们是前后脚来的，而且没有带行李。”薄荷煞有介事地说，“哪有人出来玩不带行李的啊？”

其实还真有。比如那种稀里糊涂就被带进来的人——当然也不能保证是活人就对了。

许冥默默想着，不着痕迹地与邱雨菲交换了一个眼神，继续问道：“嗯，谢谢你。这人我们记住了。你还见过别的住客吗？”

“别的……二楼的就没有了。”薄荷转了转眼睛，“三楼的话，我没去过，只知道你们俩——哦不对，还有两个人！”她似乎想到了什么，猛地拍了一下手掌，“非常奇怪的人！”

“奇怪？”许冥将两手搁在桌上，“为什么这么说？”

“一个是我中午遇到的，很瘦，长得也帅，但不知为什么给人的感觉病恹恹的。”薄荷小声说道，“我当时刚吃完饭回去，正好和他一起搭电梯，我去二楼，他去三楼。我在电梯里听到他嘀嘀咕咕的，说什么‘怎么办怎么办，要来不及了’之类的话。我先下电梯嘛，结果刚出去，忽然听到他叫我——我从来没有和他说过话哦，可他居然叫的是我的大名！

“我吓了一跳，转头看他，看到他满头大汗的，脸色白得吓人。他看到我回头，就冲我扔过来一张名片，然后开始大吼大叫。

“他说要我记住这个片段和锚点，如果看到有人身上有叶子图案，一定要告诉他们，不要流淌，千万不要流淌。

“说完电梯门就合上了，我就再也没有见过他了。”

薄荷说完，自我肯定地点了点头。

对面的许冥却是一脸凝重。

“有叶子图案的人……”她喃喃着，忽然往前坐了坐，“那他给你的那张名片呢？上面是不是也有叶子图案？”

“对对对！”薄荷惊讶地看了她一眼，“你怎么知道？”

“我、我猜的。”许冥眸光微转，“也就是说你不知道他住哪儿？那张名片呢？能给我看看吗？”

“当然可以呀！”薄荷愉快地说，“你等等，我记得我就装在我的小包……咦？”她打开包翻找了几下，皱起了眉，“奇怪，怎么不见了？我明明记得我收起来了……”

“没事，我也就是随口问问。”许冥赶紧说道，“那么，名片上的公司名称你还……”

“这个不记得了。”薄荷皱了皱眉，“但我记得他的名字，叫唐梦龙。”

因为和她很喜欢的冰激凌品牌重名，所以她印象特别深。

“哦哦，好的，谢谢。”许冥若有所思地点头，“那请问，另一个奇怪的人是？”

“那个啊，相比起来倒算正常。”薄荷认真地回忆起来，“也是个男的，我第一次见他是在一楼，就在你们俩上楼之后。他当时看着可吓人了，浑身是血，还鬼吼鬼叫的，我还以为是NPC呢。

“可后来我走楼梯上楼，又遇到他了。我有点害怕，就特意让他先走。他路过的时候，我看到他手里拿着房卡，而且人是往三楼去的。”

“房卡？”邱雨菲插嘴，“那有没有可能是去楼上工作的工作人员？”

“啊……”薄荷被她这么一问，有些蒙了，“这个我没想过。但仔细一想，好像你这个说法也说得通。”

“反正也记一下吧，浑身是血的住三楼的男人……不知道房号是吗？”许冥点了点头，“我们可以注意一下。”

“嗯，你们加油。”薄荷笑了笑，“时间不早了，我就先回去了，祝你们任务顺利！”

“嗯嗯，谢谢。”邱雨菲和许冥朝她摆摆手，目送她走出餐厅。结果还没过半分钟，又见她踩着小皮鞋嗒嗒嗒地跑了回来。

“对了，我刚才又替你们想到个办法！”她兴冲冲地对两人说，“你们如果想查住客的话，其实可以去看前台的入住登记册啊！”

“登记册？”许冥下意识地反问一句，随即想起办理入住手续的时候，前台曾让她们在一本册子上签名，册子上还有房号。

不过，登记册能随便给人看吗？

许冥记得签名时，其他人的信息都被挡住了，而且一签完册子就被飞快地收走了。

“能给人看，不过可能有条件。我之前就看过。”薄荷认真地说，“我办理入住手续的时候，因为不知道我朋友住哪儿嘛，就直接问了，前台就把她们的信息栏单独给我看了，还蛮好说话的。”

“哦……”许冥思索着点了点头，忽然觉得不对劲，“等一下，你为什么会不知道你朋友住哪儿啊？”

“因为她们比我早来啊。”说到这儿，薄荷也有些无奈，“那两个死没良心的，把我一个人丢在大巴上。我人还没醒呢，她们已经跑得不见踪影了。等我进大厅的时候，她们已经办好入住手续上楼了，都不等我。发消息也不回，我十分生气。还是后来其中一人哄了我一阵，我才消火。”

一旁的许冥听着，再次皱起了眉。

“不好意思。”她打断了薄荷的话，“也就是说，在来酒店的路上，你其实在睡觉……”

“对。”薄荷毫不犹豫地点了点头。

许冥接着说：“所以从你在大巴上醒来到进酒店的这段时间，你其实根本就没有见过你的朋友。你们是在房间里会合的？”

“嗯，”薄荷继续点头，似乎完全没觉得这有什么问题，“她们比我先下来。”

许冥不知不觉地皱了皱眉，刚想再说些什么，半点报时声忽然响了。薄荷见状赶紧摆了摆手，头也不回地跑了。

只剩下许冥和邱雨菲坐在原地，面面相觑。

又过了一会儿，邱雨菲小声地开口说：“那个，冥冥老师，你说她说的那两个朋友……真的是她朋友吗？”

“不知道。”许冥拍了下额头，只觉得脑袋都快烧掉了。

她是真的不知道。虽然听薄荷的描述的确很怪，但从逻辑上来说，也不排除薄荷看到的就是真相，她确实有两个和她一起的朋友，只是比她先入住而已。

甚至，说得无情点，她们连薄荷说的话是否靠谱儿都不确定。毕竟怪谈区域本就会影响人的认知，而且她们也无法确定对方是活人。

比如关于中午的事，她自己的说法就有明显的矛盾。一会儿说中午被朋友缠着错过了自助餐，一会儿又说吃完饭上楼时遇到了怪事，可这边就一个餐厅，错过时间就不开放了，她到底是在哪里吃的饭？

“还是那句话，只能先设法搜集情报再判断。”许冥叹了口气，“但她说的那两个住三楼的男人，我觉得都可以留意一下。还有就是去看登记册，这确实是种思路。”

尤其是那个叫唐梦龙的，知道叶子图案，大概也是安心园艺的人。不管怎样，也算是个业内人，对这里的情况肯定比她们了解，要是能摸清他的情况就好了。

邱雨菲沉吟着点了点头，却听到一阵推车的声音。两人探头看，发现有工作人员推着推车过来，挨个儿收拾餐桌。

两人也没再逗留，起身离开了。沿着餐厅外的长廊步行了一阵，很快便回到了一楼的展厅。

展厅外就是大厅。邱雨菲鬼鬼祟祟地探头往外看了眼，很快便收回了目光。

“要不我们直接去抢吧。”她十分认真地出谋划策，“你回去给前台打电话，然后我趁他们不注意，抢了就跑？”

许冥震惊地看了她一眼：“在别人的地盘上抢别人的东西，你怎么敢的啊！”

邱雨菲说：“没记错的话，你上次在宏强也拿了东西吧？”

“那能一样吗？我当时奔着逃命去的，不代表我赞同这种行为。”许冥义正词严地说着，也跟着往外看了一眼，发现两个工作人员正依次从柜台后面走出来，进了后面的房间。

原本有三人守着的前台此时只剩下一人。

“要不我们直接去抢吧！”许冥转头坚定地看着邱雨菲，“机不可失，时不再来。”

邱雨菲有些无语：“那你现在打算怎样做？”她再次探头朝外望去，“你冲回去打电话？然后我过去套近乎？”

“来来去去太费时间，而且她也不一定接。”许冥沉吟片刻，眼睛一亮，“不过套近乎……这个方法或许真能试试。”

邱雨菲有些疑惑。

“你那张工牌还带着吗？”许冥话头一转，“从宏强带出来的那张。”

“嗯，带来了。”邱雨菲从口袋里拿出那张工牌，依旧有些莫名其妙，“然后呢？”

“然后把工牌戴上，准备去套近乎。”许冥说着，调整了一下呼吸，从包里摸出两样东西——一支笔以及那本九号规则书。

“雨菲，”许冥缓缓翻开手里的规则书，语气逐渐变得严肃，“你接下来遇到的事情可能会吓你一跳，让你觉得很不可思议。但无论如何，我希望你能尽可能保持镇定。这很重要。”

第23章

师傅你是做什么工作的?

◆ **楼上的8203号房。**

门锁“咔嗒”一声打开了，薄荷被一脸茫然地推了出来。

“喂，等等！”她不死心地回头，一只手按在即将合上的门上，“你真的不要紧吗？要不我留下陪你……不是生气啦，只是担心。你都睡一下午了，现在好像还是不太舒服的样子。中午还闹头疼……真的不饿吗？要不我从房里拿点点心给你？好吧，那我还是先回去了。你好好休息。不舒服就发消息叫我……”

薄荷说着，眼神逐渐变得无奈。

她面前是8203半开的房门，房间里黑漆漆的，没有开灯。

房门缓缓合上，薄荷搔了搔脸颊，面上犹带着几分担忧和不解。

不过担心也没办法，都被朋友赶出来了，总不能再闯进去。

她也没什么别的消遣，便回了自己的房间，打算直接洗漱，早点上床休息。

她本来的房间是8204，就在朋友隔壁。朋友却说“4”这个数字不吉利，硬让工作人员帮她换到了8207。8207位于走廊中央，是很舒服的单人间，就是距离她朋友的房间有点远。

薄荷刷卡进了房，卸妆洗澡，洗完到处找吹风机，一路找到电视柜，无意间瞥见被压在座钟下的白色折叠卡片，不由得一愣。

一方面是因为座钟——它的造型很别致，却有些诡异。它的表盘非常精致，周围却雕了一圈老鼠。那些老鼠层层交叠，一副正在拼命往表盘里冲的样子，让她莫名想起小时候玩过的“搭人梯”和“叠罗汉”。有的老鼠已经冲进了表盘中，三三两两地挂在正在行走的指针上。

明明是很可爱的姿势，她看着却只觉得有些不舒服。

薄荷皱了皱眉，忍不住伸手将座钟转了过去。再看到那张被压在下面的折叠卡片，神情更微妙了——这是她刚才愣住的另一个原因。

那张折叠卡片上缠着一圈印有老鼠剪影头像的腰封，明显没有打开过。至少薄荷可以确定，如果她打开过，是绝对不会把腰封原样装回去的，她只会扔掉。但她又本能地知道，这应该是一份住客须知的住宿说明，而且总觉得自己应该看过，还是和朋友一起看的。

或许是自己记错了？可能之前看的是朋友房间里的那张，所以记混了？

令人费解的记忆勉强得到了解释，这让薄荷内心的困惑稍稍减弱了一些。她盯着手里的折叠卡片看了片刻，想想现在似乎也没什么急事，便直接拆了，漫不经心地看了起来。

卡片上是大片的印刷字体，一眼望去密密麻麻的。

您好，欢迎入住魔方大厦。为了在您住宿期间尽可能提高您的住宿质量，我们特意为您准备了以下说明，希望您能耐心看完。

1.本酒店为沉浸式恐怖片体验酒店，为符合酒店主题，将会不定时使用特殊的机器人来打造怪诞的视听体验。但部分机器人尚在调试中，无法完全保证安全性，所以当您遇到无法理解的事物时，无论如何，请第一时间远离。

2.如远离时发现对方做出追赶行为，请尽可能寻找遮蔽物，不要暴露在对方的视野中。

3.如果就近无法找到遮蔽物，请以最快的速度进入您自己的房间、您熟人的房间、有雕像的展馆或一楼大厅。请在以上地点中优先选择距离最近的选项。

4.如果就近无法找到遮蔽物，且距离安全地点仍有距离，请拿出办理入住手续时前台给您的纪念糖果，向您逃跑的反方向抛掷后迅速离开。逃离时请不要回头。

5.取糖时请尽量避免多余动作，包括但不限于清点、挑拣、瞄准等。请以您最快的速度抓取，无论抓到几颗都要立刻抛出。不要将拿出来的糖果再放回袋子里，请尽快扔掉。

6.不要让追赶您的存在发现您身上还有多余的糖果。

7.请不要进入没有雕像的展馆或展厅。如果误入，请迅速离开。

8.不管多么危急，都不要去敲陌生人的房门，更不要进入。

9.请不要向附近的工作人员寻求帮助，哪怕他们身上穿着酒店制服。如果需要帮助，请去一楼大厅寻找前台服务员。

10. 若您的房间内出现无法理解的事物，请第一时间用床头的座机联系前台。电话拨出后，无论是否接通，都不要挂断电话，然后尽快离开房间。前台联系电话为9414。

11. 您房间的座机除了能拨打前台联系电话外，没有任何其他功能，请不要尝试用它拨打其他电话，也不要接听任何来电。前台不会给您打电话。

12. 本酒店不存在任何以13为尾号的房间。如果遇到，请立即远离。

13. 餐厅开放时间为9:00—11:00、14:00—16:00、20:00—24:00。其他时间餐厅不开放，如您在非开放时间发现有人在餐厅里活动，并邀请您进餐，请不要理会，也不要吃餐厅内的任何食物。

14. 非餐厅开放时间，您可选择拨打前台电话进行订餐，我们将会送餐上门。

15. 您入住的时间为202×年5月×号18:00，预定的退房时间为202×年5月×号12:00，住宿时间为三天两夜。因为您是特殊客户，我们无法为您提供续住服务，也不能提前为您办理退房，万望谅解。

最后，感谢您选择魔方大厦，祝您平安。

奇怪。

上次看到的住客须知是这样的吗？

薄荷的眉头拧得更紧了。她转身坐在床上思索了片刻，眼神忽然恍惚了几分。

◆ **一楼大厅。**

邱雨菲低头看了眼身上的工牌，又看了一眼。她深吸了一口气，抬脚往不远处的前台走去。

前台这会儿只剩一名工作人员了。她抬眸看了眼靠近的邱雨菲，很快便收回目光，语气依旧是那么冷淡："请问有什么事？"

"呃，想咨询个事。"邱雨菲两手交叠着放在台面上，若有似无地瞟了眼放在柜台里的入住登记册，"我和我朋友一起来的嘛，可我们现在走散了，我联系不上她，想去她房间找她。"

"那你去啊。"工作人员眼也不抬地说。

邱雨菲说："但我想不起她的房号了，就想来问一下。"

"不可能。"工作人员不假思索地说道。她双眼紧盯着电脑屏幕，不断敲打键盘，也不知在忙些什么。

"你不具备失忆的条件。"她接着说。

什么意思啊，这年头连失忆都得先考证吗？

"也不能这么说，你又不是我。"邱雨菲小声咕哝着，努力模仿许冥理直气壮的样子，"你凭什么假定我的脑子好使？"

这回工作人员总算抬头了，但她手上的工作依旧没停。她冷冷地扫视了邱雨菲一番，语气终于有了几分起伏："你有病？"

"不然呢？"邱雨菲倒是干脆地认了，抬手抚了一下额头，一脸"不想多说"的表情，"上周帮领导跑腿办事，摔成了脑震荡。从那以后啊，脑子就不太好使了。"

那个工作人员终于停下了手上的工作。她再次看了眼邱雨菲，张嘴似乎想说什么，想想却又闭上了，转而将那本登记册拿了出来。

她同时拿出来的还有一块垫板，在打开登记册的瞬间飞快地盖了上去，将上半部分都盖住了，只露出了最下面的两行。

邱雨菲和许冥是最晚入住的人，因此正好排在最后，她们的信息后面没有需要遮盖的内容。

"哦哦，谢谢。"邱雨菲眼珠微转，"话说，我之前还认识了个朋友，我能顺便再看看她的房号……"

话未说完，面前的垫板已经被人用力摁住了。

邱雨菲微微抬眼，正对上工作人员没有感情的目光。

"抱歉。为了保护客人的隐私，我们不能给你看其他登记信息。"工作人员冷冰冰地说着，收回了手，"请在查询到需要的信息后立刻离开。"

"只是这样？"邱雨菲试探道，"如果我非要看呢？"

工作人员不太理解地看了她一眼，再次强调："抱歉。这是为了保护其他客人的隐私。"

邱雨菲面不改色，飞快地用手在背后比了个手势，随即又笑了起来。

"行，那你稍等，我拿手机拍一下，我这脑子最近特别容易忘事……脑震荡嘛。"

邱雨菲说着，装模作样地在口袋里摸起手机，见那工作人员似乎并没有继续追问的意思，无意识地蹙了一下眉，随即又是一声叹息。

"姐，你知道吗，其实有时候我真的特别羡慕你们这种工作，简单、纯粹，没有傻×领导和傻×同事，多好啊。”她疲惫地摇了摇头，“不像我啊……”

话音刚落，对面的工作人员再次抬头：“你的工作很差？”

“倒不是差。”邱雨菲见她接话，瞬间来劲了，“主要是累，而且环境不太行……太残暴了。”她冲对方抬抬下巴，“‘怪谈拆迁办’，听过吗？”

说完，不等对方回应，便无奈地摆了摆手：“估计你没听过，挺小的，不过资历还挺老的，也算有点业绩。宏强知道吗？一个挺大的咨询公司，入股了我们公司，还专门提供技术支持。只可惜后来宏强不行了，自己都半死不活……说起来，我还是从宏强跳槽到现在的公司的。

“但怎么说呢，我现在的公司，就是那个‘怪谈拆迁办’啊，其实还是挺稳定的，但是工作氛围不太行。我的直属上司，也就是拆迁办的许主任，经常想一出是一出的，说开会就开会，有时候都不知道她的脑子是怎么长的。但能怎么办呢，她是领导嘛，让我们开会还是得去啊。

“还有啊，我的一个同事也特别离谱儿，从来不做正事，就喜欢上班化妆，搞得我一个人得干两个人的活儿……”她说着，故作无意地抬了抬手，将胸口的工牌露出了些许，确认对方看到“怪谈拆迁办”几个字后，又飞快地放下了，“哎呀真是不好意思，让你听我闲扯那么多。最近压力太大，特别喜欢‘吐黑泥’……对了姐，话说你叫什么？我还不算认识你呢。”

说话间，她的目光已经落到了对方胸口的牌子上。她一拍桌子，相当惊艳地“哇哦”了一声。

“秋珊，秋天的秋，珊瑚的珊，真是一个令人拍案叫绝的好名字！”

面对她毫不吝啬的夸赞，那个工作人员却只报以冷漠的回望，连一声“谢谢夸奖”都没有。

尽管邱雨菲足够“社牛”，这会儿也终于有些绷不住了。不过，很快她便眼睛一弯，又笑了起来。

“秋珊，”她又叫了一遍对方的名字，视线从对方身上突兀出现的丝缕红线上滑过，很快又故作镇定地挪开，转而将一张纸放在台面上，往前一推，“这是主任让我给你的。”

工作人员冷淡地垂眸，目光落在那张纸上。她眨了眨眼，除此之外，再没有更多的表情。只是她的视线依旧黏在那张纸上，久久没有移开。

邱雨菲微微抿唇，无声观察着她的举动，不自觉地咽了口唾沫。

又过了一会儿，对方终于有了反应。

“什么乱七八糟的。”她轻声说道，听得邱雨菲心头一跳。接着就见她抬头看了眼大厅墙上的挂钟。“这个点开会，到底怎么想的？现在过去也不知道来不来得及。”

那工作人员嘟囔着，在邱雨菲难掩惊愕的眼神中，不太高兴地扭了下脑袋，转身走出了柜台。

几乎就在她离开的下一瞬，邱雨菲就飞快地动作起来——她推开垫板，拿出手机，无声地拍照，一气呵成。

拍完也没忘将那垫板放回去，转身就往展厅跑。没跑几步，就见许冥从里面探出头来，不住地冲她挥手。

“回去，快回去！”她压低声音道，“把通知拿回来！”

邱雨菲这才反应过来，又赶紧跑回去，将落在柜台上的纸迅速地拿回来了，转身又噔噔噔地往展厅跑。刚跑进去，她就吓了一跳。

“你没事吧？”她惊讶地看着一边鼻孔塞着纸团的许冥，“怎么流鼻血啦？”

“没事没事，这不重要。”许冥飞快地合上了手里的本子，推搡着她往里走，“先回去！那家伙应该还没反应过来吧？”

她说着，匆匆回头望了望。离开的前台人员依旧没回来，许冥的表情却丝毫没放松，推着邱雨菲尽可能快地往电梯走去，虽然动作明显有些僵硬，但速度不敢放缓丝毫。

倒不是因为怕，但慌还是有一些的。毕竟，这还是她第一次真正试图用规则书从非人类手里占便宜。

其实，一开始许冥还是抱了些侥幸心理的。

在“纸袍权威”的分级中，二级规则依据是她目前唯一成功用过的手段。而“顾客就是上帝”这种广为人知的俗语，理应归属在二级规则依据之下。

因此，许冥原本想在这条依据的基础上建立一条规则，从而影响对方的行为，让她直接同意将登记册拿给邱雨菲看。只可惜，那条规则的建立并没有成功。

说是不成功，其实也没有出现失败的提示。只是许冥在试图建立对立规则时，话还没说完，便感觉耳边嗡嗡作响，眼前甚至有些发黑。

求生欲几乎是瞬间便涌了上来，她本能地意识到，这条规则不能建立——需要的代价她可能付不起。

至于不能建立的原因，她也很快有了猜测——二级规则依据只能建立或修改边缘规则。而从自己身体刚才的反应来看，自己想建立的规则多半触及了这里的核心规则。

没办法，只能选择曲线救国。

又因为“顾客就是上帝”这条二级规则依据已经建立了，不用也是浪费，于是许冥思索片刻，便用它建立了另一条看似无关紧要的规则：

顾客就是上帝——所以当顾客想要抱怨烦恼时，工作人员应当耐心倾听。

这条规则直接导致许冥鼻血狂流，不过好在生效了。

而这条规则正是后面的规则起效的前提，因为听了抱怨，所以服务人员会暂时相信“怪谈拆迁办”的存在；当她相信这个公司存在的时候，哪怕只和邱雨菲交流了几分钟，以“怪谈拆迁办”为主题的三级规则依据也会悄然生效，她就会因此受到一定的精神影响。许冥之前没实验过，并不知道具体效果，不过据鲸脂人说，大约和宏强当初的边缘规则影响差不多，是少许混乱加认知修改。

在此基础上，再建立最后两条二级规则依据：

是什么公司的人，戴什么公司的工牌——所以戴上“怪谈拆迁办”工牌的人，便可视作“怪谈拆迁办”的员工。

上班时间，员工应当有合理的时间观念、团体意识和服从意识——所以当本公司领导提出开会需求时，应当及时赶到，不能耽误其他人的时间。

这两条规则处理起来相对麻烦一些，主要是因为想使用的依据都不太有说服力，始终达不到二级规则依据的标准，搞得许冥不得不试了好几次。尤其是最后一条，格外麻烦。

最终她硬着头皮加上了一些限定词，最后一条二级规则依据才勉强生效，那条建立于其上的最关键的规则才得以站稳。

付出的代价也有点令人头疼——她的腱鞘炎又犯了，腰也开始疼了。

不过之后的事倒是都很方便。写一张来自“怪谈拆迁办”的会议通知，让邱雨菲提前带在身上。在她和对方扯皮的时候，躲在展厅内尽可能快地完成对方的工牌，然后让邱雨菲在对方工牌出现的那一刻，以“怪谈拆迁办”的名义向对方展示那张通知。

因为没有事先得到对方的同意，所以想要顺利挂上工牌，上面的信息必须尽可能准确。至于通知上的内容，则是让对方立刻去一趟直属上司的办公室开会。

当然，许冥也不知道到底有没有那么一间办公室。如果有就最好了，没有也无所谓，反正她只要对方离开一会儿就够了。

只要她离开前台，哪怕只有一分钟，也足够邱雨菲行动。

最后就是迅速收尾，在邱雨菲离开后立刻取消对方的工牌，然后转头就跑。

最理想的情况就是赶在对方反应过来之前就取消。毕竟这是在对方的地盘上，动静还是越小越好。

这也是为何她给出的通知是将对方调离前台，而不是直接让对方把登记册交给邱雨菲。且不说这种直接和核心规则冲突的要求能否生效——从之前的经验来看挺悬的，就算生效了，那张通知给出去后未必能收回来，最终很可能会落在对方手里。

从之前的接触来看，前台的工作人员并不是那种呆呆傻傻的非人类，至少脑子是能用的。如果直接写上和登记册相关的事项，对方清醒后就会直接看出问题。留下一张模棱两可的会议通知，起码还有狡辩的余地。比如说这是邱雨菲脑子一抽，不小心给出去的。反正之前邱雨菲也说了，她的脑子不好使，脑子不好使的人做什么都是可能的。

唯一留下的话柄，也就是个叫“怪谈拆迁办”的傻 × 公司而已。

至于接下来的发展，根据之前从鲸脂人那里打听的八卦以及不幸的体验来看，最有可能的是三种：

第一，对方不笨，但在怪谈区域中的行为受限，需要维持自己的人设。因此即使察觉到自己的认知被影响了，也必须立刻重回轨道，以继续扮演酒店工作人员为先。

那他们大概不能随便找碴儿。真要来问，她们也不慌，反正没有证据，咬死不认就是。

这又要分为两种情况。一种是对方不会将这事同步给平级或更高级的存在，那自然最好。如果对方会主动同步信息，那样就会麻烦一些，至少她们需要做好之后被留意和针对的心理准备。

第二，对方察觉到自己的认知被影响了，同时行为上有一定的自由度，可以在发现问题后立刻对她们实施打击报复，或者调动怪谈区域内的其他存在对她们进行攻击。

不过在许冥看来，这个概率其实不是很大。这个怪谈区域目前并没有直接表露要她们性命的意思，说明和宏强一样，人命并不是它的第一需求。另一方面，工作人员在阻止邱雨菲看登记册时，并未给出直接的严厉警告，说明“查看登记册”并非不可触犯的核心规则，即使违反了，也不会导致死亡。

但对这种小概率的糟糕情况，许冥觉得还是有点准备比较好。实在不行，还是得靠规则书继续“苟”着——“顾客就是上帝”作为二级规则依据已经成立了，以这条依据为基础再建立一些边缘规则，约束对方的行为，不敢说能让她们毫发无伤，至少也能苟延残喘。

第三种可能，也是最好的可能，即对方从头到尾都没有察觉到工牌的存在，她的智商也不足以让她意识到那短短几分钟内自己认知的变化。最终哪怕清醒过来了，也只是在短暂的困惑后又回到自己的岗位上，权当无事发生过。

也不知是不是终于沾到了邱雨菲的一点运气，直到她们跑进电梯，身后都没传来什么奇怪的动静。

电梯里也十分平静，一路有惊无险地上了三楼，许冥这才稍稍放下心来。

“我回去再确定一下情况。”她转头将自己的房卡交到邱雨菲手里，“你先回房间躲着。”

邱雨菲刚才露了面，可自己没有。如果真的出了什么事，自己的房间应该比她的安全——前提是里面不再出现什么新的怪物。

邱雨菲看上去仍有些没反应过来，闻言忙不迭地点头，拿了房卡就往里跑。她原本已经稍稍安定下来的心脏却在看到许冥房间门打开的那一刻，再度蹿至了嗓子眼儿——房间里站着一个穿着酒店制服的男人。

准确地说，是站在空调前。

他脚下踩着凳子，手里拿着工具，正面对着空调。听到开门的动静，男人才微微侧过了头。

“师、师傅好啊。”邱雨菲愣了两秒才反应过来，这应该只是之前预约的维修师傅，她尽可能冷静地开口，努力装作若无其事的样子，“师傅你是做什么工作的？”

正努力地将挂在空调上的猫脸女人往外拔的维修师傅陷入了沉默。

他看了看手里抓着的怪物，又看了看面前的空调，似乎不知道该如何回答这个问题。

第24章

这一刻，邱雨菲终于领悟了一切

邱雨菲木头似的杵在许冥的房间里，从未感到如此孤立无援。

不知是不是她的错觉，在她的话出口的瞬间，那个维修师傅的眼神有些复杂，像是在看白痴。

所幸，她很快就从这种孤立无援的状态中解脱了。因为没过多久，虚掩的房门就被再次推开，许冥揉着腰从外面走了进来。

“好消息，没什么……”她本来想说一楼前台那儿没什么特殊的动静，注意到不远处正在忙碌的维修师傅，又瞬间住口了。

随后她便客气地笑了起来。

“师傅，在忙啊。”邱雨菲听见她十分自然地说，“这是忙什么工作呢？”

正将那个猫脸女人扛在肩上，准备爬下梯子的维修师傅再次陷入了沉默。他将一动也不动的猫脸女人搁在旁边的工具箱上，不知是不是邱雨菲的错觉，他的表情似乎更僵硬了。

他维持着这种僵硬的表情处理完猫脸女人，又蹲在电视机前将那条硬邦邦的黑色手臂切了下来。他肩上扛着猫脸女人，手里提着黑色手臂和工具箱，一言不发地往外走。

许冥二人脸上一直挂着客气的笑容，目送他走出房间。然后在他出门的刹那，毫不犹豫地关上了门。

“所以，”许冥按着门把手，转头看向邱雨菲，一脸困惑，“他到底是来做什么的？”

她大概能猜到这就是前台派来的维修师傅。但他到底是怎么维修的，她的确不知道。

从头到尾，她看到的只是他在那里对着空气比画而已。

尚在门外且将她的问题听得一清二楚的维修师傅又无语了。他看了眼手里的怪异躯体，缓缓地眨了眨眼，终究没忍住心头涌起的困惑。

这两个人是傻子吗？他默默想着，将手里的怪异躯体放在小推车上，然后推着车，沿着走廊慢慢朝电梯的方向走去。

明亮的白炽灯光照亮了走廊，不知为何，反倒给人一种苍白的感觉。小推车的轮子碾过厚实的地毯，安静且平稳地往前，却突然停了下来。

原本低头推车的维修师傅徐徐抬眸，正对上不远处的一道打开的门缝。

门缝内似乎有人正在偷偷朝外张望。对上目光的瞬间，那人立刻缩了回去，那扇房门也迅速且无声地关上了。

维修师傅木然的脸上再次出现了一丝波澜。他微微蹙了蹙眉，又推着小推车往前走了几步，路过那扇房门时，特意抬头看了一眼。

那是位于走廊最外边的房间，房号本该是8301。

此时此刻，在他的眼中，那门上的号码却分明是8313。

维修师傅的眉头顿时皱得更紧了。他深深地看了那个房间一眼，脚步不再迟疑，脚步声很快便随着轮子细微的滚动声逐渐消失在走廊里。

听到门外的声音逐渐远去，屋内的两人才真正地松了口气。

“好了，把拍到的东西拿出来吧。”没再纠结维修师傅的问题，许冥果断转向了自己更感兴趣的话题，熟练地从包里拿出水笔以及另一个笔记本。

自从确认了规则书的作用，她就重新找了个笔记本，用来随时记一些设计灵感。这会儿倒是正好能派上用场了。

现在的情况太混乱了，不梳理不行。比起记在手机上，传统的手写笔记反而更靠谱儿。而且只需要加上“怪谈拆迁办”的落款，就不用担心丢失，更让人放心。

邱雨菲忙不迭地点头，拿出了自己的手机，很快便调出了那张照片。

因为当时有些慌张，她没对好焦，照片有点模糊，不过大致还是能看清的。

“唐梦龙，唐梦龙……找到了！”许冥放大图片，从下往上一直滑，很快便找到了她们的重点关注对象，“8307，是走廊中央的房间。”

“就在薄荷楼上。”邱雨菲小声说道，将图片往旁边拖了一下，又轻轻地“咦”了一声，“后面的数字是什么意思？为什么只有他是5啊？”

许冥正在记录，闻言好奇地看了一眼，发现每个住客的登记信息后面都有一个个位数。她和邱雨菲是1，薄荷以及她上面的一列是2，唐梦龙是5。除了他，数字最大的就是住在8301的谭涂，后面的数字为3。

“还有8206！”邱雨菲不断放大照片，很快又做出了补充，“就是薄荷说的那个奇怪的黄发男人，他的编号也是1。”

最后还剩另一个住在二楼的住客的编号和薄荷一样，也是2。

“也就是说，现在楼里一共就八个住客。其中三人的编号是1，三人的编号是2，一个为3，一个为5。”许冥一边说着，一边飞快地在本子上做笔记，“但这编号到底是什么意思？”

“入住顺序？”邱雨菲试着猜测，“我们是最新入住的，所以是1？数字越大的入住时间越早？”

“如果是按照入住顺序的话，那数字应该从小往大排吧？哪有倒着来的？”许冥蹙着眉说，“而且，为什么没有4？直接就跳到了3……”

还有，编号为“1”和“2”的各有三个人，为什么“3”和“5”都只有一个人呢？是本来就只有这么多人，还是……

许冥脑海里突然冒出一个有些糟糕的猜测，让她不由得头皮一阵发麻。

恰在此时，继续对着登记册研究的邱雨菲又发现了另一件怪事。

“冥冥老师，”她抬头跟许冥确认，“薄荷是不是说过，她是跟‘两个’朋友一起来的，而且那两个朋友住一间房，对吧？”

“嗯。”许冥毫不犹豫地点了点头，旋即便意识到了什么，脸色蓦地一变。

邱雨菲观察着她的神色，语气越发微妙了：“对啊，我也记得她是这么说的。可这样的话，8203号房登记的就该有两个人，不是吗？”

可她们拍的这份记录上，8203号房登记的分明只有一个人。

“会不会是同一间房登记一个人就够了？”许冥试图解释，不过她说的话她自己都不太信。

薄荷撒谎了吗？这种谎言有什么必要？而且薄荷除了这事外，给出的关于其他住客的信息都是相对准确的，许冥不觉得她会独独在这件事上撒谎。

“只可能是像你说的，认知被影响了吧。”邱雨菲小声说道，“可如果是这样的话，那个被她当成另一个朋友的究竟是什么东西啊？”

许冥陷入了沉默。

比起这件事，她更在意薄荷那个真正的朋友的状态。假设另一个朋友真的是薄荷认知错乱的产物，那和它同住的真正的朋友只怕状况也好不到哪儿去。

而且，如果薄荷真的已经处于相当混乱的状态，那她提供的关于唐梦龙的信息还可靠吗？

“我觉得关于唐梦龙的信息应该还是靠谱儿的。”短暂的思索后，许冥下了结论，“至少她肯定和名片上有叶子图案的人接触过。”

“可你之前不也说了吗？她描述得颠三倒四啊。”邱雨菲撇了撇嘴，“一会儿说自己吃完饭回来，一会儿又说自己根本没下去吃饭。还有那个唐梦龙托她转告的消息也很奇怪。”

不要流淌。什么流淌？酒店里又没有游泳池。

许冥垂下眼帘，若有所思地抿了抿唇。

“关于这一点，其实我之前就在想……”她看了眼邱雨菲，轻声道：“他想说的会不会是‘不要留糖’？”

邱雨菲愣了一下：“什么？”

“就是这个糖啊。”许冥伸手将包里的糖果翻了出来，“不要留糖——不要将糖果留在身边，这不是更说得通吗？”

“这倒也是……”邱雨菲恍然大悟地点了点头，随即又蹙起了眉，“可住客须知的意思是要我们小心保管，并谨慎地使用这些糖。”

从字面上看，这两条信息是矛盾的。可是……

“我还是觉得怪怪的。”邱雨菲皱起了眉，“为什么是‘不要留糖’呢？”

如果只是想表达和住客须知相反的意思，完全可以用更直接的表述。比如“把糖扔掉”“把糖用掉”，甚至更直率一点——“不要相信住客须知”。

为什么非要用这种有些拗口还容易听错的说法？

“或许是因为……他想针对的规则并不是住客须知？”许冥沉默了一会儿，不太确定地开口说道。

邱雨菲问：“那他是想针对什么？”

“其他规则？”许冥猜测，“一种强调‘必须留糖’的规则。”

只是她们现在还没接触这条规则。

薄荷说她在电梯里见到唐梦龙时，对方已经处于一种十分糟糕的状态了。之后和她说的话更是充满了交代遗言的意味。

如果顺着这条线索往下推……

唐梦龙现在还在人世吗？

“去看看吧。”许冥沉吟片刻，又看了眼时间，然后站了起来。邱雨菲却是一顿：“啊，现在过去？都九点多了，有点晚了吧。万一人家在睡觉呢？”

“那就明天早上再去。反正赶早不赶晚。”许冥飞快地说，“再说了，在这种地方，怎么睡得着啊？”

说完，她便转身快步往外走去。

◆ 三楼走廊另一端的房间内。

衣衫褴褛的男人背靠门板，不断地颤抖着。听见突兀响起的敲门声后，他条件反射般地缩了下脑袋，随后更剧烈地颤抖起来，一边紧张地喘息，一边小心翼翼地转身，打开了身后的门。

门被打开了一道小缝，能看到亮着应急灯光的昏暗走廊。借着应急灯光的光线，他努力朝外看去，费了好大劲才总算看到了不远处正在敲门的许冥二人。

下一瞬，便见他瞳孔一缩，仿佛看到了什么极为恐怖的东西，脸色苍白地缩回了房间里。

“是真的，是真的……”

面前的房门再次关上，他才控制不住地喃喃出声，眼珠随着话语不断颤动，虹膜在白色的灯光下折射出怪异的色彩。

“她们没有脑袋，服务员长着猫眼。猫会杀人，猫会杀人……”

都是真的，都是真的。

那张纸上写的都是真的。

男人惊恐地想着，不由自主地抓紧了身上被血浸透的衣服。大片的血迹已经干涸了，将外套染成了更加古怪的颜色。

视线微转，他的目光又落在不远处的电视柜上。

电视柜上摆着一座奇怪的雕塑。看上去像是座钟，然而外壳和大部分表盘都被层层叠叠的蝴蝶覆盖了，只剩两根指针还露在外面，艰难地转动着。

雕塑下面有一张白色的折叠卡片。卡片旁边散落着不久前就被拆下的腰封，腰封上也有胡乱排列的蝴蝶图案，密密麻麻的，看久了甚至会有一种蝴蝶即将扑到脸上的错觉。

男人剧烈地喘息着，抖着手再次拿起了那张卡片。他首先看到的便是几行整齐的印刷字体。

> 您好，欢迎来到蝴蝶大厦。很遗憾地通知您，您来到了一个非常糟糕的地方。为了保证您能尽早得救，我们特意为您准备了以下说明，希望您能耐心看完。

◆ **走廊上。**

隐隐听见不远处传来的关门声，许冥警觉地转头，目光飞快地扫过灯光明亮的走廊，却什么都没看到。

“怎么了？”紧贴在她旁边的邱雨菲紧张地出声，“你又发现了什么吗？”

“听到了关门的声音。”许冥诚实地说，“感觉像是有人在偷看。”

她们站在那里，不管是谁开门，都能轻易地看到。既然没看到有人开门，又听见了关门声，那只可能是有人开了道门缝，又迅速地关上了。

当然，这只是从纯科学的角度去解读。还有一种可能，就是有什么她看不见的存在正在走廊里游荡，弄出了奇怪的声响。

邱雨菲本来就紧张得不行，一听她这话，顿时鸡皮疙瘩掉了一地，抓着她就往回走。许冥看了看面前怎么都敲不开的房门，也没再坚持，任由她将自己拖回了房间里。

直到将房门重重地关上，邱雨菲才反应过来，许冥刚才的第二种猜测其实毫无道理。

“白白被你吓得够呛。”邱雨菲一下子坐在沙发上，咕哝道，“你不是说你有什么‘白痴’特性吗？在怪谈区域里反而感知不到奇怪的东西……”

那怎么可能有什么诡异的动静是她能听到而自己听不到的啊？

“嗯，也是。”许冥思索片刻，对她的判断表示了肯定，“那这样看来，只可能是有人在偷看。”

邱雨菲更觉得发毛了。

“反正多留个心眼吧。唐梦龙那边今晚就算了，明天再去找他。”许冥说着，克制不住地打了个哈欠，“好困，想睡了。要不先休息吧。”

邱雨菲说：“‘在这种地方，怎么睡得着啊？’”

“睡不着也得睡，精神方面的休息是很重要的。”许冥煞有介事地说着，将自己的包递到邱雨菲手里，认真教她用鲸脂人做的流星锤该怎样用，接着便翻出最后一张湿巾，揉着后腰走进了浴室。

虽然条件比较艰苦，但在睡觉前，她还是想尽可能地把自己弄干净点。

邱雨菲抱着膝盖坐在沙发上等。等了一会儿，实在无聊，便拿出手机想找找有什么单机游戏可玩，视线扫过桌面的微信图标，不由得一顿。

“冥冥老师，”她对着浴室喊话，“我记得我们刚进来的时候，给对方发过消息吧？”

既然这里是怪谈区域，消息是怎么发出去的？

“是吧……”许冥的声音隔着门板传出来，“也有可能我们只是以为自己在和对方发消息。”

邱雨菲一头雾水。

“或许是我们的消息发出去，被某种存在接收了。它为了不让我们发现这里的异样，所以就假装活人，代发了回信。”

反正现代人聊天又不是很难模仿，一句“嗯嗯”就能应付不知多少种场合。

“不是吧。”邱雨菲听完却傻了，“这年头怪谈都这么懂‘敷衍学’啊？”

“说不定呢。四年前我也没想到会有怪谈免费送我这么大的浴缸啊。”她听见许冥的声音继续从浴室里飘出来，“重点是还很干净。”

邱雨菲心想：“在这种地方，你怎么敢看浴缸啊？”她忍不住摇了摇头，小心地在沙发上挪动了一下，试图找个更舒服的姿势。她无意中往面前的茶几上一看，整个人都愣住了——茶几上放着一个热水壶，表面是非常亮的银色，亮得像是一面扭曲的镜子。

而透过这面扭曲的镜子，邱雨菲分明看到自己身后多了一团东西——一团轮廓十分扭曲的模糊的东西。

她不由自主地瞪大眼睛，呼吸一滞，下意识地朝前伸手，缓慢却用力地抓住了许冥留下的包。

此时，许冥已经完成了大致的清洁，目光却不受控制地又一次飘到了旁边的大浴缸上。

不得不说，真的很令人心动。而且她刚才好奇地开了水龙头，这里的热水很稳定，烧得比她家的热水器快。要不是实在不想出去就生病，她还真想试着在这儿泡个热水澡。

反正就算泡澡过程中出什么幺蛾子，她也大概率看不到，不泡白不泡。

话说回来，既然规则书可以在一定程度上改变规则，那能不能把这里的清水的特性也改一下？如果能避免生病，至少每天还能洗洗澡，似乎也挺好的。

许冥默默地想着，冷不防听到外面传来砰的一声，接着又是一声惊叫。

她吓得心悬了起来，立刻披上浴袍冲了出去。推开门的一瞬间，映入眼帘的就是邱雨菲紧张且惊恐的侧脸。

只见她正紧贴在墙壁上，脸色苍白，像是看到了什么极为骇人的东西。

许冥一怔，下意识顺着她的目光看过去，耳边传来邱雨菲惊魂未定的声音：“冥、冥冥老师，我知道你现在看不到，但你听我说，房间里现在又出现了一个很可怕的东西……”

最可怕的是，她攻击不到。

她明明在对方出现的第一时间就掏出许冥说的流星锤招呼了过去，然而对方却和之前碰到的那种反应迟缓的怪物完全不一样，看着轻飘飘的，而且转移到了另一个位置，好像完全没事。

它甚至还说了话。

它说：“对不起”。

对不起什么？对不起要杀我吗？我现在扑到许冥背后还来得及吗？

邱雨菲瞪大眼睛，脑子里一时闪过了八百个念头。下一秒，余光却瞥见许冥缓缓抬起了手，朝对方所在的方向招了招。

“先别急着道歉。”她听见许冥说，“先和我好好说说，你怎么找到这儿来了？”

邱雨菲震惊地看了过去，又震惊地看了回来，目光来回几次，最终固定在许冥身上。

“你……看得到她？”她难以置信地说。

“嗯……”许冥不大利索地应了一声，看上去也有些困惑，“可能因为有绑定关系吧？”

“绑定？”邱雨菲不由得提高了音量，“所以你不仅养了个‘手办’，还偷偷摸摸地养了个怪物？”

“你这叫什么用词！”许冥立刻义正词严地纠正她，“我没有养她！我只是觉得她人挺好的，又不想她消失，所以就和她建立了简单的绑定关系，好利用规则书的力量为她提供一些……”

许冥说到这儿，突然顿了一下。

这么一说，好像确实在养怪物。

深吸了一口气，许冥果断选择了跳过这个话题。

“那个，介绍一下，”她咳了一声，伸手在邱雨菲和来人之间互相指了指，“这是雨菲，我朋友。雨菲，这是顾云舒，我的……”

许冥说到这儿，微微顿了一下，似乎有些纠结该如何介绍。不过很快她就找到了答案。

“我的同事。”她语气笃定地说，“也是你的同事。说起来她入职比你还早点，所以应该算是你的前辈？”

这一刻，邱雨菲突然感觉自己的大脑前所未有的清醒。

绝对是我的认知出问题了，绝对！

第25章

我们正身处什么环境?

“……情况大概就是这样的。”

许冥揉着仍在作痛的腰，小心翼翼地坐在沙发上，利落地给自己刚才的讲述收了尾：“为了帮她保持稳定，暂时不要消失，我就给了她一张工牌，所以她算是‘怪谈拆迁办’的第一个正式员工……”

当然，从严格意义上说，第一批拿到工牌的是当时被困在宏强的人。不过那时候“怪谈拆迁办”还没影子，因此许冥觉得第一个正式工算是顾云舒——虽然现在依旧没影子。

许冥默默想着，仍有些担心自己的解释不够清楚。她忽然听到旁边传来一阵擤鼻涕的声响，惊讶地转头，这才发现邱雨菲已经红了眼眶，正在不停地抽茶几上的纸巾。

很好，看来她不用再担心邱雨菲会被顾云舒吓得大叫了。

“我理解你‘泪点’低，但麻烦克制一下，谢谢。”许冥礼貌地把正感动得一把鼻涕一把泪的邱雨菲推远了一些，转过头，目光又落在乖巧坐着的顾云舒身上。

她的姿势真的很乖巧，两只手都好好地放在膝盖上。她不时抬手拉一下脸上的防尘面罩，似乎有点紧张。

“嗯……云舒，你那边情况如何？”许冥思索了一会儿，斟酌着开口，“为什么你会突然来这里……”

“找你。”顾云舒毫不犹豫地回答。

“我知道你是来找我的。所以我想问，你为什么要来找我？”她尽可能表述得更清楚一些。

顾云舒稍稍停顿了一下，给出的答案却仍然言简意赅：“这个。”她从衣服里拿出一沓东西，直直递了过来，“给你。”

许冥有些惊讶地接过那叠东西，看清是什么后，面上的讶异更是深了几分。

那是一本A4纸订成的册子和一张纸。册子的封面上写着“员工守则”四个大字。那张纸的最上端写着“关于本司展开消防演习的通知”。

许冥总算明白了：“这些是宏强公司的规则？你特意过去，就是为了找这些？”

“嗯，”顾云舒认认真真地点头，“我听到了。你需要。”

许冥的规则书最新解锁的技能是“烂果代换”，最直接的运用就是在其他怪谈区域收集规则，并从中提取关键词，建立新规则。新建立的规则拥有和原规则相近的效力。

当然，顾云舒并不是很理解这一整套流程。不过许冥需要规则，这点她还是能明白的。只是平常她需要守着许冥，以免那个背着脏旅行包的异化“根”又来找她麻烦，没法儿走太远。正好这回许冥要出远门，她便趁这个机会去了一趟宏强，看看有没有什么能带回来的。

好消息是现在的宏强已经摇摇欲坠，丧失了原本的强封闭性，她又有许冥给的工牌，进出都没什么问题。坏消息是正因为它变得衰弱了，之前建立的诸多规则都作废了。她费了好大劲也只找到这么两份。

“对不起，有点少。”顾云舒很直白地道歉。

许冥愣了一下，随即连连摇头：“哪有，已经很多了。就为了这事，你还特意跑过去，又千里迢迢找过来……”

她不是个情感外露的人，一时竟不知道该说什么。她闭了闭眼，努力平复波动的情绪，才认真向顾云舒道了声谢，然后将那两份规则珍而重之地夹进了规则书里。

不料顾云舒眨了眨眼，再次利落地开口：“不是这样的。”

许冥动作一顿：“什么？”

“我不是为了这事，专门来找你的。”顾云舒慢慢地说。

“是为了别的事？”许冥见她再次陷入沉默，似是在思考措辞，便直接说，“为了什么？”

不知是不是许冥的错觉，坐在对面的顾云舒忽然更加紧张了。

又过了一会儿，她才小声地说：“因为有人跟着我。”

许冥一脸疑惑。

“宏强现在有很多茫然的灵魂正在徘徊。”顾云舒小声说，“它们空落落的，没有自我意识。明明可以离开，却不知道该去哪里。”

她到达宏强时，发现那里变得空空荡荡的。不仅是因为失去了“根”，还因为域主本身变得衰弱了，它似乎和其他的东西争斗过，被咬得惨不忍睹。至于原本缩在五楼的“顺祝商祺”，已经不知所终。

怪谈区域和域主的双重颓势直接导致该区域的大量灵魂外逃。但也有不少灵魂已经被完全驯化了，失去了一切记忆，懵懵懂懂的，早就成了怪谈的一部分。它们甚至没有“离开”的概念，只能在快要崩塌的怪谈区域漫无目的地游荡——直到顾云舒出现。

“这个。”她指了指挂在胸前的工牌，“上面有宏强的气息。它们感觉得到。”

这点模糊的感觉很快就成了牵引它们行动的绳子，让它们本能地跟在顾云舒后面，甩都甩不掉。

如果不想让它们跟着，唯一的方法就是把它们都杀掉，但顾云舒不太想这么做。

无措的她便带着这些灵魂，顺着工牌的指引一路找了过来。

“等一下，”许冥听到这儿，忽然意识到一个有点严重的问题，“你的意思是，你不仅自己潜进来了，还带来了一群……”

她本来想说“阿飘”，转念一想又觉得这说法好像有点不礼貌，不得不临时换了个名词：“宏强公司旧员工？”

“嗯。”顾云舒缓慢地点头，“它们没有地方去了。”

“那也不能直接带进别的怪谈区域吧，不知道的还以为你是来砸场子的呢！”许冥默默地想。

“没关系。没被人看到。”终于意识到许冥操心的重点，顾云舒赶紧说道，“它们很轻很轻。”

许冥微微张了张嘴，一时不知该说些什么。倒是旁边的邱雨菲在又扔下一团纸巾后，带着厚重的鼻音说道：“不过，换个角度想，它们来找你好像也没问题啊。”

许冥难以置信地看过去，邱雨菲却是振振有词：

“你想啊，宏强公司算是你拆掉的，没错吧？你当时用的名义是‘怪谈拆迁办’，这也没错吧？拆迁拆迁，除了拆，肯定还要负责迁嘛……”

短暂的沉默后，许冥一掌拍上邱雨菲的后脑勺儿。

“继续哭你的去，没事插什么嘴。”她没好气地说着，然后转向顾云舒，认命地开口，“那么你说的那些灵魂在哪儿呢？”

“我让它们在附近的房间里等。”顾云舒立刻说道，“没人住的房间。不会吓到人的。”

“这不是会不会吓到人的事——当然能不吓到人最好。”许冥揉了揉额角，觉得大脑又开始混乱了，“具体是哪一间啊？我等等看看去，试试看能不能给它们发工牌……”

“8307。”顾云舒笃定地回答。

许冥揉额角的动作倏然一顿，正在旁边擤鼻涕的邱雨菲也诧异地抬起了头。

“8307？”邱雨菲难以置信地说，“那不就是唐梦龙的房间吗？你确定没人住？”

“没有。”顾云舒的语气仍十分笃定，“不仅没有人住，垃圾桶里还有很多不该丢在那儿的东西，像钥匙、手机……所以我想，住在里面的人大约已经死了。”

许冥和邱雨菲不约而同地交换了一个惊讶的眼神，然后陷入了更深的沉默。

对于唐梦龙的事，老实说，许冥之前就有心理准备。

毕竟假设薄荷描述的是真的，他的状况多半已经不妙。但真的听到这个结论，她还是蒙了一下。

“垃圾桶？”邱雨菲却有些没懂，小声道，“那是什么意思？为什么凭这个就可以断言他死了？”

“因为死人是会丢东西的。”许冥轻轻地说，“他们携带的东西会消失。而当他们身处怪谈区域时，这些东西就会天然地聚集在之前丢弃的东西旁边……”

当初在宏强时，她就是靠这点判断出老李的死人身份的。

而唐梦龙的房间里出现这种现象，说明他不光已经死了，而且很可能还以死人的身份在这栋酒店里活动过一段时间。

“老天，我又晕了。”邱雨菲拍了下额头，“所以他就是我们要找的‘死人’？但他现在偏偏又‘死’了？”

“不好说，这楼里未必只有一个死人。”许冥道，“还是得实地看看。”

邱雨菲抽纸巾的动作一顿，缓缓抬眼，“你的意思是？”

“他是业内人，肯定不是来这种地方观光的，总会做些记录吧。而且从他和薄荷说的话来看，后面说不定还有其他业内人要来。如果我是他，肯定会想办法留下更多线索。”许冥想了想，说道。

“说得简单。”邱雨菲咋舌，“怎么进去啊？总不能再去前台抢一次房卡。”

许冥闻言，诧异地看了她一眼。

“你在说什么蠢话。”她说着，抬手就朝对面的顾云舒一指，“我们现在是有外援的人。直接让她进去给我们开门啊，多方便的事！”

话虽如此，她们为了进入8307还是颇费了一番工夫。

许冥向来信奉赶早不赶晚，本打算当晚就直接摸进8307号房，没想到一打开自己的房门就发现了一个新的问题——走廊尽头多了个人。

惨白的灯光下，一个穿戴整齐的工作人员不知从哪儿搬来把椅子，坐在走廊尽头，端端正正地守在电梯口，像一具看守棺木的僵尸。

从他的方向看，整条走廊一览无余。想在他眼皮底下摸进其他房间，根本不可能。

如果想故技重施将人引开，也不是不行。不过她们都有些做贼心虚，毕竟她们今天引开前台工作人员在先，引来外来人口在后，说不定就是其中的哪件事招来了酒店工作人员的监视。因此，这回她们不敢造次，商量了一阵子，最后还是老老实实地先睡了，打算明天再做打算。

第二天一早，那工作人员仍然守在那里，一动不动，搞得许冥越发疑惑了。

为了试探情况，她索性直接出门，故意当着他的面走进了电梯。令她奇怪的是，整个过程中对方连一个眼神都没有给她。

难道我们想多了，他针对的并不是我们？许冥不太确定。不过乘电梯下楼后，她又注意到了另一件事——展厅墙上的数字从“1”变成了“2”。

这是什么意思？计算天数吗？

许冥盯着那数字看了一会儿，不知怎的又想起昨天在登记册上看到的数字。她只觉得脑海里隐隐有什么飘过，却实在抓不住。

她转身往外走了几步，视线落在不远处的前台，发现前台的工作人员今天换了一批。倒是和昨天一样忙碌，一个人一直在操作面前的电脑，另一个人则忙着接听不时响起的电话。许冥更加困惑了。

看他们的样子，像是真的在处理某些事情。可登记在册的住客一共就只有八个人，而且其中至少有三个不可能拨打前台电话，为什么他们还是一副很忙的样子？

他们服务的到底是谁？

许冥蹙了蹙眉。就在此时，她的手机忽然响了。她掏出来看了一眼，眼神微动，很快便转身再次走进了电梯。

消息是邱雨菲发来的，一条莫名其妙的“早上好”。当然，这不重要。

既然已经确定这个地方有某种存在会接收她们发出的消息并代为回复，那所收消息的含义自然就变得毫无意义。

但“发出消息”这个行为本身，还是能承载一定意义的。比如现在，许冥收到来自邱雨菲的消息，那么无论这条消息写的是什么，其代表的就只有一种含义：

守在走廊上的那家伙已经走了，就是现在，快点回来！

这是许冥出门前和她约好的联络方式。她回到三楼，果然看见走廊里空空荡荡的，在那儿守了一夜的工作人员已经不知去向。

“他刚走没一会儿呢，走的时候脸色还怪难看的。”

邱雨菲早就等在电梯口，一见许冥就迎了上去。许冥奇怪地看了她一眼：“脸色难看？为什么？”

“不知道。”邱雨菲指了指旁边的8301号房，“他本来坐得好好的，不知怎的，突然站起来去敲8301的门。敲了一会儿没人开，就用备用房卡直接刷开了门。然后他就傻傻地在门口站了会儿，最后走了。走的时候脸色特别阴沉。”

许冥脚步一顿：“也就是说，他昨晚在盯的其实不是我们？是8301？为什么呢？”

“我怎么知道。”邱雨菲漫不经心地说着，跟着许冥停下脚步，伸手朝前一推，“可能8301比我们更难缠吧……”

她们面前正是唐梦龙住过的8307号房。顾云舒早就进去拧开了门把手，邱雨菲一推，房门就缓缓打开了。

下一秒，邱雨菲瞪大了眼睛，整个人僵在原地。

“又怎么了？”许冥莫名其妙地往里一看，除了站在门口的顾云舒，什么都没看到。

邱雨菲仍直直地望着房间里面，双眼圆睁，半晌没发出任何声音。

怕被人发现，许冥只得赶紧将人推进去。她将门关上，再次扫了眼面前空荡的房间，忍不住伸手在邱雨菲面前晃了一下。

“喂，没事吧？”她有些担忧地说，“你到底看到了什么啊？”

这一回，邱雨菲终于给出了回应。她嘴巴微张，声音虚得像是灵魂都飘走了一半：“你未来的员工……”

许冥怔了一下，下意识地再次环视四周。

“很可怕？”她有些迟疑。

“很多。”邱雨菲的声音依旧很虚。

她昨天还特意问过顾云舒，只是顾云舒似乎没专门数，歪头想了好一会儿，也没给出个确切的数字。

许冥没办法，只好让她估算，问她两只手能否数得过来。这话一出，顾云舒倒是点头点得毫不犹豫。

只是现在看邱雨菲这反应，八九个可能都乐观了，或许有十多个。

许冥一边暗自思索，一边在房间里四下观察起来。邱雨菲在原地又站了好一会儿，总算缓过来了。

“云姐，”她虚弱地招招手，试图和顾云舒搭话，“冒昧问一句，你们昨晚到底是怎么过来的？”

顾云舒看了她一眼，偏头回忆了一下：“走高速公路来的。”

邱雨菲指了指面前的空气，似乎怕戳到什么，马上就收了回来，不敢相信地开口：“这么多人……你们坐大巴来的？”

“不是。”顾云舒一本正经地摇头，“说了，是‘走’高速公路来的。”

“她的意思是，他们是沿着高速公路走过来的。”正翻着垃圾桶的许冥头也不抬地说道，接着又好奇地看向顾云舒，“没被别人看到吧？”

“看到了。”顾云舒说，“没办法。在怪谈区域里，就是很容易被看到的。”

许冥起身的动作一顿。“什么意思？”她蹙着眉抬起了头，“你是说，高速公路也是一个怪谈区域？”

“不是‘也’。”顾云舒慢慢地说，“它和这里，是连着的。”

那条高速公路本身就是这个怪谈区域的一部分。就像宏强外面的走廊以及楼下的空间也都是宏强怪谈的一部分一样。

只是这个怪谈区域的域主掌控力明显比宏强的域主更强。宏强的域主无法控制五楼以下的地方，只能任由对抗力量生长。而在这里，顾云舒明显感觉到那条高速公路也在域主的掌控中。

“那条路上还有很多人。”顾云舒继续说，“活人、死人，都有。他们开着车，在路上一圈圈地绕，明明出口就在前面，他们却像看不到一样。”

她顺着匝道走下来时，还对着来往的车辆努力招手，试图给他们指路，然而他们全像没看到一样，飞快地开过去了。

邱雨菲却想，在高速公路上疾驰的时候突然看到一个穿着奇怪衣服的女人站在路边朝自己招手，身后还跟着一串怪东西，不可能敢停车吧！

许冥像是意识到了什么，缓缓地站直了身体，脸色变得越发古怪了。

看出她表情不对，邱雨菲连忙询问情况，许冥却茫然地摇了摇头。

“高速公路……循环的路。”她抬手敲了敲脑袋，“我对这两个概念绝对有印象。”

只可惜依旧像之前那样，有感觉，但抓不住。只能任由那种丝丝缕缕的怪异感在脑海里飘荡，抓心挠肺的。

横竖现在硬想也想不出什么，许冥沉默了一会儿，果断决定放弃这个问题，继续研究这间客房。

说起来，这房间的状态还真不像没人住的样子——被子凌乱，衣架上挂着外套，垃圾桶是满的，桌上还放着正在充电的笔记本电脑，一眼望去，生活气息分明很浓。

但再看垃圾桶，又能感觉到明显的怪异感——里面什么都有。除了顾云舒说的手机和钥匙，许冥甚至在里面发现了这个房间的房卡以及一袋糖果。里面还有三颗糖，全都碎了，仿佛被人用力捏过。

手机还有10%的电，没有密码，能够直接打开。只是他好像提前清空了里面的东西，聊天记录和图片都删得干干净净的，找不出什么有价值的信息。

没办法，许冥只能将注意力转移到笔记本电脑上。倒是能顺利启动，只是需要开机密码。许冥尝试输入唐梦龙名字的拼音，解锁失败，屏幕上跳出一条密码提示。

我们正身处什么环境？

这该怎么回答？谜团？酒店？怪谈区域？

抱着试试看的心情，许冥将“魔方大厦”的拼音输了进去。电脑响起“哔哔”一声，再次显示密码错误。

电脑密码连续输错三次就会锁定三十分钟。许冥暂时不敢再试，转身又在其他地方翻找起来，琢磨着或许可以在其他地方找到些线索。

就在此时，邱雨菲忽然低声叫了起来。许冥循声看去，只见她将衣架上的外套抱在了怀里，从里面小心地掏出了一个东西。

那是一个笔记本，大约巴掌大小，就藏在外套内侧的口袋里。

“我刚刚只是不小心把衣服碰掉了，所以想捡起来而已。”瞪着手里的笔记本，邱雨菲看上去有些茫然。

许冥倒是一副见怪不怪的样子，习惯性地伸手在邱雨菲身上蹭了两下，想“吸欧气”，然后便抽走了她手里的本子，坐到桌前小心翻看起来。

翻开第一页，映入眼帘的是相当漂亮的手写字体，只是写的东西有些令人无语——全是笔记主人当天的支出记录。

再往后翻是菜价信息，还有出国的代购清单和购物节的折扣信息……

许冥也不急，耐着性子一页页地看。又翻了五六页，终于翻到了她想看到的信息。

你好，唐文昊。或者说，唐梦龙。

请相信我，我就是你。如果不信，你可以用右手抄写前面几页的内容，看看字迹是否相同。

因为某些原因，我——或者说是你，拥有一份性质特殊的工作。这份工作存在一定风险，有时可能会导致我的认知或记忆出现问题。为了能在遇到这种状况时尽快明确自己的身份，我决定提前留下一份记录。

那么现在，我想以交谈的方式再次向你重申，你是唐文昊，有时也会使用"唐梦龙"这个假名。之所以取这个名字，是因为梦龙很好吃。

你是安心园艺有限公司的外勤人员，工作就是和那些在路上徘徊的死人打交道，尽可能从它们那里收集怪谈信息，以及设法进入各个怪谈区域，观测情况，收集规则，并将收集的情报通过特殊手段传回公司。

若是工作途中遇到误入的活人，保护他们并将他们带出去，也是你应尽的义务。

至于传递信息的方式，如果你确实不记得了，那就不用管了。这种情报外泄会很麻烦，所以我不会留下任何书面记录。假如这时候身边有自称你同事的人，也不要去问。若他们是真的，会自己将事情安排好；若他们是假的，你问了只会自找麻烦。

以上信息是用来帮助你在失忆状态下明确身份的。如果你正处在有记忆但不知该如何是好的混乱状态，那就重点看看以下内容。或许它们能够帮到你，至少可以让你理清思路。

1.假如你所处的环境有多版规则，且规则之间存在明确的冲突和矛盾。

首先，设法确认规则的建立者是树还是菟丝子。一个怪谈区域只会有一个域主，只有树才可能是域主，域主建立的规则必然占据主体部分。一个最简单的辨别方式是你进入怪谈区域后看到的第一套规则绝对是域主建立的。

在此基础上，继续判断。冲突的规则可能是域主布下的骗局，也可能是规则入侵。如果是规则入侵，说明当前怪谈区域中大概率还存在着菟丝子，它们会利用冲突的规则将你从域主手中骗走吃掉。

与域主相比，菟丝子的猎杀往往更加凶猛，因为它们要从域主手中夺食，没有慢慢来的时间。这也意味着如果你选择遵从菟丝子的规则，可挣扎的空间会更小，一个不慎可能就会导致死亡。

因此，当规则出现明显矛盾时，要优先遵从域主的规则。确保能暂时活下来后，再考虑其他事情。

2.假如你确认身边的活人群体中存在死人，但暂时无法判断。

请记住，死人分为两种，蒲公英或者苍耳。蒲公英不知道自己是死人，苍耳知道自己不是活人。蒲公英可以误救，苍耳不可误救。对人类身份进行判断是必要的，死人会逐渐丢失生前的东西，但苍耳会设法隐瞒。这一点可以作为判断标准。

3.假如你觉得我的同事已经无法信任了。

那就不要信任。因为当你出现这种念头时，你们两个中间必然有一个出现了问题。最保险的方式就是立刻拉开彼此间的距离。

4.假如你觉得你已经撑不住，快要死去了。

首先确认身体状态，如果身上并没有明显的伤口或病灶，说明你的心智受到了影响。解决方式很简单，立刻出去，抓住你遇到的第一个活人，问他“菜无心可活，人无心会不会死”。如果他说“人无心可活”，那你就一定可以活下去。

……好吧，我是开玩笑的。正确的处理方式是，尽你最大的努力告诉自己，你能活，绝对能活，然后拼尽全力活下去。如果能活够七十二小时，你就还有得救的机会。

不过这时候的你很可能搞不清时间了。毕竟“里面”和“外面”的时间流速有很大的区别。不要相信你看到的任何钟表，包括你自己的钟表。它们都不可相信。

总之，关键就是要尽可能地延长自己存活的时间。

至于更多的建议，抱歉，我也给不出来了。如果你此刻拥有记忆，你应该明白我的意思。有些风险和结局早在我们做选择时就注定了。我们唯一能做的就是做好心理准备。

最后，虽然有些残酷，但如果真到了迫不得已的地步，请确保自己不会留下“根”，也不会成为种子。

这就是本子中的第一篇笔记。

许冥缓缓地将本子交给旁边尚未看完的邱雨菲，脸上的表情更加严峻了，也不知是因为上面的内容，还是因为通读后产生了更多的困惑。

邱雨菲很快就读完了。她显然也有不少地方并未看懂，偏头思索了片刻，忍不住看向许冥。

“冥冥老师。”她小声道，“这上面说的‘树’和‘菟丝子’……”

“我有点想法，但不确定。”许冥摇头，“这应该是他们内部的术语，我没有接触过。”说完，又看向了顾云舒。顾云舒笔直地坐在床沿，听到许冥的询问，也只是一脸茫然地摇头。

“行吧……”邱雨菲慢慢地点头，又指了指本子，“那，继续往下看？”

许冥想了想，点点头，又和邱雨菲凑到一起，顺手将面前的本子往后翻。

那篇笔记之后又是好几页空白与收支记录。许冥一开始还怀疑这是某种掩人耳目的方式，后来却越看越觉得这可能本来就是本账簿，记录线索是它的兼职。

大约翻了十多页后，终于又有新的成片的字迹出现。

这次的记录形式像是日记，每一篇都有日期，用的也是第一人称口吻。

202×年4月2×日

顺利进入怪谈“蝴蝶大厦”，进入者唐梦龙、张文建。从今天开始，正式开始撰写相关观测记录。

为避免观测者因为失常或认知错乱而导致记录出现问题，~~我和老张，~~各观测者要分别制作观测记录，且彼此之间不可互相代写、借阅。

那么接下来就正式开始了。

进入的方式和之前一样，从拥有预言能力的同事那里获知大致的时间、地点后，就按时在规定的地点等。只是我们安排的地点不太好，在高速公路的匝道口，差点儿被警察贴罚单。

下午四点，我们在指定地点等待。傍晚六点等待，看到有明显不属于活人的车辆在高速上行驶，我们迅速驱车上前~~碰瓷~~进行接触。三十分钟后，进入循环道路，看不见尽头和出口。

车载设备显示我们在道路上循环的时间为八十六小时。其间我和老张一直轮流驱车前行，路上不见其他车辆，也未发现任何诡异现象。

但老实说，那种感觉真的很让人抓狂。

八十六小时后，道路右侧忽然出现了匝道。我们顺着匝道下高迷，有明显的进入感，十分钟后意识开始模糊。我们在大巴上醒来，车上除了我们之外没有其他人，且我们的认知出现了明显偏差，完全失去了在高速公路上循环的记忆，靠之前留下的语音记录和提示物才勉强想起来。

离开大巴，正式进入怪谈核心区域。核心区域为酒店形态，无明显反常表现。

在前台做了入住登记，登记的住宿天数为五天。这似乎是默认的数值。

在房间内找到"住客须知"，已输入在电脑中并进行传送。

以下为有关酒店设施与房间设施的记录。

在房间中遇见异常存在，面部有明显的动物特征。尝试使用酒店发放的糖果进行驱赶，成功。

异常存在食用糖果后呈现出明显的恍惚状态，自行退回到黑暗中。具体影响效果暂时无法确定……

和老张进行了工作分配。我负责接触他人，收集情报；他负责在酒店内进行探索，搜集更多规则。

晚上七点，进入餐厅并尝试食用了部分食物。口感松散、干燥，像被水打湿又拧干的餐巾纸。初步判定为怪谈拟化的虚假食物，不存在或存在少量污染效果。

晚上九点，在展厅遇见了和我们同一时间登记的住客E君。交谈过程中对方思路清晰、举止正常，表达无明显逻辑问题，暂时无法判断对方是否为引路的死人。

目前已确定，酒店内共有六名住客，预计在之后的三天内分批接触。

202×年4月2×日

下午六点，和工作人员进行交流。对方似乎具备正常的思维水平，未表现出明显恶意，且具有一定的人性表现。

具体表现为他会冲我翻白眼。有点憋屈。

晚上八点，借着吃晚餐的机会与住在二楼的A小姐交流。她的记忆也是从大巴开始的，入住时间是我们来的那天的上午。

据她所说，同样住在二楼的B先生也是上午登记入住的。住在8304的C先生则是早上就办完了登记手续。

根据时间段，可以将目前入住的六名住客大致分为三个批次。尚不确定批次划分的理由与含义。

……尝试去前台借阅入住登记册，又被工作人员翻白眼了。有点憋屈。

和老张进行了交流。老张表示他至今都没找到更多的书面规则，而且在目前的规则中，似乎并没有影响认知和具有强烈威慑性的部分。

"友好到令人起鸡皮疙瘩"——这是老张的原话。

202×年4月2×日

早上六点，再次在房间内遇到异常存在。这次没有直接使用糖果，而是尝试周旋，对方表现出一定威胁性，但行动非常迟缓，且没有明确的攻击行为。

仔细观察后，打电话给前台，交给他们处理了。

此外，仅从我个人角度看，有件事令我有些在意。

我的特性是"墙头草"，即进入怪谈区域后，我可以根据需要将特性转换成我见过的其他特性。而这次，考虑到异常存在的出现不具备规律性，我转换的特性便是"懦夫"，即危险预知者。

这个特性可以让我在危险来临前的两三秒内有所感知，面对有平和的伪装，但可能会造成威胁的异常存在时，也会有所预警。然而从我入住酒店到现在，不管是面对那些被称为"特效"的异常存在，还是面对酒店的工作人员，我的"懦夫"特性一直没有触发过。

恕我直言，对于那些特效，不必说拥有畸变特性的特殊人类，就算是普通人，一旦克服了它们在外观和行为方面带来的强烈冲击，都可以轻松应对。

可那些工作人员的"懦夫"特性为何也不会触发？

我觉得这是值得探究的一点。之后我会继续留心观察。

202×年4月2×日

经确认，E先生为死人，目测是"蒲公英"。

晚上八点，借着吃晚餐的机会与住在二楼的B先生交流。对方谈吐正常，但在某些方面却表现出明显的记忆混乱，令人非常在意。

至今尚未与C先生进行交流，仅从B先生口中间接获得一些情报。据他所说，C先生的精神状态似乎不太稳定，会盯着空气观察或喃喃自语。而且B先生说C先生现在已经不在8304住了。他亲眼看见工作人员将C先生带到了一楼走廊的深处。

尝试与B先生交流遇到的特殊，对方遇到的种类似乎比我和老张单一，他说目前只遇到过有老鼠特征的怪物。

写到这里，我突然意识到，我和老张遇到的怪物虽然普遍具有动物特征，但还真没有和老鼠有关的。

这是什么特别的设置吗？让人在意。

此外，还有一点令我感到有些奇怪。

为了尽可能多和其他住客接触，我在每天的用餐时间都会下楼。可我只在晚餐时间遇到过A小姐和B先生，而且据他们所说，他们从来使用过送餐服务。

那其他的用餐时间，为什么我没碰到过他们？

202×年4月2×日

这是我们入住的第五天，也是规则中要求办理退房的日子。

我们尝试申请续住，被前台翻了白眼。有点憋屈。

办理退房手续时，遇见了同样来办理退房手续的E先生。A小姐与B先生迟迟未至。E先生说他昨晚见过他们，当时他们沿着二楼走廊急奔，像是在被什么追赶，然后便跑进了位于二楼尽头的展馆。

“他们是手拉手跑进去的，我能看到他们的背影。我很确定，他们当时没有伸手关门，但那扇房门却自己关上了，而且不知道是不是因为镜面反射，关门的时候我似乎看到里面那座小丑雕像动了一下，怪吓人的。”——E先生是如此表述的。

借口有东西忘在房间里了，我上了二楼，进入了E先生所说的那个展馆。我在里找到了带有长发的头皮以及B先生的衣服碎片。

那间展馆里面根本就没有镜子，也没有小丑雕像。

看来这五天来的风平浪静令我有些麻痹了。我早该想到的，所有的怪谈区域都有“吃人”的地方。

回到楼下后，我被工作人员强制要求离开酒店。

（以下为事后根据手机录音和回忆整理出来的内容。）

走出大门后，我的意识开始模糊，眼前出现幻觉，幻觉皆有明显的动物影子。数秒后，所有的动物影子都变为老鼠的影子。之后在大巴上清醒了。

我确认我们收集的情报是对的。

情况似乎比我们想得糟，为了避免记录被偷窥或修改，接下来我会用笔记本电脑进行记录。

记录就在这里中断了。

“不是吧？”邱雨菲看得正入迷，记录戛然而止，搞得她一时有些蒙。

许冥却像意识到了什么，缓缓松开手里的本子，脸色渐渐变得难看起来。

“冥冥老师？”察觉到她的不对劲，邱雨菲小声抱怨的声音停住了，有些担忧地看了过去。许冥摆了摆手，没有说话，依旧沉浸在自己的思绪中。

片刻过后，她目光一转，再次看向那台笔记本电脑。

轻轻敲击了一下键盘，电脑屏幕亮了，上面依旧是那条再显眼不过的提示：

我们正身处什么环境？

许冥呼吸微滞，觉得自己的心跳声忽然变得无比清晰，每一下都震耳欲聋。

她闭上眼深吸了一口气，缓缓地在键盘上敲出两个字的拼音：

循环。

许冥按下回车键，电脑载入了桌面。

第26章

人类的本质永远是“复读机”

档案编号：0092

怪谈代号：蝴蝶大厦

相关信息来源：网络搜集、当地人相传、死人口述

相关表述：传闻多见于A城南郊，曾以多种形态出现，包括但不限于公路、游乐设施、酒店等，具体表现推测为首尾相连的空间或时间，即时空循环。因其最新形态确定为酒店，且拥有固定名称，即“蝴蝶大厦”，因此将其作为指定代号。

规则要点：未知

逃生方式：未知

是否存在已知晓的人类生还者：否

是否存在已知晓的非人类逃脱者：是

备注：目前接触的非人类逃脱者仅一位，推测是在现实世界正常死亡后进入怪谈区域的，后被怪谈区域主动放出。所提供的相关信息已另行存档，如需调阅请申请。

是否派出外勤人员调查：是

调查结果：202×年8月—202×年3月，共派出一批，没有生还记录。预计将在202×年4月再次派出外勤人员调查。选定成员：唐文昊、张文建。预备成员：方雪晴、凌光。

快速扫完这一页的文字，许冥眉心微动，缓缓起身，耳边传来邱雨菲难以置信的低语：

“那个，‘循环’的意思，我大概明白了。可这个‘逃生方式未知’是什么意思？”

“意思就是，至少这批业内人没有发现出去的法子。”许冥道，“目前唯一

确定从这里离开的是个死人，还是被怪谈区域放出去的。”

至于其他误入的活人的结局，估计就和唐梦龙记录的一样。

先是在一条高速公路上不断进行空间循环，再进入酒店，进行时间循环。

更具体的表现应该就是不断地退房入住、退房入住……所以唐梦龙才会在退房后再次回到大巴上，又在之后留下了更多的体验记录。

“问题是这个怪谈区域图啥呢？”邱雨菲思索片刻，忍不住说道，“我们本来就被困在这儿了，为什么还要加这么复杂的设定……”

“可能是因为这样可以顺带清除记忆，便于更好地控制我们？”许冥也不太确定，想了想又拿出了唐梦龙的那个本子，“而且，你仔细看他留下的记录……这个A小姐，是不是和薄荷的状态很像？”

邱雨菲愣了一下，发现还真是。许冥接着说：“那你还记不记得登记册上的编号？薄荷和她朋友的编号都是2。我们俩是1。假设这个编号指的就是循环的次数，那薄荷和A小姐就都是2。比A更早入住的C就应该至少是3，也就是起码经历了三次循环。你再想想C的结局。”

邱雨菲琢磨了一下，脸色瞬变：“……疯疯癫癫的，最后被酒店的人带走了。”

“就是这样的。”许冥脸色凝重地将本子收了起来，“住在8301的谭涂应该也正在经历第三次循环。按照薄荷的说法，他的精神状态也很差。也就是说，循环不是一成不变的。而且每一轮循环都会加入三个新人。这个酒店很可能是在利用这一轮轮循环，不断加深对我们的某种影响……”

“懂了。”邱雨菲逐渐明白过来，“就像宏强用《员工守则》‘腌’人一样，在这个地方，循环就是它特有的‘腌’人方式！”

“我是这么猜的……不过也不一定。”许冥琢磨了一下，还是没敢断言。她又将注意力转移到面前的电脑上。

刚才的那份档案是她从电脑里的一个相关文件夹中找到的。该文件夹内还有不少文档，应该就是唐梦龙进入第二轮循环的记录。

许冥正要查看，忽然又想起一件事，转头看向顾云舒。

“云舒。”她冲着对方摆摆手，“8301号房你知道怎么走吗？”

顾云舒怔了一下，缓缓地点了点头。

“那麻烦你现在去那里看看，好吗？”许冥继续说，“那边的住客是唯一处在三轮循环的人，之前酒店的工作人员又专门盯着他……”

这难免让她更加在意。

顾云舒干脆地点了点头，起身就往窗口走，熟练地爬了出去。邱雨菲看得愣住了。

“我还以为她可以直接穿墙。”邱雨菲呆呆地说。

“在现实世界里可以，在怪谈区域里多半不行。”许冥操作着电脑，头也不抬地说，“在这种地方，哪怕是无实体的怪物也要遵守物理规则。”

顺着墙壁一路爬过去能有多遵守规则？邱雨菲一言难尽地看了她一眼，又往四周小心地看了看，想象顾云舒大晚上带着一群怪物爬窗户的样子，更是觉得人都麻了。

许冥一目十行地扫着电脑上的记录，不知看到了什么，眉头拧得更紧了。

◆ **酒店二楼窗外。**

挂在二楼窗外的男人两只手死死地扒在窗框上，用力到青筋暴起。他使出吃奶的劲儿，终于打开了窗户，喘着粗气从外面爬了进去。

他正是本该待在8301的谭涂，身上还穿着沾满血渍的外套。

他是沿着酒店的外墙直接从自己的房间里爬下来的。高难度的动作让他的脸都被汗水浸湿了。双脚落地后，他的脸上露出了如释重负的表情。

“得救了，我得救了……”他喃喃道。确认房间里没有其他人后，他一下子坐在地上，嘴唇不停地颤抖：“我逃出来了，我从那些人的眼皮底下逃出来了……”

那份通知说得没错，那些工作人员果然在监视他，为此还专门派人在三楼走廊盯梢。还好他胆子大，逃了出来。

可是之后他又该怎么办？

谭涂用力咽了口唾沫，手指不由自主地探进外套的口袋，很快便拿出了一张白色的折叠卡片，是他从自己房间里带出来的住客须知。

在过去的十几个小时里，他不知看了多少遍，熟悉到哪怕此刻视线已被汗水模糊，上面的文字依旧清清楚楚的。

首先，虽然不知道你是否察觉到了，但你已经身处循环中……

如果你已经发现了这件事，那就证明你就是被选中的人，你比其他人更配得到救赎。如果没有，选择相信，或许你也还有得救的机会。

……最重要的一点是，千万记住，别相信任何人，尤其是酒店的工作人员。其他的住客也别相信，他们很可能已被污染了。他们是一伙的。

只有编号带“13”的房间才是安全的，他们没法儿进来。但千万记住，一个房间最多只能庇护你二十四小时，时间一到，立刻离开，别让他们抓到你。

尽可能地收集糖果，蝴蝶喜欢。

小心行事，他们会清洗你的脑子，别让他们发现你察觉了循环的事。

另外，如果你早就察觉了循环的事，那我大胆猜测，你在上一轮循环中差点儿死掉，对吗？

你被困在了某个密室里，走运没死，但也没有逃出去。所以在这轮循环开始的时候，你的状态并没有被重置……

别紧张，这是好事，真的。密室的隔离让你保住了记忆，循环的重置让你脱离了密室，就像我说的，你是那个被选中的人，是万里挑一的幸运儿。

但这就导致了另一个问题，我猜你可能察觉到了——它们不会放过你。

那些工作人员会盯着你，那间密室也会猎杀你。只要到了注定的那天，你必定会再次进入那个可怕的房间，因为它已经锁定你了。你再怎么逃也没用，除非你死了。

而我可以肯定地告诉你，想要摆脱这种既定的结局，就只有一个方法——

“……得赶紧进去。”谭涂用力咽了口唾沫，艰难地将那张卡片又塞回口袋里，摇摇晃晃地站了起来，“已经第二天了，不能再拖了，我没多少时间了……得赶紧进去，我不能在这儿待到明天……”

那些惨烈的记忆碎片不知第几次从脑海里闪过。他的脚步略微一顿，随后又加快了。

密室。

对，他确实进过密室。他记得。

当时明明只是在参观展馆而已，一切忽然就变了。房间突然被封闭，里面还多了诡异的雕像。血溅得到处都是，镜子里的影子会奇怪地笑，耳边环绕着咒语般的呢喃声，还能听到其他人的惨叫和求救声……现在想起来都让他反胃。

更令人崩溃的是，这种事情他经历了不只一次。

第一次遇到的时候，他还傻傻地以为只是酒店里的机关陷阱，直到同样被困在里面的另一名住客当着他的面被生生敲碎。

但他运气好，没死。就在他快死的时候，时间忽然倒流了。当他清醒过来时，人已经站在了密室外面。他跌跌撞撞地跑出去，姿势狼狈得被偶遇的女孩儿当成了NPC，还被对方送了糖。

当时他还无法完全理解发生了什么事，只是大概意识到时间又回到了他入住酒店的第一天，一切似乎从头再来了，但和过去并不是完全一样的。

酒店里住的人变了，他看到的规则也变了。一切都变了，除了他。

但他什么都没说，他以为噩梦已经结束了，直到准备退房的那天，他再次被困在同样的密室里。

他很害怕，真的很害怕。可他已经有经验了，知道该怎么让自己活下来——只要让自己成为密室里最后活着的人就行。

事实证明，他赌对了。在某个时间点，他又出来了，站在了密室外面，心脏狂跳，恍如隔世。

可当他跌跌撞撞地跑出走廊，看到外面站着似曾相识的女孩儿时，他忽然发现，一切还没有结束。

一切又回到了起点，这意味着一切还会再次发生。

就像那份住客须知说的，明天他肯定还会再次被困进那间密室，肯定会的。

想要不被关进去，就只有一个方法——在第三天到来之前，重新回到第一天。

他缓缓打开面前的房门，惶恐地向外张望。直到确定走廊上没有工作人员后，才小心翼翼地挪了出去。

走廊里的灯光很暗，即便如此，他也很快就看清了不远处的一个人影。是那个给过他糖的女孩儿，就站在不远处的另一扇房门前，正在刷卡进门。

他惶恐的眼神中顿时多了几分狠戾。他咽了口唾沫，握紧了藏在口袋里的东西，轻手轻脚地朝她走去。

走到中途，又听见一声开门的轻响——旁边的8203的房门忽然自己开了。

房门只开了一半，里面没开灯，黑漆漆的。

谭涂下意识地往那门里看了一眼，整个人忽然僵住了。愣了片刻，他脸色苍白地缓缓朝后退去。

另一边，伴随一声轻响，薄荷终于摸进了门，房间里传出挂上门链的声音。

8203的房门这才轻轻地关上了，像是不曾打开过。

谭涂僵硬地站在原地，脸上仍然十分惊恐。恰在此时，身后又传来电梯上楼的声响，他吓得呼吸一滞，本能地往门内躲。缓了一会儿，他再次探头，看见另一个人从电梯里摇头晃脑地走了出来。

不是工作人员，而是个年轻男人，很瘦，看上去像个大学生。

谭涂沉默了一会儿，闭眼做了个深呼吸。

那个女孩儿不能下手，这个似乎也行。

他睁开眼睛，一只手背在身后，缓缓地朝对方走了过去。

他的口袋里有一根早就备好的绳索，手里握着一块尖锐的镜子碎片。

◆ 三楼，唐梦龙房间内。

许冥和邱雨菲仍在快速查看对方留下的记录，时不时用手机拍一张留作备份。

正如她们所料，新的纪录正是关于唐梦龙的第二个循环的。

只是不知是不是为了防止泄密，很多内容并没有第一轮记得那么细致，有些地方还用了不少黑话。即便如此，她们还是找到了不少令人颇为在意的信息。

比如再次登记入住时，依旧有拿糖果的环节，但是糖果的数量不再是五颗，而是和第一轮结束时剩余的数量一样；第二轮的住客须知和第一轮有明显的区别，唐梦龙对此的推测是规则入侵，只是暂时无法确定入侵的那方是什么来头；第二轮遇到的特效似乎也和第一轮大不相同，几乎所有的特效都有老鼠的特征，不仅如此，真正的老鼠好像也会不时“刷”一下存在感，晚上睡觉时会听见墙壁里传来窸窸窣窣的声响。

当然，这些所谓的“特效”只是酒店方用来安抚住客的说辞。现在看来，其中应当有不少是真正的怪物。

如果只是这样也就算了，更关键的是，随着时间推移，那些特效给人的感觉也变了。

“懦夫”特性触发的频率明显增加了，有时即使只是安静地坐着，也能凭空感觉到强烈的被窥伺感和危机感。异常存在出现的频率倒没有显著增加……此外，它们对糖果的态度改变了，也很令人玩味。

考虑到两版规则的矛盾之处，我特意又用了一颗糖果做实验。如果说第一轮循环时这些怪物对这种糖果还只是处于一种好奇尝试的状态，那么到了第二轮循环，它们对糖果的态度几乎可以称得上热情。

怪物服用后的表现没有显著差异，但明显有了更强的判断能力。

如果被它们发现手中有更多糖果的话，它们甚至会抛下数量少的那一份，主动追逐数量多的那一份……从这个角度看，这一轮的异常存在不仅有攻击倾向，而且似乎连智商都比之前的高。

还有第二轮的入住名单也很不一样。

在唐梦龙的第二次循环中，住客仍是六人。除了唐梦龙和同行的老张外，还多了三名新入住的住客。余下的一人却不是和他们一起顺利退房的E先生，而是唐梦龙以为已经死去的A小姐。

E先生不在，这并不令人诧异，因为这个怪谈区域本身就有放生死人的先例。A小姐再次出现却让两个业内人吓了一跳。

不仅是因为她死里逃生，而且她出现时状态明显非常糟糕——满头是血，浑身是伤，整个人似乎极其恐惧。唐梦龙发现她时，她正独自沿着走廊摇摇晃晃地飞奔，像是刚从什么恐怖的地方逃出来一样。

作为一名业内人，唐梦龙很快就追上了她，并用相当专业的手法安抚了她。令他惊讶的是，A小姐似乎是因为循环结束而直接从密室里逃出来的，而且似乎正因为有这种特别的经历，隐隐察觉到了循环的存在。

再加上她是目前唯一一个正在经历第三轮循环的人，A小姐在两名业内人眼中的重要程度一下子升至最高，不仅成了二人的重点关注对象，还得到了二人严密的保护。

这点从唐梦龙留下的记录中便可以看出来——第二轮后期的记录几乎都与她有关。

A小姐拒绝告诉我她这轮遇到的怪物的模样，唯一可以确定的是，它们不再呈现老鼠的特征。

A小姐对酒店工作人员表现出明显的抗拒态度，拒绝使用酒店内的任何东西，有时会恐惧地看着某个地方。

A小姐对数字“13”表现出异常的钟爱，认为所有的数字里只有13是完美的，因为它是最接近蝴蝶的图案。但我不是很懂她的逻辑，如果说是因为13像半只蝴蝶的话，那字母“B”不是也很像吗？

不过她的话倒是给了我启发。我特意去二楼和三楼的13号房间看了看。果然，房号上的“B”是后改的。有人人为地在门牌上添加了一竖，使“13”变成了“IB”。

结合第二版住客须知的提示，是否可以认为酒店方是想防备什么？

暂时无法获得更多信息了。A小姐从昨天起就表现出强烈的焦虑，拒绝与我们继续沟通。我尝试安抚和询问，效果不佳。

似乎是因为上一轮被困在密室里的经历，她十分惧怕第四夜的来临。上一轮循环时，她就是在第四天晚上被困进密室的，她坚信相同的事情会再次发生。

除此之外，依旧没有找到更多的规则，也没有离开的头绪，这让我和老张都有些焦虑。

老张做了个大胆的尝试。他利用自己的“扒手”特性，在整个怪谈区域中额外偷到了两条提示。具体如下：

1. 尸体养出动物，动物养出老鼠，老鼠养出蝴蝶，蝴蝶寻找剪刀，剪刀供奉尸体。

2. 越循环，越靠近，时间越会拉近它的振翅声，死里逃生的人听得最清晰。

对于这两条提示，我们尝试做了一些解读，不过仍然没有明显的效果。

老张因为运用畸变特性，陷入了极度疲惫的状态。我试图将自己的特性也转换成“扒手”，可惜没有成功。

这也难怪，毕竟我目前接触过的“扒手”只有老张和雪晴，因为负面作用明显，他们也不经常使用。见的次数太少，确实难以把握。

今天是这轮循环的第四天，明天就是退房的日子，我们掌握的信息还是太少了。死人和活人的身份也没能完全确定。

我突然有个疑问。循环只能够靠退房触发吗？有没有别的进入循环的方式？如果能找到这个方式，或许就能逆推出逃离循环的方法。

……

我确认了，除了退房之外，还有另一种进入循环的方式。

老张死了。A杀的。

我们直接进入了第三轮循环，A再也不用担心第四夜的到来了。

循环的天数减少了。这一次，我们住宿的时间只有三天。

看到这儿，眼前的记录终于告一段落了。

许冥定定地盯着最后几行字，胸口突然涌上一股强烈的不安。

这时，顾云舒从窗户外面翻了进来。许冥赶紧问起8301的状况，顾云舒坐在窗台上歪了歪头，语气也有些困惑。

“我去看过了，他不在房间里。”她轻声道，“还有……”

她抬起手，试着比画了一下：“卫生间里的镜子，碎了。少了一块大概这么大的碎片……”

话未说完，楼下忽然传来一声尖叫。

或许是因为开着窗，那声音虽然模糊，但还是能听到一些。至少许冥可以听出来，那是薄荷的声音。

她似乎受了很大的惊吓，不断喊着“杀人了”“叫救护车”什么的，不过那个声音很快就迅速变弱了。

像是一切都被按下了静音键，不光是她的叫声，所有的声音都消失了。许冥转头看见邱雨菲开合的嘴唇，却什么都没听见。她转移视线，看见电视柜上的座钟指针正在飞快地倒转。

许冥眼前发花，意识开始模糊。她慌忙用力扇了自己一巴掌，大脑飞快地运转起来，无数信息碎片掠过脑海。

人杀人可以提前开启循环，提前开启的循环疑似天数会减少。谭涂在工作人员的监视下溜走并杀了人，他做了和过去的A一样的事情。为什么？因为他们都到了第三轮吗？

不对，这不是重点。重点是之后的事……

她咬了咬牙，趁着尚在清醒状态，飞快地用笔在手掌上写了一些字，又迅速看向正茫然站在床边的顾云舒。

“带上所有人，去我房间等！”

许冥听不见自己的声音，只能尽可能努力地大喊。刚说完，她便感觉那种低血糖般的眩晕感再次涌了上来……

“冥冥，冥冥老师！醒醒，我们到了。”

邱雨菲的声音从旁边传来，许冥艰难地睁开眼睛，才发现车已经停了。

车窗外就是她们此行的酒店，整体是故意做旧的老建筑风格，外墙上爬着大片枯萎的爬山虎。从许冥的角度看，还能看见碎掉的玻璃窗。

“对哦，想起来了，我是陪邱雨菲来体验酒店的。”

许冥默默想着，努力坐直了身体。昏睡过后的脑袋依旧有些沉重。

她习惯性地抬手，想要揉揉额角，余光瞥了眼自己的手掌，整个人一愣。

手掌上凌乱地写着好些东西，什么831B、xunhuan、相册、8307……手腕上有一行潦草得快要飞起来的字迹，费了好大劲才认清是“怪谈拆迁办”五个字，还有一句让人摸不着头脑的话——“看菲包”。

许冥迟疑了一下，还是看向了旁边的邱雨菲。

“喂，你要不翻翻你的包，”她说，“看看里面有没有什么特别的东西。”

邱雨菲惊讶地看了她一眼，表情仿佛在说“你在犯什么病”。然而见许冥坚持，她也没说什么，当着许冥的面开始翻自己的手提包。

翻着翻着，她的脸色很快就变了。

“我的天，”她难以置信地瞪大了眼睛，缓缓地从里面掏出一个两人都再眼熟不过的工牌，“这是什么情况！”

许冥心想：“问得好，我也想知道。”

正当她想这么说时，脑海里忽然冒出一个更加震惊的声音：“我的天，这是什么情况！”

那声音几乎要蹿出她的天灵盖。

许冥捂了下额头，不知第几次萌生出想把鲸脂人原地放生的冲动。

邱雨菲似乎意识到了什么，望着那张写着“怪谈拆迁办”的工牌，眼神逐渐变得恐惧：“冥、冥冥老师，既然这个东西出现了，那我们该不会又……”

面前是搞不清状况的邱雨菲，脑袋里是仍在鬼吼鬼叫的鲸脂人。许冥同样茫然地眨眨眼睛，又看了看写着房号的手掌，叹了口气。

“不知道。”她合起手掌，“总之先进去看看吧。”

如果真的不小心进了怪谈区域，光这么坐着也不是办法。

许冥如此想着，带着自己的行李往下走。进了酒店，登记入住的过程倒是十分顺利，没过多久就拿到了房卡。

831B。

房间是前台随意分配的，住宿的时间是两天一晚。

她们转眼便到了三楼。许冥看了看面前的房号，又看了看自己的手掌，挑了挑眉，神情越发微妙了。

而这种微妙在她推开房门的刹那，又瞬间化为了无法掩饰的惊骇。

“我的天，这是什么情况……”

许冥不可置信地瞪着眼前的房间，忍了又忍，终究还是没忍住，呢喃出声。

回应她的是顾云舒一如既往的平静且无辜的眼神。

像是在配合她的动作般，那些环绕在她周围，几乎塞满了整个房间的焦黑人影也齐刷刷地望了过来。

不得不说，即使是对许冥而言，这场面也有些过于刺激了。

又过了数小时。

另一辆大巴停在酒店门口，两个人从车上走了下来。

“……一百三十二个小时。”方雪晴查看手机里的记录，脸色难看得像是吞了苍蝇，“我们被困在那条高速公路上整整一百三十二个小时。”

“放宽心，至少进来了。”同行的年轻男人摆了摆手，没忘记拿出自己的手机和方雪晴对进度。

“不过，还真是奇怪，”他想了想，说，“按照之前唐哥他们提供的情报，我们应该在九十多个小时的时候就从高速上下来的……”

“很明显是情报有误呗。”方雪晴有些无奈，“难道有人插我们的队啊？”

“这个怪谈的机制真奇怪，就没见过哪个怪谈进核心区域还得在外面等号的。明明高速公路上还有那么多误入的活人、死人在兜圈子，每次却只放三个人进来，真是不知道想干什么。”

“而且，唐哥之前提供的情报还说高速公路上全程没有任何诡异现象。”方雪晴说着，直接拿起手机，给对方看自己的笔记，“你再看这一段，用词冷静，表达清晰，总不能是我开车睡着了乱写的吧。”

年轻男人迟疑地看了她一眼，凑了过去。只见手机屏幕上简简单单地排列着几行字，用词确实相当“冷静”。

第一百二十二小时，仍在高速公路上，未见匝道。路边有见古怪人影，经过粗略观察，是身穿保洁制服的人类女性，有招手动作，靠近后可见其周围有大量异常存在。因车速过快，未能仔细观察。

但这妨碍我害怕吗？不，不妨碍。

去他大爷的，这是什么鬼东西啊，吓死宝宝了。

第27章

拆迁拆迁，除了拆，当然还要管迁

◆ 五分钟后，831B号房内。

“所以……这些都是你从宏强带过来的？”许冥盘腿坐在床上，语气中仍带着淡淡的不可思议，“而我已经在这个酒店里经过了一次循环，还在上个循环里答应要给它们发工牌？”

顾云舒歪头仔细回忆了一下，觉得好像没什么错，遂笃定地点了点头。

许冥更郁闷了。这么多“阿焦”我都敢直接接收，我真了不起！

“也是我让你们提前在这个房间里等的？”许冥说，“你们没有被人发现吧？”

“没有。”顾云舒立刻摇头，“工作人员只来过一次。一有人来，我们就全部躲到外面的墙上，没有被发现。”

许冥默默“脑补”了一下酒店外墙上挂满怪东西的场景，被深深地震撼了。

“挂满应该不至于啦。”鲸脂人的声音忽然在脑海里响起，显然它刚才一直在旁听，“这些都是无实体的怪物，力量还很弱。只是看着多，实际上轻得很。有个合适的容器就能随身带着，不至于那么壮观。”

“轻？”许冥顺势发问，“什么意思？”

“意思就是……可折叠？总之就是比较好带。”鲸脂人似乎也不知该怎么说，“无实体的怪物的‘重量’是由其力量决定的，这么说你懂吧？”

像顾云舒那样意识清醒、意志坚定，本身又比较强悍，就会比其他同类重。如果说她有一块石头那么重，那么这些“阿焦”的“重量”加在一起可能也就相当于一捧沙。

打架肯定是指望不上的，真打起来也是凑数的。不过倒是挺唬人的，刚进门那会儿，连鲸脂人都吓了一跳。

“但丑话说在前面，工牌的事建议你还是好好考虑一下。”鲸脂人想了想，又补充道，“即使用工牌绑定，这么轻的存在带来的解锁进度估计也很有限，和顾云舒这类的肯定没法儿比。”

换言之，哪怕费心费力地给它们都发了工牌，实际能得到收益也微乎其微。

可那也没办法啊，它们已经来了，况且她还答应了。

许冥无奈地叹了口气，认命地拿过自己的包，开始翻找工具，打算边听顾云舒讲剩下的事，边动手画工牌。她在翻找过程中恰好抓到刚从丝袜里爬出来的鲸脂人，神情微妙地挑挑眉，顺手拿出来放在一边。

不料才刚放下，便听到外面响起了一阵敲门声。

“冥冥老师，”邱雨菲的声音传了进来，“你现在方便吗？我在手机里找到了好多奇怪的照片，想拿给你看看！”

许冥一怔，慌忙应了一声。她在起身时迅速抓起鲸脂人，打算塞回包里。鲸脂人不太高兴地在她手里扑腾了两下，脑海里的声音随即便响起了：“不用收啦！你在上一轮循环时已经介绍我们俩认识了，大不了就再认识一次呗，多大点事……”

许冥讶异地看了它一眼，脱口而出：“你也有上一轮的记忆？”

她还以为只有顾云舒有。

鲸脂人冷哼一声，努力从她指间溜了出来。

“算是吧。”它一边重塑自己的腰线，一边小声道，“不过不是太完整。毕竟那个时候，我的状态也不太好……”

“状态不好？”许冥狐疑地挑眉，“怎么个不好法？”

“嗯……就是稍微受到了点负面影响。”鲸脂人装模作样地拍拍肩线，将脸转向旁边，“一些微不足道的影响……”

“海棠先生一直在忙着照镜子捏脸。”顾云舒在旁边认真地补充道，“主任你说它脑子坏掉了。”

许冥很无语，怎么顾云舒也开始跟着喊主任了？

她怀疑地看了眼鲸脂人，门外再次传来邱雨菲的敲门声。许冥没再耽搁，赶紧起身开门。

考虑到现在房间里有一堆“阿焦”，许冥明智地没让邱雨菲进门，而是在短暂的交流后，将阵地暂时转移到了邱雨菲的房间，同时没忘带上顾云舒和鲸脂人。

在相对和平且友好的“破冰”环节后，许冥探究的目光又落到了鲸脂人身上。

“好好聊聊吧。”她向后靠着椅背，冲被放在茶几上的鲸脂人微抬下巴，“上一轮你到底出了什么事？”

“啧，也没什么大事。”它抹了把脸，尽可能显得轻描淡写，“不小心着了这里的域主的道而已。”

许冥一脸疑惑。

“我的状态被强制退回了几天前，而且一直固定在那个时间段。直到第二轮循环开始，这种强制状态才解除。”它说着，不太高兴地抱起胳膊，“具体触发时间我不确定，但应该是在进入这个酒店后。这里是这个怪谈的核心区域，这可能是某种针对外来异常存在的被动防御机制……”

之所以肯定是在进入酒店后发生的，是因为它非常确定自己在高速公路上时脑子还是很清醒的。

当时只是单纯犯懒，不想搭理许冥而已。

许冥没好气地戳了它一下，旋即皱起了眉：“高速公路……”

她似乎对这个词有印象。

突然，一直低头翻手机的邱雨菲猛然抬头，激动地挥动自己的手机：“这个我知道！我相册里有相关的资料！里面说了，进酒店前确实要先过一段循环的高速公路……”

“是吗？我看看。”许冥接过手机翻了翻，又从包里掏出另一个笔记本，发现自己果然也留下了对应的记录。

“你们当时就是从那儿来的，坐出租车来的。”鲸脂人补充道，“司机应该也跟着一起进来了，和你们俩一起，正好占了那一轮的新人名额。”

“奇怪。”许冥琢磨了一下，又觉得不对，“同样是从外面来的，为什么云舒没受影响？”

“谁知道。可能这个机制就是专门针对异化‘根’的吧。”鲸脂人两腿一张，坐在茶几上，“有的怪谈区域是这样的，因为怕外面来的异化‘根’闹事，就提前布置一些防御机关……”

它说着，忽似注意到了什么，话语突然一顿。接着又爬起来，伸长脖子在茶几上走来走去，最终停在了邱雨菲的包前。

“这里面有什么？”它凑近嗅了嗅，奇怪地说，“我好像感觉到了那种气息。”

许冥微微挑眉，伸手将它拿远了一些：“说清楚点，什么气息？”

“那种影响了我的气息！”鲸脂人煞有介事地说了一句，不死心地又往邱雨菲的包那边跑，“不过这包里的气息似乎更浓郁，还有点甜……”

甜？

邱雨菲一怔，随后“啊”了一声，赶紧将包拿到膝上翻找，“甜的东西，是不是这个啊？”

她从包里掏出一个束口袋，袋子里是前台给的五颗糖。

只是不知是不是之前研究的时候没注意，袋子的口并未封好，开了一半，估计正是因为这个，才让鲸脂人闻到了味儿。

“对，就是这个！”鲸脂人接过一颗抱在怀里，仔细嗅了嗅，连连点头，“气息就是一样的！”

“可这糖是酒店发的呀。”邱雨菲小声道，“他们还说，这是用来对付怪物的……”

“对付应该是能对付，不过得看对象。”鲸脂人抱着糖坐下来，又仔细感受了一番，语气更加笃定了，“这应该是‘根’的直接衍生物，对付一些不太厉害的家伙确实是绰绰有余的。”

“衍生物？”许冥面露疑惑，“就像宏强打印机打印的工牌那样？”

“那还是不太一样的。”鲸脂人道，“你的工牌是用来联系其他存在的，相当于‘藤蔓’。而这种糖更接近有毒的‘果子’。”

只是这毒不是针对人类的，而是针对其他异常存在的。鲸脂人估摸着，如果不小心吃下去，多半也会像它之前那样，对时间的认知变得混乱。

“不过做出这个的家伙胆子也真是大……”鲸脂人想了想，又道，“还真大方。”

许冥问：“这话怎么说？”

“因为有毒的果子也是果子啊。对其他异常存在来说，终究是能吃的东西。”鲸脂人振振有词，“人类会因为菌子有毒就不吃菌子吗？会因为螃蟹有壳就放弃吃螃蟹吗？不会，对吧？因为鲜美、好吃，所以哪怕有风险，也会想方设法吃到口。”

鲸脂人说着，指了指抱着的糖果：“这个东西对某些存在来说，就是菌子和螃蟹。”

有威胁，但也是诱惑。

“所以说，生产这种衍生物没什么意思，是很笨的生存策略。”鲸脂人最终得出结论，“就像那些进化了几百万年，却只想到用毒素防御自己的植物一样。一旦被有心的异常存在掌握了应对的方法，就等于直接送死，得不偿失。”

从某种意义上说，这还不如植物。毕竟植物的果子是为了繁衍而生，然而从生产者的角度来看，这种衍生物并没有任何作用，不会带来任何益处。

若说防御，更有效率的防御法子多的是，干吗非要用这种送死的方式？还到处发……图啥？

许冥闻言，忍不住再次皱起了眉。

“无用的防御吗？”她轻声喃喃着，顺手从鲸脂人怀里抽走了那颗糖果，仔细端详着，又一次陷入了沉思。

只可惜许冥的思索并没有什么结果。

没办法，她只能先把那糖塞回袋子里。考虑到记忆的缺失，她们不得不将重点又转回上一轮的探索结果。靠着之前的笔记和相片，再结合鲸脂人和顾云舒的口述，她们费了好大劲才终于将之前了解的一切又一点点地拼凑起来。

等到将所有情报都大致梳理清楚，已经过去了大半天。

她们是中午入住的，这会儿已经接近晚餐时间了。不过既然处于怪谈区域，那吃不吃都没差。不过门还是要出的。

还是那句话，搜集情报很重要。尤其是在确定酒店内存在不同批次的人后，设法拿到他们手里的信息就成了重中之重。

许冥毫不犹豫地将这份工作交给了邱雨菲。想了想，又给顾云舒安排了另一份任务。

如果还原的情报无误，谭涂——那个在上一轮被工作人员重点监视的男人，就是导致她们提前进入循环的直接原因。

他杀了一个人，必须重点关注他。

“形象什么的，我这边暂时找不到记录……总之你就尽量留意一下吧，留意那种看着就不正常的家伙。”许冥琢磨了半晌，对顾云舒嘱咐道，“注意安全，还有，千万不要被酒店的人发现。”

顾云舒现在就相当于偷渡客，还是不会因为循环而失忆的那种。保险起见，还是低调点好。

顾云舒顺从地点了点头，转身离开了。许冥起身回到自己的房间，探头看了看里面乌泱泱的焦黑人影，沉默了片刻，最终忍不住拍了下额头。

按照鲸脂人的说法，这些家伙是在上一轮中途突然出现的，因此触发了“白痴”特性，她根本看不到；而这一轮，因为她重新进入了酒店，但它们一开始就在酒店里等她，所以它们没再被“白痴”特性免疫，她能够直接看到，给她带来了最纯粹的震撼。

从某种意义上说，这或许会成为她在这个怪谈区域内看到的最吓人的东西。

“这都叫什么事啊……”她头疼地呢喃着，认命地关门拿笔，又打开了规则书，“行，我现在开始发工牌啊，你们排好队，一个一个来。排队，排队能听懂吗？算了算了，行，那你先来，站着别动啊。话说你会说话吗？有偏好的名字吗……”

◆ **8201号房内。**

方雪晴正在研究放在电视柜上的住客须知，忽然听到身后传来细微的动静。一转头，只见同伴打开了背包，拿出一盒粉底，熟练地往脸上拍。

他本人是正常的小麦肤色，粉底选的却是最白的色号，没拍几下，整张脸便被糊得惨白。

“喂，”方雪晴一愣，有些诧异地开口，“你这是打算出去行骗？这么早就动手？”

“老张已经牺牲了，唐哥状况不明，我有点急。”凌光如实说道。在提到老张的名字时，他的眼神明显变暗了，方雪晴似乎也意识到了什么，垂下了眼帘。

凌光见状，连忙打起精神，补充道：“而且这里的设定是惊悚酒店，本身就适合我行动。这么好的机会，不用浪费了。”

说话间，他手里已经多了一只大红色的唇蜜，往嘴唇上一刷，再故意往外抹点，看着就像要去吃小孩儿一样。

“行，差不多了。我先走了。”凌光对着镜子看了看，果断将唇蜜收了起来，“要是我四十五分钟后没回来，就用规则书找我，别忘了。”

说完，他从包里掏出件满是血的破烂衣服，随手往身上一披，转身就出了门。

门外的走廊上空无一人。凌光关上身后的房门，小心地朝左右看了看，用力闭上了双眼。

当他睁开眼，所见的景象已经大不相同。

只见刚才还空空荡荡的走廊上这会儿多出了无数黑色的半透明影子，自顾自地在走廊上走动，或者在各个房间内穿梭。

不仅如此，他的耳边也多出了不少声音。有的像在窃窃私语，有的像在自言自语，无数声音混杂在一起，竟让人有种正置身于菜市场的错觉。

很好。成功了。

凌光暗暗松了口气，整理了一下身上破烂的衣服，小心翼翼地沿着走廊走了出去。

“骗子”也是人类通灵者的畸变特性之一，不过凌光一直认为“卧底”或许才是最合适的名字。

它的效果也很直白，就是骗——使用者可以选择将自己伪装成非人类来欺骗怪谈区域，若欺骗成功，就会被怪谈区域内的某个非人类群体当作同类，从而接触很多别人难以触及的东西，比如看见本不该看见的异常存在或听到某些异常存在交流的声音。

当然，使用也有限制。一是他只能被动接收信息，不可发出任何声音，也不可干涉任何异常存在的行为，一旦违反，行骗就会立刻失败，而且无法在同一个怪谈区域内继续行骗；二是行骗的成功率也并非百分之百，适当的化妆和伪装能够提高成功率，但提升的幅度也很有限；最后就是副作用的问题，就像利用“扒手”特性必然会导致虚弱一样，“骗子”特性也有非常明显的使用风险，一旦行骗超过一定时间，他可能会连自己都骗过去，搞不清自己是谁，也想不起来时的路，最糟糕的结局就是稀里糊涂地死去，彻底迷失在这个怪谈区域深处。

所以他才特意和方雪晴约定了回来的时间——虽然按以往的经验来看，第一次探听情报往往用不上四十五分钟。

凌光默默想着，一只手悄悄地伸进口袋，一边在二楼走廊反复徘徊，一边不断地在笔记本上速记，记下了所有他认为可能有价值的声音。

徘徊了大约二十分钟，二楼走廊里的细碎声音便已听了个遍。凌光估算了一下，觉得时间应该还够，便一路走到二楼尽头，打算上三楼看看。

因为脸上化着浓妆，他明智地没有选择坐电梯，而是走楼梯上去。不料刚走到一半，忽然觉得十分寒冷，接着就见到一团十分浓重的黑影从他身边闪电般掠过。

凌光被冻得一个激灵，本能地抱紧了自己的胳膊，心怦怦直跳，眼中的愕然很快便化为了无法掩饰的后怕。

大家伙。

那绝对是一个大家伙。

即使根本没看清对方的本来面目，刚才那个瞬间的极寒，也足够让凌光做出判断。

在行骗状态下，他眼中的怪物都是黑影，只能感知到对方的存在，无法看到更多。但凌光能通过其他方式来大致判断一个异常存在的强弱。比如黑影的颜色深浅、接近时体感温度的变化、对方自言自语时的用词和语气……

刚才那个黑影颜色偏浓，寒意强烈。更别提它掠过时，凌光听到的诡异低语——

“吱吱吱，杀了你。吱吱吱，杀了你……

“挑谁呢，挑谁呢。吱吱吱吱，一共三个，该挑谁呢？”

话里带着毫不掩饰的恶意。

它究竟要杀谁?

凌光浑身一僵，忽然听到楼梯上方传来门锁转动的声响，更是后背一凉，想也不想便加快脚步往上冲。

收集情报很重要，但他也不能坐视普通人被杀！如果那家伙真的是去猎杀人类的话，哪怕行骗失败，他也一定要想办法阻止。

就在此时，那不断传来的恶意呢喃忽然停了。

凌光的脚步下意识一顿。

接着，他听到一个陌生女人的声音从上方传来，音色略显沙哑，语气疲惫又带着几分无奈，仿佛是在对什么令人头疼的小动物说话。

“我不认识你，但谢谢你专门过来，只是你来得实在不是时候，我现在很忙……

“能麻烦你先离开吗？走的时候请把门带上，谢谢。”

那女孩儿是谁？她在和谁说话？

总不至于是刚才上去的那个吧？

凌光将信将疑地想着，缓缓地往上走了一步。

下一秒，他看见一团黑影从楼上狂奔下来。

“嘤嘤嘤，好可怕。嘤嘤嘤，好可怕。”那黑影边跑还边嘀咕，跑得甚至比上楼时还快，跑到最后几级时，甚至是直接跳下去的，跟逃命一样。

凌光呆呆地站在原地，愣了一会儿，才后知后觉地再次抱住自己。

那股寒意……的确是刚才的那个黑影。

它到底是……刚才说话的那个又是……

凌光眨了眨眼，一脸疑惑。就在此时，他听到那个黑影的声音再次响起，音量比之前还大，语气里的不耐烦也更加明显：

“你还在这儿干吗？

“没听到我说的话吗？”

凌光微微瞪大了眼睛，下意识地往左右一看，确认自己周围没有任何黑影。

这是在对谁说话？难不成是……对他吗？

凌光眉心一跳，明明此时身边没有异常存在，却破天荒地感觉脊背发凉。

接着，他又听到那声音叹了口气。

“还在是吧？行，算了，爱在那儿待着就待着吧，反正也妨碍不了我。”

凌光这下确认了，就是在对他说话。

凌光用力咽了口唾沫，不但紧张，而且内心的困惑越发强烈了。

他能听出来，这个黑影和那些异常存在完全不一样，至少不属于他现在接触的这种等级的怪谈。

是潜入这个怪谈区域的异化“根”吗？还是其他具有特殊能力的人类？凌光一时无法确定。不过既然已经被发现了，他觉得自己还是有必要展示一下自己的友好。

他做了个深呼吸，缓缓解除了当前的行骗状态，旋即微微提高音量。

“很抱歉打扰您了。”他礼貌地说，“我……在下这就离开。请放心，在下没有恶意。”

说完，他便轻手轻脚地往后退，直至退到楼梯底部，才转过身快步离开了。

楼梯间内一时变得十分安静。

又过了一会儿，靠近楼梯的831B的门微微敞开，里面传来相当烦躁的一声“啧”，接着便是打开门链的声音。

许冥探出头来，略显烦躁又莫名其妙地朝左右望着。

她是真的很烦躁，本来被迫在房间里不停地给焦尸画卡通画像就已经很让人暴躁了，偏偏这些“阿焦”还特别呆，沟通起来困难加倍，更别提让它们给自己取名字了，搞得她不得不一边画画，一边抓耳挠腮地想名字。

再加上这些“阿焦”身上自带烟熏味，沟通效率又极低，她才和它们沟通了二十多分钟，嗓子已经哑得和连上了四节课的初中老师一样，恨不得当场给自己泡点胖大海。

如果只是这样也就算了，谁知道画得好好的，又出了幺蛾子。房门忽然自己打开了，一屋子“阿焦”齐刷刷地看过去，跟看到飞盘的小动物似的。

许冥估摸着应该是有什么怪东西来了，但这个时候真的不想管。如果只有她一个人倒无所谓，反正对方不能把她怎么样，但她房间里这会儿还有那么多“阿焦”。

许冥只能试着讲道理，委婉地告知对方现在来得不是时候，麻烦赶紧滚蛋，走的时候记得把门给带上。

然而没有任何东西理她，房门还是一直开着，搞得她好像是在自言自语。

许冥看不到，见仍有“阿焦”往外看，只能猜测那东西还没走。于是翻着白眼又赶了下人，保险起见，还赶了两遍。

结果更离谱儿的事出现了——一直缩在包里睡觉的鲸脂人终于看不下去了，告诉她那个突然出现的鼠脸怪物早在十几秒前就跑了，看上去是被房间里满满的“阿焦”吓了一跳。

它的话刚说完，许冥分明又听到了什么声音。虽然并没有听得很清楚，不过“离开”两个字她还是听到了。

这就有些令人在意了。许冥不得不起身向外张望，可依旧什么都没看到。

“……什么鬼动静。”

她有些狐疑地嘀咕了一句，取下夹在刘海儿上的笔盖，暴躁地甩甩脑袋，又缩回了房间里。

第28章

黔无驴，有好事者船载以入

转眼又过了二十分钟。

许冥放下笔，吃力地转了下脖子。余光瞥见周围依旧排排坐的焦黑人影，刚刚才略微缓解的疲惫感又潮水般涌上来。

好消息是，目前房间里的“阿焦”已经少了不少，空气也清新了许多，至少不会总有种被烟熏的感觉。

至于少掉的那部分，被许冥暂时收进了规则书里。这还是鲸脂人的建议，原理她并不是很懂，大概就是利用绑定关系将对方存入指定容器之类的。管它呢，能用就行。

许冥默默想着，又看了一眼捧在手里的规则书。不知道是不是她的错觉，存入一部分“阿焦”后，本子似乎变厚了。

不过鲸脂人对此有着不同的见解。

“有没有一种可能，增加的其实是工牌的厚度？”它缓缓地说，“虽说这些工牌不属于现实世界的物品，大部分人也看不到，但既然存在，总还是有些存在感的。”

是吗？

许冥愣了一下，反倒松了口气。她之前还奇怪，为什么连着画了那么多张工牌，但本子剩下的页数似乎并没有减少。现在看来，应当是这部分纸并不是本子里原有的纸，而是额外“长”出来的。

还好，至少不用担心本子会用完。

许冥庆幸地想着，顺手将本子往后翻了翻。

后面的纸都是空白的，也看不到“阿焦”的痕迹。她不由得蹙了蹙眉：“就把它们这样放在里面，不要紧吗？如果我想放它们出来，该怎么做？”

“很简单啊，给它们一个能听懂的指示就行。比如直接下令，或者约定拍两下封面之类的。”鲸脂人说。

“那能直接意念交流吗？”许冥忽然有了新想法，“就像我用意念和你交流一样。”

“它们在规则书里时可以，脱离之后估计不行。”鲸脂人想了想，轻轻摇头，“在脱离规则书的情况下，联系不够。”

它们的绑定关系是针对规则书的，想要直接和许冥交流，则需要借助许冥和规则书的联结。而且这不是想借就能借的，比如它完全是因为和规则书绑定得太深，才能借此和许冥产生意识联系。

工牌带来的绑定关系则要弱很多。当其他异常存在栖息于规则书中时，这种绑定关系可以暂时得到加强，使它们具有和鲸脂人同等的绑定深度。然而一旦脱离规则书，这种临时的加强自然就会失效。

这些“阿焦”的情况又和其他存在不一样。它们的灵魂被掏得太空，空到只剩下一些本能反应。哪怕产生意识联系，也无法主动和许冥表达些什么，只能被动地接收指令。

“那我能直接对它们下的意念指令岂不是只有一个？”许冥一下子反应过来了，“除了让它们离开规则书，我什么都没法儿让它们做啊。”

“补充一句，放出去还得设法收回来。”鲸脂人幽幽地说，“也还好啦，想开点。就当花几十张工牌买了个可重复用的特效好了。”

许冥说：“那也得用得上啊！”

“那也没办法啊。毕竟人家的特性摆在那里……都和你说了，这种轻飘飘的东西，要了也没什么用。”

“不要老是东西、东西的叫，它们以前也是人好吧。”许冥沉默了一会儿，轻轻叹了一口气，“算了，本来也不是为了找帮手才给它们发工牌的。”

她说着，又翻了几页，想想却觉得奇怪：“等等，它们这种轻飘飘的特性，难道别的异常存在看不出来吗？”

就在十几分钟前，她的房门曾被人从外面打开了。鲸脂人事后告诉她，那是一个看着挺凶的鼠脸男人，估计是来找她麻烦的。

结果对方只是在外面看了一眼，就头也不回地跑了。许冥对着空气好言相劝，白白浪费了一番唇舌。

鲸脂人给的说法是被那些“阿焦”吓跑了。许冥当时没在意，现在却觉得有些不对。这也能被吓着？

“看能力，有的是天然蠢，没办法；有的是能感应出来，让它们多看几秒就会露馅。”鲸脂人幽幽地说，“再说了，见到以前没见过的东西，总会有些害怕。就像黔之驴。”

“真是令人难以置信。”许冥一边再次翻开本子画工牌，一边发自内心地感慨，“你居然还知道古文。”

“一般一般。”鲸脂人谦虚地说，“在我还自由的时候，我曾花了不少时间查阅关于各种动物的资料，那时候接触的。”

许冥的笔尖一顿。

为什么它要查关于动物的资料？

许冥隐隐觉得，这个问题的答案还是不要深究比较好。

“话说回来，你检查过规则书前面的技能页吗？”鲸脂人简单数了数许冥发出的工牌的数量，继续说，“蚂蚁再小也是肉，你都画这么多个了，应该解锁了一些进度吧？”

“检查了。”许冥老实地说。这事她之前也考虑过，刚才画工牌的间隙，她特意翻回去看了。

的确解锁了一些进度，但不多。

“‘烂果代换’下面的技能多了一个，但字还没完全显示出来。”

许冥说着，将规则书翻到前几页。鲸脂人好奇地凑上去看，发现还真是如此。“烂果代换”最下面的空行多出了数行字，只是模模糊糊的，像是藏在一层宣纸下面，叫人看不真切。

鲸脂人几乎整个儿趴在上面，费了老大劲才勉强辨识出零星的词句：“二重代换……当你进入怪谈区域……可从规则书末页……获得文本……选定关键词……用什么什么词进行替换……仅适用于……哎，适用于什么啊？”鲸脂人还没看完便叫了起来，又有些可惜，“瞧着似乎还挺实用的，可怎么最重要的部分全是模糊的？死活看不清。”

“还能怎么样，慢慢解锁呗。”许冥有些无奈，将它拎到一边，又将本子翻回工牌绘制页，“而且就算有用，这回也用不上。别高兴得太早了。”

她之前算过，这一批“阿焦”一共有三十二个，目前她已经做完了一半多的工牌。而从技能页当前显示的程度来看，哪怕她给所有的“阿焦”都发了工牌，只怕也难以完全解锁。

所以，急也没用。

许冥淡定地想着，再次拿起水笔，继续对着不远处的“阿焦”描画起来。

没画多久，房门被砰砰敲响了。敲门声急促又突兀，惊得她差点儿把眼睛画歪。

许冥蹙眉抬头，下一秒，便听到邱雨菲的声音从外面传了进来。

“冥冥！冥冥老师！”她边敲门边焦急地说，“在不在啊，快出来，出事了！”

许冥一怔，赶紧上前开门，只见门外的人气喘吁吁的，显然是跑回来的。

“怎么回事？”许冥警觉地扫视周围，“你遇到什么了？”

“不、不是我！”邱雨菲连连摆手，气都喘不匀，“是云姐，顾云舒！她跑进了大厅，被工作人员发现了，这会儿正被围着呢！”

很快，走廊内便响起了急促的脚步声。

许冥让剩下的“阿焦”在房间里等，自己和邱雨菲一起往电梯的方向赶。邱雨菲边快步往前走，边着急地给她讲事情的经过。

“大概五分钟前，我本来在一楼走廊那儿和那个黄毛小哥说话……哦对，你应该不认识他……”

“她认识。”趴在许冥的包边缘的鲸脂人适时插嘴，脑袋随着运动的幅度一晃一晃的，“那个其实是载你们来的出租车司机。也算他运气好，居然懵懵懂懂地活过了第一轮……”

另一个同样误入的男人运气就没那么好了——就是那个和薄荷处于同一轮循环的男大学生，明明没触发任何死亡规则，却还是死在了被蛊惑的人类手上，成了开启这轮循环的牺牲品。在鲸脂人看来，这可比死在怪物手里惨多了。

“你闭嘴。”许冥伸手将它按进包里，看向邱雨菲，“然后呢？”

“然后，然后我突然听到楼上有声音，好像有什么东西撞到墙上了。接着就看到顾云舒从楼梯上跑下来，沿着一楼走廊拼命往前跑，好像在追赶什么。我还特意叫了她一声，但她好像没听到……”

结果，邱雨菲眼睁睁地看着顾云舒跑出一楼走廊，又穿过展厅，最终一头撞进了大厅。当时，光是前台就有三个工作人员在值班。

许冥听得眉心直跳：“后来呢？”

“后来她就被工作人员围住了！他们还掏出了武器！我才知道他们原来还有电击枪……”邱雨菲心有余悸地说，“我觉得情况挺不对劲的，就赶紧上来找你了。”

说话间，两人已经到了一楼。许冥的第一反应就是往大厅看，却见整个大厅空空荡荡的。她愣了一下，手臂忽然被邱雨菲用力扯了扯。

“这边，这边！”邱雨菲看上去十分紧张，说话用的是气音，“冥冥老师，看走廊！”

许冥跟着看过去，只见一楼走廊的另一侧，几个人影正在缓缓往前。左右都是酒店的工作人员，中间一人被架着，脑袋歪向一边，看上去软绵绵的，一动也不动。

那人正是顾云舒。

许冥的眉头顿时拧紧了。正想再靠近些看看情况，却听到鲸脂人的声音忽然在脑海里响起："别过去！"

许冥的脚步下意识一顿。

见她听劝，鲸脂人赶紧继续说："这种偷渡进来且有一定战斗力的异常存在，不管在哪个怪谈区域都是最值得戒备的对象。那些工作人员现在正处于高度警戒状态，你现在上去，只会让他们把矛头转到你身上！你们又打不过，根本救不了她。就算能救她，然后呢？往哪儿逃？往哪儿躲？这里是他们的地盘！"

除非许冥他们能原地进入第三轮，然后迅速投靠那个叫什么蝴蝶的，或许还能有一丝机会。毕竟从之前获得的情报看，那个蝴蝶额外提供的十三号房间是不受酒店管理的空间。

问题是这也不现实。

许冥用力抿了抿唇，又抬头往走廊里看了看，心中忽然有了一丝幻想。

"它们会直接把她送走吗？"她在意识里问，"我记得唐梦龙的资料里说过，这个怪谈区域会放生误入的死人……"

"不好说。"鲸脂人顿了一下，缓缓地说，"但我觉得应该不会。"

"放生死人应该是这个怪谈区域内部的某种规则运行导致的结果。但顾云舒和那种死人不一样，她是偷渡进来的。"

这就意味着她不受怪谈规则束缚，也不受任何规则保护。

最常见的结果就是直接被当作送上门的"外卖"。毕竟有分量的灵魂本身也算是相当不错的养分。

"那个，冥冥老师？"

许冥感觉十分焦灼，邱雨菲的声音在她身后轻轻地响起了。她这会儿比许冥更困惑。刚才见许冥停下了，她自然也跟着停了下来。

"他们到底要去哪儿啊，怎么还在往里走？"她探头努力往走廊深处看，"我们到底怎么办呀？"

许冥没说话，只是用力闭了闭眼，接着又重重地吐出了一口气。

"你进电梯，别出来。"她说着，朝后摆了摆手，自己则挺直了腰板往前走。

"喂，你想干吗？"

鲸脂人焦急的声音在脑海里响起，只是明显有几丝慌乱："我刚才说了那么多，你到底是哪里没听懂啊？警告你别乱来，都说了这事你管不了——"

"管不了也得管。"许冥嘴角紧绷，硬着头皮在意识里答道，"是我把她派出来的，放着不管算什么事？”

况且，现在也不是完全没有办法。

既然怪谈的规则不能保她，那就用她自己的规则保。

“你等等，”听到她这么说，鲸脂人不由得顿了一下。许冥这话本来是提升士气的，可不知为何，它听了却只觉得更加不安：“你到底是什么意思？”

“没什么意思。”许冥说道，眼见着那两个架着顾云舒的工作人员在某扇门前停了下来，不由得再次皱了皱眉，“等会儿记得配合我就是了。”

鲸脂人心想：“到底要配合什么？”

时间倒回两分钟前。

在走廊另一端的二楼楼梯上，凌光揉着自己刚刚卸完妆的脸，沿着台阶缓步而下。耳边传来同伴方雪晴不加掩饰的嘲笑。

“我的老天啊，合着你就因为这事放弃行骗，直接回来了啊？”

她不客气地笑了一声，停下脚步，抱起胳膊：“大佬？还隐藏大佬？这么喜欢‘脑补’，你干吗不去写小说？”

“我说了，这不是‘脑补’。”他跟着停了下来，“当时我确实——”

“你确实看到一个很凶的怪物当着你的面落荒而逃，也确实听见有人隔着墙说话。对，我理解。”方雪晴挑眉，“可你怎么确定那怪物就是因为那人被吓跑的？又怎么确定那家伙就是在和你说话呢？傻子，你都没见到对方！”

凌光噎了一下。他试图辩解：“可她当时……”

“她当时很有可能是在和别人说话。只是你傻，自己‘脑补’太多，以为是在和你说话！”方雪晴忍不住摇了摇头，“也不动动脑子，你当时处于行骗状态，还隔着大半个楼梯间。她是神仙吗？眼睛还能穿墙拐弯看你啊！”她嫌弃地闭了下眼，再次摇头，“大佬，还隐藏大佬，这简直是我今年除了‘拆迁办’之外听到的第二好笑的笑话。”

凌光不解地看她一眼：“什么‘拆迁办’？”

“就那个什么‘怪谈拆迁办’。有人拿这事忽悠小王，他信了。”方雪晴抬表看了看时间，不耐烦地挥挥手，“算了，这事晚点再说，我们先去餐厅吧，那边说不定还能发现些什么……”

他们的房间位于8201，其实坐电梯下去更方便。只是之前方雪晴想再观察一下其他房间的状况，便沿着走廊一路走了过来，也干脆走楼梯下楼了。

凌光还在纠结那个隐藏大佬的事，闻言漫不经心地点点头，抬脚就往下走。下到一楼时，他好像注意到了什么，不仅自己匆忙缩回了楼梯间，还将身后的方雪晴也一并拉了回去。

“怎么了？”方雪晴怔了一下，很快反应过来，露出警觉的神情。凌光没有立刻回答，而是又小心翼翼地探出头去，朝走廊里张望。

“是酒店的工作人员。”他压低了声音，用只有两人能听到的音量说，“他们拖着一个人，正在开一扇门……奇怪，那人好像没意识了。”

“人类吗？”方雪晴拧着眉，将凌光的身体压在下面，也跟着探头往外看，“啧，看不清……等等，那身保洁制服我怎么觉得有点眼熟啊？”

“保洁制服不都差不多吗？”凌光奇怪地看她一眼，神情随即变得严肃，“重点是它们想干吗。”

如果是在对活人下手，他们总不能不管。

不过话说回来，唐哥传回的情报里没提过有这种情况啊。

凌光唇角紧绷，目光越发紧张了。烦琐的开门步骤似乎终于结束了，在钥匙沉重的摇晃声与门锁咔嗒的转动声中，那扇明显区别于客房房门的厚重的门被用力推开了，发出刺耳的“吱呀”声，听得凌光一阵牙酸。

就在他拼命思索是否该上前干涉、应该如何干涉的时候，另一个脚步声出现在走廊上。

“请等一下！”

伴随着急促的脚步声而来的还有一个清亮的女声。凌光和方雪晴本能地望过去，然而从他们的角度只能看到大概的轮廓。

似乎是个年轻的女孩儿，凌光尽可能做出判断。那女孩儿接着说：“不好意思，但请你们把她放下来。”

好直白！

对女孩儿直白的要求感到震惊的显然不只凌光一人。那几个酒店工作人员也明显一怔，片刻过后，还真有人回应她了，只是回应得也很直白。

“为什么？”凌光听到其中一人问。

那女孩儿又往前走了两步，清亮的声音再度响起，语气更加笃定了：

“因为两国相交，不斩来使！”

“她在说什么？”——这是不约而同陷入茫然的凌光和方雪晴。

“她在说什么？”——这是同样有些茫然的工作人员。

“救命啊，你在说什么！”——这是茫然之余又陷入抓狂的鲸脂人。

许冥被鲸脂人吵得闭了闭眼，没好气地在意识里回了句“闭嘴”。

她睁开眼睛，无声地吸了口气，缓步上前：“俗话说得好：‘两国相交，不斩来使。’何况我们也不是来和你们打架的。”

不远处的酒店工作人员皆已警觉地半侧过身，许冥心脏狂跳，却装作没事，谨慎地在几步外再次停下脚步。几乎就在她停下的瞬间，她的身后忽然一暗。

成片的焦黑人影突然出现在她身后，黑压压的，如同乌云压境，不过转瞬又消失不见了。

被这景象惊到了，几个工作人员面上的警觉加深了几分，许冥看在眼里，面上反而露出了笑容。

“请不要紧张，我们绝对没有恶意。”她说着，尽可能挺直了脊背，明明心脏都快跳出嗓子眼儿了，却还是不紧不慢地继续念着不知在脑海里演练过多少遍的台词，“正式自我介绍一下，许冥，特派业务员，来自‘怪谈拆迁办’。你们手里那位是我的同事，不信你们可以看看她的胸口，应该还有我司的工牌。我们是被派来贵区考察的。

“说得通俗点，也就是传统意义上的‘使者’。”

第29章

许冥搞拆迁，关我顾铭什么事？

走廊上一时寂静无声，静到许冥连自己心跳的声音都能听到。冷汗顺着太阳穴往下滑，像是小虫在皮肤上爬。

这番话有效果吗？许冥不敢确定。

好消息是，她的右腿隐隐作痛，足以证明她刚才根据“纸袍权威”建立的规则已经生效了。换言之，这个怪谈已经接受了“两国相交，不斩来使”这条自古流传的共识，以及建立在这条二级依据上的衍生规则——两个背景相当的组织交涉时，不应对双方的“使者”痛下杀手。

现在唯一的难点就在于如何让对方相信“怪谈拆迁办”这个组织的存在，并在此基础上相信顾云舒的使者身份。

为了达成这一点，许冥刚才还特意让藏在包里的鲸脂人配合自己放了个特效。十几个“阿焦”瞬放瞬收，造成了稍纵即逝的压迫感。

毕竟就像鲸脂人说的，这种轻飘飘的灵魂多看一秒可能就是另一个故事了。

只是现在看来，对方似乎并没有被唬住？到现在都没有什么反应。

那怎么办？是不相信，还是他们没有领会许冥的意思？要再强调一次身份吗？还是再放一次“阿焦”虚张声势……

短暂的寂静对许冥而言却是度秒如年。她尽可能继续维持着挺拔的姿态，心跳却不由得越来越快，后背都汗湿了。

就在她破罐子破摔地琢磨起直接抢人的成功率时，对面的工作人员终于有了反应。

原本已被推开的厚重大门又被重重地关上了。距离最近的一个工作人员迟缓地转身，抬眼看向许冥，说出的话十分清晰：“你们到底是来干什么的？”

看来她信了。

明明是质问的语气，却让许冥放心了。

愿意质问，就说明在意。既然在意，就说明他们对她刚才的话半信半疑。

不管怎样，这都是好事。

许冥迅速得出结论，不着痕迹地深吸了一口气。这下她反倒不急了，刻意停顿了一会儿，直到确认自己的声音够稳，才再次开口："我说了，"她微微偏头，依旧是那种不紧不慢的语气，"我们是来考察的。"

"考察什么？"负责与她交涉的那名工作人员又追问了一句。

"考察什么该拆，什么该留。"许冥不假思索地说道，然后故意停顿了一下。她微微抬头，缓缓自上方扫视了一圈，接着才轻轻笑着将目光转了回来。

"毕竟就这么大的地方，"她耸了耸肩，音量不大，却足够传遍整条走廊，"最多容纳一套规则。再多就显得挤，不是吗？"

这话一出，对面再次陷入了沉默。

许冥也不急，就在那儿静静地等他们回答。反正从目前整理的信息来看，这个怪谈区域的确存在两股势力，而且种种迹象表明，它们之间多半是敌对的关系。那自己的这番话无论如何都算不上是错的，不仅如此，对它们而言应该还挺有分量才对……

听起来牛吗？牛就对了！这就是"怪谈拆迁办"！

就像算命，是不是真的会算无所谓，重点是要听着像那么回事。只要把别人唬住了，就成功了！

许冥稳定心神，总算找到了谈话的节奏。她面上不动声色，脑子里已经开始飞快地盘算接下来该怎么继续忽悠他们。

又过了一会儿，那些工作人员还没说话，脑海里的鲸脂人却忽然战战兢兢地出声了："那什么，你稍微抬下头。"

许冥一头雾水。

"你是'白痴'，看不见，但和你说话的那个工作人员已经变样了。"鲸脂人继续说，它的声音听上去比之前更紧张，明明是在许冥的脑海里说话，音量却小得像是怕被人发现一样，"它的脑袋爆开了，脖子里长出了和盆栽一样的东西，树枝上挂满了钟，整体大约比它之前的样子高两个头……"

"没猜错的话，似乎是这里的域主。"鲸脂人的声音绷得像是快要断了，"它附在自己的员工身上来见你了。"

这又是什么情况？

许冥下意识地抬眼，却依旧什么都没看到，只能假装正盯着上方的某个点，看得很认真。

脑海里又一次响起了鲸脂人的声音："低点儿低点儿！你看的地方太高了！这样显得你很目中无人。"鲸脂人在她的脑海里大叫。

从某种意义上说，确实是目中无人。

许冥再次沉默，索性将目光收了回来，垂着眼帘装作不敢直视的模样。这总没错了吧？

“方向错了。”鲸脂人的语气透着绝望，“你应该再往右边侧一点……”

“别管这些了！”许冥没好气地在意识里回了一句，却还是依言转过了身体，“它开始说话了吗？在说什么？

“哦，现在在说。”鲸脂人顿了两秒，接着说，“它在问你……有什么资格决定它们的存在与否。”

许冥心想：“问得好。我怎么知道？我还没开始编呢！”

◆ 走廊另一端的楼梯间内。

方雪晴和凌光几乎瞬间就缩到墙后，惊魂未定地对视了一眼，眼中皆是深深的惊恐。

“我说……”方雪晴咽了口唾沫，费了好大劲才找回自己的声音，“刚刚从酒店员工脑袋里长出来的那个……”

“是个比其他非人类都厉害的东西。”凌光努力地调整呼吸，面色一片苍白，“至少目前看来，它是最厉害的那个……”

域主。

同样的答案同时浮现于两人的脑海里，他们再次交换了一个惊惧的眼神。

又过了一会儿，方雪晴鼓足勇气，小心翼翼地探头往外看去。

从她的角度恰好能看到许冥，以及正在和她交涉的那个工作人员。正因如此，那个工作人员身上发生的骇人变化也完全映入了她的眼帘中。

那个工作人员的脑袋就像是被什么撑爆了，这会儿已经滚落在地上了。断口处没有血迹、没有伤痕，就像一个被塞满的空花盆。一丛白色的粗壮枝干径直从里面长出来，舒展的树枝间挂满了不同大小的钟。

如果只是这样就算了，关键是，方雪晴看得很清楚，最上方的那个时钟背面长着一头长长的黑色头发。

这让原本勉强能用“奇幻”形容的场景一下子变得诡异起来。

再看稳稳地站在怪物面前的许冥，方雪晴的表情顿时更加微妙了。

“‘怪谈拆迁办’。”

她默默地在心里重复了一遍这个名字，忍不住用力抿了抿嘴唇。

如果说许冥用这个名字自报家门的时候，她还只是觉得有些蒙，但现在，她是真的怀疑自己是不是被“打脸”了。

难不成真的是我孤陋寡闻？可这种组织以前确实没听过——至少在人类的圈子里没有。

况且这名字奇奇怪怪的，还是当着域主的面报出来的，感觉就像把羊汤店开到羊村里一样。域主听着硌不硌硬不知道，反正方雪晴听着觉得挺缺德的。

不仅缺德，还挺狂。别的不提，所谓的“拆”是个什么拆法？那么大个怪谈，说拆就拆，有什么资格？

方雪晴犯起了嘀咕。没想到下一秒，她的疑问就得到了回答。

在一连串刺耳得差点儿震碎耳膜的钟声过后，她看见那个自称许冥的女孩儿微微抬眼，站姿和表情都没有丝毫改变，唯有脸上的笑容似乎更明显了些。

“我们的资格您无须了解。您只需要知道，没有把握的业务我们不会做。既然敢做，那自然是有资本的。”隔着半条走廊，许冥不卑不亢的声音清楚地传来，“哦对，还有件事我觉得应该告知你们。在这个怪谈里，公司预定拆除的名额不只一个，就我们目前的考察结果而言，你们可以不在这个名单上。至少就我个人的偏好而言，比起白棋糖果，还是蝴蝶更令人讨厌。但若您执意把事情搞僵，那最后进入拆迁名单的是谁就不好说了。”

方雪晴心中一动，不由得将脖子伸长了些。紧接着又是一阵令人痛苦抓狂的尖锐钟声。钟声过后，许冥轻笑一声：“对，您当然可以不搭理我们，这是您的自由。您甚至可以选择在这儿把我们都做掉，更利落不是？反正这儿是您的地盘，一切随您高兴。

“但容我再提醒一句，具体的拆迁方案的确是根据我们的考察报告决定的，但整个拆除计划早就有了。毕竟这个怪谈也存在了三四年，真的很惹眼……

“如果无法及时得到可靠的考察报告来作为选择依据，我们拆迁办估计就只能选择最简单粗暴的解决方式了。反正拆一个是拆，全拆掉也是拆，不是吗？

“……威胁？当然不是。我只是区区一个业务员，有什么资格呢？”

许冥为了掩饰自己看不清楚的状态，刻意将眼睛垂了下去，配上嘴角始终挂着的笑容，反倒给人一种游刃有余的感觉。

尽管她现在也不是很清楚自己在瞎编些啥，毕竟她一开始真的没有准备那么多措辞。

脑海里的鲸脂人再次开口，兢兢业业地向她实时反馈面前域主的态度变化。听到对方有些迟疑，许冥赶紧再次友好地表态，“我现在只是将所有的选项都详细地告诉您，好帮助您选择最合适的一种而已。实不相瞒，哪怕没有今天这档子事，我本来也想找您好好谈谈的……”

说到这儿，许冥顿了一下，接着再次开口，语气中除了笃定，更带上了几分真诚，“我说了，如果非要二选一，那我觉得更应该被拆掉的是蝴蝶。”

这话一出，四周又是一阵沉默。

片刻后，她才听到脑海里的鲸脂人意义不明地倒吸了一口气。

许冥被它弄得整颗心又悬了起来。正要细问，却见站在后方的几个工作人员忽然有了动作——他们拖着顾云舒往外走了几步，然后在墙边轻轻地放下了。

顾云舒看着仍是昏昏沉沉的，刚被松开，身体就滑坐在地上。许冥看得心头一跳，正要上前查看，却听到鲸脂人的警告：“等一等！”

许冥问：“又怎么了！”

“域主还在旁边等你……”鲸脂人的声音听上去特别虚，“你完了，它说现在就要和你谈谈！”

“谈什么？谈诈骗罪该判几年吗？”

“问你自己啊，不是你说要和它谈吗！”鲸脂人听上去都快抓狂了，“你说你没事加什么戏啊——”

“我只是想显得真诚一点，更有说服力嘛。”许冥也有些傻眼了，“再说了，我也没说现在就要谈啊！”

鲸脂人说：“你最好快点给个回应，它看上去好像已经准备动手提溜你了……”

“还请少安毋躁！”许冥果断地抬头，对着空气笑了笑，“不必心急。关于我即将和您交涉的内容，其中有些涉及内部条款和合同签订，我这边需要和公司再确认一下。另外，我的同事看样子也需要好好休息，她负责的那部分文书也得另外准备……”

没等对方给出任何回应，她已经自说自话地得出结论：“明天吧。等我们这边都敲定了，明天会尽快再来找您的。”

说完，走廊里又是一阵沉默。

又过了一会儿，几个工作人员忽然动了起来。他们越过顾云舒和许冥，径直往外走。鲸脂人发出一声半死不活的欢呼：“它终于走了！恭喜你，又能多活几小时。”

能不能说点吉利的？

许冥在心里埋怨了一句，终于挪动脚步朝旁边走去，俯身查看顾云舒的状况。

走廊尽头的方雪晴也终于收回视线，与凌光交换了一个沉重的眼神，两人不约而同地往后退了几步，蹑手蹑脚地上楼了。

几乎就在他们退回二楼的同时，许冥终于绷不住了，一屁股坐到地上。

“喂，喂！”脑海里传来鲸脂人惊慌的声音，“你没事吧？腿软了？”

“软个头，骨头疼。”许冥忍不住皱着脸，“应该是使用‘纸袍权威’导致的副作用。尤其是膝盖骨这儿，酸疼酸疼的……”

鲸脂人说：“难道是风湿？”

许冥十分无语。

鲸脂人说：“其实我之前就很想问你，我以前也见过别人使用规则书，虽说书不一样吧，但付出的代价基本大同小异的，怎么别人的代价都是血肉、器官、记忆，到你这儿就变成腱鞘炎、关节炎、腰椎间盘突出了呢？”

许冥心想：“你管那么多呢。你就说付没付代价吧，真是的！”

顾云舒不知伤到了哪儿，一直昏昏沉沉的，被许冥叫了好一会儿才清醒过来，懵懵懂懂地上楼叫来了邱雨菲。

至于邱雨菲为什么在楼上，许冥也有些纳闷。她当时叮嘱邱雨菲躲在电梯里，虽说本意是让她尽可能躲远些，但按照邱雨菲的性格，应该也不会直接抛下她独自上楼。直到被顾云舒和邱雨菲扶进房间里，许冥才搞清楚邱雨菲为什么上楼了。

“你去拍了登记册？”数分钟后，许冥坐在高高的床沿听邱雨菲讲刚才的事情，只觉得脑门又开始嗡嗡作响，“你、你怎么办到的？”

“很简单啊。前台那边的工作人员都在走廊上嘛。”邱雨菲坐在对面的沙发上，无辜地眨眼，“我琢磨着，既然我的手机里专门存了上一轮的登记册，就说明这东西肯定是有用的。正好现在没人看着，就稍微看一下嘛，顺道再拍一张。”

不过她的心理素质还是不够强，拍完离开的时候正好看到餐厅那边走来了其他工作人员。她被吓得赶紧跑回了楼上，刚巧三楼一直有人巡逻，她做贼心虚，愣是没敢再出门，直到顾云舒上来找她。

许冥听得连连惊叹，一时竟不知是该夸她运气好还是夸她胆子大。

此时，其余尚未领到工牌的“阿焦”都暂时转移到了邱雨菲的房间，许冥的房间一下子宽敞了不少。许冥有些不适应地转动眼珠，“嘶”了一声，伸手去接邱雨菲的手机：“登记册的照片呢？给我看看。”

邱雨菲早就将两份登记册对比看过了，边递过来边说：“区别还是挺大的。这一轮还是八个人，处在第三轮的是住在二楼的两个女孩儿，处在第二轮的是我们俩和司机。唐梦龙、谭涂和那个被杀的男人没有入住记录，此外还多了三个第一轮的。一个姓甄，住三楼；另外两个住二楼，分别叫凌光和方——”

“方雪晴。”许冥望着屏幕里的登记册，喃喃道。

片刻过后，她似乎想起了什么，将照片往回翻。果然，没过多久她就在另一份资料里再次找到了这两个名字。

“‘预备成员：方雪晴、凌光’！”她猛地抬头，“他们也是安心园艺的人！”

“那是好事啊！”邱雨菲一听这话，眼睛顿时一亮，“他们好歹是业内人，和他们一起至少能安心点儿！”

“这倒未必，还是警觉些吧。”许冥说着，似乎想到了什么，看了眼旁边沉默的顾云舒。

顾云舒依旧是那副少言寡语的模样，只是不知是不是许冥的错觉，她的眼神似乎比之前更恍惚了。

许冥也问过她，当时到底看到了什么才会突然失控，变得那么莽撞。顾云舒却始终没有正面回答，只是不停地道歉，许冥见状便体贴地没有再问。

许冥收回目光，若有所思地拧着眉。

“不过，业内人士对我来说可能真有大用处。”

邱雨菲疑惑地抬起脸。

不等许冥回答，鲸脂人已经从包里探出头来，看热闹不嫌事大地开口：“嘻嘻，她作为‘怪谈拆迁办’的特派业务员，刚和这边的域主约了明天面谈。怎么谈还是个未知数，估计是打算找那两个安心园艺的人套点关于蝴蝶的情报，临时抱佛脚吧。”

“啊？”邱雨菲愕然瞪大了双眼，“我只是离开了一会儿，你们就玩这么大了啊？”

“我也没想到我随便忽悠了一下，就把域主给忽悠出来了啊。”许冥说到这事就头痛，“好消息是如果能把握好这次机会，我们或许能直接出去。”

毕竟铺垫都做好了，到时候若能忽悠得更到位，这边的域主为了等外援来拆掉蝴蝶，搞不好真的会把她们放了。

问题就在于怎样才能忽悠得更到位？

“重点肯定是在蝴蝶身上。在这方面我们得拿出更有说服力的东西。”许冥道，“问题是从唐梦龙那里收集的信息也是有限的……”

“对哦。我们手头的记录才记到第二轮结束的时候，可蝴蝶是第三轮才出现的。”邱雨菲明白过来，“我们正好缺这部分情报！”

“安心园艺的人那里可能会有。”许冥道，“唐梦龙的日记里说过，他的情报会及时传回组织。”

“但是去找他们的话，我们又该用什么身份呢？”邱雨菲蹙眉，“难道也要打着‘怪谈拆迁办’的名号吗？”

“恐怕不成。”许冥琢磨了一下，果断摇头，“这种名字说出去他们信不信另说，万一被当作什么奇怪的组织进行防备，那就得不偿失了。”

“如果只是作为误入的人类寻求帮助呢？”鲸脂人晃荡着双腿坐在桌沿，慢悠悠地说道，“那个唐梦龙不是说他们会以保护普通人为先吗？”

许冥点了点头：“这样或许可行。”

相较而言，这种需要帮助的形象或许更容易获得对方的信任。

“那你可要做好思想准备。”邱雨菲却说，“我怀疑这样的话，可能反而问不到什么有用的东西。”

许冥不解地看过去：“怎么说？”

“你想呀，他们那种组织神神秘秘的，你一个普通人去接触，就算对方真想帮你，首先想的肯定也是怎么保护你，带你逃出去，而不是给你分析，我们现在处在多糟糕的境地，我们手里有哪些线索……再说了，唐梦龙那边的情报我们也看过，乱得很，他们有没有推出逃脱的方法也不确定。假如我是业内人，我对求助者肯定报喜不报忧。说得越多，别人越容易多想，还不如撒点谎，喂颗定心丸，干吗非说实话？

“另一方面，对业内人来说，怎样的求助者才算省心呢？当然是不多问、不多动、乖乖听话的那种。和你分享情报能带来什么好处吗？不能吧。”邱雨菲振振有词地说着，想了想，又补上一句，“当然，只是我的推测哦。我是觉得如果你只扮演求助者，在信息分享方面就会比较被动。”

“你说得很有道理。”许冥拍了拍额头，“确实，从他们的立场看，多半不会和普通人分享太多线索……”

不光是因为邱雨菲说的那些，就之前和安心园艺打交道的经验来说，许冥觉得他们的态度本身就倾向于将普通人拦在怪谈世界之外。

在这种倾向下，他们可能确实不会向普通人透露太多信息。

“要不云舒你还是去8307看看？说不定唐梦龙的电脑还在那儿……”许冥不抱希望地开口，目送顾云舒翻出窗户——虽然她觉得不太可能。唐梦龙的名字都不在登记册上了，他的东西不可能还在。

“要么就在求助时体现我们的情报价值，从而达成情报互换。可是我们的情报大多来自唐梦龙，他们那边多半也有……”邱雨菲还在顺着之前的思路琢磨，“我们有什么独家情报吗？”

“有他们可能不知道的，但不多。”许冥搓了搓脸，又开始破罐子破摔地乱出主意，“要不我拿‘怪谈拆迁办’的情报去和他们换？你们觉得他们会感兴趣吗？”

“你做梦呢。”鲸脂人不客气地说，“梦也不梦个大点的。你干脆许愿他们直接上门找你打听好了，省得还要琢磨怎么过去套近乎……”

许冥没好气地看它一眼，直接将它按进了包里。邱雨菲似乎想到了什么，刚要说话，却听到门外忽然传来一阵敲门声。

屋内的两个女孩儿面面相觑。片刻过后，许冥抬手示意邱雨菲坐着别动，自己起身将门打开了一道缝：“哪位？”

“呃，您好！”门外是一个颇为英俊的年轻男人，露出了礼貌的笑容，“果然，我就猜住在这儿的一定是您。”

许冥一头雾水。

“冒昧打扰，还请见谅。自我介绍一下，我叫凌光，是安心园艺的外勤人员……”年轻男人说着，掏出一张印着叶子图案的名片，从门缝中递了进来，“我这次来找您，是有些事想问您。”

许冥默默收下那张名片，与屋内的邱雨菲交换了一个眼神。她干脆地解开了门链，将门完全打开。

“您好，”她正式和对方打了招呼，却没有邀请他进屋的意思，“您要问什么呢？”

“哦，其实还挺多的……”凌光再次笑起来，只是笑容中依旧只能看到客气和礼貌，看向许冥的目光里带着几分试探，“方便的话，能先向您打听一下关于‘怪谈拆迁办’的事吗？”

许冥默默将正在脑海里狂吼“见鬼了”的鲸脂人喝退，努力稳住表情，再次抬头：“当然可以。不过我能先问一下吗，你为什么会知道这个名字？”

凌光的目光游移了一下，似乎是在思考该如何回答。许冥见状，心里一咯噔，赶紧又补上了一句：“请不要说是听哪个朋友或哪个死人说的。‘怪谈拆迁办’的存在并不是秘密，但也不是随便什么地方都能探听到的。”

凌光闻言又是一顿，显然是准备出口的谎言被堵回去了。他叹了口气，说：“行，既然如此，我就不隐瞒了。实际上，刚才您与域主对话的时候，我们正好听到了一些，因此有些好奇……毕竟，能拆怪谈的组织，我们也是第一次听说，很难不在意。所以，许冥小姐，方便的话，能不能请您和我们好好聊一下呢？”

许冥心想：“我就知道！”

“可以啊。”她当即答应下来，“正好，其实我也有事想找你们。”

“找我们？”凌光愣了一下，下意识反问道，“为什么？”

“因为……”

许冥正要继续说，却突然想到了什么——她忽然反应过来，这个男人说听到了她和域主的对话。那他听到了多少？有听到关于拆迁计划的部分吗？从他的立场，不，是从人类的立场来看这事，如果只是因为对“怪谈拆迁办”好奇，他们会这么快就找过来吗？他们主动上门，是否还有别的更紧迫的目的？

许冥眸光一闪，慢慢地说：“因为，我其实不是什么‘怪谈拆迁办’的特派业务员。”

凌光说：“啊？”

许冥说：“嗯。”

鲸脂人说：“喂，你想干吗！”它又要疯了，在许冥的脑海里摇头晃脑的，“你干吗要在这个时候说实话啊！你自己不是都说了，普通人在情报分享方面很吃亏的……”

“你闭嘴！”许冥赶紧在意识里喝住它，随即抬头，冲傻眼的凌光露出一抹不好意思的笑容。

“怎么说呢，这事其实还挺尴尬的。我也没想到会被你们撞见那个装模作样的场景……但既然你问了，我也没必要隐瞒。那时候我其实是在忽悠人，我只是在模仿那些特派业务员的样子，但我实际上根本不是……

“我只是一个不小心被卷进这里的……‘怪谈拆迁办’的实习生。

“许冥是我的上司，我的名字其实是顾铭。”

第30章

你说的那个许主任，她厉害吗？

◆ **二楼，8201号房内。**

方雪晴正在房间里来回踱步，一手拿着笔，一手拿着个黑色封面的笔记本，时不时抬头看一眼紧闭的房门，紧张得直舔嘴唇。

还差五分钟。

距离她和凌光约定的时间还差五分钟。如果五分钟后凌光还没回来，那她就必须采取某些措施了。

方雪晴默默想着，再次看了眼手里的本子。看外表，那只是一个很普通的黑色硬面抄，可若是将它翻开，就会在扉页上看到一行意味不明的字——十一号规则书。

以质数为编号，说明这本规则书诞生时只熔入了一个“根”，再加上方雪晴的这本规则书从诞生到现在都没怎么升过级，也没再熔过其他的“根”，这就导致她的规则书功能相当单一。但即便如此，对她和凌光而言，这也是堪称撒手锏的重要工具。

原本是要留到最后关头保命用的，不过现在情况特殊，也只能先拿出来了。

毕竟，对待“怪谈拆迁办”这种立场不明又陌生古怪的神秘组织，再怎么谨慎都不为过。

思及此处，方雪晴脚步微顿，不久前与凌光的对话再次涌入脑海里。

“‘怪谈拆迁办’……嗯，我也觉得很不可思议。但你也看到了，它确实存在。”

“现在的重点是她们的立场。且不论拆除的手段，她们拆除的目的是什么？如果是为了保障人类平安，又为什么要说‘拆一部分留一部分’之类的话？”

“……对，我也觉得应该直接跟她们谈谈。那女孩儿当时的话未必能当真，也可能是为了救她的同伴才虚与委蛇的。怕就怕她是认真的……”

“总之先接触一下，探探口风。如果实在无法达成共识，就只好冒些风险。

反正论绑架，你还是挺专业的，对吧？”

什么叫“绑架我挺专业的”啊？方雪晴不由自主地在内心吐槽了一句。

她下意识又看了眼紧闭的房门。时间一分一秒地流逝，她的神情也越发凝重。

去和那个自称是拆迁办业务员的女孩儿沟通，确认拆迁办的性质，假如靠谱儿，就设法劝说她修改拆迁方案，争取一次性将整个怪谈都拆掉——这就是凌光去找她们的目的。

假如沟通失败，那就只能采取B计划。方雪晴这边发动规则书，将那些“怪谈拆迁办”的人都先控制起来。能控制多久就控制多久，总之得先阻止她明天和域主面谈。

原因也很简单，一来可以设法再争取些好好交流的机会，毕竟要拆也得拆个大的，光拆个菟丝子，怪谈依旧留在这儿，到时候域主一家独大，对人类而言反而是更大的麻烦；二来当时那个女孩儿说的话他们都听到了，如果他们没有及时提供报告，那她背后的组织很可能连白棋带蝴蝶一起拆掉，这对安心园艺来说是最好的结果，不管靠不靠谱儿，总得尽力争取一下。

就是不知道凌光那边现在交涉得怎么样。他们俩都是外勤人员，年纪又轻，都没怎么接受过交涉方面的训练。对方可是资深业务员，看着又是老手，能和域主谈笑风生……

方雪晴并不太想灭自己人威风，但恕她直言，别的不说，光是气场这一项，他们俩就输了。

这个念头让方雪晴不由得抿紧了嘴唇，内心的警觉与担忧也愈演愈烈。就在此时，房门忽然被轻轻敲响了。

方雪晴心中一动，赶紧冲到了门边。她打开房门一看，顿时傻眼了——门外站着两个人。

左边的那个是凌光，右边的那个不就是不久前跟域主侃侃而谈的……叫啥来着？什么业务员？

“嗯……”方雪晴眨巴着眼睛，一时不知是不是该先问好。注意到那女孩儿微垂的眼帘与明显紧张不安的神情，更是一头雾水。

这是什么情况？绑架成功了？我还没出手啊？

方雪晴越发疑惑了，不明所以地看向门外的凌光。没想到他也是一脸复杂的表情，顿了会儿才说：“现在的情况有些微妙……”

方雪晴问：“嗯？”

“我也还在消化。”凌光抹了把脸，指了指旁边的许冥，“还是让她跟你解释吧。”

方雪晴疑惑的目光又落到了那女孩儿身上。不久前还气势十足的女孩儿这会儿却半点没有之前的派头，对上目光的刹那，甚至冲她露出了一个相当局促的笑容。

方雪晴更加疑惑了。

五分钟后，方雪晴顺手将一瓶矿泉水递给坐在沙发上的女孩儿，缓了好一会儿，总算勉强理清了刚才听到的内容。

“也就是说，你确实是‘怪谈拆迁办’的员工，但只是个实习生。你出现在这里也只是因为旅游时不慎碰上了死人？”

“嗯。”许冥接过矿泉水，拧开小心喝了一口，很快便放下了，“我还有个同伴，叫邱雨菲，之前应该跟你们也有过接触。我就是和她一起进来的。”

“邱雨菲？”方雪晴闻言一怔，旋即忍不住在心里喊了一声“我的天”。

她当然记得这个名字。宏强怪谈的生还者之一，因为被发现拥有殴打无实体怪物的能力而被组织重点关注，甚至想过招揽她。但最后因为对方声称已加入其他组织才不了了之。

而对方声称加入的组织正是“怪谈拆迁办”。

她当初还嘲讽了负责这事的同事好久。

“我的天。”方雪晴没忍住在心里又重复了一遍。她默默地在心里给那个同事道了个歉，又盯着许冥看了一会儿，恍然大悟。

“我想起来了，顾铭！”她蓦地直起身体，“你也是宏强的生还者之一！”

不仅如此，她之前还看见过她——组织之前利用某些特殊手段从宏强怪谈提取了一小段生还者的逃生录像，那一段只出现了两个人，就是邱雨菲和顾铭。

只是录像里的影像较为模糊，她在走廊上又没有仔细看对方的脸，再加上对方那时自称“许冥”，才导致她没对上号。

“嗯……对。”许冥话语一顿，似是有些迟疑，最终还是选择了承认。她有些尴尬地说：“抱歉啊，关于宏强的经历，我之前也没有对你们的人说实话。”

凌光坐在旁边，听得有些茫然。宏强怪谈的事他当时并没有跟进，导致现在完全接不上话。方雪晴似乎意识到了什么，身体不由得往前倾。

“怎么说？”她问许冥。

“其实，在进宏强怪谈之前，我就已经在‘怪谈拆迁办’兼职了。”许冥垂下眼睛，“当时我们能逃出来也是因为有这层关系……但因为签了保密协议，我那个时候不能把公司的事往外说，所以就没告诉贵司来访的人。”

凌光心想：“可你现在就在往外说啊！”

“特殊时期，没办法嘛。”许冥看上去也很无奈。

“……不，你等等。”方雪晴还在努力捋时间线。

“也就是说，你其实一早就加入了‘怪谈拆迁办’，因为这个，你们逃出了宏强。之后邱雨菲也加入了。然后你们俩出来旅游，不幸误入了这里。你试图给公司发求救信号，你们的另一个非人类同事云姐就进来找你们，但没能成功。然后你们就一直被困在这儿，直到今天，云姐被酒店的人抓到，你为了保她，才假称是你们单位派来的考察人员……”

“嗯。”许冥毫不犹豫地点头，“对，就是这样。”

“哦，这就难怪了。”再次回忆那段来自宏强怪谈的录像，方雪晴终于明白了。

她第一次看那段录像时就觉得奇怪，明明邱雨菲才是那个拥有特殊能力的人，可更镇定的却是旁边安安静静的顾铭。

这么一来，就全对上了！

“我就知道。”方雪晴抱起胳膊，不由得为自己出色的洞察力感到骄傲。

许冥默默听着，不知第几次暗暗捏了把汗。

好险。她忍不住闭了下眼睛。

虽然之前考虑过这种情况，但直接被方雪晴认出来的时候，她还是本能地慌了。还好她在来的路上特意想过该怎么圆。

尽管不明白为什么方雪晴忽然露出一副恍然大悟的样子，也不知道她到底悟出了什么，但应该算是应付过去了。

许冥默默想着，总算放心了。

凌光迟疑着开口：“抱歉，我不是想质疑你的话，只是有些问题我还是很在意……”他抬眸看向许冥，谨慎地说，“毕竟，就我们之前在走廊里看到的情况来说，我真的很难相信你只是一个实习生。”

“呃，如果你是说那个突然出现的黑压压的特效，那其实是我其他的同事制造的。”她想了想，试着说，“它们是和云姐一起来的，不是活人……”

“哦！”方雪晴听到这儿，再次恍然大悟地点了点头。

她终于想起当时为何看顾云舒的衣服眼熟了。他们沿着高速公路兜圈子时，马路边曾经出现过一个死人，穿的就是差不多的保洁制服，而且当时她旁边确实也围着大片黑色的影子……

又对上了！

“你先别‘哦’来‘哦’去的，我还在说话呢。”凌光有些无奈地看了她一眼，转头再次看向许冥，“不好意思，但我指的不单是这个。”

虽然那一瞬间的特效确实很吓人，充满了压迫感，但最让他在意的不是那件事。

“当时你表现得非常镇定，游刃有余，”凌光思索片刻，缓缓地说，“哪怕站在你面前的是这个怪谈的域主。我不认为这是一个实习生应该具备的素质。”面对许冥局促的目光，凌光终于得出了自己的结论，“你看上去并不像新人。你到底是谁？”

许冥缓缓抬眼，正对上凌光探究的视线。沉默片刻，她终于放弃般地“唉”了一声。

下一秒，她直接打开自己的包，掏出一张卡片递了过去。

凌光不明所以，接过来一看，发现是一张身份证。身份证上有许冥的照片和真名，写的正是“顾铭”。

“看到了吗？我说了，顾铭才是我的名字。”许冥再次叹气，颇为无奈地坐直身体，“至于镇定，我也说了，是在模仿公司的正式员工。许冥是我直属上司的名字，也是拆迁办的主任。我平时都在她手下做事，有些腔调自然就学到了。我只能说，感谢领导好榜样。至于你说的面对域主的态度……”

许冥撇了撇嘴，似乎觉得这个问题有些多余。

“其实也没什么了不起的，新人培训时就练出来了。这里的域主长得也没那么吓人，所以就还好。”

这让凌光的眼神越发微妙了。

“等一下，”凌光不由自主地坐正了，“你们的新人培训……培训怎么和域主面对面交流？”

许冥心想：“其实我没这么说，但你要这么想的话，那我除了‘对对对’也没什么好说的了。”

“也不只是域主啦，和其他存在的交际也在培训范围内。不过域主确实是培训的重点。”许冥仍是一脸有些局促不安的表情，说的话却十分老练，甚至还带着几分理所当然，“毕竟我们拆迁办的业务大部分都是要和域主直接谈的。如果在谈判过程中露怯，不仅会失态，对谈判结果也会有很大的影响。所以如何在域主面前保持冷静以及一些相关的沟通技巧一直是我们培训的重中之重……”说到这儿，许冥有些腼腆地笑了笑，“其实我还是太嫩了。我们许主任在这方面就比较专业。”

凌光心想：“哪里嫩了？”

他想起自己和方雪晴初见域主时吓得连头都不敢往外伸的情景，一时竟不知该如何评价许冥的这句自我评价。

“落后太多了。”凌光不由自主地想，“在新人培训这条起跑线上，我们果然还是落后太多了。话说回来，连实习生都是这种素质……那个许主任到底是什么来头？”

许冥察言观色，见凌光没再抛出更多的质疑，终于放心了。

见时机已经差不多了，她没再耽搁，赶紧开始推进她的工作。

“请问，”她小心翼翼地开口，“你们还有别的要向我确认的事吗？如果暂时没有的话，那能不能听一下我的请求？拜托了，我现在真的很需要帮助。”

凌光与方雪晴对视一眼，方雪晴点了点头：“你先说吧，能帮你的话，我们会尽力。”

“太好了！”许冥感激地开口，不加掩饰地露出庆幸的表情，“其实事情很简单，你们既然围观了走廊里发生的事，应该也知道域主约我明天面谈的事吧？”

方雪晴心想：“的确知道，不过我们听到的是你自己约它的……”她默默想着，不动声色地说：“嗯，然后呢？”

“我觉得这次面谈或许能帮我们找到逃出去的机会。就算找不到，或许也能趁机获得更多线索。”许冥缓缓地说，“但这一切的前提是我能应付这次面谈，不让域主察觉出我是个冒牌货。”

凌光蹙着眉说：“所以……”

方雪晴忍不住“哎”了一声：“还不明白吗？所以她需要情报！足够支撑身份的情报！”她说着，再次看向许冥，“那你现在缺哪个部分的情报？”

“蝴蝶。”许冥不假思索地回答，随即面露难色，“我对这个的了解其实很少，只知道它是和域主相对的势力，别的并不了解……刚巧二位也在这个怪谈里，所以就想来问问，你们能不能在这方面提供一些帮助。”

这话一出，方雪晴和凌光不约而同地皱起了眉。方雪晴“嘶”了一声，张口似乎想说些什么，但还未出声就被凌光抬手拦住了。

“不好意思，请再等一下。”凌光似乎意识到了什么，看向许冥的目光又带了几分探究，“这么说来，有些奇怪啊。我们现在是第一轮，在此之前也没和你有过接触，你为什么会知道我们在这里？”

许冥心里咯噔一下，这才发现自己忘了考虑这件事。

不过她很快就反应过来，一边在脑海里喝止鲸脂人看热闹不嫌事大的嘲笑，一边深吸了一口气，徐徐开口：“严格来说，我不知道你们在这儿。至少在凌光先生正式登门前，我并不知道。但我知道，安心园艺的人曾经来过这儿，而且一定会再来这儿。”

凌光与方雪晴迅速交换了一下眼神，微微前倾身子问道：“怎么说？”

“原因有两个。”许冥道，“第一，我手里有我第一轮收集的一些情报，其中有一项是来自别人的口述资料。那人亲口提到，她曾经见过名片上有叶子图案的人。同时和‘怪谈’以及‘叶子’两个元素相关的组织，我能想到的只有贵司。第二，我其实在误入这里之前就听说过这个怪谈——从我们许主任嘴里听说的。”许冥尽可能平静地说着，仿佛这事真的发生过，“当时她正在和别人闲聊，恰好提到蝴蝶大厦，顺口说了句‘蝴蝶大厦的话，安心园艺那边不是一直在研究吗？去年到今年始终都没什么进展，也是可惜。最迟四五月，应该会再派一拨人去吧’。”

许冥说到这儿，再次看向另外两个人，一脸诚恳且无辜的表情：“我当时正好听到了，就留下了印象。所以进了这个怪谈后，就一直在留心找你们的人，想看看能不能抱大腿。”

她这话说得轻巧，对面的两人却再次变了脸色。

原因很简单——那个许主任全说对了。

安心园艺确实从去年开始就在留意这个怪谈，去年八月到今年三月，曾派出不只一拨外勤人员，却无一生还。

因为评估的危险程度太高，组织还为是否要继续派人进行探索讨论了好几次，最终决定让唐梦龙他们再来一次，时间恰好就在四月底。

问题是这些事情都是保密的，即便是他们公司内部的人员，也只有任务相关的人员才了解这些，为什么那个许主任随口闲聊就抖得干干净净的？

这个“怪谈拆迁办”到底是什么来头？

凌光和方雪晴的目光变得沉重起来。许冥见状，暗暗松了口气。

她无比庆幸地想着，还好上一轮研究唐梦龙的电脑时，邱雨菲特意拍下了相关内容；还好先前整理情报时，特意记了下相关时间。

已经到了这个地步，拆迁办的格调不吹不行了。吹得越牛，她的身份就越稳固，既然如此，能装的机会一定不能放过。

“嗯，大致就是这样的。”许冥咳了一声，若无其事地将目光转向二人，“请问你们还有什么要问的吗？”

“还有一个问题。”短暂的沉默后，方雪晴率先开口了，她认真地看向许冥，“你刚才说，你上一轮收集的情报里有关于我们其他同事的信息。能请你告诉我们具体的内容吗？”

许冥纠结了一下，还是说了实话：“那是一份嘱托，是从另一个住客那里打听到的。当时她已经身处第二轮循环。她说在电梯里见到了你们的同事，他不断地对她说，要她记住‘那个片段’，还说如果遇到你们，一定要转达“不要留……不要流淌”。”

她说到最后一句时，本想按照自己的猜测说“不要留糖”，又怕自己猜错了，还是改回了薄荷所说的“不要流淌”。不料话音刚落，对面的两人再次愣住了。

“不要留糖？”又过了片刻，方雪晴才惊疑不定地开口，“奇怪，为什么是‘不要留糖’？这和之前说得不一样啊！”

第31章

我头上有犄角

老实说，在方雪晴开口的那一刻，许冥其实有点被吓到了，不过很快她就反应过来了。

“他之前给你们的情报不是这个？”许冥试探道，“他之前的建议是‘要留糖’？”

方雪晴仍沉浸在思索中，闻言无所谓地点了点头。许冥瞬间便懂了。

这就说得通了。为什么在那种紧急的情况下，托人转述的话却是很容易被听错的“不要留糖”？原来是因为这针对的是一条已经存在的建议。

“那能再冒昧问一下吗？”许冥尽可能显得诚恳，“他之前究竟是怎么和你们说的？”

作为目前唯一一个存活了五轮的人，唐梦龙的情报绝对很有价值。而且许冥有预感，更多的关于蝴蝶的信息就在对方第三轮和第四轮的记述中。

方雪晴看了她一眼，张口便要说话，凌光却再次蹙眉，抬手打断了她。

“等一下。”他怀疑地看向许冥，“你要问的不是蝴蝶的情报吗？而且，你怎么那么确定我们手里有对方给的信息？”

许冥奇怪地看了他一眼，像是听到了什么多余的话。

“目前可以确定，一共就两股势力——蝴蝶和酒店。白棋糖果是酒店给的，可以用来对付怪物，而怪物多半属于蝴蝶一方，所以我猜你们的同事对这个糖果的态度大概和他对蝴蝶的研究有关。

“至于第二个问题……”许冥眨了一下眼，面不改色地开口：“我其实也不确定。但我听主任说过，贵司有专门的情报交流手段，即使身处怪谈区域，也能将发现报告至本部。她提起这事时，还挺羡慕的来着。”

这句话既抬高了对方，也抬高了自己，完美！

许冥说完，忍不住在心里给自己鼓了鼓掌。再看安心园艺的两人，凌光姑且不提，至少方雪晴看着十分受用。

“也没那么厉害啦……”她轻声咕哝着，对上许冥求知若渴的眼神，又是一顿。她做了几个深呼吸，才下定决心般开口：“其实你猜得没错，糖果这事确实和蝴蝶有关。不过，这些情报我们可以共享，但未必保真。”

“不保真？”许冥眼神微动，“怎么说？”

“因为现在所有的相关线索都来自我同事的报告。”这回说话的却是凌光，“可我们无法确定他当时的精神状态。”

许冥脸色微变：“意思是他提交的报告很难理解？”

凌光却摇了摇头：“不，恰恰相反。最令我们困惑的也正是这点。”

正如许冥所猜测的，唐梦龙关于蝴蝶的记录主要发生在第三轮和第四轮。

方雪晴和凌光没再隐瞒，直接分享了相关笔记。许冥一目十行地扫视笔记，很快就明白了为何凌光会给出“恰恰相反”这个评价。

因为这部分情报至少在她看来非常清晰，也足够有条理。

记录从第三轮第一天开始，此时唐梦龙的同伴老张已经被杀了，成了提前开启循环的牺牲品。而在这一轮，杀人的A小姐却不知所踪，唐梦龙成了整个酒店中循环次数最多的人。

又或许是因为他和A不一样，没有经历过密室，所以即便进入第三轮，他依然保持着相当不错的精神状态，也有足够清晰的认知去记录第三轮发生的种种变化。

首先，酒店的名字发生了改变，从第一轮的魔方大厦彻底变成了蝴蝶大厦。其次，房间内开始出现各种有蝴蝶的摆设和饰品，而最令人惊讶的是他在房间里找到了两份住客须知。

第一份依旧用的是魔方大厦的名义，种种要求和第二轮的住客须知大差不差，只是对餐厅的开放时间再次做出改动，信誓旦旦地写着餐厅暂停开放，住客仅可通过前台订餐，还对白棋糖果的处置提出了新的要求。

它依旧建议住客在遇到奇怪的东西时使用糖果以保平安，但同时也要求住客在用过一次后，立刻将剩下的糖果全部捏碎扔掉。如果有工作人员上门表示要回收糖果，不要相信，也不可交出去。

第二份住客须知却打着蝴蝶大厦的名号。然而这与其说是住客须知，不如说是一份告密信，它直接戳破了住客已经被酒店困住的事实，并积极地为他们提供各种解决方案，包括但不限于躲进任何一间房号里有“13”的房间，看到蝴蝶时安静地注视至少一分钟，尽可能多地收集白棋糖果并交给蝴蝶，以及哪种方式能最快结束当前循环——杀人，杀完一切就结束了。

住客都是假的，它们没有脑袋。工作人员都是假的，它们是吃老鼠的猫，长着钟一样的眼睛。你所看到的一切都是假的，只有当蝴蝶翅膀撒着磷粉飘过时，你才能在它的掩映下，窥见一丝半缕的真实。

唐梦龙看到的第二份住客须知是这么写的。

这些文字明显带有蛊惑意味，不过从接下来的记录看，他并没有受多大影响，之后的记述依旧清晰。

入住第一天，除了两份住客须知外，未发现更多信息。独自出去探索，酒店没有任何变化。

入住第二天，视线范围内偶尔能瞥见蝴蝶翅膀一闪而过，若是去寻找的话，精神会恍惚。

入住第三天，能看到的蝴蝶更多了。若是盯着看，会听到奇怪的声音。如果跟着蝴蝶的移动轨迹行动，会看到走廊里出现陌生的房间，不过难以看清门牌号。

入住第四天，能隐隐看清门牌号了，依稀辨认出数字“13”。办理退房时，前台工作人员的态度和以往大不相同，变得十分冰冷且防备心很重。

这一轮唐梦龙除了四处调查外，也注意时刻提醒其他住客，帮他们规避风险。或许正因为这点，这一轮过得十分平静，只是在退房那天出了一点意外——又有两个人被困在了密室里，没赶上退房的时间。

许冥看到这里时，忍不住挑了挑眉。

这就对上了——被困的人里估计有一个是谭涂。他那会儿应该处于第一轮，死里逃生后直接进入第二轮。等唐梦龙进入第五轮的时候，他恰好处于第三轮，正是和蝴蝶产生联系的时候。

就是不知道接下来的第四轮又是个什么场景？

许冥默默想着，下意识地又往后翻了一页。看到后面大片的空白时，不由得一愣。

她指了指空白页面：“没有了？”

“其实是有的，”方雪晴耸了耸肩，“但我没抄。”

许冥一头雾水。

“公司觉得那些文本可能不安全，所以禁止抄写……”方雪晴说，“但你要是想知道，我可以复述。”

许冥自然没有拒绝的理由。方雪晴也没耽搁，喝了口水就直接开始说：“简单来说，就是第四轮的时候，他突然发现又看不见蝴蝶了。他特意去找过，但看不到半点蝴蝶的踪迹。同时，酒店终于出现了翻天覆地的变化，凭空多了无数房间和无数陌生的住客。更诡异的是，那些住客好像只活在他们自己的世界里，无法交流，无法触碰，而且每天都重复固定的行动轨迹，就像……”

“NPC一样？”许冥试探性地接了一句。

回应她的是方雪晴肯定的眼神。

“当然，那些还处在正常轮次的住客是能接触的。只是不知为什么，经常找不到他们。酒店的工作人员也是，见到的频率比过去低了很多。除此之外，似乎没什么奇怪的事。”

“没什么奇怪的事？”许冥难以置信地重复了一遍，“那住客须知呢？住客须知有什么变化？”

“没有住客须知，”凌光在旁边补充道，“至少他说没有。”

也就是说，可能有。

听出凌光话里的意思，许冥抿了抿唇。

“然后呢？”她轻声问道，“留糖的建议就是那时候给的吗？”

“确实。”方雪晴直白地点头，“恭喜你，又猜对了。”

许冥心想：“谢谢，可我一点都高兴不起来。”

“这个建议其实建立在唐哥对这个怪谈的整体分析上。”凌光缓缓地说，“给建议的时间正是他经历第四轮的时候。”

当时，或许是因为已经完整地经历了多次循环，唐梦龙自问对情况有了一定的把握，也开始试着将自己的解读和分析写进报告中。

他认为目前怪谈中明显有两股势力，一个是怪谈的主体，也就是酒店，即魔方大厦。而随着循环出现的蝴蝶是寄生的菟丝子，目的就是渗入酒店的前三轮循环，趁机偷走食物。

他们之前通过“扒手”特性获得的两条额外提示，实际对应的也正是“蝴蝶”。

第一条，尸体养出动物，动物养出老鼠，老鼠养出蝴蝶，蝴蝶寻找剪刀，剪刀供奉尸体。

前三轮出现的怪物都是蝴蝶的化身，所以酒店会提供白棋糖果进行驱逐。而随着循环不断重复，怪物的模样会越来越接近蝴蝶的本体形态，这也正是蝴蝶逐渐渗入循环的证明。

所谓的剪刀是指那些进入第三轮后被蝴蝶蛊惑的人。蝴蝶欺骗他们，利用他们杀人。

唐梦龙猜测，那实际上应该是某种献祭仪式，也就是所谓的“剪刀供奉尸体”。而凭借献祭的力量，蝴蝶可以进一步破坏循环，使循环的天数整体上减少一天。

第二条“越循环，越靠近，时间越会拉近它的振翅声，死里逃生的人听得最清晰”就更好理解了。

前半句和之前的分析完全能对上，后半句中“死里逃生的人”指的自然是那些曾经被困在密室中却因为循环重置而逃出来的人。

密室是蝴蝶的偷猎手段，那些曾经进入密室的人自然会和蝴蝶产生联系，因此更容易被蛊惑，也更容易被利用。

除此之外，从其他细节中也能看出前三轮中蝴蝶对规则的逐步入侵，包括但不限于对餐厅的侵占、对住客认知的影响、对房间的摆弄……越循环，它的存在感越强。这也是为何前三轮中每一轮的住客须知都不一样。

唐梦龙认为，从第二轮起，蝴蝶就已经开始干涉规则，在住客须知中混入了自己的文字。而到了第三轮，蝴蝶的干扰到达了顶峰，形成的规则甚至足以盖过怪谈主体，但也就到此为止。

“作为菟丝子，蝴蝶的影响只存在于前三轮——这是唐哥给出的结论。”方雪晴总结道，“而从第四轮开始，蝴蝶将无法继续干涉偷猎，住客们也会接触真正的大厦。所以关于怪谈的重点内容，其实是在第四轮开始之后。”

只可惜，第四轮之后的资料他们目前严重缺失。

此外，随着入侵加深，蝴蝶显然也逐渐拥有打破循环的能力，且对白棋糖果的需求明显提升。因此，当时的唐梦龙推测白棋糖果或许是一种对蝴蝶有益的存在，并在记录中建议将蝴蝶需要的白棋糖果全部留着，留到第三轮，让蝴蝶进一步提升状态。

这也是“留糖”这个建议的由来。

许冥忍不住蹙了蹙眉：“什么意思？他想利用蝴蝶打败域主？”

“打败倒不一定，不过随着蝴蝶实力的提升，域主的行为肯定会更加受限。”方雪晴说，“甚至可能倒逼域主修改怪谈规则，以展开进一步防御。”

域主若要修改既定的规则，必将付出沉重的代价。换言之，这是对人类而言极其有利的削弱。

还有一种更理想的状态，就是成长到一定程度的蝴蝶能直接干翻域主，拿到这个怪谈的“根”。这又会导致两种状况：第一，蝴蝶抢到“根”后选择离开，这个怪谈就会开始崩塌；第二，蝴蝶没能抢走“根”，但掠夺了“根”的掌控权，那它就很有可能成为新的域主，原地建立新的怪谈。而新怪谈的形成是需要时间的。这意味着这鬼地方将封闭一阵子，至少一两年。对人类而言，更是一件好事。

这个建议也很符合安心园艺一贯的行事作风，所以当时接收报告的人也没觉得有任何不妥，直接提交了。

直到两天后，仍处在第四轮的唐梦龙忽然说了一句奇奇怪怪的话。

“奇怪？”许冥挑了挑眉，“怎么个奇怪法？”

“他说酒店的地图突然有了非常重大的改动，让他老是走错路。”方雪晴复述时没有半秒迟疑，可见对这句话印象很深，“导致他经常撞到自己的角。”

许冥又是一愣：“角？什么角？”

“不清楚。”方雪晴道，“但看他的表述，应该是指头上长的角。”

这下许冥更糊涂了：“他头上有角？”

这又是什么情况？某种新的畸变特性吗？

方雪晴摇了摇头：“当然没有。诡异的点就在这里。”

唐梦龙是人，人不会长角。

可从那以后，他的报告里不断提到自己的角，而且用词极其理所当然，仿佛完全没意识到这有什么不对似的。

甚至在他最后提交的那份报告里，他还提到了自己的“蹄”。

他说，我的蹄子真美啊。

许冥想象了一下唐梦龙写下这句话时的状态，一时竟有些头皮发麻。

“就因为这个，他原本提供的资料也变得可疑了。”方雪晴抱起胳膊，“因为我们无法确定他到底是从何时开始受影响的，所以所有第四轮相关的信息都不得不打个问号。”

许冥说：“包括他给出的分析和建议？”

“老实说，这部分我原本觉得挺合理的。”方雪晴直言，“直到你说了那句‘不要留糖’。”

许冥唇角微抿，一副若有所思的样子：“也就是说，这句话并未出现在他的报告中？”

“绝对没有。”方雪晴十分肯定，“而且按照你描述的场景，他当时应该正处在想要传达信息却来不及的状态，所以只能临时转换特性，委托偶遇的人给我们传话……”

唐梦龙本身的畸变特性是“墙头草”，拥有可以转换成其他特性的能力。而他在委托别人带话时，很可能已经转换成了“黄鱼脑袋”。这个特性可以让同怪谈区域内的人类牢牢地记住一件事，相关记忆不会因任何原因被抹除。

另一方面，墙头草二次转换特性，会给身体带来很大的副作用。即便如此，他仍坚持使用，足见他的心情有多迫切。

但如此迫切的行为配上一句“不要留糖”的提示，就让人有些糊涂了。

许冥拧着眉，觉得脑子里像是装了个搅拌机，正在搅拌烂糊的香蕉泥。她思索了片刻，暂时没什么思路，目光扫过同样沉默的两人，忽然轻咳了一声。

“那个，冒昧再多问一句。”她轻声道，“我对你们这种人类组织接触得少，很多事情都不太懂，但我知道你们一直在为破解怪谈以及解救被困者而努力。这是个很大的工程，也很需要人手。所以我有点好奇，你们在怪谈里就没有什么类似‘最终保险’的手段吗？”

“最终保险？”凌光蹙了蹙眉，随即明白过来，“你是指最终用来逃脱或保命的手段吗？”

许冥连忙点了点头。凌光“哦”了一声，却没有立刻回答，而是看了方雪晴一眼，随后目光下移，落在了方雪晴的规则书上。

方雪晴倒是坦然：“哪有什么保险，就是靠自己的能力硬扛呗。有畸变特性的就靠特性，有规则书的就靠规则书。像我的能力就是比较偏向跑……自保的。”

她本来想说“跑路”，看到凌光警告的眼神，连忙换了措辞。顿了顿，她又说：“一般来说，就是靠收集线索来找出口。”

“如果遇到实在棘手的问题，也有对应的应急方案。”凌光补充道，“就是比较麻烦……”

许冥一下子坐直了身体：“请问能再透露一些吗？”

她承认自己带着些侥幸心理，但她始终记得唐梦龙特意提过，要尽量撑够七十二小时。

记录里并没有写详细的原因，但许冥推测，这多半意味着一旦撑到那个时间，事情就会发生某种转机，大概率和安心园艺的内部机制有关。

所以她才特意问了这么一句。若真是如此，这回或许真的可以直接抱安心园艺的大腿。

凌光这回倒是答得干脆：“靠外援。”

许冥有些摸不着头脑。

“我们的调查人员身边有专门用来传送资料的设备。这种设备在启动后的七十二小时内只能单向传输信息，也就是从怪谈内向外传送。七十二小时后才能从外部向内传递信息。同时，我们拥有一些特殊的手段，能够直接在怪谈外获取部分线索。”凌光说到这儿，停了下来，似乎是在反思自己的表达是否越界了，然后才继续说，“这部分线索很可能是怪谈内缺失的或被隐藏的。”

“哦，”许冥理解了，“包括一些关于出口的线索？”

“理想情况下是这样的。”凌光点了点头，“但实际运用还是有些难以实施。”

首先，七十二小时这个时限指的是现实的时间。而怪谈内的时间流速和现实世界是不一样的。不仅如此，不同怪谈之间的时间流速也不一样，而且找不到规律。一旦进入怪谈，计时工具就会自动按照怪谈的时间流速走，也很难用来参考。

所以对身处怪谈的调查者来说，这所谓的七十二小时，实际上是个相当渺茫的概念。有时可能熬个四五天就到了，有时可能硬扛十天半个月都看不到尽头。

而且，这七十二小时还是从设备启动开始算的。没有启动就没有任何意义。像方雪晴他们之前在高速公路上跑了一百多个小时，看似耗了很久，但当时无法启动设备，所以这一百多个小时是无法计入等待时间的。

最后，也是最苛刻的一点——他们的设备都是和使用者绑定的，无法转移和继承。哪怕外部真的能传递消息进来，也只有处于存活状态的设备绑定者才可以看到。

“传回来的信息质量往往取决于已经掌握的情报，所以也并非一定能导向出口。但有些时候只要能得到来自外部的支持，对被困者来说都是正向的引导。”

凌光说着，轻轻叹了口气：“我的不少同事都是靠着那一点支撑到最后的。”

当然，光看到外部传进来的信息也没用，还要能辨识和理解。换言之，光活到那个时候是不够的，还得保持清醒。

很遗憾，唐梦龙两点都没做到。他没能熬到那个时候。

许冥默默听着，不由得抿紧了嘴巴。

“但你可以放心。”似乎看出了她的怅然，方雪晴立刻说道，“一旦我们找到出去的方法，一定会带上你。”

“谢谢。”许冥感激地点点头，再次琢磨了一下凌光的话，对他们现在的处境有了更清晰的认识，“所以，目前还是得从线索的收集和分析下手……”

“问题还是在于那句‘不要留糖’。”凌光说，“信息出现矛盾，说明其中肯定存在突破口。”

许冥在心里认同地点了点头，强迫自己将思绪聚焦到这个令人困扰的问题上。

“留糖，说白了就是为了壮大蝴蝶，继续制衡酒店。”许冥喃喃道，“他又说‘不要留糖’，也就是觉得蝴蝶不能继续壮大了？”

“这也是我觉得困惑的地方。”方雪晴非常自然地接了一句，看样子已经默认许冥是可以一起讨论的人了，“抛开他最终表现出来的诡异程度不谈，至少前面的报告，尤其是关于蝴蝶的分析和处理那块，并没有什么不合理的地方。”

甚至可以说非常符合他们一贯的行事逻辑。

因为人类自身的力量有限，所以驱虎吞狼一直是他们惯用的策略。尤其是很多怪谈往往不会在明面上设置出口，菟丝子和树内斗就是人类逃脱的最大机会。

这也是他们俩当初听到许冥要拆蝴蝶就紧张的原因——能把树拆掉当然是好事，可拆菟丝子？那就未必了。

许冥一时没回应，继续咂摸唐梦龙留下的话。她忽然想到了什么，蓦地抬起了头：“那有没有可能是他之前搞错了？”

“唐梦龙提议让蝴蝶壮大，是因为他认为蝴蝶是菟丝子。”许冥缓缓地说，“假如它并不是呢？”

“不是菟丝子？”方雪晴蹙着眉，“那它是什么？”

“嗯……也可能是树？”许冥不太确定地开口：“或者它才是域主？”

蝴蝶大厦，蝴蝶，这两个名字听着就很般配。

“不可能。”方雪晴说，“域主肯定是酒店本身。”

许冥问：“怎么说？”

“‘进入怪谈的核心区域后，接触的第一条规则必定是来自域主的。’这条鉴定法则到哪里都适用。”方雪晴语气笃定，“而我们进入这里后接触的第一条规则正是酒店给的住客须知。”

许冥闻言喃喃道：“可不是说，来之前还有高速……”

“高速当然不算啊。”几乎是同一时间，鲸脂人和方雪晴的声音齐齐响起，许冥被吵得一怔，凌光也跟着点头：“高速公路属于边缘地区，类似于一个围绕在核心区域周围的缓冲带。”

在这种非核心区域，倒是谁都可以轻易地留下规则。虽然他们并没有在那里见过任何规则。

许冥恍然大悟地点头，脑海里再次响起鲸脂人的声音：“其实这话之前顾云舒也和你说过。”

许冥有些想不起来。

“不过是第一轮的时候，你应该忘了。”鲸脂人继续说，“她当时还说，那高速公路上还有不少活人、死人正在徘徊，找不到下高速的出口……”

这么惨？

许冥再次蹙起眉，正好现在说到了高速公路的事，就顺口问了句。方雪晴倒是回应得很快：“是啊，那条高速公路就是这样的。也不知是个什么奇怪的机制，想进来还得先上高速排队。排几十个小时才能进核心区域，还一次只能进三个人。就没见过这么令人无语的……”

她说得随意，许冥听着，似乎注意到了什么，轻轻地“咦”了一声。

“你刚才说排队？”她看向方雪晴。

方雪晴被她看得莫名其妙：“对啊，怎么了？”

“没什么。”许冥说着，眉头皱得更紧了，“我只是忽然有一个比较离谱儿的猜测。我们现在有没有可能还在排队呢？”

方雪晴表情一顿，一脸古怪地看了过来。许冥揉着额角，虽然觉得荒谬，但还是努力梳理思绪，继续说道：“或者说，我们凭什么确定自己现在就处在这个怪谈的核心区域呢？”

第32章

我们一般称之为胡杨

之所以会有这个想法，是因为许冥听到“排队”两个字的时候，忽然想到了大学时的一次经历。

那时候她被邱雨菲诓去了漫展，排队排得痛彻心扉。而令她印象最深刻的就是她当时排了近三小时，总算排完了外场的队，以为终于熬到头了，不料邱雨菲告诉她，到了内场还得继续排。

于是又排了两小时，最后还是没排到——她们要去的那个摊子提前收摊走人了。

这份惨痛的经历从此成了许冥心底一道深刻的伤疤，导致她一听到“排队”两个字就开始自动匹配关键词。

“你们的同事，也就是那位唐哥认为酒店的本体是域主，蝴蝶是菟丝子，蝴蝶只能干扰前三轮循环，对吧？”

迎着另外两人愕然的目光，许冥的大脑飞快地运转着，尽可能捋清脑海里那些突兀又混乱的念头：

“假如我们对核心区域的判断出错了呢？假如我们现在所在的并不是核心区域，而是依旧处在前往核心区域的队列中，那么哪怕酒店方是第一规则责任人，我们也无法断定它就是域主。另一方面，你们也说了，那位唐哥从第四轮起给出的关于酒店的描述就很含糊了，也没有提到蝴蝶。那有没有可能是因为直到这一轮，他才真正接触‘核心区域’，因此认知受到了影响呢？”

这也能解释为什么他之后突然改变想法，建议其他人“不要留糖”了。“留糖”策略建立在蝴蝶比酒店弱势，且酒店为域主本体的前提下。如果地位对调，帮助蝴蝶就等于帮助域主，那“留糖”反而是极不明智的做法。

“第一规则责任人”是什么？

方雪晴知道自己的重点偏了，但还是忍不住有些好奇。这是“怪谈拆迁办”的内部术语吗？

许冥尚不知自己随口编的名词也成了拆迁办专利，看着另外两人说道：“你们觉得这个想法有道理吗？”

另外两人没有立刻回答，拧着眉迅速交换目光。顿了一会儿，凌光才缓缓地说：“你的意思我大概明白了。简单来说，就是你认为蝴蝶才是域主，我们一开始接触的酒店反而是菟丝子。前几轮循环等同于进入真正核心区域的传送带，菟丝子正是利用我们‘逐渐靠近，但尚未真正进入’的空隙，对我们加以控制……”

许冥眉毛微动，隐隐觉得他的表述似乎和自己的有些出入，不过大体意思似乎没错。

于是她肯定地点了点头，但凌光摇了摇头。

“可这样就有不合逻辑的地方。假如酒店是菟丝子，那它的目的是什么？”

许冥听得一怔：“目的？”

“对，目的。”凌光认真地说，“菟丝子，说白了就是寄生在怪谈中，利用规则的空隙和漏洞进行偷猎的异常存在，一般都是偷偷潜入的异化‘根’，或死在怪谈内却意外获得特殊力量的死人……它们和怪谈主体区别最大的一点就是它们是来偷人的，能下手的机会很少，必须抓紧时间。所以菟丝子动手往往更快、更急，追求高效率的直接猎食……也就是杀人。”

“嗯……”许冥慢慢地点了点头。类似的内容她在唐梦龙留下的日记中看过，大致概念也已经有数了。

以之前的宏强公司为例，宏强的本体就是“树”，是怪谈主体。藏在五楼下方的怪物就是“菟丝子”，寄生于宏强，并借助保安的身份偷偷“捡漏”。

凌光见她点头，这才继续说：“可酒店——或者说‘白棋’——目前的作为，并不符合菟丝子的行动逻辑。”

按照许冥的说法，掌握在白棋手里的时间就只有进入者在高速上兜兜转转的几十个小时，外加进入酒店后的前三轮循环而已。相比之下，高速公路上的那几十个小时甚至更适合下手。

然而它们并未在这两个环节安排更多的陷阱。就连唯一会杀人的密室，目前看来也更像是蝴蝶的手笔。

“明明有机会却不杀人，徐徐图之，这更像是域主的一贯做法。”凌光下了结论，“唯一的可能就是它们有比杀人更重要的目的，所做的一切都是为了那个目的……”

“可那个目的是什么呢？”

这话一出，房间内又是一片寂静。

许冥的脑海里全是鲸脂人不断附和的声音。她不耐烦地喝住鲸脂人，忽然想到了一件事，眉毛微微一动。

“那种糖果，”她决定再提供一条信息，“就是前台发给我们的白色国际象棋形状的糖果，我的同事研究过，说那是‘根’的衍生物。”

这话再次吸引了对面的两个人的目光。许冥迅速整理思绪，缓缓地说：“而且那种衍生物对怪物是有影响的。所以，它会不会是想利用人类向蝴蝶传递糖果，类似下毒……等等。”

好像还是不对。

许冥话未说完，自己就意识到了这番话的问题所在。

从当前掌握的情报来看，随着循环次数增加，蝴蝶方对于白棋糖果的狂热程度确实增强了；可同时，酒店方的态度却越来越谨慎了。

首先，如果希望人类去投毒的话，那自然是多多益善。可规则却是每个住客都只能拥有五颗糖果，而且哪怕进入新循环，也不会再多给一颗。

其次，从第一轮起，他们对住客的建议就是“先找工作人员，再使用糖果”，糖果的使用优先级并非最高。到了第二轮，工作人员变得不再可靠，给出的最优解也是先寻找遮蔽物，其次才是“使用糖果”。给人的感觉是糖果似乎一直都是个不得已的备选方案。

到了第三轮，更是直接建议住客毁掉所有尚未使用的糖果——许冥觉得这至少能证明两点：

第一，它们也知道在之后的循环里糖果已经无用了。

第二，它们实际上也不希望糖果落到蝴蝶手里。

结合鲸脂人之前的说法，这一切倒说得过去。白棋糖果作为“根”的衍生物，既是毒蘑菇，也是营养品；但从菟丝子的角度来看，这一行为反而更令人费解。

知道对方想要，也怕对方拿到，却还是坚持给每个进来的人发糖。

到底图什么？

许冥忍不住揉了揉额角，这下，连她自己都开始质疑自己的说法了。方雪晴抿着嘴，站在了她这一边。

“我觉得你的说法很有道理啊，既然给了糖果，必然是因为它是有用的嘛。”方雪晴十分肯定，“不然呢？总不会是单纯为了做好事。”

“……”

许冥的动作又是一顿。

方雪晴最后的几个字充满了嘲讽之情，落在她的耳朵里，却像是一声惊雷。

许冥不由自主地瞪大了眼睛。一个比“排队论”更大胆的猜测浮上了她的心头，大胆得她一时竟不知该如何开口。

沉默了好一会儿，才听到她轻声说：“万一……真的是呢？”

“啊？”

方雪晴不解地看了过来。许冥用力咽了口唾沫，明明自己也觉得匪夷所思，却还是坚持说：“万一那个发糖果的存在真的只是想做好事呢？

她也知道这个想法真的很离谱儿，可这样一来，似乎所有原本想不通的事情一下就说得通了——

为什么要在高速公路上排几十个小时才能进来，而且每次只能进三个人；为什么正式进入蝴蝶大厦前还要经历三轮循环；在这三轮循环中酒店方明明有机会，却没有安排任何死亡规则；为什么酒店方知道给的糖果会被蝴蝶吃掉，却还是坚持发糖果……

因为在某些时候，这些糖果确实能救人的命。

没有尽头的高速公路也好，抢先出现的魔方大厦也好，存在的目的其实都只有一个——为了尽可能拖延活人进入核心区域的时间。

它们不仅是缓冲带，更是两层有微弱保护作用的减速带。

所以蝴蝶想利用剪刀缩短循环的天数，它并不是想要和酒店硬碰硬，只是单纯地想破坏第二层减速带，让自己的进食效率更高而已。

“简单来说，就是对人类抱着善意的异常存在？”

注意到另外两人越发复杂的目光，许冥赶紧进行总结，试图从另一个角度表达自己的意思。说话的同时，又克制不住地联想到顾云舒，联想到宏强公司一楼那些散落的尸块和沾满血渍的保洁制服：“它们也拥有一定的力量，能够干涉规则，但它们选择用这种力量尽可能地保护他人……或许可以理解成不以猎食为目的的菟丝子……”

“不是。”话未说完，方雪晴忽然开口说道。

许冥诧异地望了过去，顿了会儿才道：“当然，这也只是我的个人推论……”

“我不是说你的分析不对。”方雪晴摇了摇头，“我是说用词。”

许冥一脸疑惑。

“拥有一定的能力，却选择留在怪谈区域尽可能地庇护人类。这样的存在，不能叫菟丝子。”凌光补充道，“对于它们，我们有另外的代称。”

许冥更加不解了，想了想才说道，“是什么？”

回应她的是两人再次交换的眼神。

又过了一会儿，方雪晴才再次开口，音量不大，声音却很清晰：“对于这类存在，我们一般称之为——胡杨。”

半小时后，许冥终于离开了方雪晴的房间，头昏脑涨得像刚开完三场头脑风暴大会。

话虽如此，但她的思维还是很活跃，活跃到光是回房间的短短一段路，她就盘算了许多事。

打开房门，里面是安静等着的邱雨菲和已经从8307号房探索回来的顾云舒。许冥去卫生间里拧了条热毛巾，隔着衣服敷在仍然很痛的关节上，顺便问起她的收获，毫不意外地得知8307号房已经完全空了。

属于唐梦龙的痕迹被抹去了，整个房间干净得像是未住过人。

这让许冥不由有些唏嘘，注意到顾云舒欲言又止的眼神，忍不住问道：“怎么了？你还有别的发现？”

“嗯。”顾云舒慢慢地说，“我不知道重不重要，但我发现了粉末。”

许冥一脸疑惑。

“就是那种蝴蝶翅膀上的粉末。”顾云舒语气笃定，“洒在房间的角落里，到处都是。”

是磷粉？

许冥微微挑眉，觉得有些古怪。不过考虑到唐梦龙本身已经接触过蝴蝶，这事似乎也没那么难以理解。

倒是脑海里的鲸脂人闻言很明显地“嘶”了一声，听着仿佛牙很疼。

许冥被它吵得皱起了眉。顾云舒观察着她的神情，小声道：“这事，很重要，是吗？”

许冥被她问得一怔，本想说不确定，然而转念一想，又觉得顾云舒这么问肯定有原因，还是用力地点了点头。

果然，顾云舒的表情越发纠结了。

许冥也不急，一边蹭着邱雨菲的免费推拿一边安静地等。不知过了多久，终于听到顾云舒发出了一声轻微的叹息。

“还有一件事我得告诉你。”她轻声道，“在这之前，我也见到了蝴蝶。”

许冥动作一顿，下意识地坐直了身体：“详细说说。”

话音刚落，又突然反应过来，紧跟着问了一句：“这和你之前被酒店的工作人员抓到有关系吗？”

顾云舒艰难地点了点头。

“我当时在走廊，二楼的。”顾云舒说着，或许是因为觉得难以启齿，她的声音更小了，“就在……的时候，我突然看到有蝴蝶，贴着墙壁飞过去。”

蝴蝶很漂亮，翅膀有巴掌大，绚丽的花纹像是流动的彩虹。但是只有半只，另外一半似乎卡在墙里了。

她出于警觉，防备地盯着看了一会儿，然后整个人就恍惚起来了。等到清醒时，后面已经跟着好几个酒店工作人员了。

她为什么会去二楼走廊？

许冥有点困惑，不过看顾云舒那副为难的模样，估计她是真的不想说。她确定这事和酒店与蝴蝶都无关，便没再追问了。

更令她在意的是脑海里的鲸脂人。在听到顾云舒说见过蝴蝶时，它又很吵地“嘶”了一声。这回听着倒不像是牙痛了，像是治牙没治全，导致牙神经外露，还吃了一口冰。

许冥没忍住，直接在意识里问它发什么神经。素来叽叽喳喳的鲸脂人这会儿却是意料之外的沉默，只说先别急，等它再想想。

正好许冥现在也有一堆事情要想，就没管它，转头看向邱雨菲和顾云舒，简单地和她们说了先前和方雪晴他们商量的结果，说完看看时间，发现已经不早了，就赶紧将两人打发走了。

还剩一半“阿焦”没有领到工牌。明天和那所谓的域主面谈，也不知结果如何，不如现在抓紧时间把所有的工牌都做完。

邱雨菲看到这些会怕，许冥索性先让她回她的房间，有顾云舒跟着，她很放心。

邱雨菲和顾云舒自然也没什么异议，起身就往外走，不同的是一个走门，一个走窗。

望着顾云舒即将离开的背影，许冥心中一动，等她反应过来时，已经出声将人叫住了。

顾云舒跨坐在窗台上，平静地转过头来，安安静静地望着她，等着她接下来的话。

许冥沉默了一会儿，才终于从纷繁复杂的思绪里理清了自己要问的问题。

“话说，你还记得你在宏强的事吗？”她选择了这句话作为开场白。

顾云舒闻言只是面无表情地歪了歪头：“记得一些，很多都忘了。”她如实地回答。

死人的记忆原本就不好，更何况她还比别人多“死”了一次。

许冥听着，眉头不由自主地皱了起来，继续问道：“那你记得你在宏强努力帮助别人的事吗？”

听到这句话，顾云舒素来平静的表情难得有了些变化。她轻轻地点头：“嗯，这个记得的。”

“我觉得你们很厉害。”许冥发自内心地说了一句，忍不住朝前坐了坐，“那我能问一下你当时是怎么想的吗？或者说，理由之类的？”

这话她问得认真，但她也觉得自己问得多余。没想到顾云舒听了这话，再次偏了偏头，似乎在非常认真地思索。

又过了一会儿，她轻轻地开口道：“没什么特别的想法。死亡是很难受的事。没有自由的死亡更加难受。所以，想看别人尽量活。就是这样的。”

果然，这个问题就是多余的。

许冥默默想着，冲顾云舒点头道了声谢。顾云舒盯着她看了一会儿，确认她没别的事了，就爬出窗户，沿着墙壁一溜烟地爬走了。

她离开后不久，被寄放在邱雨菲那儿的剩下的十几个“阿焦”陆续从窗户里翻了进来，跟下黑色的饺子似的。

许冥这边早就做好了准备，它们一进来，她就立刻抄起笔开始画工牌。有了之前的经验，她这回画得更快了，不到四十分钟便完成了任务。

这样一来，所有的“阿焦”都可以收进规则书中，房间一下就宽敞了许多。许冥心头的一块大石头这才算真正落地了。她如释重负地往床上一躺，顺手将规则书往前翻了几页，忍不住“咦”了一声。

鲸脂人这会儿正站在床头柜上，用纸巾给自己垒过夜用的小窝。它闻声立刻跳了过来，不由分说就要往前凑：“怎么了？是不是又升级了？”

许冥有些嫌弃地看了它一眼，将它拿远了，然后将规则书递过去：“嗯，差不多。”

确实升级了，还升级了两个方面。

首先升级的就是“怪谈拆迁办”。许冥之前一直忙着忽悠人，没顾得上看，所以现在才注意到“纸袍权威”下的“怪谈拆迁办”词条已经有了质的飞跃。原本只能作为三级规则依据的它现在已经升级成二级规则依据了。也就是说，它现在拥有和常识同等的效力，许冥可以以它为依据，建立或修改当前怪谈区域的非核心规则。

当然，还是要付出代价的。

而且在新增的“二级规则依据”标识后面还有一对小括号，括号里写着“仅限当前怪谈区域”。因此许冥有理由怀疑“怪谈拆迁办”的升级大概是临时的，等到了下一个怪谈区域，估计它的分类又会掉回“三级”。

不过管它呢，难道她回回都会往怪谈区域掉？至少现在总算摸清了对应的升级方式，也挺好的。

更让许冥惊讶的是，这种暂时的升级似乎也被算进了规则书的整体解锁进度。

“烂果代换”下原本若隐若现的第二个技能现在变得十分清楚了。

许冥还没说什么，意识到这点的鲸脂人倒先兴奋起来，迫不及待地趴了上去，饶有兴致地念起刚解锁的新技能：“‘二重代换：当你进入怪谈区域，可在规则书的末页获得你使用技能前五天最后阅读的文本，且可以从中提取关键词，替换进当前怪谈区域提供的文本，并进行修改。

“‘替换完成后，若仍能保持语句通顺、逻辑通顺，则视为修改成功，规则依然生效，效力不变。可更改规则约束对象。

“‘请注意，此操作需要付出代价。替换词与原词差距越小，需要付出的代价越小。

“‘可提取的文本不包括任何和怪谈区域相关的内容，聊天记录，规则相关内容，地址，视频或图片内的文字，阅读者无法理解的内容，阅读者完全遗忘的内容，单独的店名、人名、地名等。提取上限为五百字。

“‘若此怪谈区域中有其他与此规则书存在绑定关系的存在，它们阅读的文本也会在此技能发动后被自动提取。提取顺序为乱序，可以通过撕页来转换看到的文本，被撕下的页面不会失去技能效果，仅适用于当前怪谈区域……’”

念到最后，鲸脂人的声音越来越小了。等它念完，人已经差不多晕了。

许冥也听晕了，只大概听懂了一点——这个技能就是关键词替换。只是关键词必须来自规则书绑定者自己的阅读记录。而且还有一堆附加要求。许冥想了想，还是觉得实践出真知，便将规则书直接翻到了最后一页，发现上面果然多出了几百个字。

字有点小，许冥努力辨认了半天，不自觉地念出了声：“‘塌颅顶如何瞬间提高颜值？十个小技巧，教你轻松塑造高颅顶……’”

这绝对不是她的阅读记录。

许冥下意识往旁边看去，鲸脂人本能地躲了一下，却还是理直气壮地说：“看我干吗？有不懂的地方当然要上网查！”

许冥的笔记本电脑没密码，它之前就趁许冥不在家偷偷查了一下，还很仔细地删掉了搜索记录。

没想到浏览器没有出卖它，规则书出卖了。

许冥心想：“回去一定要给笔记本电脑加密码。”

她神情复杂地收回目光，试着按照技能说明将这一页撕了下来。撕完，果然又凭空出现了新的一页，上面同样有细密的字迹，不过只有一行，而且字数特别少。

鲸脂人好奇地凑过去看，依旧是边看边念："'惊天爆笑，比熊的十个傻×瞬间……'嗯？没了？"鲸脂人傻眼了，"啥啊这是？"

许冥说："我来之前在车上刷的短视频的标题，写在网页上方的。"

她故作镇定地将这页也撕了下来，和鲸脂人的那份阅读记录放在了一起。她想了想，似乎觉得自己的那份太傻了，特意将鲸脂人的那份盖在上面。

鲸脂人看着她的动作，欲言又止。再看看规则书，在许冥将那页撕下来后，没有出现新的一页。

这倒不奇怪。除了他们俩外，这里还和规则书有联系的估计就只有邱雨菲、顾云舒和那批"阿焦"了。

邱雨菲的工牌不会时时带在身上；顾云舒没有阅读文字的习惯，她更喜欢看电视；至于那批"阿焦"，就更不用说了，懵懵懂懂的。

"这样说来，这是个看运气的技能啊。"鲸脂人咂摸了一会儿，终于明白了，"谁知道自己什么时候会进怪谈区域！"

所以最终得到的文本是什么，能不能用来修改规则，全看运气。

当然，还有一种方式能够增强这个技能的实际作用，就是随身带一批爱阅读的绑定者，或在怪谈内发展一批爱阅读的绑定者。不过在鲸脂人看来，这似乎比看运气更难。

"唉……没意思。"它嘟囔了一声，向后躺倒，"还以为是什么能救急的新技能呢。"

"救急？"许冥微微挑了挑眉，将它拿到一边，再次拿起规则书。

鲸脂人一下子坐起来："当然了。按你的说法，我们离怪谈的核心区域已经越来越近了，偏偏还一点出去的头绪都没有。不指望新技能，难道指望那两个安心园艺的人吗？"

"别这么说人家，他们帮了不少忙呢。"许冥一边说，一边拿起规则书，又开始写写画画，也不知在写什么、画什么。

鲸脂人觉得没劲，转身又往床头柜上爬。爬到一半，许冥幽幽地开口说："况且，如果只是让我们几个离开的话……

"这事我已经有思路了。"

第33章

阿姐，收手吧，外面全是蝴蝶！

许冥想出的离开方法说难不难，多少也有些钻空子的意思。

简单来说，就是利用怪谈会将死人送出去的机制以及规则书的绑定机制。

“不管这个怪谈的真相是什么，白棋一方希望能弄死蝴蝶，这是可以肯定的。这也是明天我和那位域主谈判的基础。”许冥一边在本子上写写画画，一边说道，“在此基础上，让它协助我们将顾云舒送出去，应该不是什么难事。”

接下来就很简单了——让顾云舒带着九号规则书离开，同样携带工牌的“阿焦”留下。许冥又给自己留了一条提示，确保下一轮循环开始后，自己和邱雨菲下车后不会进入酒店，而是直接往回走。

之后，再放出戴着工牌的“阿焦”作为导航，凭借工牌和规则书之间的天然联系，一路跟着指引前行。这样应该就可以直接离开了。

唯一让人不太放心的就是“阿焦”们的识路能力……

不过也没办法，没有更好的选择了。鲸脂人不能脱离规则书太远，邱雨菲作为活人又看不见规则书和工牌之间的隐形联系。

鲸脂人听了，颇为兴奋地欢呼了一声：“我觉得这法子可行。”它有模有样地搓了搓下巴，原本尖尖的下巴很快就搓平了，“这样一来，规则书会有些危险。不过顾云舒的战斗力还是挺够看的，应该能撑到你们出去的时候。那些‘阿焦’看着呆呆的，但既然能跟着顾云舒一路过来，追出去肯定也没啥问题！”

鲸脂人越说越觉得这法子靠谱儿，动作幅度也逐渐变大了，显然心里的大石头落了地。许冥漫不经心地点点头，语气却仍有些犹豫：“现在的难点是，我们该怎么把其他人一起带出去。”

正在手舞足蹈的鲸脂人愣了：“啊？”

“主要问题在于如何和他们会合，以及如何说服他们跟着一起走。”许冥没有理会它的呆滞，自顾自地继续说，“到了下一轮，我和雨菲就是第三轮循环，应该会在早上就来到酒店。难道要等在酒店门口拦人吗？可拦住了也没法儿直接带人走啊，他们连记忆都没有。况且还有比我们更早来的人。要么就赶在下一轮之前给他们留下提示，让他们下车后等着。但具体怎么操作也还没头绪，或许可以利用规则书建立某种规则进行引导？”

“不好意思，等一下。”鲸脂人缓缓地举手，诚恳地打断了许冥的思索，“请问哪里来的其他人？”

许冥诧异地看了它一眼，仿佛听到了什么奇怪的话：“当然是这酒店里的其他活人啊。”

“我知道。”鲸脂人继续诚恳地看着她，“那请问关你什么事呢？”

“别的姑且不论，但至少那个出租车司机我们得带走吧。”许冥说，“他是跟着我们进来的。”

“他是跟着死人进来的。”鲸脂人冷静地纠正了她的措辞，“只是那个时候你们碰巧在一辆车上。”

许冥克制地闭上眼：“可如果他当时没载我们的话……”

“没载你们的话，说不定会在其他地方遇险，谁知道呢？”鲸脂人振振有词地说，“他进来是他的命，说明他命中有这个劫，又不是你非要拖他进来的，你管那么多干吗？”

我真的不能把这玩意儿直接丢掉吗？

许冥再次沉默了，片刻后摇了摇头，继续在规则书上写写画画。鲸脂人却被她搞得忧心忡忡的，又吭哧吭哧地爬了过来，打算再劝一劝她。还未开口，就瞥见了许冥手头的东西，又是一怔。

“你在干吗？画工牌？”它惊讶地说，“不是所有‘阿焦’都拿到了工牌吗？”

“我在研究能不能制作没有指向性的工牌。”许冥不太高兴地看了它一眼，想想还是应了一句。

鲸脂人又是一怔。就在此时，许冥正好停了笔，规则书上飘起丝缕红线，缓缓地向外蔓延，鲸脂人随着红线的方向看过去，这才发现床上多了张工牌。

和发给“阿焦”们的一样，只是连在外壳上的不再是那种丝丝缕缕的仿佛会随呼吸飘荡的红线，而是光洁的红色缎带，看着十分正常。

鲸脂人好奇地凑上去一看，发现那工牌也和以往发的不一样。照片处是个大众脸的卡通形象，男女莫辨，所属公司依旧填的是“怪谈拆迁办”，职位写的是“临时工”。

更特别的是，这张工牌上的姓名一栏是空着的。

鲸脂人低头打量着这张工牌，不知为何，心中忽然有种不妙的预感。

它伸手指了指，虚心求教："这个到底是……"

"半成品工牌。"许冥自我肯定般地点了点头。

鲸脂人说："你弄这个是……"

"留着备用。"许冥继续点头，"就看明天和那位谈得怎么样。"

如果对方确实有救人的打算，那她觉得自己完全可以和对方进行合作，合作的方式也很简单——

她留下一些半成品工牌放在酒店里，若再有人进来，就由酒店方组织拦截，再让一个工作人员戴上工牌，充当引路人，循着与规则书之间的联系将人直接带出去。

工牌上的名字空着，就是为了到时候让佩戴的人自己填。只是目前仍有两个问题，一个是她不确定酒店的工作人员能否离开酒店，如果不能，这个方法还得调整；另一个就是这方法比较费人力，毕竟一旦出去了就不知道还能不能再回来。

这些都需要经过明天的面谈才能确定，许冥一时也拿不定主意，只能先尽可能地做些准备。

鲸脂人却又一次听傻了。

合作？

她甚至想到了合作？

如果不是因为现在还处在寄人篱下的状态，它真的会诚恳建议许冥出去后直接去四川，到乐山大佛头顶坐坐。

"小孩儿……我是说，小姐。"鲸脂人静了片刻，用力抹了把脸，直接把精致的五官都抹平了。它这会儿顾不上这些，又往前走了几步，直接坐到许冥的眼皮底下。"可能我说话有些直接，但我觉得你现在有点上头。"被抹平五官的脑袋上裂开一道缝，开合着吐出声音。

许冥正在绘制新工牌的动作一顿。

笔尖烦躁地在本子上戳了两下，她微微抬眸："你什么意思？"

"字面意思。"鲸脂人抱起胳膊，脑袋再次裂开了，"我不知道你是被自己的谎言冲昏头了，还是被什么胡杨的精神感动到连自己是谁都忘了，你好像真的觉得自己能做成很多事。"

许冥不自在地抿了抿唇，放下了手中的笔，刚要说话，却见鲸脂人已经煞有介事地抬起一根手指，语气十分严肃："但事实是什么样的呢？事实是白棋一方的立场是你猜的，虽然看似合情合理，但你没有任何直接的证据证明它们是无害的；事实是你确实有一本很厉害的规则书，但到底该怎样用你自己都还没摸清楚，连完全解锁都还没做到；事实是你看着很牛只是因为你是一个‘白痴’，而所谓的‘怪谈拆迁办’根本不存在。”鲸脂人的脑袋上又露出一只眼睛，一言难尽地看了过来，“我承认你这家伙的脑袋确实蛮灵光的，有些小聪明，但也别把自己想得太厉害了。在宏强时的好运属于偶发事件，但好运不会一直存在。更别提你还带着规则书……这东西不让人知道还好，一旦被别有用心的非人类发现，你就是一份明面上的超豪华‘外卖’，你怎么敢赌啊？”

实际上，关于“白棋是胡杨”的猜测，方雪晴他们也给了相似的提醒。他们这种业内人最忌讳的就是在怪谈中随意交付信任，认定某一方为胡杨。有些时候，这种错认足以致命。

因此，许冥心里也是有些准备的，也有进一步试探的思路。然而她还没开口，鲸脂人就竖起了食指。

“还有最重要的一点，”它说着，突然重重地叹息了一声，“白棋一方，或者说这座魔方大厦，估计撑不了多久了。哪怕你猜得都是对的，对方也愿意和你合作，也只是无用功而已。何必白费工夫。”

许冥一怔，下意识坐直了身体：“这话怎么说？”

“这还用说，明摆着的呗。”鲸脂人幽幽地说，“我一开始也以为发白棋糖果的那方是域主，所以没多想。可假如真像你说的，蝴蝶才是域主，那它多半要完了。你知道为什么人类管域主叫‘树’，寄生者叫‘菟丝子’吗？因为域主的优势是天然的，枝繁叶茂，根深蒂固。菟丝子哪怕有能力反攻，也要花很长时间去积累、盘算……所以聪明的菟丝子都是避着域主走的，猥琐‘发育’，专门‘捡漏’。

“白棋那方能够在别人的主场靠两个循环拖延人类送死的脚步，已经算是天赋异禀了，当然也是钻了空子的。可一旦开始硬碰硬，它绝没有任何胜算，懂吗？”

从域主的角度出发，蝴蝶也没有任何容忍白棋的理由。

假设许冥的推测全部是真的，那现在的情况其实很明确，所谓的“循环”其实就是一条由白棋方设立的位于真正的核心区域前面的蛇形排队通道，只是这条通道分成了两个部分，高速公路上的是空间上的排队，酒店内的“循环”是时间上的排队。

住客们在这条蛇形通道里一圈圈地往前走，每走一圈，就离真正的核心区域更近了。虽说的确是在靠近，且蝴蝶可以利用密室等方式提前猎取食物，但本质上这条排队通道的存在还是大大减缓了住客们进入核心区域的速度。

更何况这条排队通道不仅长还限流，每一轮只能进三个新人，如果进来的有死人，还会被直接放生。

这就意味着如果酒店里的循环不破，蝴蝶进食的速度就会一直被拖慢，外面还会有很多卡在高速公路上的“菜”。设身处地地想，哪个域主会愿意容忍这样碍事的存在？更别提能够构建出这样的“排队机制”，说明白棋肯定也有自己的“根”。对域主而言，也算一盘不可多得的好“菜”。

许冥琢磨了一下它的话，又想起顾云舒提过的磷粉和蝴蝶翅膀，似乎明白了什么，脸色微微一变：“那现在……”

“我怀疑蝴蝶利用剪刀破坏的不只是循环天数。”鲸脂人冷冷地说，“就算能够把酒店内的循环天数剪成一天又怎样？高速公路那边的循环还是无法破除。不如一鼓作气，找准机会直接入侵，把白棋和被困在循环中的人一锅全部端了。”

一了百了。

顾云舒不在循环中，按理说有些东西她应该看不见。但她偏偏看到了磷粉和蝴蝶翅膀，这可不是什么好信号。

这个被剪到只剩两天的循环估计早就已经千疮百孔，摇摇欲坠。一锅端只怕也已经在推进中。

“我真的觉得你一开始想的那法子不错，感觉能成。”鲸脂人得出结论，“但别的事我也是真心建议你别掺和。要是真过意不去，出去后找安心园艺的人报个信也算仁至义尽了。留给你的时间不多了，趁着还没进核心区域，能跑赶紧跑……阿姐，收手吧，外面都是蝴蝶！”鲸脂人的语气异常恳切。

许冥抿了抿嘴，手中的笔尖微动，一时没有回应。

直到心不在焉地将第二张半成品工牌画完，她抿紧的嘴唇才略微松动，然后将旁边急得转圈的鲸脂人放在了床头柜上。

“谢谢你和我说那么多，我会再好好想想的。”

她轻声说着，语气也有几分认真。她抽了张纸巾擦手，顺便往鲸脂人的纸巾小床上又加了张床单：“有些事还得等明天和那位接触之后再看看……我会谨慎些的。时间不早了，你就在这儿窝着吧。我去把邱雨菲叫回来睡觉。”说完便起身开门出去了。

鲸脂人坐在自己的纸巾小床上，带着满心复杂的情绪摇了摇头。

“果然是小孩儿。”它嘀咕着，小心翼翼地躺进自己的被子里。

又过了一会儿，房门再次打开，许冥和邱雨菲进来了。衣柜“吱呀”一声打开了，那里是顾云舒休息的地方。不久，房间里的灯就被关上了。

这是他们在这间酒店中过的第三夜。

不出意外，应该也是最后一夜。

◆ **8207号房内。**

薄荷早早就关了灯躺在床上，却不知为何一直睡不着。

她仍在想自己不久前在房间里找到的两份住客须知——材质一模一样，内容却截然不同。

她对比看了一下，却感觉脊背发凉。

因为觉得太过诡异，她还特意问了朋友。朋友却说两份都是假的，只是酒店为了制造惊悚效果而设置的道具，让她一个都不要相信，也不要在意。

话虽如此，但薄荷实在无法不在意。

仔细一想，朋友好像今天一早就怪怪的，她在大巴上睡着了，朋友却不叫她，一个人下去办理入住手续，还一直叫嚷着头痛，不让她去吃饭。明明餐厅还开着，却逼她回去睡觉……

越想越怪。

薄荷又是一阵辗转反侧。迷迷糊糊地睡了两小时便醒了，发现再也睡不着了，索性直接坐起来开了夜灯，想玩会儿手机解闷。

她的手机里没装游戏，能用来打发时间的只有社交软件。她打开常用的软件刷了一会儿，这才想起自己从入住到现在居然还没有发照片打卡，于是赶紧找了个好点的角度，拍了张相当精致的空镜照片，精修一番后直接点击上传发布。

发布完成，她又习惯性地打开相册，打算把没修的照片删掉。然而在看到相册的瞬间，她的表情却一下子僵住了。

她的相册里多了很多照片。

有很多她的自拍，有在走廊里拍的，还有和雕像合拍的。有些她有印象，有些却完全想不起是什么时候拍的。再往后翻，还有她和朋友的合照，背景也是一楼展厅，两个女孩儿对着镜头笑得很开心。

薄荷死死地盯着那张照片，大脑嗡嗡作响，全身汗毛倒竖。

她记得很清楚，朋友比她先入住，她们俩是在朋友的房间里会合的。朋友从入住到现在就没出过房间……

她们根本就不可能一起在展厅里拍照！

意识到这一点，薄荷更加觉得头皮发麻。恰在此时，她听到手机响起了一连串提示音，屏幕上还出现了弹窗。她几乎是本能地点开了，手机屏幕立刻切换到了另一个界面——她刚才发布打卡照片的社交平台。

原来刚才响起的是评论提示音。薄荷在这个平台上有一些粉丝，不过这么一会儿就收到了十几条评论。扑面而来的活人气息瞬间冲淡了刚才的惊恐，她闭上眼睛缓了缓，总算感觉心跳逐渐平复了。

她仔细回忆了一下，似乎的确和朋友在展厅里拍过照片。而且她们俩今天都穿得很好看，这地方又那么适合拍照，按照朋友的性子，不拍才是不正常的。

应该只是自己记错了。

对，只是记错了。

薄荷不断地自我安慰，终于缓缓地睁开了眼睛。

在看清屏幕上显示的评论内容的瞬间，她的表情再次僵住了。

只见照片下面的一条条评论排列得整整齐齐的，评论者的头像都是空白的，账号名都是随机乱码，关注的重点也惊人的相似：

这蝴蝶拍得真好看！

从没见过这么漂亮的蝴蝶，叹为观止！

你照片里的蝴蝶真美啊——

…………

薄荷愕然抬眸，点开自己之前拍的空镜照片，反复放大，看了又看。

上面根本就没有什么蝴蝶。

就在此时，似乎有人察觉到她正在阅读评论，原本已经停止增长的评论忽然以惊人的速度开始暴涨，手机响个不停，弹窗一个接一个地跳出来，铺天盖地的，刷出来的都是同样的内容——

你照片里的蝴蝶真美啊！

你照片里的蝴蝶真美啊！

你照片里的蝴蝶真美啊！

那么美的蝴蝶。

快去看看呀——

它正看着你呢。

压抑的恐惧随着评论数的增加越来越强烈了，在看到最后一句时，薄荷终于控制不住，爆发出一声尖叫。

她把手机扔了出去，啪的一下掉在地上，恰好掉在她拍照取景的位置。

掉落在地上的手机仍在不停地闪烁、响动。薄荷惊骇地瞪大眼睛，本能地往后退去，无意中往上一瞟，却忽然捕捉到一抹异样的色彩。

她的心跳顿时漏了一拍。她僵直地坐在原地，明明求生欲在尖叫，却还是控制不住地继续抬头，视线缓缓上移。

就在此时，她的眼睛忽然被遮住了。

只有她一个人的房间里，身后却突兀地伸出了一双手。手掌按在她的眼睛上，胳膊擦过她的脸颊。不论是手还是胳膊，都冰凉得令人毛骨悚然。

“别看。”她听见朋友的声音在耳边响起，“现在闭着眼睛往外走，跟我走。我带你下去。

“别睁眼。别看它。别看任何文字。如果听到我突然改变说法，那就连我的话也别听。

“赶紧起来，赶紧走。它很生气。

“那个笨女人，把一切都搞砸了……

“我就知道，不该信她。”

◆ **许冥的房间内。**

许冥睡得正香，忽然听到耳边响起鲸脂人焦急的声音。

它的声音压得很低，似是怕惊动什么。她迷迷糊糊地睁开眼，正见鲸脂人手脚并用地往她包里钻。她不解地转头，却发现睡在旁边的邱雨菲已经坐起来了。

邱雨菲正在看电视，看得目不转睛。

房间里很暗，唯有电视机屏幕的光在黑暗中闪烁着，不断发出“嗤嗤”的声音。

许冥觉得不对劲，下意识往电视的方向看了一眼，只看到满屏的雪花。再看邱雨菲，依旧死死地盯着屏幕，看得如痴如醉。

“雨菲？”许冥呼吸微滞，试探着叫了一句。邱雨菲只淡淡地应了一声，一个眼神都没有给她。

许冥的脸色更不好了。鲸脂人已经躲得完全不见踪影了，只在脑海里小心地发出些声音：“情况不妙，非常不妙！”

许冥问：“怎么说？”

“那个‘蝴蝶’不知发什么疯，突然就开始搞事了！”鲸脂人的声音又虚又紧绷，“我真傻，真的！我猜到它会找机会强行入侵，但我没想到它这么急，多一天时间都不给……你是‘白痴’，看不到，现在到处都是蝴蝶翅膀和磷粉，没字的地方都长着字，有字的地方也都被扭曲得差不多了……”

许冥悄悄地翻身下床，一边伸手到邱雨菲的包里翻找，一边低声问：“都被扭曲成什么了？”

鲸脂人“嘶”了一声，又发出了那种神似牙疼的声音。邱雨菲却给了许冥她想要的答案。

就在她将邱雨菲的工牌摸出来的瞬间，她听到了邱雨菲陶醉的呢喃。

她说，这里的蝴蝶，真美啊。

第34章

蝴蝶：“你礼貌吗？”

从许冥的视角看，除了那台吱吱作响的电视机外，房间里的一切都与之前并无差别。

可即便如此，她还是能隐隐感觉到有什么变了。

她能感受到一种若有似无的香气，还有一种奇异的、压抑的气氛。在看向白色的墙壁时，还能看到若隐若现的颜色，像是直视太阳后产生的晃眼光斑。她一开始还以为这是鲸脂人和邱雨菲话太多了导致的心理作用，但很快她就意识到不是这样的。

她确实能感觉到房间里多了些什么。就像她在宏强抱着打印机跑路时，明明看不到身后追逐着的域主，却能感觉到那种逐渐逼近的强烈灼烧感。

从另一个层面讲，这至少证明了两件事。

第一，她的推测是对的，在这个怪谈里，蝴蝶才是域主；第二，就像鲸脂人所说的，对方现在多半在发疯。

毕竟以宏强为例，她唯一能感受到域主存在的时候，就是对方火冒三丈地跟在后面撵她的时候。由此及彼，蝴蝶这会儿的精神状态只怕真不怎么稳定。

来不及细想，许冥拿着邱雨菲的工牌赶紧给她挂上了。

邱雨菲依旧是那副精神恍惚的状态，盯着雪花屏看得兴致勃勃，口中时不时溢出喃喃自语。许冥毫不费力地将工牌挂好，随即在她耳边打了个响指。

“‘怪谈拆迁办’的员工应保持对领导的基本礼仪。”她说，“领导说话时，员工应暂停手上的工作，并看向领导，认真聆听。”

话音刚落，她就感觉自己的肩膀开始疼了。这种熟悉的感觉似乎是肩周炎。

邱雨菲仍是一点眼神都没有分给她，只是定定地看着电视，一股子整顿职场的气势，将领导无视得很彻底。

倒是衣柜那边传出“嘎吱”一声响，缩在里面的顾云舒探出头，眨巴着眼睛看了过来。在目光扫过邱雨菲的瞬间，又微微地瞪大了眼。

许冥看出了她眼底的愕然，赶紧抬手冲她做了个噤声的手势。想起她之前被蝴蝶翅膀蛊惑的经历，又抬手遮了遮眼，示意她不要乱看。

顾云舒心领神会地点点头，又缓缓地缩进了衣柜中。许冥将目光转回邱雨菲身上，一时却感到有些无措——“纸袍权威”已经顺利建立了，却明显没什么效果。无奈之下，她只能用更低级的方式试着去捂她的眼睛，又用力地掐了掐她的脸。

然而，哪怕脸颊已经被掐得通红，邱雨菲的表情和姿势仍旧没有丝毫变化。许冥将手掌盖在她的眼睛上时，甚至连睫毛的颤动都感觉不到——她连眨眼的动作都没有，视线就像是钉在了前方，不管是她面前的电视还是手掌，对她来说都一样。

“这样不行。”眼瞅着许冥的眉头越皱越紧，鲸脂人终于忍不住在她的脑海里出声了，“你干涉得太晚了，现在那些文字已经刻在了她的脑子里。除非能把那些印象抹掉，不然再怎么折腾都没用。”

“哪些印象？‘蝴蝶真好看’吗？”许冥忍不住问道，“到底哪里有字……”

“就是电视上放的啊，一直在不停地放，精神污染似的。”鲸脂人说道。

许冥转头看了眼雪花屏，嘴抿得更紧了，顿了顿才问道，“具体放的是什么？”

“嗯？”鲸脂人一时没听明白。

“电视上的字具体是什么？”许冥翻身下床，又开始在包里翻找，“全都告诉我，一个字都不要错。”

“还能有什么……翻来覆去就一句话呗。”鲸脂人本来就有些蒙，被她一问更蒙了，“‘这里的蝴蝶真美啊’。”

“是吗？”许冥埋着头，不知翻到了什么，突然又来了句，“你再仔细看看？”

鲸脂人说：“我看着呢……”

许冥说：“我说念给我听。”

鲸脂人说：“这里的蝴蝶真美啊。”

许冥说：“现在呢？念给我听。”

鲸脂人说：“这里的蝴蝶真美啊……”

许冥不说话了。顿了两秒，她又问道：“现在呢？你再念给我听。”

鲸脂人陷入了短暂的沉默。

如果不是因为自己这会儿是借由规则书的联系与许冥沟通，它真的会怀疑自己可能也一不小心陷入了某种可怕的幻觉。而此刻正与它对话的也根本不是许冥，而是一个不断诱惑它重复诡异字句，好在它的脑子里也刻满蝴蝶的可怕怪物。

“喂，你还在吗？”思索间，许冥催促的声音再次响起，“电视上的字还在吗？写的是什么？念给我听。”

她不会是想趁机弄死我吧？

鲸脂人认真地思考了两秒，将注意力再次转向电视机，随口给出回应：“字当然在啊，不还是那句话吗？这里的比熊真美啊……嗯？”

等等，什么比熊？

鲸脂人一愣，趴在包沿，又瞪大眼睛仔细看了看。

它确定没有看错。电视屏幕里依旧是那副精神污染的画面，同一句话翻来覆去地滚动播放着。只是播放的内容全都变成了“这里的比熊真美啊”。

鲸脂人转头一看，终于注意到许冥手中的那两张纸。它这才意识到那是什么——许冥之前研究新解锁的“二重代换”时，曾从规则书里撕下两页与怪谈无关的阅读记录，一页是它的，一页是许冥自己的。

所谓“二重代换”，简单来说就是抓取一定范围的阅读记录，从中提取关键词，并与当前怪谈区域内的某些词句进行替换。

这个“一定范围”限定得也很死，抓取的对象仅限所有和规则书有绑定关系的存在，而且有一大堆限制条件，这也是为何当时抓取的内容令人哭笑不得——它被抓取的记录是美容相关的文章，许冥的记录是网页标题“惊天爆笑，比熊的十个傻 × 瞬间”。

好了，至少它现在终于明白比熊是怎么来的了。

“原来是这么个替换法啊。”鲸脂人啧啧称奇，“看不到也能换？”

“嗯，但必须确定目标文本是什么。”许冥在脑海里回应了一句。

虽然规则书里有很复杂的技能说明，但很多规则还是得实际运用才能理解。就像刚才，她也是费了好一番工夫才摸清“二重代换”该如何使用。

好消息是不用像画工牌那样手动操作，也不用像“纸袍权威”那样必须声控。只要将所需的阅读记录拿在手里，再在意识里过一遍流程就行，相较而言操作更方便。

比较麻烦的一点是，这个改动似乎是有延迟的，需要等一会儿才会生效。

许冥默默想着，很快又将目光转到邱雨菲身上。她的状态果然发生了变化——眼睑开始无意识地眨动，眼神也没有之前专注了，还微微地拧起了眉，像是深陷在噩梦中，身体在本能地挣扎。

许冥没有放过这个机会，抬手就是干脆利落的一巴掌。

“啪”的一声，邱雨菲终于有反应了。

她下意识地“嗷”了一声，整个人如梦初醒般弹了一下，捂着脸颊莫名其妙地看了过来，转瞬间眼神又充满了惊恐。

“我的天啊。”她不受控制地呢喃出声，视线缓缓扫过许冥身后的空气，身体瞬间变得僵硬，“这是什么情况？”

许冥“目中无蝶”，但这不妨碍她向别人传达蝴蝶不稳定的精神：“那个蝴蝶来搞事了。”

邱雨菲说：“啊？”

“你可以理解为它懒得等我们慢慢排队，所以带着大锅来接我们了。”许冥继续说道。

邱雨菲更加疑惑了。

许冥没有进一步解释，这种时候还是先设法转移到安全的地方最重要。只是在转移前，她没有忘记再翻一遍规则书，而且直接翻到了最后一页。

微风徐徐，落英翩翩，道旁的樱花树见证着他们青涩却诚挚的誓言。此时的杨朵朵并不知道，白衣少年温和扬起的优美唇角竟会成为她未来十年中唯一拥有的美好……

快速扫了一眼规则书后面新增的那页阅读记录，许冥面无表情地将本子合上，转头看了看仍处在惊恐中的邱雨菲，又看了看她脖子上挂着的工牌，心情复杂地叹了口气。

“没事少看点言情小说。”又拿到一页废纸的许主任发出恨铁不成钢的声音，“能不能看点有用的东西！”

“我什么时候看小说了？我就是在来的高铁上看了一会儿……”邱雨菲被嫌弃得莫名其妙，一时连害怕都忘了。还没反应过来，脸上又被许冥架上了一副墨镜。

“晚点和你解释，先下去。”许冥说着，又敲敲衣柜的门，将顾云舒叫了出来，也给了她一副墨镜。她和邱雨菲出门时一人带了一副，现在自己用不上，正好匀给她。

她牵着人就往门边走，顺便在脑海里唤了声鲸脂人，询问房间现状。

“其他地方还有文字吗？”她询问鲸脂人，“你帮我看看，是不是所有的‘蝴蝶’都被替换了？”

“没有。”鲸脂人很快就给出了回应，“墙上和天花板上也刻着很多和‘蝴蝶’相关的句子。被改掉的似乎只有那句‘这里的蝴蝶真美啊’。”

许冥“啧”了一声。

“得了吧，你别不服气，现在这种改动反而更安全。”鲸脂人琢磨了一下，语气里有几分心有余悸，“这种小范围的修改没那么容易被察觉，要是一次性把所有的‘蝴蝶’都改了，你信不信下一秒蝴蝶就会提刀冲过来砍你。”

许冥说：“至于吗？”

“怎么不至于？你以为这些句子是随便放的吗？这些都是它的规则的一部分，是它猎食的手段。你这么一改，等于把人家织好的蜘蛛网扯断了一根，懂吗？”

所以它才说还好不是大范围的修改，只扯断一根丝对蜘蛛网整体的影响不大，对方一时半会儿也感觉不到。要是一口气把所有的“蝴蝶”都改了，整张蜘蛛网可能会崩一半，对方不找她拼命才怪。

当然，凭许冥现在的本事估计也闹不到这个地步，但鲸脂人觉得还是先给她打个预防针为妙。

想了想，它又补充道：“而且就算没有这一层，你这修改也足够气人了。人家自称蝴蝶，你倒好，直接把‘蝴蝶’改成小狗，这么冒犯人家，换成你你气不气……”

“冒犯吗？”正在解门链的许冥闻言又是一愣，“可这已经是我斟酌用词的结果了。”

鲸脂人一脸疑惑。

“我本来想改的是‘这里的蝴蝶真傻×’。”许冥老实地说。

鲸脂人心想：“确实还是‘比熊’礼貌点。”

第35章

在一群“怪物”里寻找拥有良好阅读习惯的成员，我是否搞错了什么?

其实，许冥这么改并不是出于礼貌，纯粹是因为谨慎。

和使用二级规则依据一样，使用“二重代换”也需要付出代价。只是这代价是浮动的，替换词与原词差距越小，需要付出的代价越小。可所谓的“差距”是什么，规则书上却没明说，许冥只能自己琢磨。思来想去，似乎也只能从词性、词义、词类这几个方面入手。“比熊”之于“蝴蝶”，明显比“傻×”之于“美”更接近。

至少都是生物。

事实证明，她的判断还真没错。现在替换已经完成，她却没感觉到任何不适，唯独肩膀还在痛，但那是之前使用“二重代换”落下的毛病。

这样一看，“二重代换”似乎比二级规则依据好用，只要用词选得好，完全可以做到无伤修改，唯一麻烦的就是对词库的要求比较高。

许冥默默想着，总算解开了面前的门链。开门的瞬间，她听见邱雨菲倒吸了一口气。

许冥啥都没看见，本能地也跟着倒吸了一口气，一边拉着她往外走，一边颇为紧张地转头：“怎么了？你又看见什么了？”

“很多、很多人……”邱雨菲乖乖地跟着她往前挪，因为戴着墨镜，看得也不是十分真切，“我们面前的走廊是不是被拉宽了？我怎么感觉多了好多门。灯光也变了，红色的灯一直闪，墙壁上贴着好多纸，还有很多人在这里走来走去……”

很多人？

许冥微微蹙眉，听到一阵窸窸窣窣的声音，原来是鲸脂人趴在包沿偷偷朝外看。接着便听到脑海里响起一声感叹：“哇，好多牛头人！”

许冥忍不住在意识里说：“闭嘴！都什么时候了还说这种奇奇怪怪的话！”

就在此时，自觉断后的顾云舒也走了出来，看到走廊中的情况，明显也愣了一下。她轻轻地感叹：“啊，好多牛头人。”

牛头人？

许冥心中一动，忽然想起了唐梦龙关于第四轮循环的报告，以及那句“我的蹄子真美啊”。

“全是牛头人吗？”她一边轻声问，一边带着几人贴着墙小心翼翼地往旁边挪。

许冥的房间在走廊尽头，往深处再走几步就是楼梯。只是此时此刻，邱雨菲他们看到的场景明显和她看到的不同，她的每一步都走得十分犹豫，像是看不见路。

当务之急还是得先设法把邱雨菲他们送到楼下去，至少先和魔方大厦的工作人员会合。

几乎就在踏上楼梯的瞬间，她的脑海里再次响起鲸脂人的声音：“不只牛头人，还有羊头人、猫头人、猴头人……什么动物的头都有。”

“我懂了，动物园风格。”她纠正了一下鲸脂人的措辞，又聊胜于无地环顾四周。不知道是不是她的错觉，离开房间后，那种压抑的感觉似乎减轻了。

“它们有攻击意图吗？”

“没，好像都是傻的。”鲸脂人说，“只会在同一个区域不停地打转，跟被无形的墙壁困住了似的。”

原来还是充满刻板行为的动物园风格。

这倒又和唐梦龙关于第四轮循环的描述对上了，就是那些突然出现、无法交流、只沉浸在自己世界里的奇怪住客……

所以他们现在到底在哪儿？蝴蝶大厦吗？还是两个大厦已经重合，只是她作为“白痴”，碰巧可以无视所有和蝴蝶大厦有关的部分？

“除此之外呢？”许冥微微抿了抿嘴，又问道，“还有什么？”

“飞来飞去的蝴蝶，还有奇怪的布景。”鲸脂人在脑海里说道，“迷离的红色灯光，绕来绕去的走廊，会转眼珠子的壁画……啊对了，还有很多小广告。”

许冥一脸疑惑。

“就是贴在墙上的纸，到处都是。”鲸脂人解释道，“上面还写着奇奇怪怪的话。”

“写了什么？‘这里的蝴蝶真美啊’？”许冥猜测着，说话间已经带着邱雨菲和顾云舒一路摸到了二楼的楼梯平台。

“不只，”鲸脂人说，“还有各种疯话。比如你手边的楼梯扶手上就贴着一张，上面写着‘楼梯是蠕动的肠道，电梯是吃人的嘴’。”

许冥有点无语。

“强烈建议别让你的朋友看到。”鲸脂人继续说，“虽然无法确定，但我觉得这种东西看多了脑子会坏。”

◆ **二楼走廊的另一端。**

在凌光焦急的等待中，电梯终于发出了“叮”的一声。

电梯门打开的瞬间，他却克制不住地后退了一步。

一旁的方雪晴慌忙伸手扶了他一把，打量着他瞬间苍白的脸色，不由得蹙了蹙眉：“没事吧？看到什么了，吓成这样？”

凌光没有立刻回答，而是又试探着看向电梯。只一眼，便飞快地收回了目光，用力咽了口唾沫。

又过了两秒，他才轻声说道：“是张嘴。”

方雪晴一头雾水，看了看正常的电梯轿厢：“什么？”

“我看到的电梯是张嘴。”凌光心有余悸地说，“我不知道是幻觉还是……不管我怎么看，它就是一张张开的大嘴……”

那是一张足有两米高的殷红大嘴，嘴里长满了参差交错的利齿，齿缝间还挂着几缕肉丝儿。

此刻，那张嘴就大张着立在那儿，像是一朵等待猎物自投罗网的食人花。

方雪晴觉得莫名其妙，愣了会儿才想起来，就在他们刚察觉到情况不对，急着往外跑的时候，凌光在门缝里发现了一张纸。

那张纸上写着莫名其妙的话——“楼梯是蠕动的肠道，电梯是吃人的嘴”。

“要死，你不会是被那句话给影响了吧？”方雪晴脸色瞬变，“明明就看了一眼……”

“可能是因为我当时认真思考了那句话是什么意思。”凌光侧过头，不敢看电梯，心里一阵懊悔，“大意了，我没想到那些文字的效果居然那么强。”

“洗脑效果强而已。你努力给自己点暗示试试？或者直接给它一拳？”方雪晴试着给他出主意，“要不就直接进去，幻觉就是幻觉，幻觉是不会……”

话还没说完，她无意中往旁边一看，整个人瞬间僵住了。

哪里还有什么电梯？

只有一张由污浊的血肉堆成的深渊巨口，环着一圈外翻利齿，盘踞在电梯原本所在的位置，章鱼吸盘般的口器不断开合。

看来她的脑子也不干净了。

“雪晴？”察觉到她的反应，凌光微微抬眸，不妙的预感涌上心头，“你这是什么表情？”

“你不该把你看到的东西说给我听。”方雪晴没有正面回答，只是像自我调节般揉了揉脸，“难怪唐哥第四轮没留下什么有用的信息……”

强污染性，强传染性，前所未见。

就是不知道这种幻觉是否具有攻击性，如果没有的话，他们或许还能咬牙克服一下。

方雪晴默默想着，试探着往前走了几步，摸索着将手伸向电梯门所在的位置。然而下一秒，一阵刺痛就狠狠地打破了她的侥幸。

她低呼一声，闪电般将手缩了回来。只见她的手背被尖牙划出了一道深深的血痕。鲜血立刻涌了出来，方雪晴赶紧将伤口按住，脸色更加难看了。

“这绝不只是幻觉。”她喃喃着往后退，“我现在真的相信蝴蝶才是这个怪谈的域主了。”

这种可怕的扭曲能力，完全是域主才有的水准。

“现在怎么办？”凌光警觉地环视四周，从包里掏出一卷纱布，熟练地扯开，给方雪晴包扎。他强迫自己垂下眼，努力不去看头顶那些飞来飞去的蝴蝶：“我们俩的认知都被污染了，电梯是没法儿坐了。”

“问题是也没有别的出路啊。”方雪晴低声说着，同样扫了眼周围，唇角向下撇。

其实按理说，她和凌光是不该坐电梯的。发现情况不对时，他们俩正好都在方雪晴的房间里，也就是8201号房。按照安心园艺的应急行动指南，他们最该用的策略是向右往楼梯的方向跑，同时尽可能叫醒同一层的其他住客，掩护他们一起逃下去。

电梯这种动不动就发生故障的恐怖片标配道具，发生意外情况时最好是能不碰就不碰。

问题是他们做不到。

他们俩在发现不对的第一时间就离开了房间，然而房间外的情况已经天翻地覆。走廊完全变了模样，到处都是令人不安的红光，随处可见带着动物特征的陌生住客与振翅飞翔的蝴蝶。他们找不到任何一位熟悉的住客，也看不见任何一间熟悉的房间。

位于走廊另一端的楼梯也彻底找不到了。他们沿着长廊转了好几圈，不管怎么转，都找不到其他的出口，唯一看似能通往外面的只有这部电梯。

只是现在，电梯也没了，取而代之的只有一张深渊巨嘴。

方雪晴不知道为什么循环的流程会被突然打破，他们忽然就从第一轮的观光视角掉到了这种地狱模式，但毫无疑问，这才更接近他们所知道的蝴蝶大厦——一个会将猎物困在特定的空间，慢慢折磨、驯化、蚕食的地方。

就像是呼应了她的想法，此时头顶忽然传来了更令人发毛的声响，无数盘旋振翅的蝴蝶扑簌簌地落下来，化为大量写满了字的纸。

方雪晴知道不该看这些纸，视线却开始不受控制。匆匆几眼的工夫，又有数行文字颠三倒四地刻进了她的脑海里。

墙壁是收缩的胃壁，壁画的眼珠是蝴蝶的卵。
你的同伴是你的同伴吗？你真的确定他是你认识的人吗？
蝴蝶的方向是真实的方向。磷粉的所在即为真实。
这里的比熊真美啊！
……

等等，什么比熊？

怎么好像有奇怪的东西混进来了？

方雪晴愣了一下，不知为何，思绪倒是一下就从那种不受控制的状态中抽离出来了。

她重重地叹了口气。

“实在不行，只能拿出最后的方案了。”她说着，从包里掏出一个黑色的本子，“我不确定我能把规则修改到什么程度，但至少应该能让我们逃离这个封闭空间。”

“你确定？”凌光看似有些怀疑，“你上次用完这东西后打了小半个月的石膏。”

“那总比被困死在这边好吧。”方雪晴咬了咬牙，给他看手上被血染红的纱布，“你看那电梯像是能坐的样子吗？”

“我不确定……或许我们可以再想想别的法子？”凌光说，“域主确实有可能将对人有利的规则藏起来，但这不代表这类规则不存在。就像唐哥，他的认知本来就被影响了，却在最后时刻想到给我们留下信息，就说明这种状态是可逆的！我们只要冷静下来再想想……”

他说着，垂下眼睛，似乎陷入了思索。片刻过后，他站了起来，飞快地往回跑。

没过多久，他又在方雪晴质疑的目光中跑了回来，手中多了一张纸。

"这是啥？"方雪晴怀疑地看过去，凌光一脸严肃。

"就是写着'电梯是嘴'的那张纸，我捡回来了。我准备再仔细研究一下这个，你在旁边看好我，万一我有什么不对劲的地方，就直接扇我……"

凌光语毕，用力咽了口唾沫，视线又落到那张纸上，然后微微瞪大了眼睛。

方雪晴一直在旁边观察他的神色，见状亦是神经紧绷，下意识地问他："怎么了？"

"上面的内容变了。"凌光喃喃地说着，抬起眼来，"当着我的面变的。"

"啊？"方雪晴被他的话搞得更加紧张了，"变成什么了？"

凌光动了动嘴唇，却有些不知道该怎么回答。

又过了一会儿，他才轻轻地说："变成了优美的唇角。"

方雪晴说："啊？"

"就是，这上面的描述……"凌光一时也不知该如何表达，"变得更加奇怪了……"

方雪晴越发疑惑了，见凌光似乎没有进一步被影响的意思，索性直接将纸拿过来看，然后沉默了。

只见那纸上赫然是两行红色的刺目字迹：

楼梯是青涩却诚挚的肠道。
电梯是白衣少年温和扬起的优美唇角。

好怪的表述。

方雪晴揉了揉眼睛，最后终于得出结论：这个地方很奇怪。

突然，凌光低呼一声。方雪晴循声抬头，看见他诧异地看向电梯所在的方向，还指指点点的。

"正常了！"他的语气里是掩饰不住的惊讶，"你呢？你看到的电梯是什么样的？"

很快，他就意识到自己的问题有些多余。几乎就在他抬手的瞬间，方雪晴就看了过去。从她微张的嘴唇来看，凌光毫不怀疑她现在看到的东西和他一样。

"什么情况？"他依旧难以置信，"不会又是幻觉吧？"

方雪晴却没应声，小心上前试着按了按电梯的按钮，又探头往里看了看。

"管它呢，至少现在看着很正常。"她很快就做好了决定，率先走了进去。要是真的出了什么事，再拿她的规则书托底不迟。

更重要的是，她隐隐感觉到现在的自己似乎变得正常了。不知为何，先前那些诡异词句带来的压抑感似乎变弱了，整个人都清醒了许多。

凌光显然也有相似的感觉，没怎么纠结，很快也跟了进来。

电梯门迅速关闭，接着是熟悉的下坠感。

他们总算逃过一劫。

◆ **一楼，酒店前台处。**

许冥微微挑眉，神态自若地比了个手势。旁边的邱雨菲配合地低头，将手中的纸往前推了推。

“我所说的修改，大概就是这种程度。”

许冥缓缓开口，手指轻点桌面。桌面上正摊着她下楼时顺手拿的纸，正是鲸脂人念给她听的关于楼梯和电梯的那张。

严格来说，那张纸并不是她拿的，而是她让鲸脂人拿来的。一方面是因为不想让当时跟在后面的邱雨菲看到这张纸，另一方面是想留个案例，好继续验证“二重代换”的效果。

接下来的发展倒是十分顺利。她没费什么工夫就带着邱雨菲和顾云舒沿着楼梯走到了一楼，直奔前台。路上倒是看见了其他工作人员，不过他们的状态明显都不太对劲——始终在一个很小的范围里打转，就像鲸脂人描述的那些奇异住客一样。

不同的是，他们似乎能听见许冥的声音，也会根据听到的声音做出反应，但也仅限于此。

他们周围像是立着许冥看不到的墙。她能看见他们，可他们看不见她。

没办法，许冥只能先跑到前台去。前台那边倒是还有三个工作人员在坚持值班，看着相对正常，没有出现刻板行为，只是脸色都非常凝重。

他们身后的房门难得开着，可以看到房间内还坐着一个人，蓬蓬的裙摆沿着椅子垂了下去。

来不及细想，许冥很快就将注意力转到几个工作人员身上，不等他们说话，便直接放话，要求和他们的老板面谈。

然后，按照鲸脂人的说法，就是其中一个工作人员的脑袋又“炸”了。

他们的老板附在他身上，挂满钟表的庞大身躯摇晃着，低头沉默地看向许冥。

许冥则仍旧是那副不慌不忙的姿态，向它确认了一件事——

“现在是凌晨两点。”望着上方的空气，许冥尽可能做出注视的模样，“如果我们能撑到中午十二点，还能来这里办理退房吗？”

回答她的是对方模棱两可的回复。

它说："或许可以。"

许冥反问："什么叫'或许'？"这次回答她的却是缩在她包里的鲸脂人。

"现在的情况，简单来说就是蝴蝶大厦给自己挪了个位，和魔方大厦彻底重叠了。蝴蝶的规则正在入侵，魔方的规则尚未完全作废。"

鲸脂人幽幽地补充道："它的意思是如果到点了它还没完蛋，那就可以按照规则办理退房。"

许冥总觉得有些不安。

不过这样一来，接下来要做的事倒是十分清楚。

"也就是说，只要尽可能延缓蝴蝶入侵的速度就可以，是吧？"她又和对方确认了一遍，接着便毫不犹豫地让邱雨菲掏出那张有关楼梯、电梯的纸，当着对方的面直接进行了一次修改演示。

许冥对着面前的空气再次信口开河："你运气不错。这次考察前，我们也研究过蝴蝶的特性，并为此特意做了些准备。只是一些小小的手段，应该能帮你多撑一些时候。不过若想让它发挥最大的作用，还需要你的配合。"

回应她的是短暂的沉默。随后便听到鲸脂人的声音在脑海里响起："它问你，具体该怎么做。"

许冥心想："其实不是很确定，等我再琢磨一下。"

不过至少有一点是可以确定的。

"第一步，先把这两个东西拿去发给你的员工。"

许冥说着，随手将两张东西拍在桌面上——正是她入睡前就做好了的两张半成品临时工工牌。

"填上名字后直接戴上，优先给比较清醒的、能和人沟通的，以及……

"平时有良好阅读习惯的。"

第36章

无效沟通，最为磨人

薄荷依旧没搞清楚现在的情况。

她只知道不久前，一切忽然全乱套了，乱得好像噩梦降临。周围都是乱糟糟的脚步声，她却什么都看不见，因为朋友的手还捂在她的眼睛上。

朋友的手很冰，说话的声音似乎也凉飕飕的，还有些有气无力。搀着她往前走的时候，步子却很坚定。

可她是怎么做到一边捂着她的眼睛，一边搀着她的胳膊的呢？

薄荷不知道，就像她不知道朋友为什么会突然出现在她的房间里，又为什么净说些奇怪的话。

她的心跳得很快，走路的时候腿都是软的，想要尖叫的冲动满满地堵在喉咙里。被遮蔽的视线与冰凉的触感让恐惧被放到最大。天知道一路上她多少次被自己的想象吓得浑身发麻，恨不得转身就跑。

不过她最终还是没有做多余的事。或许是因为信任，或许只是单纯因为害怕得不想思考，她到底还是听了朋友的话，一路摸索着被带到了一个房间里。

甚至直到现在，她还不确定自己到底在哪里。她只记得朋友最后说了句："这里应该还行，勉强算是安全，你先在这儿等着吧。"接着扶她在一个地方坐下了，后来就再也没发出过任何声音。

只是那种覆在眼睑上的冰凉触感还在，她也就顺从地没有睁眼，一直老老实实地坐着。耳边不时传来旁人的声音，隐隐约约的，听不真切。她只能大概判断周围应该有酒店的工作人员，他们似乎很焦虑，不时用急切的语气说些她不懂的话，偶尔混杂着时钟嘀嗒嘀嗒的声音。

不知过了多久，终于又有别的声音出现了，只是她还是听不清楚。她模糊地听到"拆迁"之类的话，但那声音很快又变小了，像是被什么盖住了。

现在究竟是什么情况？

薄荷很茫然。然而想到朋友的嘱托，她还是压抑了所有的不安和好奇，乖乖地坐在原地，一动不动。

因此她完全不知道，此时此刻，站在她旁边的顾云舒正微微偏着脑袋看她，露出略显烦恼的表情。

她们现在所在的正是前台后面的房间。正如许冥所预料的，前台这边姑且还算安全，暂时没有被蝴蝶入侵的迹象。顾云舒终于可以将墨镜摘下了，清澈的瞳孔里倒映着不远处的薄荷的模样。

薄荷规规矩矩地坐着，身上穿着蕾丝睡裙，看上去十分紧绷。不过这并不是令顾云舒奇怪的地方，她比较在意的是薄荷的脸。

即便此刻薄荷垂着脑袋，她也能清楚地看见，对方的眼睛和耳朵上都缠着厚厚的头发，层层叠叠，叫人想到厚重的茧。她有心想帮薄荷扯开，不料手刚伸过去，便见那些头发窸窣地动起来，厚厚的头发间突兀地出现了一只赤红的眼睛，恶狠狠地瞪着她。

顾云舒没办法，只好将手收回去，无奈地转身走出了房间。

房间外的前台处，许冥正和邱雨菲凑在一块儿嘀嘀咕咕的，边上是自顾自忙碌着的工作人员。至于那个曾被她们当作域主的巨大身影，这会儿已经不见踪影了。许冥说鲸脂人告诉她，它似乎还要把其他被困的工作人员捞出来，不然情况会继续恶化。

顾云舒其实不是很理解，但总算松了口气。毕竟它给人的压迫感有些强，和它待在一起很难受。

顾云舒默默地想着，朝许冥所在的方向走了过去。

许冥这会儿正和邱雨菲一起研究新到手的阅读记录，同时借着邱雨菲的掩护，偷偷摸摸地绘制新工牌。见她过来了，立刻招了招手，又朝她身后的房间看了看。

“里面那个是住在二楼的女孩儿没错吧？”她向顾云舒确认道，“她情况如何？愿意来帮忙吗？”

“嗯……”顾云舒闻言却有些迟疑。

倒是一旁正在操作电脑的工作人员替她回答了。

“她不会和你们说话的。”那个工作人员冷冷地说，“她朋友正守着她。”

许冥一脸疑惑。

“她朋友很凶。”那个工作人员补充道，“很凶很凶很凶。”

所以他们现在都不敢过去。

许冥似乎懂了，总之就是暂时没法儿给她发工牌。

“这样啊……”许冥思索了一会儿，又看了一眼手边新撕下来的阅读记录，神情更微妙了。

这些阅读记录来自刚拿到工牌的两个酒店工作人员，或许是因为她的表现太有说服力了，面对她当面挖墙脚的行为，魔方大厦的域主倒没怎么纠结，很快就答应了。

不仅答应了，离开前还同意了许冥进一步合作的请求。当然，也可能只是病急乱投医。

总之不管怎样，许冥现在等于多了两个临时工，并且拥有继续发展临时工的权利。这对她来说是好事。

这两个临时工确实都有很不错的阅读习惯，阅读的都是些正经文学，但有些过于正经了。

许冥手里有两份记录。其中一份区区五百字的内容就包含孔子、孟子、庄子等好几个“子”说过的话，许冥琢磨了好一会儿，才将出处锁定为某本哲学史。至于另一份，许冥确定自己没读过，但主人公的名字她肯定见过，叫福贵。还是邱雨菲先认出来，说这可能出自《活着》。

许冥忍不住开始反思，死掉的人在读《活着》，她一个活着的人在看“比熊的十个傻 × 瞬间”，真是感觉有点抱歉。

当然，这些内容的出处不是重点，重点是可提取的关键词似乎也很有限。这也是许冥琢磨着继续找人发工牌的原因。

“哦……”顾云舒似懂非懂地点了点头，想了想却又觉得奇怪，“可是，光有词汇，不够吧？”

“嗯？”正忙着低头涂写的许冥微微抬眸，“怎么说？”

“因为，想要拖延蝴蝶的入侵，就需要修改它的规则，不是吗？”顾云舒努力按照自己的理解去表达，“也就是说，比词汇更重要的是知道蝴蝶留下的文字……”

可现在，她们都在待在安全区，这里是没有遭到规则入侵的。

想要获得蝴蝶的文字，就得前往已经被入侵的区域，这无疑是有风险的。更糟糕的是，许冥本身看不见这些，需要有人给她转达，再进行修改。哪怕有鲸脂人帮忙，效率也很低，更别提现在酒店里的其他人都被困在无形的密室里，外面的人进不去，里面的人出不来。

而有些文字很可能只有身处密室的人或已经受到一定影响的人才能看见。若真是这样的，他们能接触和修改的规则就更少了。

“要不让我去吧？”顾云舒左思右想，试着给出建议，“我可以收集文字，也可以救人。你可以给我留提示，让我保持清醒。同时，我和……本子之间还有联系。不会迷路。”

她虽然懵懂，但也知道规则书的存在不能摆上台面，因此用“本子”一词代称。

许冥闻言，却轻轻地摇了摇头。

“你说的事我刚刚也考虑了。”许冥道，“老实说，我真的想过能不能和你分头行动。”

顾云舒一听，立刻来了精神：“那我现在——”

“但是，”许冥打断了她的话，“你不觉得这样效率也没高到哪儿去吗？”

顾云舒有些疑惑。

“所以我觉得，既然要搞，不如就搞个大规模的。”许冥悄声说着，轻轻拍了拍手里的本子，“毕竟，我手里还有你带来的猛将，不是吗？”

从宏强来的那些？

顾云舒眨了眨眼，更困惑了。

“可它们很笨，”她认真地对许冥说，“看不懂字。”

许冥唇角微动，手上动作不停，语气十分笃定：“反过来想，你不觉得这种时候，笨反而是一种优势吗？”

顾云舒还是不懂。

“看不懂字，就不会被吸引、蛊惑。”许冥淡淡地说，这部分内容她还是听鲸脂人说的，“同时，看不懂也不等于看不到。”

这就意味着那些“阿焦”可以在不受影响的情况下，替她收集更多的文字。另一方面，它们和规则书也有绑定关系，自带寻路功能，应当也不至于迷路。

当然，还有一点需要提防，就是那些无处不在的蝴蝶。根据之前的案例，那些蝴蝶本身似乎也有迷惑人的手段，好在现在“怪谈拆迁办”本身已经是二级规则依据，许冥完全可以以拆迁办的名义建立一些内部规则，从而建立一定的防御机制。

顾云舒闻言，再次眨了眨眼。

“可是，如果是它们的话，路上遇到需要帮助的人……”她轻声说着，接着似乎又意识到了什么，默默地闭上了嘴。此时，旁边的邱雨菲正好写完了什么，顺手将手中的纸推到许冥跟前，顾云舒好奇地看了一眼，发现是一个画着箭头的纸质路标。

箭头下面还写着一行字：

此处距离楼梯还有二十步。

这是什么？

顾云舒的脑海里再次出现了问号。只见许冥拉过那张纸，大笔一挥，在下面留下了落款：

怪谈拆迁办

顾云舒觉得脑袋里的疑问更多了：“请问这个是干吗用的？”

“哦，这些吗？”说话间，许冥已经将那张纸搁在了一边。顾云舒这才发现类似的纸已经堆了一小叠。

许冥接着说：“这些是打算让‘阿焦’们带着随走随贴的东西。万一有人从密室里逃出来了，至少能让他们知道该往哪里跑。当然，他们也可以选择原地等待。等‘阿焦’们再次路过的时候，跟着它们走。”

顾云舒已经完全不懂了。

为什么许冥觉得那些人会相信这些指示牌？为什么觉得他们会愿意原地等待一群焦黑的尸体来接自己？最重要的是，为什么认为他们能自己逃出来？

这未免太理想了。

顾云舒犹豫地看着许冥，不知该不该提醒她，不是所有人都像她一样。

她看不到那些蝴蝶和文字，所以不会被影响，也不会被困住。可大多数人不是这样的。他们所在的地方到处都是文字和幻觉织成的陷阱，只要他们去触碰、去阅读、去思考，就会轻易地落入网中，再也找不到任何出口。

这样轻易地假定其他人的处境，会不会太理所当然了？

顾云舒沉默地思索着，张了张嘴，却不知该如何表达。她知道自己说话很直，容易惹人厌烦，所以最好委婉一点。

“我觉得这办法不行。”她最终用了自己觉得最“委婉”的说法。

许冥有些诧异地看了她一眼，顺手将刚做完的工牌收进包里：“为什么这么说？”

“那些从宏强来的……”顾云舒斟酌着说法，“我觉得逃出来的人类不会跟它们走。它们很吓人。”

许冥心想：“哦，原来你也知道他们很吓人啊。”

“这个其实我也想到了。”许冥嘴角微动，“这确实是比较难办的部分。没办法，只能在通知里尽可能圆一下了。”

顾云舒再次愣住了：“什么通知？”

明明每个字都能听懂，可她就是越听越蒙。

顾云舒慢慢地偏过脑袋，一时竟有些怀疑自己是不是无意间又陷入了另一场幻觉。就在此时，许冥转向电脑前面的那个工作人员，有些焦急地朝她挥了挥手。

“嘿，嘿！”许冥说，“秋姐，搞定了吗？我这边准备得差不多了，就等你那边了……”

回应她的是工作人员冷淡的话语。那个工作人员面无表情地转过头来，同时转过来的还有电脑屏幕。

顾云舒这才发现屏幕上开着很多个聊天窗口。

“这个是……”她发出疑问，回答她的却是邱雨菲。

“是这个酒店的‘聊天服务器’！”邱雨菲小声地说，“所有住客的信息都会先发到这里，再由他们回复！”

“这是雨菲发现的。”许冥往屏幕那边挪了挪，探着身子看，“她之前翻自己的手机，发现我们进入酒店后居然还有微信聊天记录。”

怪谈区域自然不可能有网络，所以消息肯定是别的存在收到后代回的。

更别提那消息本身已经消失了，邱雨菲还是在相册里看到截图才知道的，说明消息是在第一轮循环时收到的。那么与之有关的大概就是魔方大厦的人。

所以刚才和许冥商量计划的时候，她就顺口向旁边的工作人员打听了一下这事，发现还真是如此。魔方大厦竟然有一台专门的设备，用来接收住客的消息并进行回复。

工作人员说这是为了安抚住客，毕竟在怪谈区域内，镇定总比恐慌好。

他们用的正是前台的这台电脑，也难怪这里的工作人员总是在忙碌地敲键盘。

“嗯？”顾云舒对着屏幕仔细看了一眼，又觉得不对，“上面的聊天对象……为什么有那么多？”

明明现在入住的住客只有八人。

除了二楼的两个女孩儿以及许冥和邱雨菲，就只剩四个了。

屏幕上的聊天窗口却远不只这个数。

那个工作人员闻言只是淡淡地抬了抬眼。

“还有一些是已经被困在蝴蝶深处的人。”她木然地说，“他们出不来，但他们的自我意识还在。他们会试着伪装成现实中的亲朋好友，尝试给他们发消息，帮助他们唤醒或巩固自我。虽然不能帮他们逃脱，但至少可以让他们多撑一段时间。”

顾云舒轻声问：“那有效果吗？”工作人员沉默着摇了摇头。

越循环，越靠近，信息就越容易被歪曲。这也是为何从第二轮循环开始，他们就一直努力减少住客与工作人员或其他住客之间的联系。

许冥闻言，抿了抿唇。

“行，明白了。”她思索片刻，有了想法，“那等会儿群发消息的时候，把这部分人也算进去吧。反正是群发，不在乎多那么几个。”

那个工作人员点点头，低头再次开始操作。

顾云舒更加迷惑了。她沉默了一会儿，终于忍不住问道：“要群发的，到底是什么？”

回应她的是许冥意味深长的眼神。

◆ 一楼，电梯外。

不知第几次绕回电梯前，凌光的脸色肉眼可见的难看。一旁的方雪晴更是有些受不住了，咬牙拿出了自己的规则书。

“实在不行，还是直接‘开挂’出去吧。”她不耐烦地说，“大不了就再打半个月石膏。”

凌光见状，眉心一跳，正要开口阻拦，却听到手机响了。

他下意识拿出手机，只见屏幕上跳出一条信息：

叮咚，您收到一封来自魔方大厦的秘密信件！

凌光与方雪晴对视一眼，微微蹙眉，小心翼翼地点开了邮件。

一大片文字立刻映入眼帘。

您是否正身处神秘的密室，兜兜转转，找不到出口？

您是否正被诸多诡异的文字包围，觉得头昏脑涨，真假难辨？

恭喜您，您已正式解锁隐藏任务，欢迎来到我们为幸运住客准备的特别会场——“怪谈拆迁夜”！

“怪谈拆迁夜”，即魔方大厦与特殊公益组织“怪谈拆迁办”共同举办的隐藏游戏活动，玩家只要动动手指，即可参与并完成活动。丰富的奖励等你来拿！

具体参与方式：

1. 尽可能寻找当前房间内的特殊句子，并通过短信发送至指定号码。发送格式可以为图片，也可以为文字，但请注意，拍摄或抄写时请保持句子完整，不要出现任何错漏。

2. 发送后请静待片刻。若发现发送的词句出现变化，请立即再次观察当前房间，寻找是否出现了出口。

3. 若没有，请重复上述两条步骤。直至当前房间的出口出现为止。

4. 出去后，请留意附近是否有浑身焦黑、穿酒店制服且佩戴工牌的工作人员。如果遇到了，请不要害怕，那是活动的特邀员工，一切只是妆造效果。请立刻大声呼喊并上前告知他们你遇到的情况。他们会将你引导至酒店前台。

5. 如果附近没有符合上述描述的工作人员，请仔细观察墙壁，确认上面是否有落款为“怪谈拆迁办”的标语或者指示牌。如果有，请不要犹豫，立刻按照上面的指示移动，或者原地等待工作人员到来。

6. 若按指示移动后，并未见到新的指示牌或符合条件的工作人员，说明你已经进入新的密室，不必慌张，再次重复第一条和第二条步骤即可。

7. 当你与工作人员成功会合，意味着任务完成了二分之一。作为奖励，工作人员会随机给玩家发放活动纪念品——“怪谈拆迁办”临时工工牌，数量有限，先到先得。如果拿到了，请在工牌的指定位置填写昵称并佩戴。

8. 玩家成功抵达酒店前台，就代表任务圆满完成！酒店工作人员会为您进行后续安排，请耐心配合。

补充说明：

1. 任务过程中，请勿调戏工作人员。他们是经过专业训练的，一般不会回答问题。如有疑问，请至前台问询。

2. 请勿盯着房间内的蝴蝶看，可能会引发光敏性癫痫或磷粉过敏。

3. 倾情感谢特殊公益组织“怪谈拆迁办”对本次活动的大力支持，此份通知的最终解释权归“怪谈拆迁办”所有。

凌光和方雪晴大吃一惊：“啊？”

第37章

无人救我

收到那条消息的时候，他正在试图撬门。

尽管他知道这个行为本身没有任何意义——门背后依然是门。哪怕他真的把门撬开，从这里出去了，依旧找不到任何出口，能看到的只有一间与他现在所待的地方一模一样的房间。

房间连着房间，像是一场看不见尽头的噩梦。房间里什么都有，却什么都怪，镜子是破碎的，房门是上锁的，墙壁上满是抓痕。

他不记得自己被困了多久，更不记得被困在这里的缘由。他甚至连自己的名字都想不起来了，不知道自己是谁，也不知道出去后该干什么。

但他得逃出去。没有任何理由，这个念头一直在他的脑海里盘旋。

只是身处这样一个没有出口的房间，这个念头似乎显得很可笑，紧随而来的也只有挫败感和疲惫，大概还有愤怒。至少他觉得自己应该是为此愤怒过的，也害怕过、崩溃过。只是时间过得太久，他都忘记了。

即便如此，他还是一直努力地撬门，撬他能看到的每一扇门。

他隐隐有种感觉，比逃出去更重要的或许是这个念头本身。一旦连这个也放弃了，那他就真的什么都没了。

房间里的电脑偶尔也会向他传递相似的信息。那是这个房间自带的台式机，他因为寂寞，一直开着它。电脑里有预置的聊天软件，时常会有匿名的人突然蹦出来给他推送一些很有生活气息的文章，或自顾自地和他说话。

大多数时候发来的都是些嘲讽或谩骂，或令人不安的诡异句子，极少数时候会出现截然不同的语气，告诉他外面还有人在等他，他可以试着再坚持一下。

他不知道那些信息说的到底是不是真的，但他肯定当真过。他也曾将这些信息视作救命稻草，天天抱着电脑度秒如年地等待，抓住每一个对外求救的机会，用文字和语音去哀求、期待。只是渐渐地，随着那么多的信息石沉大海，那种迫切感最终就像缺氧的火苗，逐渐熄灭了。

“无人救我”——不知从什么时候起，他终于意识到了这点。

这是一个很糟糕的事实，但能意识到这点是好事，意味着他不会再对其他东西抱有多余的期望，相应地，也不会再有失望和绝望。那些信息的内容对他而言也变得无关紧要起来。诅咒也好，鼓励也好，对他来说早已没有差别，也没有任何意义。

……

望着屏幕上跳出来的新信息，他的神情出现了短暂的凝滞。

早已僵硬的眉头不自觉地挑起，他看了看那条信息，将电脑重启，又点开看了一遍。

他很确定，不是幻觉。

什么活动？什么拆迁办？怎么都是没见过的东西？

而且好长，真的好长。

对现在的他来说，要理解这么长的信息有些困难。好在他努力了一下，大致的意思还是看明白了。

收集文字以及……离开？

这是什么新的嘲讽人的方式吗？比如他照办了，最后再发来一条“别傻了，你根本逃不出去”之类的话？或者是某种哄骗他去阅读那些诡异文字的陷阱？

他不确定，也不知道该不该当真。不过他能感觉到，就是因为这条莫名其妙的信息，某种久违的东西再次从胸口冒了出来，就像被风吹过的余烬，又隐隐地亮起了火光。

于是，短暂的沉默过后，他终究还是在迟疑中起身，开始按照信息的要求收集各种“文字”。

这种东西其实不少，像是果园里的果子，俯拾皆是。只是他平常会有意藏起或撕掉其中的大部分，不让自己看到，现在找起来反而有点费事。花了大约几分钟，他才总算找到了七八张。

接着，他坐在床沿，按照规则将那些文字一条条发送出去。

他知道那些文字不是好东西，发送的时候也努力强迫自己不去思考，只当自己是一个没有感情的打字机器。即便如此，某些字句还是不受控制地闯进了他的脑海——

不要接触你看见的其他人。他们是假的，他们没有脑袋。

老鼠是更高级的进化，它是蝴蝶的嫡子。蝴蝶有最美丽的花纹。它是所有人的母亲。

要相信蝴蝶。虔诚地相信。当你承认它时，它便会乘着彩光，翩翩舞蹈着来接你。

你可以试着开门。但门的后面没有出口。那是没有尽头的噩梦。

这里的比熊真美啊！

他打字的动作一顿。什么比熊？

迟疑了一下，他决定无视这个问题，继续打下面的文字。

然而没打几句，又有两排加粗的红色大字闯进了他的视野。

楼梯是青涩却诚挚的肠道。
电梯是白衣少年温和扬起的优美唇角。

我到底是被困在了一个多么变态的地方？

这一刻，他不由得开始思索这个问题。

很快，他的注意力又被吸引了——发送完毕，他马上就收到了一条确认信息，落款依旧是“怪谈拆迁办”。大约十分钟后，那张纸上的内容居然真的变了。

不要接触你看见的其他人。他们是假的，他们是刑天。

老鼠是更高级的优化，它是蝴蝶的爹。蝴蝶穿着水红色的旗袍。它是鼠的娘。

要相信蝴蝶。辩证地相信。当你承认它时，它便会带着一个蓝底白花的包裹，漂漂亮亮地来接你。

你可以试着开门。但门的后面没有门。那是穿越少女回家的梦。

这都是什么跟什么？

他忍不住抓了抓头，觉得本来就很莫名其妙的世界突然变得更令人费解了。

不过，那份活动通知是怎么说的来着？

若发现发送的词句出现变化，请立即再次观察当前房间，寻找是否出现了出口。

出口。

他麻木的心脏因为这个词而轻轻一动。他有些急促地起身，在房间里四下查看起来。

在确定房间内部没有任何变化后，他终于将目光缓缓地转向了那扇关着的门。

那是一扇很常见的门，门上缠着沉重的锁链，锁孔里还插着他刚才用来撬锁的铁丝。

他用力咽了口唾沫，缓缓上前，试着强行开门，只可惜通过打开的门缝看不见外面的任何情况。没办法，他只能再次拿起铁丝，继续之前的撬锁工作。

撬得越深，他的手就越抖，动作也越急促了。等到锁终于被打开的那一刻，他将锁链一把扯了下来，因为动作太急，甚至抓破了自己的皮。伸手推门的刹那，他的动作却僵住了，顿了会儿才小心翼翼地再次转动把手，像是在靠近一个一不小心就会惊醒的梦。

门被推开的刹那，他的表情终于彻底变了。

出现在门外的是一条走廊。

走廊很长，亮着灯光。他试探着往外走了一步，脚下传来地毯柔软的触感。

他出来了。

他真的出来了。

他呆滞了片刻，紧接而至的便是久违的狂喜，强烈的情绪几乎瞬间就涌了上来，噎住了他的喉咙，让他发不出一点声音。他急促地呼吸着，第一反应就是往外跑。不过他刚出去又回来了，冲到电脑前面打开那张通知，迅速地认真重读了好几遍，恨不得将每一个细节都刻在脑海里。

"'怪谈拆迁办'，出去要认指示牌，要找写着拆迁办的……"

他喃喃自语着，转头又往门边冲。因为担心门会关上，他刚才进来重读信息时还特意用椅子将门卡住了。

进了走廊，他立刻变得谨慎起来，一路摸索着前行，目光不时扫过两边的墙壁。没过多久，还真让他找到了一张贴在墙上的指示牌，非常清晰。

在看清指示牌右下角的"怪谈拆迁办"五个字后，他才稍微放心了一些。他立即停下脚步，不敢再乱走，安静地在原地等待。

又过了一会儿，一个人影逐渐靠近了。他屏息等待着，确认对方身上确实有属于“怪谈拆迁办”的工牌，心里的大石头终于彻底落地了。

在这种时候，对方那焦黑的皮肤和扭曲难辨的面目似乎都显得没那么可怕了。

他牢记着通知上的每一个字，老老实实地跟着那个工作人员往下走。而且他的运气似乎真的不错，那个工作人员走了没几步，忽然想到了什么，转头将一张工牌和一支笔交到了他手里。

工牌上面也写着“怪谈拆迁办”，职位是临时工。名字一栏空着，需要他自己将纸片从塑封中取出来写上。

这就是传说中的随机奖励吗？他肃然起敬。

只是名字什么的他实在想不起来了。他琢磨了一会儿，索性在上面填了个“芝麻”。

芝麻开门，多吉利。

填完工牌，他小心翼翼地戴上，继续跟着工作人员往下走。一路下到一楼，正要进大厅的时候，看见另一个方向有几个人靠了过来。

一共有三个人。走在前面的同样是个浑身焦黑的工作人员，跟在后头的是两个年轻人，一男一女。

他顺势往那两人的胸口看了眼，没有工牌。

莫名的骄傲涌了上来。他不由自主地挺了挺胸膛，跟着自己的引路人快步向前走去。

◆ **另一边。**

望着那个从自己面前走过的身影，方雪晴有些傻眼。

“凌光，”她忍不住扯了一下旁边的人，“你看刚才过去的那个是不是……”

“嗯，”回应她的是凌光略显沉重的声音，“应该是已经受影响的人。”

那个逐渐走远的人影浑身绒毛，佝偻着身子，长长的手臂垂下来，从后面可以看到过分尖锐的黑色指甲，明显已经不成人形了。

但它自己好像什么都没感觉到，不知道是不是错觉，方雪晴甚至从他身上感受到了几分雀跃。

她收回目光，稍稍放缓脚步，压低声音说：“连被困的死人都收到了那个活动通知吗？”

凌光显然也无法确定，沉默了几秒，才犹豫地点了点头。

方雪晴的眼神越发惊异了：“所以那个拆迁办到底是……唉，算了。”她顿了一会儿，又说，“那你说，唐哥和老张他们……”

会不会也收到了同样的信息，也同样有逃出来的可能？

回应她的是凌光的沉默。过了一会儿，他才轻声说："唐哥或许可以。"

他没有提老张，方雪晴也没有再问。

两人都清楚，老张和唐梦龙不一样。唐梦龙是作为被"捕获"的猎物离开的，还有保留意识的可能，老张却是作为祭品被人类杀死的。

实际上，仔细一想，其实哪怕是唐哥也未必能收到通知。能逃出来的前提是还存在，然而组织的要求是死亡后尽可能地让自己不再"存在"。

毕竟，和怪谈有关的一切只要存在，就是隐患，就可以被怪谈利用。只有彻底消失，才是对人类最有利的。

因为这个话题，两人之间的气氛一下子变得有些沉重，之后也一直保持沉默，直至被工作人员引到了前台。

在距离前台还有几十步的时候，方雪晴就敏锐地感觉到这块区域和酒店的其他空间不一样，进入展厅后，这种感觉便越发明显了。

"嗯，确实。"凌光听了她的话，认同地点头，"这里相对其他地方要'干净'很多，没有那么明显的压抑感。"

"我不是说这个。"方雪晴说，"你不觉得这边的声音也很多吗？很嘈杂，好像有很多很忙碌的人……"

话未说完，两人已经穿过展厅进入了大厅。方雪晴顺势抬头一看，瞬间顿住了。

她现在明白为什么前台的声音听着那么忙碌了。

大家可不就是在忙吗？

不少工作人员正忙碌地来来去去，有的是魔方大厦的，有的是"怪谈拆迁办"的，神奇的是他们都戴着"怪谈拆迁办"的工牌。他们不是忙着搬东西，就是忙着引导、安置住客，因为前台暂时不能使用，还另外设置了一个临时休息区加服务台。

至于前台暂时不能用的原因，也很简单——那边已经完全被人占了。

那个自称拆迁办实习生的顾铭坐在柜台后面，此刻正低头伏案，忙得热火朝天。她的前面和侧面都放着女式手包，恰好挡住了手部的动作，因此方雪晴无法看得很清楚，只能大概看出她在写字，而且看上去好像很累。

顾铭右边是酒店原本的工作人员，正在不停地敲打键盘，时不时从旁边的打印机里扯出几张纸，递给另一边的邱雨菲。邱雨菲面前摆着很多纸，分成了几叠，她正拿着两张对比看，耳朵上还架着支笔，不时拿下来在纸上圈圈画画的。

还有那个当初差点儿被酒店送走的顾云舒也在。不过她的工作似乎比其他几人要轻松些——这会儿她正站在顾铭身后，面无表情地替她捏肩。

方雪晴心想："这是在干吗？来怪谈区域团建还是加班？"

她脑袋里的疑问实在太多了，有必要尽快弄清楚。与旁边的凌光交换了一下眼神，方雪晴深吸了一口气，本着不论如何气势先行的原则，快步走了过去。

然而她才刚靠近，顾铭便头也不抬地说："我知道你有很多问题，但你先别问。时间很急，来不及解释了，你们先戴上工牌。"

说完就把两张半成品工牌扔了过来。

方雪晴心想："什么意思？什么态度？我们可是业内人，看上去像是会随便佩戴这种来历不明的东西的人吗？"

"有问题？"顾铭再次抬眼问她。

不慎跟她对上眼神的方雪晴默默地说："没事，那你先忙。"说完便伸手在两张工牌中挑拣了一下，顺手拍掉了凌光伸过来的手，"这张头像是'豆豆眼'的我要。你拿另一个。"

凌光迟疑地拿起顾铭给的工牌，和方雪晴走到另一张桌前去填名字，填的时候还在迟疑。

"我们真的要戴这个？"

"戴啊，为什么不戴？"方雪晴却是振振有词，"既然给了，就有她的理由。情况不对再摘呗。"

"你确定？"凌光蹙眉，"可我们现在情况都还没搞清楚……"

"确实。"方雪晴往顾铭的方向看了眼，轻轻地撇了撇嘴，"但至少现在，有两件事我们是能确定的。"

凌光问："什么？"

"第一，'怪谈拆迁办'也好，魔方大厦也好，虽然手段不明，但都没有对人类表现出恶意。"方雪晴小声道，"你也看到了，他们不仅把目前所有的活人住客都带出来了，而且连被困的死人也捞……"

在这种情况下，她觉得完全有理由信任他们。

"行吧。"凌光再次蹙眉，勉强接受了这个理由，"那第二呢？"

方雪晴深深地看了他一眼，面色有几分凝重："第二，就是现在绝对不适合去找顾铭问东问西。你见过打工人因为长久加班而实质化的怨气吗？"方雪晴的神情依旧凝重，"我见到了，从顾铭的眼神里。"

火焰般浓烈的怨气在对视的瞬间几乎扑面而来。方雪晴毫不怀疑，如果眼睛会说话，顾铭的眼睛可能已经骂了几百句。

"所以有些事，我们还是之后再问吧。"方雪晴心有余悸地说着，将拿到的工牌挂在脖子上。

凌光思索片刻，也点了点头。“也是……”他轻声说着，远远地朝仍在伏案的顾铭看了一眼，忽然想到了什么，又微微地皱起了眉。

“喂。”他拍拍方雪晴，“你觉得，她会不会也有那个……”

“哪个？规则……”方雪晴话未说完就被凌光拍了一下，这才反应过来，打了一下自己的嘴。她顿了顿才迟疑道：“我觉得不像。你想，我们组织里持有‘那个’的人，包括我在内，使用都是要付出代价的。用一次人至少得废一半。哪有像她这样用‘那个’跟加班一样的……”

方雪晴说着，再次摇了摇头。刚好一个穿着红鞋的羊头女子路过，她下意识地往旁边避开，等对方走远了才说：“反正我觉得不像。”

她也是持有规则书的人。既然她都这么说了，凌光便没再多问。

他盯着手里的工牌看了一会儿，还是先收了起来，转而走向其他的工作人员，一方面是想问问有什么能帮忙的，另一方面依旧是想打探些情报。

方雪晴见他有自己的想法，也没多管，自顾自地观察起四周来。

看到这一切，偷偷摸摸地注视着这边的许冥不着痕迹地松了口气。

还好还好。

她顺手将另一张画完的工牌推出去，默默地闭上了眼睛。

起码这次是混过去了。

天知道她在看到安心园艺的那两个人过来的时候有多慌——毕竟有些事她真的还没来得及编。

当然，硬编也不是不行，不过这种时候事情太多了，她真没那个现编的心思。好在方雪晴这回居然意外的好说话，只是搪塞了一下，居然就真的没再追问了。

不过从某种意义上来说，她刚才也不算说谎。

她现在确实没什么解释的时间，要处理的东西太多了。

前台电脑能联系到的住客远比她想象得多，这就导致她要修改的规则也更多了。同时，为了尽可能多地扩充词库，她还得不断地制作临时工的工牌。在此基础上，她还得同时研究手头的所有阅读记录和拿到手的所有规则，力求在付出最小代价的同时完成修改……

好在后一份工作现在有邱雨非帮忙，在许冥正式进行修改前，她会先帮着过一遍，提供一些修改思路，但总体的工作量还是很大。

更别提她的肩膀还在疼。而且她之前修改规则时不慎选用了不合适的词，导致多付了一次代价，现在两边肩膀都在疼，就像无薪加班一样。

不过，她的法子至少目前看来是挺有用的。大部分活人住客都下来了，那些曾经被困的住客下来了五六个，正被工作人员组织着进行登记，看样子是会另行安置。

工牌发放得越来越多了，对应的词库也在不断扩充，许冥修改规则也越发得心应手了。她不确定这法子对拖延蝴蝶入侵到底有没有用，但可以确定的是，活动开始推进后，不仅是住客，很多被困的工作人员也陆陆续续过来了。鲸脂人说，或许是因为一些文字的调整也间接给了他们找到密室出口的契机。

前台区域也一直保持得很“干净”，没有任何被入侵的迹象。不仅如此，随着归来的酒店工作人员越来越多，许冥还注意到他们中的不少人不知从哪儿弄来了很多国际象棋形状的座钟，一座接一座地摆放在大厅的各个位置。许冥看不见，但鲸脂人和邱雨菲都说随着钟的数量不断增加，整个大厅似乎也越来越干净了。

诡异的文字也好，蝴蝶本身也好，那些看不见的墙壁与密室也好，仿佛都被那些钟暂时拦在了大厅外。

鲸脂人猜测，那些钟或许和他们之前拿到的糖果一样，都是同一个“根”的衍生物。

令人惊讶的是，那些钟的作用显然不只扩大安全区这么简单。许冥一开始还没发觉，后来经邱雨菲提醒才发现，随着钟的数量不断增加，时间的流速似乎也在不断变快。

准确来说，是酒店内时钟的转速在不断变快。

明明从活动落地到现在，手机上的时间才过了不到一小时，那些时钟显示的时间却已经到了早上五点。照这样下去，要快进到中午十二点，也不过是再熬几十分钟的事而已。

不。

看看那些仍在不断被酒店员工搬进来的座钟，许冥怀疑可能连几十分钟都不需要。

许冥不懂其中的原理，但这不妨碍她感觉震惊。

此时，又有两个人影走进大厅，其中一个发色张扬，正是和她们同一轮进入酒店的司机。至此，酒店内的所有活人都被接下来了。

大厅这边早有工作人员在等候，一见他过来就立刻把他引到一边。他也不知是被吓到了还是怎么了，人一直是蒙的，直到被安排坐在旁边等候，手里还一直捧着别人发给他的拆迁办临时工工牌。

至于那些曾经被蝴蝶困住的人，都被安排在另一个区域。按理说许冥应该看不见他们，不过也不知是不是他们聚在一起的存在感太过强烈了，有时她还真能隐隐约约地看见轮廓，或者看到漂亮的红鞋子在地上踩来踩去。

又过了一阵子，她看到好几个工作人员都朝那个区域走了过去。接着便听到邱雨菲说坐在那边等候的住客都被叫起来了。

“他们在排队，好像是要去什么地方……啊，动了。”邱雨菲小声道，“他们要去哪儿啊，怎么那么多工作人员陪着？”

许冥下意识看过去，脑袋里也冒出相同的疑问。从她的角度看过去，只能看到约莫七八个工作人员围在一处，像是护送东西的镖师。

估计是怕再次被困住，带路的工作人员手里还抱着两座钟，看上去有些阴森。

“要去安全的地方。”回应她们的是旁边一直在操作电脑的前台工作人员，她声音淡淡的，目不斜视，“这里有些房间蝴蝶很难进去。让他们躲在里面，就不会被轻易抓走。”

“不会被抓走？”许冥好奇地转头，“然后呢？”

“选择消失，选择离开，或者变得和我们一样。”那个工作人员依旧是淡淡的语气，“都是差不多的选项。”

这是否说明，一旦选择留下，成为魔方大厦的工作人员，就再也无法离开了呢？

许冥有点想这么问，但没问出口。倒是脑海里的鲸脂人若有所思地开了口：“估计就和顾云舒跟你一样。本质是靠和异化‘根’建立绑定联系来强化自身的存在，这样一来确实可以帮助死人维持神智，但也的确没法儿轻易离开了……”

许冥沉默了一会儿，唇角不着痕迹地动了动，想了想还是没再多问，低头继续处理手上的工作。

倒是身后给她捏肩的顾云舒闻言似乎陷入了思索，又朝着那些住客离开的方向看了看。

那些住客正被引着往一楼走廊深处走。她望着最后那个人的背影，忽然说：“是去8107号房吗？”

“嗯，”前台的工作人员点了点头，依旧没有回头，“它很讨厌‘7’这个数字。”

所以8107、8207和8307这三个房间相对比较安全。

许冥恍然大悟地点了点头，低头看了看手里刚拿到的诡异文字，顺手就把里面的“13”改成了“7”。

另一边，随着运送住客的那批工作人员逐渐离开，大厅里空旷了不少。

那些被他们搬来的钟还在越来越快地走着，有的甚至走出了电风扇的架势。

而就在它们的指针即将指向十二点的时候，一直坐在房间里的薄荷也终于走了出来。

缠在她眼睛和耳朵上的头发已经不见了。她看上去依旧十分茫然，不时东张西望，像是在寻找什么。

“那个……”她在原地踌躇了一会儿，转头看向许冥，看上去无措又不安，“我朋友说，让我等会儿跟着你们……”

“哦哦，可以的，完全没问题！”没等她说完，邱雨菲已经自来熟地迎了上去，挽着她往另一张桌子走，“来，你先来这边，等一下我们把退房手续办好，然后等大门打开就可以走了。哦对，还有这张纸，你千万收好，最好是放在一眼就能看到的地方。你的工牌领了吗？还没有啊？那你等等，我去给你拿一张。你等会儿就把这张纸塞在工牌背面……”

邱雨菲说着，转身奔回前台，只剩薄荷一个人低头愣愣地看着手里的那张纸。

上面只有几行简单的手写字：

恭喜你被选中参与魔方大厦特别回馈活动。

为保障您的活动权益，下车后请在酒店外暂时等候。不要进入酒店，谢谢！

落款是“怪谈拆迁办”。

薄荷心想：“这是什么意思？”

她看不明白，耳边却响起了一声若有似无的轻笑声。朋友淡淡的声音在她身后响起：“这些家伙还挺聪明的嘛。”

这下薄荷更不明白了。

这时，邱雨菲拿了工牌回来，手把手教她将那张纸塞进工牌背面，确认到时她一睁眼就能看到才放心。

薄荷偏了偏头，小声说：“那个，我朋友托我问你们，有没有看到一个穿红……”

说到这儿，她突然停下了。邱雨菲不解地看过去，发现薄荷蹙着眉，点了点头，又摇了摇头。

“没事了。”薄荷说，“我朋友说都快结束了，也不用打听了。”

邱雨菲更疑惑了。就在这时，忽然所有的时钟都开始当当作响，两个工作人员快步上前，直奔门边。

十二点到了。

或者说，被魔方大厦规则认可的十二点到了。

守在旁边的工作人员立即出声，提醒在场的所有住客赶紧办理退房手续，准备离开。许冥也迅速收好东西，走出了前台。办完退房手续，跑到门边一看，她却傻眼了。

“这个门……好像不太对吧？”

她打量着面前只开了不到三分之一的大门，转头向旁边的酒店工作人员求证。那个工作人员木着脸，没有任何表情，只是眼神有些担忧。

“没办法了。”她对许冥说，“只能开这么大。”

难道这条唯一能让人类离开酒店的规则还是受到了蝴蝶的影响吗?

许冥不由得皱起了眉，一旁的邱雨菲倒是十分乐观，非常熟练地开始安抚其他住客，并催促他们离开。

只是大门的状态实在不太方便。酒店的大门是那种感应式推拉门，这会儿只从中间开了三分之一。因为担心门会突然合上，两个工作人员主动上前按着门的两侧，这样一来，中间留下的空隙一次就只够通过一个人。

不过事到如今也没办法了。

许冥和安心园艺的两个人互换了眼神，非常自觉地站到了后面。顾云舒先试探着走了出去，确认没什么问题后，薄荷被第二个推了出去。后面是司机以及和方雪晴他们一同进来的无辜路人。

邱雨菲第四个出去了。接下来依次是方雪晴和许冥，凌光选择断后。

就在方雪晴即将上前的时候，许冥的脑海里再次响起了鲸脂人的声音。

“糟了……”许冥听到它的声音短促地响了一下，很快又没了动静。几乎是同一时间，她突然感觉后颈十分紧绷，某种似曾相识的强烈压迫感重重袭来。

“等等！”她的心脏莫名一跳，等她反应过来时，她的手已经扯在了方雪晴的衣领上。

回应她的是方雪晴莫名其妙又惊讶的眼神。几乎是在同一时间，只听砰的一声，那扇大门当着几人的面重重地合上了。

它合得如此用力，又如此迅速，在场的几人愣是呆了一会儿才反应过来。负责按着门的工作人员被掀翻在地，其中一个运气好，及时抽身了，另一个的胳膊却被门夹断了，半截胳膊摔了出去，手指还在一下一下地动。

就在许冥后知后觉地嗅到血腥气的同时，又有一种令人毛骨悚然的声音出现了。

砰，砰，砰。一下比一下响，一下比一下近。她一开始还不知道那是什么声音，转头去看时才意识到那是座钟爆炸的声音。

摆满整个大厅的座钟正当着他们的面，从外层开始一座接一座地爆炸。零件四处飞散，像是飞溅的血花。

逐渐接近的声音叫人恍惚有种错觉，仿佛不远处有一个隐形的庞然大物。那一声声爆炸的声音似乎就是对方逐渐靠近的脚步声。

这个想法让许冥顿时头皮发麻。就在她转头想和其他人商量对策时，却发现除她以外的人目光都定定地落在对面的墙上

许冥下意识跟着看过去，用力咽了口唾沫："那边有什么东西吗？"

"蝴蝶。"旁边传来方雪晴颤抖的回答，"很多很多的蝴蝶。"

准确地说，是影子——无数蝴蝶掠过，在对面的墙上投下巨大的阴影，伴随着疯狂的嗡鸣声。

光是看着就让人膝盖发软。

同样发软的还有许冥脑海里鲸脂人的声音。

"完蛋了。"它喃喃道，一副魂不守舍的样子，"它正在靠近。"

它说的是谁，不言而喻。

许冥听了却只想骂人。

"嘿，都醒醒！醒醒！"眼看爆炸的钟越来越近了，她终于缓了过来，一边呼唤安心园艺的两个人，一边给了他们一人一拳，还顺便踹了旁边同样在发呆的工作人员一脚。她飞速地观察四周，努力寻找逃跑的机会。

好在这个时候还是有靠谱儿的人的。

旁边的一个工作人员最先清醒过来，赶紧扛起了安心园艺的两个人，又顺手拉了一下许冥的衣领，很快就带着他们冲进了前台后面的房间里。关门的瞬间，许冥听见外面传来沉重的撞击声。

许冥不由自主地咽了口唾沫，感激地看了旁边的人一眼。再看看被他放到地上的两人，更是肃然起敬。

"师傅，你这手法很专业啊。"她由衷地赞美道，"平时是做什么工作的？"

正趴在门上听声音的工作人员顿了一下才答道："修空调。"

"哦……"许冥恍然大悟地点了点头。

另一边，不知是不是因为脱离了蝴蝶的掌控范围，方雪晴和凌光各自甩着脑袋，终于回过神来。

"天啊。"方雪晴回忆了一下刚才的情景，脸色瞬变，"这是什么情况？"

“蝴蝶来堵门了，我们就是不幸被堵住的那批人。”许冥老实地说，又有些担忧地看了一眼房门，“外面还有工作人员……”

“不急，死不了。”空调师傅的语气倒是笃定，他冷淡的目光转了一下，落到他们身上，“但它守在这里，你们出不去。”

“怎么办？”

还能怎么办？总不能留在酒店打工吧……

许冥默默想着，正要开口，却听到旁边的方雪晴轻叹一声。

“如果要离开酒店，我有办法。”她轻声说，“但我需要二十分钟准备，还需要一辆轮椅。”迎着许冥不解的目光，她镇定地补充，“手推车或者人背也行，总之我需要能代步的东西。因为那个方法一旦成功了，我很有可能会暂时失去行动能力。”

感觉她的话像是明示。

许冥脑海里的鲸脂人发话了：“这姑娘能处，有规则书她是真肯拿出来用啊！”

许冥却闭了闭眼，没好气地赶走了脑海里的声音，转头看向方雪晴。

“冒昧再问一下，你说的那个方法，成功率是多少？”她问道。

方雪晴有些蒙，低头算了一下才说：“可能……92.3%？”

为什么还有小数点？

“等等，不对。一个人是92.3%，我们这里有三个人，所以概率应该是依次递减……”方雪晴看上去已经算糊涂了。

许冥眨了眨眼，决定不去追究这个问题：“那可能还是我的法子成功率高一些。”

方雪晴和凌光立刻诧异地看了过来，许冥却没急着解释，而是转向旁边的空调师傅：“请问，按照现在的时钟转速，到十四点二十八分大概还需要多久？”

空调师傅闻言有些奇怪地看了看她，不太明白为什么她问的时间有零有整的：“大概十五分钟。”

“也就是说，比二十分钟短。”许冥点了点头，看向方雪晴，“行，那就做两手准备吧。你们在这儿等，十五分钟后，如果这边的大门还没开，就只能指望你那个法子了。”

为什么是十四点二十八分？而且两手准备是指什么？她的方法是什么？

方雪晴的脑海里一时充满了问号，并且她很快就在一堆问号里抓到了最关键的那个。

“你们？”她飞快地问，“什么叫‘你们’？”

“那么一大群蝴蝶压在外面，就算到时门开了也出不去啊。”许冥理所当然地说，“总得试试能不能把那家伙引开。”

她有“白痴”特性，哪怕对方气势滔天，她也能看到打开的门在哪里，同时能在一定程度上避免受伤，没人比她更适合这个任务。

当然，对于方雪晴他们，许冥没解释那么细，只说怪谈拆迁办给了她护身的办法，还给她买了员工保险。安心园艺的两人听了还是有些迟疑。

“要不还是我去吧。”凌光主动说，“我们是业内人，没有让其他人冒险的道理。”

“我也是业内人。”许冥认真地说，“‘怪谈拆迁办’虽然小，但也有自己的准则。既然我已经加入了，那它的准则就是我的准则。”

至于具体准则是什么，许冥也不知道，因为她还没编。

好在她也不用说得太细。对面的两个人明显自己“脑补”了些什么，看向她的目光都带了几分敬意，看得她怪不好意思的。鲸脂人看不下去了，在她的脑海里尖叫起来：“都这种时候了，你就别惦记营销你那皮包公司了好吗——”

“什么皮包公司，怎么说话啊！”许冥立刻在意识里回复他，“我们只是不太正规！”

虽然以后估计也正规不起来。

不论怎样，这事就算是定了。趁他们俩还在愣神，许冥立刻站了起来，向空调师傅问清楚房间后门的情况，便打算离开了。

房间后面连着一小段通道，出去后就是餐厅。不过如果想把蝴蝶引到远一些的地方，估计出去后还得再走远点。

许冥在心里盘算了一下，正要起身开门，却被方雪晴叫住了。

她有些无奈地转头，正想劝许冥这种时候就别再演什么孔融让梨的戏码了，却见她深吸了一口气，似乎下了很大的决心。

她当着许冥的面从包里掏出了一个黑色的本子。

“我就知道，我这半个月的石膏肯定跑不掉。”她轻声咕哝着，打开那个本子，闭眼凝神，似乎在感受什么。片刻后，她睁开眼睛，手指在本子间一抹，指尖已经多了把钥匙。

“这不是拿来用的，只是一个标记。”她将钥匙交到许冥手里，认真说道，“二十分钟后，你触碰的第六扇门会通往你想去的地方。范围仅限在这个怪谈区域内。”

许冥拿着那把钥匙，反而迟疑起来，视线不断扫过她的腿。

“等你用了才会瘸——而且也不一定会瘸！能不能盼我点好！”方雪晴被她看得一阵火大，赶紧冲她招了招手。许冥见状，也没再耽搁，立刻冲了出去，很快便穿过房间后面的通道，走进了餐厅。

餐厅这会儿空空荡荡的，除了食物清理得很干净，看着和之前没有任何区别。

至少在许冥看来是这样的。

不过显然鲸脂人看到的是另一个场景，因为从进入餐厅后，许冥的脑海里就不时响起它干呕的声音。这让许冥也十分难受，于是赶紧穿过餐厅，走进了一楼的走廊，一直走到尽头，才缓缓地停下脚步。

"话说回来，"鲸脂人终于问出了那个在意了很久的问题，"你说的那个开门方法到底是什么？"

"'一重代换'加'二重代换'呗。"许冥一边向后警觉地张望，一边在意识里回答道，"云舒之前不是给我带回了宏强那边的规则吗？"

顾云舒带来的规则一共有两部分，一部分是员工守则，另一部分是消防演习通知。正好两份许冥都能用到。

"'一重代换'允许我从其他怪谈的规则里提取关键词，建立自己的规则。正好宏强的员工守则里有关于开门的内容，我可以先把这部分提取出来……"

但一份规则里能提取的关键词似乎有限，起码在许冥的尝试下，提取了"开门"，就不能再提取其他词汇了。

消防演习通知里恰好有一个具体的时间点——十四点二十八分，把这个也提取出来，组合一下，就是一条定点开门的规则。

但光是这样还不够，因为'一重代换'建立的规则是不允许更改约束对象的，所以需要用'二重代换'进行补充。只要在建立好的规则里选个无关紧要的词进行替换，就可以再蹭一次'二重代换'的效果，顺便将规则约束的对象也给改了，从约束人类改为约束怪谈一方。

至此，就等于建立了一条针对酒店的规则，内容就是要求酒店在十四点二十八分开门。

"当然，我也不确定能不能成。"许冥承认道，"所以还是需要方雪晴那边为我保驾护航。"

鲸脂人恍然大悟："这个法子倒是能行，问题是蝴蝶那边你打算怎么办啊？"

对方现在显然对大门那边更感兴趣。

它又不傻，死守大门能捞三个，过来追我的话，撑死只能抓一个。

"那可不一定。"许冥说，"我对它不稳定的精神很有信心。"

鲸脂人一头雾水。

"重点就是要让它意识到注意力应该放在谁身上。"许冥继续说道。

“等等。”鲸脂人忽然感觉到一丝不安，“你别告诉我你真的打算把蝴蝶改成傻 ×……”

“当然不是。”许冥立刻说，“怎么能那样改？”

鲸脂人心想：“那就好……”

“那样是要付出代价的。”许冥说。“傻 ×”和“蝴蝶”的差距还是挺大的，没那个必要，而且明明还有更好的方式。

许冥默默想着，再次拿出之前积攒的阅读记录，还有没来得及修改的诡异文字。

于是，在鲸脂人愕然的目光中，又有一条诡异的文字悄无声息地发生了变化——

迎接它的注视，你终会感受到美好的所在。

让我们一起用虔诚的声音呼唤它，让我们一起赞美——

赞美你，美丽的大蟑螂！请拥抱我吧，美丽的大蟑螂！

第38章

窸窸窣窣的蝴蝶

许冥这次用的替换词，出自一段出处不明的阅读记录，遣词十分随意，造句十分洒脱，看上去像是别人发的微博或朋友圈。这么猜测的原因很简单，因为记录里还有别人的网名和发布的时间。

当然，这不是重点，重点是那篇记录通篇只有一个重点。

“我家有大蟑螂！我家有大蟑螂！救命啊我在家看到一只鞋拔子那么大的蟑螂——”

至于这份记录是谁提供的，许冥无法确定。毕竟后期发了那么多工牌，收集的新纪录太多了。不过她猜可能是那个载她们来的出租车司机，毕竟A城的大蟑螂还是很有名的。

许冥改完这段话，仍觉得不放心，一边掏出阅读记录继续挑词，一边抽空和鲸脂人说话。

“喂，”她在意识中说，“你说我光在这边改是不是还不够？会不会太低调了？要不我还是回大厅，当着它的面再改一次，把仇恨‘拉’稳一点……”

回应她的是鲸脂人诡异的沉默。

又过了两秒，它颤声说：“跑！”

许冥还没反应过来发生了什么。

“就是现在，赶紧跑！”鲸脂人大喊一声，吵得许冥脑瓜子嗡嗡作响，“还‘拉’个鬼的仇恨，人直接就冲着你来了啊！”

许冥心想：“目标这么明确吗？”

她眉心一跳，转身就往楼梯上跑。跑了几步后又觉得不对，边跑边往楼下看。

“你确定它来追我了吗？”许冥觉得很奇怪，“我怎么一点都没感觉到。”

“绝对来了！”鲸脂人信誓旦旦地说，“我刚刚亲眼看见一只蝴蝶朝你飞过来了！”

许冥的脚步顿了一下：“就一只？”

“一只怎么了？”鲸脂人继续信誓旦旦地说，“当你发现一只蝴蝶的时候，说明已经有无数只蝴蝶在对你虎视眈眈了！你也不想想你干了什么，本来乱改规则就足够让人恨了，你还指着蝴蝶说蟑螂，你自己想想这礼貌吗！”

你的表述难道比我好吗？许冥在心里吐槽了一句。

说话间，她已经上了二楼。她思索片刻，决定继续往上走。

反正不管怎样，“拉仇恨”的目的达到了就行，接下来要做的就是尽可能地和它绕圈子。

许冥还在思索，头顶忽然传来“啪”的一声。下一秒，整个楼道都陷入了黑暗。

“完犊子。”鲸脂人没忍住，叫了一声，“它要跟你来真的了。”

实际上，根本不用它提醒，几乎就在灯灭掉的一瞬间，许冥就感觉到某种从身后不断逼近的强烈压迫感。

许冥心想：“直接改成蟑螂可能是过分了点……”

来不及细想，她赶紧加快脚步往上跑，边跑边挣扎着拿出手机照明，还在意识中急忙说：“说起来，我有一个想法。”

鲸脂人十分疑惑。

“它不是讨厌‘7’吗？”许冥边跑边说，“如果我直接把我房间的房号改成7——”

“你有那工夫不如多往前跑几步，直接去8307！”鲸脂人忍不住说道，“如果硬改有用，魔方大厦里早就到处是房号带‘7’的房间了好吗！”

许冥琢磨了一下，认同地点了点头，然后转身闪进走廊里，掏出房卡刷开了自己房间的门，火速放出两个“阿焦”，匆匆甩下一句指令又火速关上了门。趁着蝴蝶尚未追来，她又跌跌撞撞地继续往前走。

走廊里的灯也熄了，偏偏许冥的夜间视力还没调节好，离了手机的光，几乎等于瞎子。

她自己的房间就在楼梯边上，相对比较好认，但其他的房间号实在难以看清。她感觉身后的压迫感越来越近了，实在没工夫借着手机的光辨认房号，只能一路走一路摸，边摸边往前数。

“快快快快快！”鲸脂人在脑海里给她加油，“它还没追上来，你再抓紧些！”

“嗯。”许冥随口应了一句，人已经冲到了8307号房门前。房门已经打开了一道缝，她没有犹豫，直接推门进去了。

关门的瞬间，门外恰好响起了一阵剧烈的碰撞声。

当然，许冥并没有听见——但她能感觉到，那种紧追在身后的压迫感总算暂时消失了。

房间里的灯是亮着的。借着灯光，可以清楚地看见房间里有两个人影——正是不久前被许冥放出来的两个“阿焦”。

所谓“一回生二回熟”，它们现在对爬墙翻窗这种事似乎已经非常熟练了。

许冥道了声谢，将两人收起来，快步走到窗边，伸手将窗户锁上了。

她记得很清楚，顾云舒说在8307号房里看到了不少磷粉。这说明蝴蝶还是有办法进这个房间的，保险起见，还是先把能关的都关上比较好。

窗户刚落锁，包里便传来鲸脂人瘫倒的动静，然后便是一声无力的喟叹：“谢天谢地，总算甩掉了。”

言下之意，此刻这个房间里确实没什么可疑的东西。这让许冥安心了一些。

按照酒店工作人员的说法，房号带“7”的房间勉强算是魔方大厦的安全区。躲在这地方总比躲在其他地方好。

最好的结果就是在这儿直接“苟”二十分钟，苟到方雪晴给的钥匙生效，再找机会利用她的技能冲出去。

许冥听着鲸脂人的喃喃自语，若有所思地收回了手。

“其实，刚才找门的时候我在思考一件事，”她轻声说，“然后我就产生了一个有点极端的想法。”

鲸脂人问：“什么想法？”

“反正想去哪里都可以，”许冥说，“你说我为什么不直接去它存放‘根’的房间？”

反正当时方雪晴说的是二十分钟后她触碰的第六扇门会通往她想去的地方，又没说只能去她知道的地方。

鲸脂人闻言陷入了沉默。

过了一会儿，它才诚恳地说：“我觉得你太保守了。”

许冥有些惊讶，显然完全没想到鲸脂人居然会给出如此评价——她还以为鲸脂人会直接骂她作死。

然而还没等她欣慰地开口，鲸脂人便幽幽地说：“你那个方法何止是有点极端，简直极端得没边了。之前只是顺手牵羊也就算了，现在人家没摆出来给你‘牵’，你还要亲自去找？你是偷别人公司的‘公章’偷上瘾了是吗？”

“别急嘛，只是一个想法而已。”她一边警觉地环视四周，一边在意识里说，“不过来都来了……”

“这不是来不来的事，能离开你就该谢天谢地了！”鲸脂人没好气地说，又手脚并用地爬到许冥的包沿，趴在上面四处张望，“这地方变得好干净啊。”

许冥一脸疑惑。

“第一轮循环时你和其他人来过这儿。”鲸脂人回忆道，“当时这里还有不少前住客留下的东西。”

不像现在，整洁得仿佛从来没人进来过，乍一看它都有些认不出来了——虽然它对上一轮的记忆也挺模糊的。

“哦，想起来了。就是那个唐哥住的房间对吧。”许冥也想起来了，下意识用目光扫视各个角落，希望能找出些什么。

鲸脂人见状，趴在她的包沿摇了摇头。

“别白费工夫了。你之前不是已经让顾云舒来看过了吗？她都说了，没留下什么——”

它的话还没说完，许冥的目光蓦地一顿。

她“咦”了一声，快步走向位于门口的衣柜。

衣柜基本是空的，只挂着两件浴袍。衣柜一角有一个很小的保险箱，供住客存放贵重物品。

引起许冥注意的正是那个保险箱。

许冥弯腰盯着那个保险箱看了会儿，试探性地伸出手去。

“怎么了？”鲸脂人被她的动作吓了一跳，“你觉得这里面有东西？”

“嗯。”许冥随口应着，在保险箱上找到默认的密码，输了进去，“这个保险箱状态不对。”

她房间里也有一个同样的保险箱。许冥入住的时候留意过，保险箱是默认开启的，但这个保险箱是关着的。也就是说……

“果然。”许冥顺利地用默认密码打开了保险箱，望着藏在里面的小袋子，嘴角向下撇了撇，“有人动过这个保险箱。”

微妙的被“打脸”感袭来，鲸脂人再次陷入了沉默。然而没过多久，它又按捺不住地探出了头：“所以里面装的是啥？不会真是唐梦龙留下的东西吧？”

“不确定。”许冥说着，将那个小袋子放到床上，仔细打量外包装，神情越发微妙了。

这是个保温袋，上面印着连锁粥店的名字，看上去像是装外卖的袋子。她用力撕开袋子的封口，低头看了看里面的东西，更是一头雾水。

“没见过的东西。”她咕哝着将那东西拿了出来。那是个半透明的卵状物，不是很重，也就一斤不到的样子，里面透出微光，拿在手里时光会亮一些。

不知是不是许冥的错觉，卵状物里似乎有什么东西在跳动，这让她一下子警惕起来。出于谨慎，她先将那东西放了下来，正想问问鲸脂人怎么看，一低头，却见鲸脂人正呆呆地趴在包沿，死死地盯着那东西。

它一脸呆滞、震惊，甚至探出了一半身体，似乎随时都会掉下去。

许冥的内心出现了某种不妙的预感，她本能地往后退了一步，听到脑海里传来鲸脂人迟钝的声音："小孩儿，你老实告诉我，刚才进这扇门前，你是不是就想去找'根'？"

许冥有点蒙，迟疑地开口："确实想过，但……"

"那我们可能完蛋了。"鲸脂人打断了她的话，"我们现在所在的房间也许并不是8307。"

许冥的心突然一跳，眉头拧得更紧了："你的意思是？"

"这是'根'，"鲸脂人用硬邦邦的声音说道，眼神里是毫不掩饰的绝望，"是这个怪谈的'根'。"

"肯定是那个姓方的小孩儿使用规则时出了岔子，导致技能提前生效，而你开门的时候又正好在琢磨找'根'的事——"

所以开门的瞬间，他们就直接来到了蝴蝶存放"根"的房间！

肯定是这样的，不然这一切都无法解释！

"等等！"许冥被鲸脂人绕晕了，蒙了一下才反应过来，赶紧摆手，"怎么可能啊？进来的时候你也看到了，那两个'阿焦'就在屋里！如果我们进错房间了，它们怎么会在这儿啊？"

鲸脂人心想："那倒也是。"

"但这就更怪了。"它说，"为什么蝴蝶的'根'会出现在8307？"

"谁知道呢？"许冥拿起那个卵状物，小心地打量了一番，然后装回了那个印着连锁粥店名字的外卖保温袋里，"这家店我吃过，是这两年新开的连锁店。"

感觉怎么都不像域主的品位。更别提这个怪谈区域的历史绝对比这家粥店久。

"或许是唐梦龙偷的？"她试着猜测道。

"不可能。"鲸脂人不假思索地说，"他没那个本事。"

"根"一般都会被域主妥善藏好，而且周围肯定有致命的陷阱。又不是所有人都能像许冥一样瞎猫碰上死耗子。

"那确实很奇怪……"许冥喃喃着，不知想到了什么，皱了皱眉。

鲸脂人却突然"咦"了一声。

"我还是觉得你进错了房间。"它环视一圈，神秘兮兮地压低了声音，"你还记得那个姓方的是怎么和你说的吗？技能生效后，你碰到的第六扇门就能让你去你想去的地方。你刚才正好是一路拍门过来的！”

从8312数过来，这里正好是第六扇门！

“至于那两个‘阿焦’，说不定只是单纯跟着规则书的指引过来的。”虽然有点牵强，但鲸脂人觉得也不是没这个可能，“反正它们又不会说话，不管你说什么它们都只会点头。说不定你一开始让它们去翻窗开门的时候，它们压根儿没听懂，只是傻傻地跟着你而已。”

“瞧你说的，它们哪有那么笨。”许冥听它说得煞有介事，自己也有些怀疑了，想了想却还是说，“你自己也说‘根’是很难拿到的。如果这里真的是蝴蝶的地盘，怎么会只用一个保险箱装它？”

密码还是默认的。

“更重要的是，倘若这里真的是蝴蝶的地盘，那它怎么也不可能被关在外面啊？”许冥的语气十分肯定，“应该早就已经想办法冲进来才——”

话未说完，突然响起“啪”的一声。

电闸跳了，房间突然被黑暗笼罩。

许冥沉默了一会儿，掏出手机，打开了手电筒。

她拿着手机扫视了一圈，什么都没看到。她唇角微动，收回视线，决定还是先按兵不动。她无意识地往手机屏幕上一看，却蓦地僵住了。

因为角度问题，她的手机此刻正对着窗口。从她的视角看出去，窗户外面空空荡荡的，然而当视线转向手机屏幕时，却分明能看到窗外有什么东西在动。

那是一个巨大的模糊的轮廓，几乎整个人都趴在窗户上。许冥猜测或许是蝴蝶，但她眼中的影像实在是太过模糊，轮廓看着反而更像一个人——一个倒悬在窗外的留着爆炸头的人。

即便如此，许冥还是看到某些很细的东西正顺着窗沿渗进来，如同蠕动的细足，窸窸窣窣地探向窗户上的月牙锁。

许冥陷入了沉默，冷静地将手机装进了口袋里。

下一瞬，她几乎原地弹了起来，想也不想就抱起所有东西转头往外冲！

她的脑海里响起了鲸脂人几近抓狂的声音：“死小孩儿！”

“我知道，”许冥头也不回地说，“我在努力地跑！”

“谁跟你说这个啊！”鲸脂人的声音听着更抓狂了，“你跑就跑，干吗抱着人家的‘根’跑！”

“你不懂，相逢就是缘——”

她颠三倒四地说着，话音未落，人已经出了门。

差不多就在她闪身出门的瞬间，她分明感受到身后有什么东西一下子压迫过来，压得她几乎喘不过气。

许冥不由得脚步一顿，接着便飞快地伸出右手往后一拉。

砰的一声，8307的房门被用力地关上了，随之而来的是一阵用力的撞击声。

许冥离开前还特意确认了一下，被撞得微微摇晃的门上，“8307”这四个数字格外清晰。

她的眉头拧得更紧了。她微微后退，略显艰难地捂住右臂，转身就跑。

她努力地朝电梯所在的方向跑去。

第39章

天亮了

其实按照许冥的经验，这种时候楼梯往往才是最优解。

毕竟电梯也是恐怖片里的高风险区域。

不过这会儿情况实在有些特殊，一方面，在她出门的瞬间，脑海里的鲸脂人便不断提醒她右边的楼梯早已爬满了蝴蝶；另一方面，她的手不太方便——刚才关门的时候，她的右臂被什么东西狠狠地擦了一下，这会儿大片的血迹已经顺着衣物晕开了。

楼梯曲折，还没有灯。在已经伤了一只手臂的情况下，从那儿走未免太冒险了。因此许冥果断遵循“直线跑路”原则，直接朝位于走廊另一边的电梯跑了过去。

“你是认真的吗？”等待电梯上行的时候，鲸脂人在她的脑海里发出疑问，“电梯出事不是更糟吗？”

停运还算好的，就怕万一失控下坠……

“一共只有三层。”许冥咬咬牙，用左手用力地捂住伤口，“而且不是还有你吗！”

似乎没料到她会这样说，鲸脂人明显愣了一下，小声说：“哟，看不出来，你还挺看重我的。算你有眼光。”

它的语气甚至带着几分受宠若惊的感觉。

许冥有些无语。这关眼光什么事？

她只是觉得鲸脂人本身可以变大变小，而且软硬适中。真要出了什么事，不管是拿来撬门、垫脚还是当垫子应该都是能用的……

许冥还在思索，电梯门就打开了，明亮的灯光出现在她面前。

没有半秒的犹豫，许冥立即从包里抓出鲸脂人，直接往里面一丢，说了句“按着”，然后借着电梯里的光从包里摸出了一张纸，用自己的血往上面随意一涂，再将纸往电梯门上一贴。

她的动作因为手伤而稍显迟缓，但整体十分连贯，像是已经在脑海里排演了无数遍。

贴完纸，不远处正好响起了8307号房的房门被破开的声音。许冥一个激灵，赶紧往里一钻，电梯门关上的瞬间，正好感觉身后刮来一阵极强的风。

“啪”的一声，电梯门彻底合拢了，轿厢内一片安静。

鲸脂人这会儿已将自己拉得和成年人差不多高，用的依旧是那张反复精修的脸。它的手正死死地按着电梯的关门键，用力到指节都瘪了。

又过了一会儿，确认电梯内没有古怪的动静，它才缓缓收回手指，一脸的惊魂未定。

它麻木地转过脑袋，看向许冥：“刚才的那张纸是……”

“之前做指示牌剩下的。”许冥靠在墙上，抱着自己的胳膊喘气，装着规则书的包和装着怪谈之“根”的保温袋都被她挎在右肩上。她的脸色已经开始发白：“雨菲在指示牌后面都贴了双面胶。”

方便外出推广……不，是方便接住客的“阿焦”使用。

“哦。”鲸脂人似懂非懂地点了点头，又诚恳地发问，“那请问你在一个只有三层楼的地方写个‘7’有什么意义？”

“自欺欺人，掩耳盗铃。”许冥十分诚实。

许冥确实是在赌。现在这种情况，她身上的仇恨估计“拉”得非常稳。她唯一能赌的就是对方对她的仇恨会不会超过对“7”这个数字的讨厌。

当然，单单一个“7”肯定不行，就像鲸脂人说的，要是有用，魔方大厦早就赢了。

所以她特意挑了之前准备好的指示牌，图的就是上面自带的“怪谈拆迁办”的落款。只要落款还在，就意味着纸上的内容无法被外人修改和抹除。许冥觉得这总比当场涂鸦更有效力。

不管怎么样，至少电梯内目前确实没出现奇怪的东西，外面也很安静。所以许冥愿意相信，那张纸多少是有点效果的。

她缓了一会儿，在鲸脂人的帮助下用纸巾和衣服简单包扎了伤口，又拿出一张没用过的指示牌，在上面写了一个大大的“7”字，贴在自己的胸口。

做完这些，她才按下楼层。轿厢很快便开始下降。

不知为何，电梯的速度很慢，但好歹一直在下降。

鲸脂人暗暗松了口气，很快又开始提心吊胆。转头看见许冥将那个“根”拿在手里端详，差点儿魂飞魄散。

“别拿出来啊！”它边说边嫌弃地挥手，“快收回去，收回去！”

"别人都想抢的东西，怎么你见了像躲瘟神一样。"许冥忍不住小声嘀咕。她略一思索，又将那卵状物朝鲸脂人跟前递了递："喂，你要不吞下去试试？"

鲸脂人心想："这是在发什么神经？"

"吸收啊。"许冥理直气壮地说，"'根'能吸收'根'，不是你说的吗？"

反正她的目的很简单，别让蝴蝶拿到"根"就行，至于这"根"到底落在谁手里，她无所谓。

此外，规则书的吸收方法她完全没有头绪，既然如此，不如直接拿来喂鲸脂人。反正它和规则书深度绑定，也算是自己人。

鲸脂人闻言，看向她的目光更像看神经病了。

"你以为是吃鸡蛋吗，闭着眼就能吞下去？"它看上去倒像是想把许冥给吞了，"哪有这么容易的事！"

所谓的"吸收"只是一种形象的描述。更精准的说法应当是"建立联系"——只是建立联系的方式多种多样，有的依靠内服，有的是物理融合，唯一的共同点就是它们都需要时间。

树和菟丝子之间对"根"的抢夺，其实也就是那么回事。

无非就是菟丝子拿到"根"后，设法和对方建立联系。它和"根"的联系越强，树和"根"的联系就越弱，树本身也会越弱。通过这种淳朴的分配方式此消彼长，直至完全取而代之，切断树与"根"的联系的那一刻，便意味着菟丝子的胜利。

不过这点说来容易，实际操作却很难。最重要的原因就是树和"根"的联系是天然的，只要根还在怪谈区域内，它和树的联系就一直存在，就能一直供养树，纵使树的实力不幸遭到削弱，削弱的程度也是随着时间流逝逐步递增的，初期的程度十分有限。

而建立新联系并取而代之的过程又相对漫长，要在这漫长的时间内避开树的搜索，本就是件无比困难的事。

至于生吞什么的，根本行不通。就算吞下去了，被抓到可能会被活剖了。

"你死心吧！"

说话间，电梯已经到了一楼，鲸脂人一面死死地按着关门键，一面转头继续对许冥说："你以为抢到了宝，实际上就是个烫手山芋！早点扔了算了。"

实在不行，待会儿丢一个"阿焦"出来，让它带着蝴蝶往反方向跑，至少还能为他们争取一些逃跑的时间。

许冥皱了皱眉，一时没有吱声。

沉默了一会儿，她蹲下身，嘱咐了句"按着"，接着便从包里掏出纸笔，又开始写写画画。

鲸脂人见状，以为她又想通过写字给自己增加优势，便没去管她，只是死命地按着关门键，同时焦急地感知外面的情况。它抽空看了眼许冥，才发现她手里拿着的是块空白工牌，她正在往上面写名字。

工牌？

鲸脂人表情一僵。

她这时候写什么工牌？是写给谁的？蝴蝶吗？

不是吧？她又看不到蝴蝶的本体。

它还在怀疑，却见许冥收起纸笔，转而打开了放着“根”的保温袋。鲸脂人眉毛一动，一股强烈的不安忽然涌上心头。

她应该只是拿出来看看吧？虽然现在很不是时候……

反正，总之，应该不会是给“根”发工牌吧？应该不会有人蠢到给一个没有意识的“根”发工牌吧？不至于吧？

许冥居然很认真地把工牌缠了上去。

“你为什么要给它发工牌啊？”鲸脂人忍了又忍，在许冥打开电梯门冲出去时还是没忍住，吼出了声。它一边吼一边让自己变小，手脚并用地爬回了许冥的包里：“你给它发工牌的意义是什么？”

抢先获得冠名权吗？

许冥被它问得莫名其妙，边往外跑边回答：“绑定啊。”

对哦，还有这个功能。

“不是你说的吗？”转眼间许冥已经跑进了走廊，一只手按在墙壁上，一边数门一边往前跑，“你说只要建立了新联系，域主本身就会被削弱……”

鲸脂人心想：“我科普了那么多事，你就只听爱听的吗？”

不过，这确实是个思路。它差点儿忘了，工牌这种衍生物的优势之一恰恰就是能够迅速地与外物建立联系。

然而，它很快又意识到了什么，摇了摇头。

“不行不行，靠工牌建立的绑定关系太弱了，对域主造成的削弱也很有限……没什么用的！”

实际上，这种绑定关系造成的削弱还不如许冥之前的一通乱改有效果，毕竟那通乱改不仅直接将蝴蝶的进食途径毁了大半，还把它养在锅里的食物也一并端了。

可不管是哪种削弱，效果都不太明显。起码对许冥来说，很不明显。

如果是实力相近的较量，这种削弱或许会成为左右胜负的关键，但放在许冥和蝴蝶身上，这种程度的削弱完全不够看。老虎再怎么削弱，要捏死一只蚂蚁也是轻轻松松的。

“我知道，”许冥说，“所以得去找一个和它差不多的家伙。”

鲸脂人一头雾水。

许冥没有进一步解释，而是继续加快脚步往前跑，边跑边不断数路过的门。

“8105，8106，快到了！”

8107号房是酒店里最安全的房间之一，也是之前那些工作人员带旧住客去的地方。

只要进入8107，就能找到工作人员。

许冥默默想着，开始全力提速。眼看就要碰到门板了，却听到脑海里的鲸脂人发出一声惊叫，几乎是同一时间，强烈的寒意混着拍动翅膀的风声扑面而来。

许冥心头一惊，本能地往后闪了一下。有什么东西擦着她的胸口过去了，随后一口咬在了她的腿上。

“我×！”许冥本能地惊呼一声，短暂的麻木过后，疼痛感潮水般袭来。那种濡湿的感觉飞快地蔓延着，她按了一下伤口，感受到一片带着腥气的潮湿。

可怕的压迫感再次逼近，她愤愤地抬头，却感觉右肩忽然一松。她诧异地低头，这才发现装着“根”的保温袋带子断了，掉在了地上。

她不由得一怔，第一反应就是自己刚才动作太大，将带子弄断了。保温袋就像被人用力踹了一脚一样，一下子滑出老远。然后她又看见一个小小的身影慌慌张张地沿着她的衣服往上爬。

“快溜快溜！”鲸脂人慌乱的声音在她的脑海里响起，“它肯定会先去捡‘根’，我们赶紧跑！”

原来如此，刚才应该是鲸脂人察觉情况不对，赶紧爬出来扯断了保温袋的带子，又一脚踢远了，免得仇恨继续落在她身上。

许冥闭了闭眼，一时竟不知该说这家伙是机灵还是㞞。

鲸脂人还在不断地催她逃跑。她捂着不断渗血的大腿，唯一能做到的就是朝8107号房的方向继续移动。蝴蝶似乎确实被那个保温袋吸引了注意力，许冥感觉那种阴冷的压迫感犹在，但比之前弱了些。

从鲸脂人的视角看，蝴蝶的本体此刻正停在那个保温袋前，用细细的爪子研究怎么将袋子打开。它研究了片刻便失去了耐心，直接伸手在保温袋外面一划。在看到里面的卵状物的那一刻，它明显怔了一下，随后发出了一声令人费解的愤怒的尖啸。

鲸脂人彻底蒙了。它明智地缩回脑袋，又开始催促许冥逃跑。突然，四周的情况又发生了变化。

顶灯亮了，周围忽然响起了无数杂乱的嘀嗒声。

又一个庞大的身影突然出现在走廊中。

它冲着没反应过来的蝴蝶上去就是一拳。

“啊？”鲸脂人愣了一下，发出“吃瓜”的声音，“这下可精彩了。”

还在挣扎着远离、痛得快要失智的许冥茫然地抬头，自然什么都没看到。实际上，她唯一能感觉到的环境变化就是头顶的灯忽然亮了，而且那种近得仿佛要割裂皮肤的压迫感消失了。她看了看仍躺在原地的保温袋，沉默了一会儿，突然反应过来了。

“魔方大厦的域主来了？”她试探着问鲸脂人。

正忙着看打架的鲸脂人毫不犹豫地点头：“嗯，已经‘开撕’了！”

“开撕”……

许冥因为它的用词撇了下嘴角。出于谨慎，她挣扎着从包里摸出自拍杆，奋力将保温袋钩了回来。

确认里面的卵状物还在，她悬着的心才放下了。见鲸脂人还在吃瓜，她便问道：“谁占优势？”

鲸脂人“嘶”了一声，语气中竟有几分迟疑：“这个，好像不好说啊。”

按理说蝴蝶的实力绝对是占上风的，但不知是不是因为被许冥削弱了好几轮，这会儿居然和魔方大厦的域主势均力敌，战况十分胶着，让鲸脂人有些傻眼。

“对了，话说你之前到底往保温袋里放了什么啊？”鲸脂人见她将“根”拿回来了，忽然想起这件事，好奇地往保温袋里张望，“刚才那一下真的吓死我了，我还以为它会直接把‘根’叼走。”

结果不知看到了啥，愣了一下，似乎很生气。这恰好给了魔方大厦的域主偷袭的机会。

许冥背靠墙壁，喘了一会儿，缓缓地摇了摇头：“没有，什么都没放。”

袋子里除了“根”，也就只有那块缠在“根”上的工牌而已。

“真的假的？”鲸脂人听了，更加傻眼了。顿了一会儿，它想到了什么，语气一下变得微妙起来：“等一下，说到工牌……你到底在上面写了什么名字？”

许冥秒答：“77。”

鲸脂人心想：“好一招杀人诛心。”

许冥看了眼近在咫尺的8107号房，不知想到了什么，忽然皱了皱眉，准备伸出去拍门的手也缓缓地收了回来。她思索了一会儿，开始悄悄地往远处挪动。

奈何她的腿伤实在有些严重，挪了半天都没挪多远，只在地上留下了一道血痕，看上去颇为骇人。鲸脂人似乎也被她的状态吓到了，再次趴在包沿探头探脑的，像是在纠结要不要出来帮忙。它无意中又往蝴蝶所在的方向看了一眼，忽然“咦”了一声。

“怎么了？”许冥立刻问道，“蝴蝶赢了？”

“不，不是。”鲸脂人的声音变得古怪起来，“不仅没有，而且它的状态好像变得不太对劲了。”

不太对劲？

许冥拧了拧眉，略一沉吟，果断从包里拿出手机，打开相机，努力地用镜头寻找它们的身影。

很快，在鲸脂人的指点下，她总算找到了蝴蝶所在的位置。因为“白痴”特性，许冥一时看不清楚，只能隐约看到一对高高扬起的翅膀轮廓，不断扑腾着，像是正在挣扎，接着又一点点地缩小、收拢了。

它的身后好像有什么东西正在旋转，黑色的粗线交织成格。许冥仔细辨认了一番，才终于看清那是一个转动的棋盘。

棋盘转动不歇，翅膀的萎缩仍在继续。最后，翅膀完全收拢了，形成一个巨大、臃肿的黑影，从许冥的角度看，还能隐约看出它在蠕动。

鲸脂人的声音再次在意识里响起了，音量不大，但十分惊讶：“它变成虫了！”

许冥一头雾水。

“虫子！毛毛虫！”鲸脂人急忙解释道。通过它的声音，许冥甚至能“脑补”它努力比画的样子。“蝴蝶居然变成了一条很大的虫子，不知道是怎么办到的……啊，它好像打算逃跑！”

许冥闻言，不由自主地抿了抿唇。

是“变成”还是“变回”？

许冥克制地吸了一口气，拿起手机，朝蝴蝶所在的方向看了过去。

这一回，镜头里再也看不到什么庞大的影子了，那个转动的棋盘也不见了。许冥尽力看了半天，总算在镜头的边缘捕捉到一点蠕动的黑影。她迟疑地划动屏幕，想试试能不能放大，不料镜头拉近的瞬间，屏幕里却突兀地出现了一张苍白的人脸。

许冥吓了一跳，本能地扔下了手机。脑海里随即响起鲸脂人嘲讽的声音：“瞧你吓的，是魔方大厦的域主啦！亏你之前还一直为它说话，叶公好龙了吧……”

“行了，至少现在蝴蝶已经跑了，你赶紧和它敷衍地社交一下，找人帮你处理一下伤口，然后等着离开就行……”

话未说完，它的声音却忽然变小了。

又过了一会儿，鲸脂人的声音再次响起，只是这回的语气充满了忐忑和犹豫：“你是不是哪里得罪它了？它现在就在你面前看着你……不知为什么，似乎很生气。”

实际上，不用它说，许冥也感觉到了。

那近在咫尺的怒气与压迫感和刚才蝴蝶造成的感受是如此相似。

然而许冥对此却完全不感到奇怪。

“你是想要这个吧？”她举起手中的保温袋，尽可能平静地看着前方，“如果想要，就拿去好了。我不跟你争。”

说完，面前的怒气却没有减弱分毫，甚至还强了些。

这下许冥终于有点慌了。

“你确定它只是想要‘根’吗？”鲸脂人烦人的声音在脑海里响起，“我咋觉得它的火气是冲你来的……”

“不可能，”许冥不假思索地说，“我又没有得罪它。”

“怪谈拆迁办”应该也没有，之前的合作明明都挺顺利的。更重要的是，许冥很确定对方想要这个“根”。

她索性再次抬头看向空气，说道：“这个‘根’，其实一开始就是你拿出来的吧？”

说完，却没有等到任何回应。

唯有鲸脂人在她的脑海里小声提醒：“你看错方向了，它的头现在在你的右边。”

许冥心想：“闭嘴，这样会显得我很呆！”

许冥本着“这种时候转过去未免太傻了”和“邱雨菲说我的侧脸特别冷冽、有气势”的想法，继续维持着原本的姿势，平静地说：“我之前就觉得奇怪，为什么蝴蝶会在这个时候突然发难，而且还一副精神很不稳定的样子，直到我在8307号房发现了这个袋子，我才明白，是因为它的‘根’被人拿走了，所以它才恼怒、发疯。”

气得跟某个被人偷走了“根”的咨询公司域主一样。

而整个酒店里有本事拿走这个“根”的存在，除了一直盘踞在此的魔方大厦域主，还能有谁？

“它疯了吗？”听到她的话，鲸脂人傻眼了，“它怎么敢啊？”

域主失去“根”后，实力确实会被削弱，但这种削弱是逐步的，绝无可能立竿见影。在这个前提下，对方冒险盗“根”，无疑是在自寻死路——从目前的情况来看，事实的确如此。

失去“根”的蝴蝶一怒之下直接对魔方大厦动手，如果不是许冥在场，搞不好今天魔方大厦会“团灭”。

“天啊，”鲸脂人还是很震惊，“它可真够莽的。”

“不，”许冥摇了摇头，“它应该也是做了准备的。”

最直接的证明就是她刚才见到的那一幕——一只巨大的蝴蝶逐渐萎缩成毛毛虫的那一幕。

旋转的棋盘很容易让人想到他们进酒店时拿到的白棋糖果，再加上鲸脂人刚进这个区域时的症状，以及鲸脂人对白棋糖果气味的熟悉，某些结论也就呼之欲出了。

“那些糖果应该有让时间倒退的效果。”许冥猜测，“只是有的是身体时间，有的是意识时间。”

鲸脂人进入怪谈区域时触发了类似的防御机制，因此意识上的时间退回了几天前，并被困在了那段时间。而蝴蝶吃了大量白棋糖果，倒退的是身体时间，而且一口气回到了它还十分弱小的时候。

若说魔方大厦没有盘算过这事，许冥是不信的。

“我懂了，说白了还是下毒。”鲸脂人恍然大悟地说，“眼看毒素积累得差不多了，觉得可以一举拿下，就趁机先将蝴蝶的‘根’偷走。没想到判断失误，不仅没有一举将蝴蝶拿下，反而被蝴蝶入侵了！”

要不是许冥提前削弱了蝴蝶的实力，估计翻车也是迟早的事。

“亏你之前还猜白棋糖果是拿来做慈善的。”弄清了这点，鲸脂人又忍不住开始嘲讽，“我就说嘛，能在怪谈区域混到现在的，哪有什么‘傻白甜’。”

不过，它觉得对方的行为还是不太值当。差点儿翻车不说，自己也没捞着什么好。许冥看不见，可它看得清楚，在蝴蝶开始萎缩的那一刻，魔方大厦的域主也肉眼可见地变得虚弱了。它当时还不明白，现在听许冥一说，总算反应过来了。

要引爆蝴蝶体内积累的糖果毒素，估计本身就要付出不小的代价。

而且，蝴蝶只是因为时间倒退而暂时萎靡，只要有“根”，说不定很快就能恢复。到时候两边谁占优势，只怕更不好说。

但话说回来，许冥似乎确实没有惹对方——除了自说自话地带着找到的“根”跑路。可她也说了，愿意把“根”交出来，那它还发什么火?

意识到这一点，鲸脂人感觉很奇怪。而久久没有等到回应的许冥也终于有些忍不住了。

只见她低着头，干脆地从保温袋里掏出了那个卵状物，三两下扯掉了缠在上面的工牌，然后在鲸脂人的惊呼中毫不犹豫地往对面一砸。

砰的一声，卵状物摔到了地上。许冥在裤子上蹭了蹭手，话里也带了几分火气："你不用这么虎视眈眈地看着我，我说了，我不要。如果不是不希望蝴蝶继续留着它，这东西我根本不会拿。我也理解你的行为，换作是我，我肯定也不会坐以待毙，哪怕只是为了自保，这个"根"也必须抢。我只是不明白，你为什么非要挑这个时间动手……"

哪怕只是晚一天，他们几个还在酒店里的活人也不至于搞得这么狼狈。

不过转念一想，只要这个怪谈区域的规则还在运转，酒店的住客就不会断。就算不是他们，也肯定会有其他人受到波及，这样看来，轮到他们反倒算是好事。毕竟换作其他人，可能连逃命的机会都没有。

许冥心里刚冒出来的火气稍稍降了一点，一时又有些怀疑对方是不是因为知道了拆迁办的存在，才特意在这个时间动手。

不知是不是终于把她的话听进去了，对面那无法掩饰的怒气居然也渐渐平息了。

紧接着，许冥忽然感觉脑门一凉，像是被什么碰了一下。

奇异的感觉瞬间涌上心头，耳边似乎响起了时钟的嘀嗒声。许冥陷入了短暂的眩晕，清醒过来时，腿上的伤口消失了。

不只是腿，右臂的伤口也没了，就连肩膀都松快了不少。

"咦，治疗？"鲸脂人啧啧称奇，"它还有这本事？"

许冥像是看到了什么，缓缓地抬头，视线逐渐转向自己的右侧，嘴角克制地紧绷着。

"不。"她望着面前的庞大身影，在意识里缓缓答道，"它应该……只是倒转了我的时间。"

倒转的是身体上的时间——许冥的身体直接恢复到了几天前的状态，相应地，"白痴"特性也被重置了。

所以，许冥现在能看到它了。

它那巨大的身体就站在许冥跟前，脖颈几乎抵着天花板。

它的轮廓看上去像个女人，还穿着繁复的裙子，只是它曲折的脖颈上长着的不是头，而是果实般沉沉坠着的无数挂钟，最中间的那个还长着长长的头发。

不过，不少挂钟表面有深深的裂缝。

它还有手，手指修长、漂亮。许冥看到它伸手从地上捡起那个卵状物，用力地掰成了两半。

接着，其中一半被递到了许冥跟前。

吵闹的时钟声响起，震得许冥头疼。脑海里的鲸脂人及时做了翻译：“它的意思是，这个给你，作为下次再来的钥匙。

什么再来？再来哪儿？这儿吗？

还指望我当回头客？

许冥愣住了，余光忽然瞥见了几个路过的人影。她下意识转头，看见几个顶着动物脑袋的半透明人影懵懵懂懂地在走廊的另一端徘徊。

是依旧住在蝴蝶大厦的人。

所以，是希望她能再来接走更多的人吗？

许冥不确定是不是自己想太多了。短暂的沉默过后，她还是点了点头。

“好。”她小声说道。

她还想说些什么，比如彻底离开这里的方法，对方却没给她更多的交流机会。几乎就在得到她回应的瞬间，对方立即朝后退去。庞大的身躯在接触墙壁的刹那，忽然呈现半透明状态，接着便像液体一般悄无声息地渗进了墙里，只留下一个漂亮的圆形挂钟静静地悬挂在墙上，发出有条不紊的嘀嗒声。

许冥不由自主地多看了两眼，总觉得那个挂钟更像是只眼睛。

走廊变得安静，唯有不远处的旧住客来来往往，留下一些低语与脚步声。许冥缓了缓，努力站了起来，摇摇晃晃地往外走。走到大厅一看，座钟上的时间已经到了十四点五十一分。

实际用时比预想的十二分钟还短。

酒店大门此时也打开了，门前是数名正在忙碌的工作人员。有的在搬钟，有的在打扫，有的正看着座钟里的倒影修整自己被摔烂的五官，有的独自坐在大厅的角落努力拼接脱落的四肢和脑袋。

见许冥过来了，他们还自觉地将身体背过去了，似乎觉得画面有些活人不宜。

那个专门负责前台电脑的秋珊这会儿也回到了工作岗位上。她依旧是那副冷冰冰的模样，只是在许冥路过时，略微抬了抬眼。

接着就见她嘴角轻动，冲许冥点了点头。

“里面的人已经走了。”她说，“你是最后一个。”

“好的。”许冥完全没想到她会主动和自己说话，反倒愣住了，过了会儿才说：“谢谢。”

她却又不理人了，收回目光，继续敲打着键盘。

许冥见状，也没再多说什么，耸了耸肩，朝外走去。

酒店内的时间就快到下午三点了，酒店外天才蒙蒙亮。

踏出大门的瞬间，略微潮湿的空气扑面而来。许冥眯了眯眼，抬头一看，只见东方既白，晨光熹微，无端给人一种世界正被点亮的错觉。

下一秒，她却觉得眼前一阵恍惚。

再次清醒时，她首先看到的是邱雨菲焦急又如释重负的脸。

第40章

蝴蝶大厦·完

看到邱雨菲的瞬间，许冥有些蒙。

她挣扎着起身，环顾四周，发现自己在一辆大巴上，周围空荡荡的，只剩自己和邱雨菲二人。

对，她想起来了，她是和邱雨菲来体验酒店的，沉浸式惊悚酒店……

许冥默默想着，起身就准备去拿行李。邱雨菲用力地拽了一下她的胳膊，接着便将什么东西递到了她面前，一脸严肃。

许冥不解地低头，只见她手里拿着的正是“怪谈拆迁办”的工牌。她将工牌翻过去，露出夹在后面的提示纸。

不要相信你看到的。不要进入酒店。去找冥冥，一起下车，和其他人会合，再设法离开。

落款是“怪谈拆迁办”。

她狐疑地抬眼，正好对上邱雨菲紧张的眼神。

而就在许冥的大脑开始疯狂运转，拼命思考目前的状况时，脑海里忽然响起了鲸脂人的声音。

“哟。”它的语气有些懒散，听上去像是刚睡醒，“这就出来了？效率真高。”

很好，看来这里起码还有一个搞得清状况的。

于是许冥毫不犹豫地带着邱雨菲下了车。抬眼一看，面前果然是一家酒店，整体是故意做旧的老建筑风格，看上去像是危楼，外墙上有“魔方大厦”四个显眼的大字。

许冥远远地望着，不自觉地蹙了蹙眉。仔细一看，却见酒店的大门关着，门外站着两个工作人员，正在与一个染着黄毛的人说话，看样子是在劝离。还有一个穿着哥特风Lo裙的女孩儿，独自在不远处等着，正百无聊赖地玩着手机。

封闭的玻璃门上贴着一张纸，许冥凑过去，发现上面有几行字：

本店与特殊公益组织“怪谈拆迁办”的联名活动正在筹备中。
为配合活动，主店暂不开放。未入住的住客将迁至分店。
前往分店的大巴即将抵达，请各位住客少安毋躁，耐心等候。

许冥愣了一下。谁能跟她解释一下，为什么这里会出现“怪谈拆迁办”这个名号？

她什么时候搞的联名，她怎么不知道？

这时，正在门口和人解释情况的工作人员注意到了她。不知为何，他们一副和她很熟的样子，其中一人还冲她招了招手。

许冥越发莫名其妙了，只得也招了招手，假装和他们打招呼。

她在脑海里疯狂呼唤鲸脂人，追问具体的情况。

鲸脂人难得被她吵到，哇哇乱叫了一阵，终于开始给她解释。许冥听到一半，又看见一个熟悉的身影从酒店后面绕了出来，旁边还跟着个酒店的工作人员，看上去正在友好地交流。

是顾云舒。

顾云舒手里拿着杯果汁，看样子是酒店送的。细细的吸管从面罩下面伸进去，她吸得咕咕作响，一边吸一边严肃地冲旁边的人点头。

见到许冥，她明显眼睛一亮，立即伸出手，小幅度地冲她挥了挥。许冥下意识地转身，顶着一旁的邱雨菲困惑的目光，快步走了过去。靠近的瞬间，她听见顾云舒一本正经地和对方说话。

“对，就叫宏强，我以前就在那儿。”她听到顾云舒说，“我就是死在那里的，后来宏强被拆了，才转到拆迁办的。福利什么的不重要，主要是我们主任人很好，我很喜欢。”

莫名其妙地拿了张“好人卡”的许冥一头雾水。

这又关她什么事？

而且为什么对面的那个人还在很认同地点头？她和许冥认识吗？

许冥再次沉默了，脑海里响起鲸脂人不客气的嘲笑声。

好在顾云舒还是很有良心的。看出了许冥的茫然，她立即走过来，将人拉到一边开始小声解释，虽然说得磕磕绊绊的，但配合鲸脂人的补充，总算让许冥搞清了状况。

起码目前可以确定酒店的说明很靠谱儿，即将到来的大巴能坐。

确定了这些，许冥一下子放心了不少。而且她发现自己的包里确实有半颗古怪的卵状物。

是另一个存在分给她的，属于这个怪谈的一半的“根”。

虽然好奇，但现在并不是研究这东西的时候。于是许冥想了想，还是把它暂时放到了一边，转而开始安抚正紧张的邱雨菲。又等了大约二十分钟，说好的大巴果然出现了。出于谨慎，许冥第一个上去看了看，在看到坐在驾驶座上的人时，不由得微微一顿。

那是个面无表情的中年男人，同样穿着酒店的制服，不知为何，看着有些眼熟。

“这人你见过。”鲸脂人在脑海里提醒她，“他来你房间修过空调。”

哦。”许冥恍然大悟，对着司机友善地点了点头，“师傅，修空调啊。”

司机沉默地看了眼面前的方向盘，一时不知道该如何回答这个问题。

许冥似乎也意识到自己的这声招呼很容易产生歧义，听上去有种“脑干缺失”的感觉。她有些尴尬地笑了笑，冲后面招了招手，转身上了车。

很快，其他人也鱼贯而入。许冥和邱雨菲坐在同一排，那个穿哥特风Lo裙的女孩儿和黄毛男人也在车上。顾云舒独自坐在最后面的角落里，扯着脸上的面罩，小心翼翼地挡着自己的脸。

大巴开动了，车窗外的酒店越来越远了。许冥下意识地往窗外看去，本想努力保持清醒，却还是随着车子的晃动不知不觉地睡了过去。

就在她们离开后不久，另一辆大巴停在了酒店门口。

方雪晴探头探脑地从里面走出来，脸上带着几分怀疑。

这些怀疑在看到酒店门口的告示后，又变为深深的愕然。

“嘿嘿，”她忍不住拍了拍同伴的胳膊，“看这个！”

“看着呢。”凌光客气地朝守在门口的工作人员点了点头，随即被方雪晴拉到了一边。

“不要慌，让我们先好好捋捋情况。”她边翻手机里的记录边惊疑道，“我们这是第二轮？”

“应该吧。”凌光也看了看自己的手机，“你那边没有关于第一轮的记录？”

“有是有，但是看着很奇怪啊。”方雪晴说，“而且这里为什么会有那么多的‘怪谈拆迁办’……”

如果只是这样就算了，关键是她醒来时还发现自己戴着“怪谈拆迁办”的工牌。更关键的是，她的规则书明显已经用过一次了。

准确地说，是建立了关于“门”的规则，但相关规则并未被使用，最终超过时限，自动失效了。能证明这一点的还有她的身体，没有受到任何损害，说明能够触发规则的“钥匙”最后并没有被使用。

既然她用了规则书，就说明已经到了非用不可的时候，可最终并未用上，实在让人很费解。

带着诸多的疑问，方雪晴飞快地浏览自己的记录，过了一会儿，总算锁定了一个关键词。

凌光也找到了有用的信息，两人齐声开口：“顾铭。”

又是片刻的沉默。方雪晴迟疑地说：“酒店里出现变故，她组织了救援。”

“可她是个实习生啊。”凌光蹙着眉说。

“我的那把钥匙应该是交给她用了。”方雪晴将记录往下翻。

“可她是个实习生啊。”凌光继续蹙着眉说。

“我们第一轮推出的部分结论，也是她提供的。”方雪晴缓缓抬眼说道。

“问题是她不是个实习生吗？”凌光的眉头拧得快能夹死飞虫。

“有两种可能。”沉默了一会儿，方雪晴慢慢地说，“要么她撒谎了，她其实不是实习生；要么就是她们公司的新人培训确实特别牛 ×。”

凌光与她对视了一眼，两人心照不宣地往酒店大门的方向看去。只见那张通知上，“怪谈拆迁办”五个字显得尤为清晰。

出于某种强烈的担忧，方雪晴纠结了一会儿，还是走回了酒店门前，拐弯抹角地打听起顾铭的情况。令她意外的是，酒店的工作人员相当直率，告诉她那个其他公司来考察的女人已经走了，乘的是上一班车。

不论消息是否属实，方雪晴总算放心了。就在她琢磨之后的安排时，更令她意外的一幕出现了。

两个工作人员从后面走了出来，拖着一个有些眼熟的行李箱。照面之后，第一句话就是问他们认不认识唐梦龙。

方雪晴有些诧异地与凌光对视一眼，谨慎地点了点头。那个工作人员便将行李箱推了过来。

“他丢掉的东西，”他说，“他希望你们带走。”

方雪晴的心重重一跳，刚想再问些什么，那个工作人员已经转身离开了。

她将目光转向那个行李箱，才明白为何会觉得眼熟——那就是唐梦龙离开时带的行李箱。

她打开行李箱，里面净是胡乱堆着的东西。有换洗的衣物、手机、钥匙，还有记录用的笔记本。

方雪晴愣在原地，缓了好一会儿才合上面前的箱子。

凌光站在她旁边，轻轻地拍了拍她的肩膀。方雪晴的嘴张开又闭上，反复了几次，才终于挤出一点声音。

“你说，他现在还在吗？”她问凌光。

凌光无法回答这个问题，酒店的工作人员也对此保持沉默。方雪晴没办法，只好将这个问题压在心底，一直压到登上大巴的那一刻。

大巴上空空荡荡的，只坐着他们俩和司机。和他们一起进入第一轮的甄姓小伙没再出现，想来他本身就不是活人，因此通过其他途径先行离开了。

方雪晴找了个靠窗的位置坐着，感觉心脏沉甸甸的。大巴即将启动的那一刻，她好像看到了什么，猛地坐直了身体。

一旁的凌光不解地看过来，方雪晴指着酒店的大门，脸上的表情极其复杂。

她确定自己看到了。即使只有一瞬，但她确实看到了。

玻璃门内侧，空荡荡的酒店大厅里，刚才突然出现了一个人影。

那是一个寂寥的半透明人影。

穿着她熟悉的衣服，顶着她不熟悉的动物头颅，沉默地站在玻璃门后面。那人的目光随着大巴移动，似含着万语千言。转眼便消失不见了。

大巴很快就驶远了。凌光探头去看，什么都看不到了。

他收回目光，坐了回去。过了一会儿，他小声地说：“报告里就别提这个了吧。”

方雪晴微微瞪大眼睛，思索了片刻，轻轻地点了点头。

她低声说：“刚才好像在他身上看到了工牌……”

凌光说：“魔方大厦的？”

方雪晴说：“和我们身上的一样。”

凌光说：“那唐哥现在到底算哪个公司的？”

方雪晴又一次沉默了。

在微微摇晃的车厢中，许冥再次睁开了眼睛。

她一副睡眼惺忪的样子，看到出租车的车顶时还愣了两秒。下一瞬，汹涌的记忆忽然如潮水般袭来，许冥一个激灵，猛然坐直了身体。

几乎是同一时间，一旁的邱雨菲也猛地弹了起来，随即便听见前座传来一声大叫。许冥越过椅背朝前看，只见那个黄毛司机趴在方向盘上，不停地颤抖着。

“那个，小哥，”许冥及时开口，试图帮他稳定情绪，“我知道你现在很慌，但你先别慌……”

眼见对方似乎还因为酒店里的事而心有余悸，许冥一时也有些无奈。好在邱雨菲这会儿已经缓过来了，便主动下车，坐到副驾驶座上，承担给司机做心理辅导的责任。

她顺便强调了一下她俩是好人，免得司机受惊过度，半路把她们丢下去。

许冥坐在原位，拼命地揉着脑袋。刚才所有的记忆一股脑儿涌出来，让她有点头疼。她不时听到邱雨菲的只言片语，语气那叫一个甜美、温柔。

“之前的一切，你就当是场梦，醒来随便动，不要担心，没有后遗症……”

“对，之前和你说过的，我朋友有家传绝学……拆迁办？对，就是她们家的家族企业，清朝传下来的，百年世家，专克各种阴邪之物……总之小哥你不要怕，你看我们都逃出来了……”

“没有逃出去。”许冥抽空看了眼窗外，忽然插嘴道。

坐在前座的两人皆是一僵，齐刷刷地转过了头：“什么？！”

“我说，还没逃出去。估计还得走一段呢。”许冥冷静地朝外面抬了抬下巴，“你们看，我们还在高速公路上呢。”

怎么可能车在高速公路上停半天却没人管？而且这条路太过安静了，前后左右一辆其他的车都没有。

他们显然还在怪谈区域内，只是已经到了边缘。

黄毛司机脸色发白：“那现在咋办？我们直接从高速公路上跳下去？”

“别别别，犯不着。”许冥赶紧打消他这种可怕的想法，想了想又说，“继续往前开吧，既然酒店都肯放我们走了，没必要在这种地方拦我们。”

司机很慌张，但也没别的主意，只得点了点头。车子很快又发动了。

许冥猜对了。又往前开了一段后，原本空空荡荡的路面上居然出现了一块指路牌。不过上面写的内容有些奇怪。

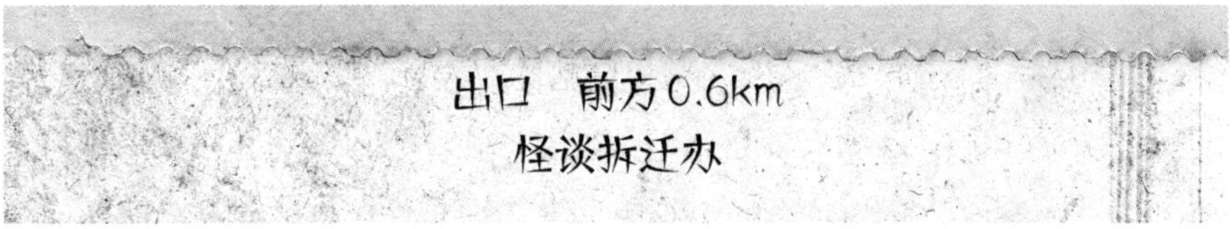

许冥又愣住了。

怎么又有“怪谈拆迁办”的事？

她又忘记了什么东西吗？她弄过这个吗？完全没印象啊！

最先反应过来的是躺在她包里照镜子的鲸脂人。它抬头往外看了一眼，很快便恍然大悟地“哦”了一声，开始在许冥的脑海里发表长篇大论。

“应该是你在酒店里放指示牌的时候被它看到了。”鲸脂人说，“它可能以为只要带这个落款，写的字就不会被改掉。”

他们此刻所经历的一切，送人出来的大巴也好，面前的指路牌也好，毫无疑问，全是魔方大厦趁蝴蝶处于虚弱期时做的修改。

这样大的改动必然对应着巨大的代价，还有蝴蝶恢复后可能又会被改回去的风险。从魔方大厦的角度看，自然会想尽一切办法，尽可能保证文字的持久性。

许冥说：“它在后面加个‘怪谈拆迁办’的意思是？”

“可能和‘有怪莫怪’‘顺祝商祺’差不多吧。”鲸脂人猜测道。

是一种包含了微妙祈愿的用语——俗称迷信。

莫名其妙成为迷信人员的许冥又陷入了沉默。

不管怎样，有了指路牌，总归让人安心许多。许冥果断无视了司机欲言又止、充满疑问的眼神，简单叮嘱了一句“按指路牌说的开”，便靠在了椅背上。忽然，她又想起了另一件重要的事情。

“等等！”她差点儿从座位上弹起来，“顾云舒呢？”

“车顶吧。”鲸脂人又缩回去照镜子了，“也可能在车底。”

没丢就行，没丢就行。

又往前走了几百米，果然如指路牌所言，下高速的匝道出现了。司机憋着一口气，咬牙踩下了油门，车子驶出匝道的瞬间，周围的气氛明显变了。

某种挥之不去的压抑感立刻烟消云散，属于人世的声音敲打着耳膜。明明已是傍晚，许冥却觉得四周一下子亮了起来。

高速公路上的车辆川流不息。从异世归来的车悄无声息地融入繁忙的车流中，仿佛它一直都在这里。

直到这时，许冥才真正地松了口气。她掏出手机看了眼现在的时间，发现距离她们进入怪谈区域只过了不到一小时。

就是不知道那些比她们先进或后进怪谈区域的人出来时是什么状况……

许冥默默想着，摆弄了一下自己的手机，不由得暗暗感到庆幸。

太好了。好在这次出门前带了充电宝，进入怪谈区域后也及时搞清了情况，没有稀里糊涂地用它们的插座。不然肯定又要弄坏一个手机。

想到这儿，她忍不住看向前面的两个人。刚想提醒他们注意手机的状况，一抬眼，却见邱雨菲微微垂着脑袋，一只手掩着嘴，一脸感动。

许冥见状一愣，过了会儿才反应过来，她可能是因为刚出怪谈区域才太激动了，于是有些无奈地抿了抿唇，凑上去轻轻地拍了拍她的肩。

“没事了，”她的语气难得很温柔，“都过去了。现在时间不是还早吗？去你订的那家酒店刚刚好。”

邱雨菲看了她一眼，眼中含着感动的泪水，用力地点了点头。

她很快又垂下了眼睛，盯着斜下方的计价器。

“太好了。”邱雨菲十分欣慰地想，“出租车的计价器没有把我们在怪谈区域的那段路程算进去。车费还是正常数额。”

真是太好了。

又过了十分钟，她们终于抵达了真正的沉浸式惊悚酒店，就是邱雨菲抽中免费体验套餐的那家。

邱雨菲仍记着魔方大厦的事，对这家酒店莫名生出些抗拒，如果不是不想浪费高铁票钱，她甚至打算直接回去。入住后，她还是有些提心吊胆，特意找了前台，要求把体验套餐里的一切恐怖元素都删了，纵使很亏她也认了。

许冥对此无所谓，由着她安排。本来她就是来蹭住的，再说了，这酒店本身的住宿体验也不差。最重要的是，比起体验一千六百块一晚的酒店，她还有更在意的问题要研究。

“所以，这就算是吸收了，对吗？”

当晚，许冥盘腿坐在床上，一脸纠结地盯着面前打开的规则书。她的两侧是好奇地趴着的鲸脂人和规矩地坐在床沿的顾云舒。

她的包就放在沙发上，里面早已没了那半颗卵状物的踪迹，倒是规则书又凭空填满了一页。

那一页上有一个手绘的破了一半的虫茧。下面是一行简单的文字说明：

> 来自某精品酒店的馈赠，一个永不褪色的祝福。当你说出谎言时，别人会更容易信以为真。该祝福只在怪谈区域内有效。

和其他的技能说明比起来，简单到令人感动。

不过这也成了让许冥感到疑惑的地方。

“那个蝴蝶看着挺花枝招展的，又能建密室，又能给人洗脑……”她说着，试着往后翻了翻，“怎么对应的‘根’给的技能这么简单？”

鲸脂人对此却毫不奇怪。

“你只拿到了一半，自然会打折扣啊。”它扬起脑袋，打了个哈欠，“况且‘根’在熔入规则书后，效果本身就会弱一些。”

俗话说得好：“黑化强无敌，洗白弱三分。”

许冥一头雾水。

“哎呀，其实还是建立联系的问题啦。”鲸脂人坐直身体，“非人类拿到‘根’要熔很久才能用，凭什么规则书吞下‘根’就能立刻发挥全部效果啊？这也太不讲道理了。”

与非人类的“根”相比，人类获取规则书更困难，但相应地更有优势，比如可以在初熔时就累积多个“根”的效果；或者只要将新的根熔入，就能立刻获得相应的能力。

但这种优势远没到逆天的程度，在某些方面还是存在限制的。

“我不是人类，规则书的事其实也不是太懂。不过据我所知，规则书里的有些技能还能升级。”鲸脂人再次打了个哈欠，“反正你自己慢慢琢磨吧，别还没琢磨出来，就先被人打劫了。”

听他这么一说，许冥顿时又想起了那个曾跑到她家楼下数楼层的奇怪男人。她不自觉地抿了下唇，一看时间也不早了，索性把本子一收，准备直接睡觉，毕竟她真的很累。

顾云舒非常自觉地起身钻进了衣柜。许冥神情微妙地看了她一眼，想劝她出来睡，转念一想，还是作罢了。

她和邱雨菲住的是大床房，两个人睡一间屋子。邱雨菲现在似乎有些应激，让顾云舒睡外面，她怕不小心吓到她。

思及此处，许冥下意识地看了眼手机，随即蹙了蹙眉。

都这个点了，邱雨菲人呢？

◆ 酒店的桑拿房内。

邱雨菲在进酒店的第一时间就美美地洗了个澡，洗完仍觉得不过瘾，和许冥打了个招呼就出来蒸桑拿了。蒸到这个点，总算舒坦了。

酒店的桑拿区在三楼，她们住十二楼。邱雨菲摸着额头进了电梯，看见里面有一个漂亮的女孩儿正在理衣服，见她进来，还不好意思地对她笑了一下。

那女孩儿长得好看，穿得也别致，是一身黑色的Lo裙，戴着配套的头饰，精致如玩偶，极养眼。

邱雨菲不由得多看了几眼，不小心与对方对上了视线，也不觉得尴尬，大大方方地说：“你这身蛮好看的。”

“谢谢。”对方礼貌地应了一声。邱雨菲心情正好，接着说：“你这裙子我好像在网上看到过……”

“和薄荷穿的是一个牌子的。”那女孩儿低头理着袖口的蕾丝边，随口说道，“两套衣服是一个系列的，不过风格不太一样。她那套是哥特风，我这套是巴伐利亚风。”

邱雨菲听着她的话，蓦地一顿。

实际上，后面半句话她完全没听进去——她只听到了前半句话。

“那个，”邱雨菲咽了口唾沫，“请问你说的薄荷是……”

“薄荷呀，魔方大厦里的。”女孩儿看了她一眼，理所当然地说，“你们不久前才见过，不至于忘得这么干净吧？”

邱雨菲心想：“就是因为没忘，所以才要多问一句啊。”

似乎看出了她的僵硬，那女孩儿扑哧一声笑了出来：“瞧你吓的，不是出来了吗？还害怕什么。我是她的朋友，只是因为身体原因，没怎么离开房间。不过我记得我见过你。”

“哦……哦。”邱雨菲似懂非懂地点了点头，“这样啊。”

她这才想起许冥和安心园艺的人都说过，一般人离开怪谈区域后，相关记忆可能会变得有些模糊，甚至会完全遗忘。

这么一想，当初薄荷确实说过她是和朋友一起来的。

“抱歉啊。”邱雨菲不好意思地笑了笑，“我记不太清了。”

“没事。”那女孩儿又低头去扯袖口，“你本来就没见过我，记不清也正常。”

可你刚才不是还说见过我吗？

邱雨菲心里犯起嘀咕，又奇怪电梯怎么还没到十二层。定睛一看，才发现自己糊里糊涂的，竟没有按楼层。

她慌忙按下按钮，电梯总算开始动了。她冲旁边的女孩儿讪讪一笑，转过头去，又觉得不对劲。

她没有按楼层，是因为她忘了。可这个女孩儿呢？她比自己早进来，难道她也忘了吗？

莫名的焦灼涌上心头。坐立不安间，余光掠过头顶，她整个人都僵住了。

光洁的金属轿厢此刻倒映着正常的倒影，唯有头顶那块平整的金属板不对劲。

邱雨菲看得很清楚。明明旁边的女孩儿正低头理着蕾丝，头顶那块金属板上的倒影却是仰着头的，而且是夸张地仰着，脖子几乎完全对折了，下巴抬到了惊人的高度，就像一朵被完全掰折的向日葵。

几乎是同一时间，她听到旁边传来那女孩儿的声音。

那女孩儿依旧垂着脑袋，语气轻描淡写的，又带着几分理所当然：“我知道你在奇怪什么。别多想，我只是说我见过你。

“你本来就不可能见过我。

“因为我早就死了。”

数秒后，正在试图通过微信找人的许冥忽然收到了一条来自邱雨菲的消息。

消息很简单，只有六个字：

有怪，嚣张，速来。

许冥觉得她可能想多了。

邱雨菲的样子完全不像应激了，一点都不像。

又过了数分钟，许冥望着气定神闲地坐在对面沙发上的女孩儿，揉了揉额角，又有些眷恋地看了眼放在不远处的睡衣。

“那个，”她咳了一声，“请问你到底是……”

“陆月灵。”穿着Lo裙的女孩儿礼貌地点了点头，“朋友们都叫我小六。”

许冥缓缓地点头：“哦……你好小六。”

“但我们还不是朋友，所以你就叫我的大名吧。”女孩儿继续说道。

许冥心想：“这孩子没事吧？”

盯着陆月灵又看了会儿，许冥闭了闭眼，再次开口：“薄荷的朋友是吧，我记得你。”

她和邱雨菲不同，她对怪谈区域的事往往记得比较清楚。没记错的话，酒店的工作人员提过她——那个在变故发生的第一时间就护着薄荷来到前台，并且一直守着她，直到酒店开门的人。

这也是许冥此刻感到奇怪的地方。

“你为什么会来找我们？”她不解地问，“我以为你会跟着薄荷。”

“我为什么要跟着她？”陆月灵毫不犹豫地反问一句，“帮她离开那酒店已经算我仁至义尽了。还跟着她干吗，帮她期末考试作弊吗？”

“我只是问一句，不用这么激动吧？而且我只是想问你为何不和她一起回去，你为什么一副默认‘跟着’就是要给人当帮工的样子啊？”许冥默默地想，怀疑她可能聊斋故事看多了。

陆月灵似乎也意识到自己有点激动，清了清嗓子，又低下了头：“我们已经是两个世界的人了，再跟着她意义不大。而且她已经想起来了，这会儿肯定不是在后怕就是在哭，想想就烦。”

所以她在上高速公路的那一刻就和薄荷分开了，转而跟着许冥一路到了这里，过程倒也顺利。

许冥眼神复杂地看了她一眼，正想开口说些什么，却听见对方说："而且，我有事要问你们。"

许冥用疑惑的眼神看着她。

"最后组织逃跑的时候，你们应该见过很多人。"陆月灵撇了撇嘴，"有一个穿红鞋子的女人，不知道你们见过没有？"

红鞋子……许冥蹙眉想了一会儿，不太确定地摇了摇头。最后那段时间她太忙了，一直在画工牌、替换词语，根本没顾上看那些过来的人。

倒是坐在角落的顾云舒听到这个描述，似乎想到了什么，不由自主地绷紧了脊背。

"你打听这个做什么？"许冥好奇地问，随即皱了皱眉，脑海里有什么东西一闪而过，"等一下，我想起来了。我们第一轮遇到薄荷的时候，她说和她一起的有两个朋友。所以你说的穿红鞋子的女人，该不会就是……"

"才不是。"陆月灵不假思索地反驳道。

意识到自己搞错了，许冥连忙抱歉地摆了摆手。

陆月灵接着说："当时把她当'朋友'，只是因为被她骗了。我还以为她是好人呢。"她撇了撇嘴，"其实我们是进酒店后才认识的，而且是在我'死'了之后。那时候我很茫然，不知道该怎么办。她就是那时候出现的，说会教我适应，还会教我怎么护住薄荷。但作为回报，我也得用自己的力量帮她一把。"

"帮她？"许冥不由得往前坐了坐，"怎么帮？"

陆月灵张了张嘴，又闭上了。斟酌片刻，她忽然呼出了一口气："算了，也没什么好瞒的。我'死'了之后，身上多了个东西，应该算是道具吧？效果比较特别，简单来说，就是被我当作'朋友'的人能多获得一些保护。

"那个女人原本是想靠情报换走我手里的东西，但我觉得不能给她，就没答应，只是让她暂时成了我的'朋友'。薄荷估计也是受这个的影响，所以以为那女人也是她的朋友……"

许冥似乎察觉到了什么，情不自禁地再次拧起了眉毛。

"等一下，你说她想要你手里的东西……"

人"死"后突然获得的道具，毫无疑问就是"根"。

问题是什么样的人会特意去索要别人的"根"？

许冥不由自主地看了顾云舒一眼，却见她伏在膝上的双手这会儿攥得特别紧。

这让许冥的眉头也拧得更紧了。她再度看向陆月灵，试探着开口："那你知道那个穿红鞋子的女人进酒店到底是为了……”

“为了偷东西。”陆月灵心不在焉地说，“蝴蝶——你们是这么叫那个怪物的吧？具体情况我不清楚，反正她的目的就是去偷那个怪物的宝物。她本来说拿走了那样东西，蝴蝶就会消失，我信了，还特意把房号里有数字‘13’的房间都指给她。结果根本不是她说的那个样子……”

陆月灵还在不太高兴地回忆着什么，许冥没再听下去。

这一刻，她忽然想通了那个曾经困扰她很久的问题——为什么解决掉蝴蝶，魔方大厦的域主突然对她表现出了强烈的怒意？

“原来是这样的……”许冥不由自主地喃喃道，觉得十分荒谬。

答案其实很简单。因为蝴蝶的“根”本来就不是魔方大厦的域主拿走的，不仅如此，它还以为是许冥拿的，就像许冥以为是魔方大厦的域主偷走了蝴蝶的“根”一样！

两边都以为是对方搞砸了一切，因此都很生气。

接着，许冥又意识到另一个令人有些后怕的事实——后来对方怒气消散，是因为它意识到“根”不是她拿走的。

而它之所以这么认为，估计和她当时的那番询问脱不开关系。

可假如她当时根本没问出那些话呢？

许冥微微一怔，后知后觉地出了一身冷汗。

第41章

论“猪队友”的破坏力

据陆月灵说，她是在第一轮循环时出事的。

当时她和薄荷正在展厅里参观，忽然进来个男的，看着很慌张，令人不安。他进来后没多久，整个展厅忽然就变了模样。

“房间变成了密室。不管怎么跑，看到的都是一样的墙壁。”陆月灵语气平淡地回忆着，单手托腮，仿佛在谈论什么无关紧要的事，“我本来还以为是酒店的机关，可很快就觉得不对劲……不过我在墙上找到了求助电话，打过去也有人接。我就在原地等工作人员来救我。”

“然后呢？”邱雨菲听得入神，不由自主地追问道。陆月灵随意看了她一眼，“喊”了一声：“然后？然后我就死了呗。”

邱雨菲“啊”了一声，愣住了，似乎不知该如何接话。

旁边的许冥好像想到了什么，微微皱起了眉。“是工作人员没救你吗？”她低声问道。

“算是吧。不过不是他们的问题，”陆月灵耸了耸肩，“是因为‘猪队友’。”

薄荷？

“当然不是。”她一眼看出了许冥在想什么，立即开口纠正道，“是一个男的！密室里是有怪物的，但它们的首要攻击目标是那个男的。他就故意往我那边跑。”陆月灵说到这儿，嘴角忽然颤了一下，“他一直把我往前推，我逃不掉。”

一阵痛楚过后，她醒了过来，发现自己又回到了酒店房间里——以一个死人的身份。

“我一开始还不明白这是怎么回事，后来才慢慢搞明白，我被坑了……”

陆月灵说着，深深地吐出了一口气。许冥叹息了一声，注意到旁边的邱雨菲迷惑的眼神，帮着解释道：“那个男的估计是身处第二轮或者第三轮的人，魔方大厦对他的保护减弱了，所以有他在的地方会更容易形成密室，那些怪物也会倾向于攻击他。但陆月灵才处于第一轮，正被保护着，如果按照魔方大厦给的规则行动……”

大概率是能出来的。

可架不住密室里的其他人铁了心拉她下水。

意识到这一点，许冥的心情更复杂了。她又发现了另一个问题：“等一下，那薄荷……”

“她不在密室里。”陆月灵轻声说道，“密室生成的时候，她刚好离门近。我推了一把，她就出去了。”

反倒是她自己被困在里面，没能出去。

许冥深深地看了她一眼，缓了一会儿才找回自己的声音。她刚要开口，就听到陆月灵说：“好消息是，根据我之后的观察，那个狗男人最后也‘凉’了！就在我刚变成死人的那一轮，我遇到了那个女的。她看上去和普通人无异，只是笑起来时嘴角扬得特别高。她穿得也十分低调，只有脚上那双红色的高跟鞋令人印象特别深刻。

“倒不是因为颜色，主要是她那双鞋搭配得不好看。”陆月灵认真地说，“如果是我的话，应该会配玛丽珍鞋。我收藏了一家网店叫甜泡芙，她们家的大头玛丽珍鞋我特别喜欢……”

“呃……”眼看她越扯越远，许冥忍不住张了张嘴。可想到她已经是个死人了，又有些不忍心打断。毕竟她现在还能侃侃而谈、如数家珍的东西，指不定什么时候就再也想不起来了。

思及此处，许冥又不由得看了顾云舒一眼。陆月灵似乎终于发觉自己扯远了，停止了对自己的爱好的回忆，转而说道：“后面的事就和我之前说得差不多。”

她在房间里遇到了躲藏着的红鞋女人，茫然之际，和对方达成了合作。只是那个时候，她还搞不清楚到底该信任谁——她甚至不知道怪谈区域内存在两方势力。

许冥曾在魔方大厦餐厅的饮料桶里看到一只死老鼠，那就是她丢的。当时她刚弄死一个来找事的怪物，以为那是魔方大厦的手段，所以转头就丢进了餐厅的饮料桶，一方面是泄愤，另一方面也是不希望有人去餐厅吃饭。

最终在进入第三轮的时候，她帮那个女人偷到了蝴蝶的宝物。

然后她才意识到，情况似乎比她想得复杂。那个女人把一切都搞砸了。

“对于那件事……不管怎样，我觉得我也有责任。”陆月灵低头理着袖口，声音逐渐低了下去，“只是那个时候我得守着薄荷，没法儿离开。但现在，我已经不用跟着她了，就想四处打听一下。”陆月灵说着，目光飘向坐在角落的顾云舒，“这位我也在走廊里见过。如果我没猜错，你应该也挺在意那个红鞋女人吧？”

听到她的话，顾云舒明显僵了一下。许冥似乎注意到了什么，目光微微一动。想起顾云舒之前的反应，另一个令她困惑的问题似乎也有了答案。

顾云舒当初会被酒店的工作人员抓到，是因为她看到了蝴蝶翅膀，陷入了迷乱状态。

而她看到蝴蝶翅膀时，人正在二楼走廊上，可按照她一般的行动轨迹，根本不可能跑到走廊上去。

“云舒，”她转过头，“你当时看到那个红鞋女人了，是吗？”

不仅看到了，而且因为对方的存在而产生了某些情绪，所以才会一时冲动地追到走廊上，引发了后面的一切。

许冥是这样猜测的。

又过了一会儿，她的猜测终于得到了证实。顾云舒依然用力攥着双手，轻轻地点了点头。她急忙补上一句：“对不起。”

“这有什么好道歉的。”许冥叹了口气，脸色变得严肃，“你认识那个女的吗？”

顾云舒十分茫然地摇了摇头。

“我不记得了。”她轻声道，“我只是……觉得讨厌。”

几乎在看到对方的一瞬间，讨厌的感觉一下子就涌了上来，随之而来的是某种令人冲动的、不理智的情绪。但要细究背后的原因，顾云舒自己也说不清。

她是死过两次的人，能够维持现在的人格已经算她天赋异禀，至于记忆，早已碎得不成样了。

许冥心绪纷乱地看了她一眼，心里却有了别的猜测。

能够激起顾云舒这么强烈的情绪，必然和她的过去有关系。听陆月灵的意思，对方又是盯着蝴蝶的“根”来的……

这种行事作风很难不让她想到另一个人——那个骗走云姐的“根”的家伙。

许冥缓缓地眨了眨眼，再次陷入了思索。

“你说的那个红鞋女人，我们确实没有她的消息。”许冥对陆月灵说，“不过如果根据她的目的推导，我倒是有一个很糟糕的猜测……万一那家伙还在怪谈区域呢？”

听了这话，陆月灵大惊失色，微微张大了嘴。许冥打量着她的神情，眉头拧得更紧了，刚要说话，就听到顾云舒急忙开口：“那我回去看看。”

“你确定？”这下震惊的人换成许冥了，“你知道怎么进去吗？”

“说不定还真行。”鲸脂人悠哉悠哉地探出头来，“毕竟你手里还有半个蝴蝶的‘根’嘛！”

这一半和那一半之间必然存在天然的呼应，这也是魔方大厦的域主分她一半的理由——对方都明说了，这是许冥再次进入魔方大厦的钥匙。

现在那半个“根”熔进了规则书，规则书又和顾云舒有绑定关系，这样一来，顾云舒和魔方大厦算是建立了友好关系，没准儿还真能摸进怪谈区域。

许冥在心里暗自吐槽：“你这换算未免也太过分了吧。”

顾云舒像是在鲸脂人的话里找到了信心，立刻站了起来。

“让我去看看吧。”她再次说，“如果进不去，我就回来找你。”

横竖有工牌在，绝对不会迷路。

许冥想了想，觉得有道理，终究还是点头了。

这事就这么定下了。顾云舒转头就开始翻窗户。鲸脂人摸着下巴，沉默地望着她离开的背影，忽然说：“但是有一点我还是觉得奇怪。”

许冥警觉地看过去：“什么？”

“为什么那个红鞋女人要对蝴蝶的‘根’下手呢？”鲸脂人一脸不解，表情微妙得像是看到有人用草莓炒鸡蛋吃，“那可是域主啊。”

有些异化“根”确实热衷于抢别人的“根”，但他们下手的对象往往以懵懂的死人或者弱势的菟丝子为主，哪有直接对域主下手的？

不是所有人都像许冥一样是个睁眼瞎，那样做风险太大了。

许冥闻言却只是抿了抿唇。

“我觉得有两种可能。”短暂的思忖过后，她轻声说，“第一，对方本就打算铤而走险，甚至打着嫁祸魔方大厦，等蝴蝶收拾完魔方大厦，再坐收渔翁之利的主意。至于第二个可能……那就有些离谱儿了。”

鲸脂人疑惑地看着她。

“就是她从一开始就搞错了对象。”许冥认真地说。

就像那些安心园艺的人一样，她进入魔方大厦后，直接搞错了域主，误将蝴蝶当成了菟丝子。在她看来，蝴蝶就成了一个非常适合下手的对象。得手后她才发现不对，因为担心遭到域主的报复，就将到手的“根”藏在安全的房间里，自己则设法躲了起来。

不过从结果来看，两种可能没什么差别。

“不，我觉得还是有差别的。”一直沉默的邱雨菲幽幽地开口说道。

许冥不解地看过去，正对上邱雨菲有些紧张的眼神：“如果是第一种可能，就说明她是一个心思深沉、很会谋划的人。如果是第二种，则说明她欺软怕硬，还很尿。”

许冥说：“然后呢？”

“然后……你当时在酒店里不是发了很多工牌吗？”邱雨菲小声道，“有没有可能，其中一张正好发给了她？”

这下许冥总算明白了她的意思。

如果是这样的话，对方是有能力循着规则书与工牌的联系一路找过来的。

对想要“根”的人来说，许冥手里的规则书无疑是一个很有诱惑力的目标。但同时，许冥又背靠“怪谈拆迁办”这棵大树，假如对方真的够𡋂，或许会依旧保持观望态度。

就怕对方是个莽夫……

不，是个莽夫还好说。最怕对方还有些别的盘算，比如拿着工牌再去干些什么……

许冥默默地想着，不由得再次抿了抿唇。

◆ 几小时后，昏暗的小房间内。

略显破旧的小门“吱呀”一声打开了，穿着红鞋子的羊头女人匆匆而入，胸口的工牌轻轻摇晃着。

她跑得很急，似乎正在被什么追赶。直到房间的门被重重地关上，她才长出了一口气，一副如释重负的样子。

她突然转身，目光落在旁边的墙上。墙上有一面镜子，爬满了蛛网般的裂缝，边缘还缺了一角。

她缓缓地靠了过去，盯着镜子里的自己看了片刻，忽然重重地“嘁”了一声，伸手顺着羊头的轮廓往下摸，一直摸到脖颈处。细看的话，可以看到那里的肤色有明显的断层，断层处还有一圈粗糙的线。

她不耐烦地亮出锐利的指甲，将线一道道挑开，缝合处的皮肤立刻翻卷起来。她将手指从翻卷处探进去，用力往上一拉，一层羊皮被她使劲扯了下来，露出了藏在里面的人类脑袋。

一头一脸的血，看上去狼狈不堪。原本还算精致的容貌显得十分狰狞。

她盯着镜子里的自己看了一会儿，不太高兴地哼了一声，不知从哪儿掏出块手巾，胡乱地擦拭起来。

真是太倒霉了。

她边擦边愤愤地想着，手劲不知不觉越来越重。

蝴蝶大厦的事，真是越想越觉得倒霉。

这个怪谈区域她本来不了解，只是从其他死人嘴里听说过。前阵子看到安心园艺的人去找，才心血来潮跟进去看看。结果进去后又是循环又是失忆，搞得人焦头烂额不说，偏偏连最重要的情报也弄错了。最先和人类产生接触的魔方大厦只是徒有其表的寄生者，蝴蝶才是域主。她倒好，费劲巴拉地偷了一个自己根本不敢碰的“根”。

偏偏意识到这事的时候，蝴蝶已经闹了起来，搞得她连脱身都困难。她只好先把“根”藏进魔方大厦的地盘，又设法混进了蝴蝶大厦，抢了别人的脑袋戴在自己头上，这才勉强摆脱了蝴蝶的追捕。没想到还没来得及庆幸，找不到“根”的蝴蝶一不做二不休，直接开始入侵魔方大厦……

出去的路被堵死了，她还以为自己真的要被困死在那儿了。

好在后面借了别人的东风，这才得以以蝴蝶大厦受害者的身份被魔方大厦这边的人送出来。然而仔细一想，自己大老远跑一趟，花了那么多时间和精力，结果除了一个没用的羊头，什么都没带出来。

她暗暗咬牙，用力将手中的羊皮往地上一丢，脸色越发难看了。

不，仔细一想，其实还有别的东西。

她目光一动，视线落在胸口的工牌上。虽然搞不清具体状况，但她知道自己能顺利逃出来，全靠这个东西。

这个东西很明显是“根”的衍生物，如果顺着它上面的气息找过去，必然能找到一个“根”，甚至是一本规则书……

细长的指甲缓缓划过工牌边缘，女人面上浮现出几分迟疑。片刻过后，还是下定决心将它用力地扯了下来。

算了，以卵击石的闹剧经历一次就够了。

“怪谈拆迁办”——虽然还是第一次听说这个名字，但从它这次的手笔来看，绝不是自己能轻易招惹的组织。

得出这个令人不快的结论，女人的目光暗了下去。

她徐徐抬眸，视线投向镜中的倒影。接着慢慢地张开嘴巴，嘴角裂开可怕的弧度，猩红的舌头探了出来，一直垂到下巴处。

她的舌尖上有一颗小小的心脏正在跳动。

那颗心脏看上去只有拇指大小，边缘处用细细的线牢牢固定在舌尖上。跳动时偶尔会出现金属般的光泽。

那是死者之“根”——锡兵的心脏。

她已经记不清这是什么时候搞到手的了。自从变成这副模样，过往的记忆早已变得模糊。但她可以确定的是，如果自己能消化这个“根”，绝对能带来不小的助益，至少不会再让自己这么狼狈，又这么生气。

明明已经花了那么久的时间，可偏偏就是消化不了。

思及此处，本就糟糕的心情更是雪上加霜。女人冷哼一声，缓缓地将舌头收回嘴里，拿起手巾继续擦拭自己脸上的血迹。

不知擦了多久，房门再次被推开了。她微微侧目，看到一个庞大的身影从门框里挤了进来。

那人头顶几乎挨着天花板，软塌的皮肤层层叠叠地堆下来，臃肿的身体像一座小山。圆圆的脑袋上爬满了狭长的眼睛，这会儿正不断地眨着，眼珠子转来转去的，像是在寻找什么。

女人见状，不太乐意地皱了皱眉。她迟疑了一下，还是转身主动和对方打起了招呼："大眼，你来做什么？"

"饿了。"那小山般的身体顿了一下，迟缓地答道，眼珠子仍在四下张望，"想吃东西。"

"那你出去找吧，别来我这儿。我才刚回来，什么都没有……喂，喂！"

话未说完，手中忽然一空。她定睛一看，才发现自己拿在手里的工牌已经被对方抢过去，递到了嘴边。

"等、等一下！这个或许还有……"

她本想说"还有用"，然而话未说完，那工牌已经被丢进张大的嘴里。先响起嘎嘣嘎嘣的咀嚼声，接着是咕嘟咕嘟的下咽声。

"啊，""小山"晃了晃身体，不满意地开口说道，"还是饿。"

肯定吃不饱啊，那只是用来建立绑定关系的东西，本身就不是拿来吃的！

女人有些生气。她原本还想着留着这张工牌，以后或许还能用来伪装身份。现在倒好，什么都没了。

"疯袋子呢？"她的嘴角微微抽动，说话的时候后槽牙都快咬碎了，"一般不都是他带着你吗？"

"他没空，"那小山般的男人说，"前阵子出去了。"

"出去？"女人闻言，心中一动，"出去做什么？"

"找东西。""小山"慢悠悠地说，"他说要去找规则书。"

规则书？女人愣了一下，恍然大悟。

她想起来了。前段时间，他们用疯袋子带回来的道具围观下饭视频时，确实发现了一个很可能带着规则书的人类。

她其实也有下手的想法，不过当时还无法确定对方身上一定有规则书，而且疯袋子对这事也有兴趣，她又懒得和他抢，这才到处游荡。最终进入了蝴蝶大厦。

她的脑海里突然闪过那个"怪谈拆迁办"特派业务员的模样，这下总算明白为何看到拆迁办的几个人时，会有种眼熟的感觉。

那个姓许的业务员，还有给她打下手的活人，她都在下饭视频中见过。

至于另一个死人，也有些眼熟，可能也是那时候见过的。红鞋女人不太确定地想道。

她仔细一琢磨，突然又意识到另一件颇为有趣的事——疯袋子出去找规则书，肯定要从那个姓许的女孩儿身上下手，而姓许的又好端端地出现在魔方大厦，足以证明疯袋子那傻子根本就没得手。

这样一想，红鞋女人的心情突然就好了不少。

她甚至有些庆幸，还好当初动身去找规则书的人不是自己。她看向面前的男人，脸色缓和了许多。

“那疯袋子现在人在哪儿呢？”她笑吟吟地说，“不会还在别人家门口蹲着吧？还是又迷路了？”

疯袋子是异化“根”，虽然在现实世界也有一定的攻击力，但很容易混淆概念，总是找不到路。

不料对面的男人听了，只是笨重地摇了摇头。“他正在休养。”男人眨着眼睛说。

红鞋女人疑惑地看着他。

“他受伤了，伤得很重。”他继续说。

哦，明白了。果然踢到铁板了。

红鞋女人如此想着，顿时更庆幸了。不过明面上她还是很关心地问了一句：“怎么会受伤？”

“具体情况我也不清楚。”小山般的男人缓缓地说着，脑袋上的无数只眼睛忽然眨得更快了，“据说在路上走得好好的，突然被路过的疯狗给踹了一脚。”

红鞋女人说：“啊？”

第42章

那我能再拜托你们一件事吗?

红鞋女人后来才知道，疯袋子那个倒霉蛋并不只是被踹了一脚而已。

挨踹只是前奏，接着是一顿暴打。对方显然有备而来，没有直接露面，疯袋子唯一记得的就只剩狗。

“嘎，好多狗。”想起那件事，他还心有余悸，“眼睛那么大的狗，好几只，对着我咬……”

眼睛很大的狗?

红鞋女人试图去理解，然而不管怎样想，能想到的都只有吉娃娃而已。

“行了。”她倚着沙发，面带浅笑，毫无诚意地安慰着自己的同伴，“说不定是你招惹了什么不该惹的人，才被人寻仇……受伤什么的都是小事，没丢东西就行。”

气若游丝的男人一听，瞬间爆发了。

“谁说没丢……”他回光返照般从床上坐了起来，很快又因为虚弱而颤巍巍地倒下去了。要说的话也只说了一半。

红鞋女人有些好奇，追问起来。疯袋子却像被人戳到了痛处，哼哼唧唧地就是不说实话，死鱼般躺着，双目恨恨地瞪着天花板，一副怨念深重的样子。

许冥这边倒是很快就知道了答案。

她和邱雨菲按照计划在酒店里住了两天，因为提前预订了高铁票，结束体验便直接回家了。

反正顾云舒有工牌，想找回来也挺方便。

而就在她回到自己家的第一时间，一直等在屋里的兰铎便快步迎了上来。

许冥进门的时候，他正踩着凳子站得老高，努力拆空调里的散热片。见到许冥，他立刻跳了下来，转身想迎接她，然后不知想到了什么，脱下了身上的围裙。

整套动作行云流水，看上去异常熟练。

许冥看得有些呆了，倒是一路跟着她回来的陆月灵好奇地从她身后探出脑袋，看了看公寓，又看了看兰铎，发自内心地“哇”了一声。

“这么小的公寓，养这么大的男人！”她啧啧称奇，“真的不会很挤吗？”

许冥心想：“这孩子怎么说话的？”

“不会。”看热闹不嫌事大的鲸脂人从包里爬了出来，一副老住客的语气，“他一般都挂在门上。”

“哦。”陆月灵恍然大悟地点了点头，又四下看了看，面上微露担忧，“可这么小的地方，还是会觉得挤吧？那我该睡哪儿呢？”

“衣柜是顾云舒的，大门是那个男人的，床是小孩儿的，床底是我的。”鲸脂人热情地为她讲解，“其余的地方，你挑挑看吧。我推荐飘窗或者空调上面，采光很好。”

许冥心想：“给我闭嘴！而且她为什么那么自然地就决定住在她家啊？明明连工牌都不愿意要……”

许冥默默想着，视线划过陆月灵空荡荡的胸口，随即落在兰铎身上。

兰铎已经脱掉了身上的围裙，正安安静静站在她跟前。或许是因为听见陆月灵和鲸脂人在讲话，他明明已经张嘴了，但还是保持安静，直到他们说完，才小声问起许冥的状况。

许冥也没隐瞒，尽可能地简单地说了一下，又介绍他和陆月灵互相认识。说话间，她的目光不断扫向兰铎脚边，却没看到他过去常带着的那只小狗崽儿，不由得蹙了蹙眉。刚想细问，兰铎忽然弯起眼睛，露出一个微笑。

“我给你准备了礼物。”他认真地说，“不过我藏在外面了，你等一下。”

说完，他打着把小伞就冲出了门。不知为何，作为异化“根”，兰铎似乎对阳光特别敏感，白天出门都得从树荫下走。为此许冥特意给了他一把遮光性很好的阳伞，兰铎特别珍惜，去哪儿都带着。

他一出门就打开了伞，许冥眼尖地注意到一根折断的伞骨，刚要询问，兰铎就一路小跑着离开了。

许冥越发困惑了，但只能收回目光。转头见陆月灵还在好奇地四下打量，咳了一声，打算和她好好沟通一下，却听见楼道内忽然响起了一阵急促的脚步声，接着就是一阵抓门的声音。

许冥打开门，看见一团金黄色的东西迎面扑来，直直扑向她的怀里。许冥下意识拿手一挡，两只毛茸茸的爪子顺势搭在她的手腕上，许冥定睛一看，乐了。

“哪里来的大金毛啊——”她惊喜地低呼出声，盯着那只热情的大狗看了一会儿，又“咦”了一声。

“你是兰铎身边的那只狗崽儿……”许冥终于认出来了，于是更惊讶了，“怎么变这么大了？”

她才走了几天啊？异化“根”的宠物长得这么快吗？

而且不只长得快，似乎连品种都变了吧？许冥记得狗崽儿的鼻子很短，而且白乎乎的，怎么看都不像是金毛。

她正惊讶着，楼道内又响起了一阵脚步声。兰铎从楼道里探出头来，眉眼犹带着笑。许冥抬眼对上他的目光，没忍住也跟着笑了起来。

“我看到你的礼物了！”她双手环住金毛的脖子，开心地摸了摸，“谢谢，我很喜欢！”

金毛超棒！

许冥拥着怀里毛茸茸的金毛，终于有种身心都彻底放松了的感觉。

还站在楼道内的兰铎闻言却微微愣住了。

他低头看了看自己小心捧在手里的笔记本电脑，一时竟不知该说些什么。

十多分钟后，许冥盘腿坐在茶几前，看了看坐在对面的一脸微妙的兰铎，又看了看蹲在旁边拼命露出天使笑容的金毛，视线最后落在茶几上的笔记本电脑上。

这是一台大约十四寸的笔记本电脑，很厚重，灰扑扑的黑色外壳给人一种很旧的感觉。

许冥试探着问：“所以这才是你给我准备的礼物？”

兰铎认真地点了点头。

许冥说：“太费心了……话说，这个你是怎么搞来的啊？”

兰铎十分诚实：“从别人包里抢来的。”

许冥默默地收回了想触碰电脑的手。

“从一个讨人厌的家伙手里，”兰铎补充道，“就是之前来烦你的那个……”

来烦我的？

许冥愣了一下，脑海里突然闪过一个人影。

就是那个身形佝偻、背着奇怪蛇皮袋的男人。他来找过许冥麻烦，最后被顾云舒打跑了。

“你是怎么遇上他的？”许冥又意识到另一个非常令人在意的问题，“他又来找事了？”

兰铎垂下眼睛，脑海里飞快地闪过不久前的回忆。

他利用对方留下的牙齿，循着气息一路找了过去。找到对方时，对方正沿着马路牙子溜达，看到自己，还特别嫌弃地翻了个白眼……

“对，”兰铎肯定地点头，“是他找事。”

他先冲我翻白眼的！

“果然。”许冥缓缓地点头，一副不出所料的表情，视线再次落在那台电脑上。

确定了这是合理收缴的战利品，许冥的动作立马干脆起来，直接打开了面前的电脑。黑漆漆的屏幕上落满了灰尘，她试着按了一下，电脑没有任何反应。

许冥微微挑眉，又连按了几下，屏幕依旧一片漆黑。

恰好鲸脂人爬上桌面看热闹，围观了一阵，没忍住笑出了声。

“行了，别白费工夫了。”他对许冥说，“这电脑你不能操作，它是‘根’。”

人类是无法直接使用“根”的，只能通过规则书。因此，许冥是不可能打开这台电脑的。

许冥对此倒没有什么特别的反应，“哦”了一声，抬眼看向对面的兰铎：“那你开过这台电脑吗？里面有什么？”

兰铎轻轻地摇了摇头。他本身对数码产品并不擅长，对这种以数码产品形态存在的“根”也一样。因此，拿到这东西后，他只是确认了一下品类便直接带回来了，专门等着许冥回来给她。

许冥闻言，忍不住“唉”了一声，刚想开口让他试试，一旁的鲸脂人已经按捺不住，直接跳到了键盘上，一脚踩下开机键。

这回电脑终于有反应了。然而只是短暂地亮了一下，出现了一会儿蓝屏，很快又自己关上了。

“哟，还有点麻烦。”鲸脂人托着腮说，“看来不是能直接用的，得建立联系才行。”

“建立联系？”许冥不由得蹙起了眉，“那得要多久啊。”

她这话本是感叹，鲸脂人却以为是疑问，自顾自地答道：“这就要分对象讨论了。大多数情况下，死人需要的时间都比异化‘根’长。异化‘根’还得分情况。如果本身的某些特质和这个‘根’契合的话，‘消化吸收’需要的时间就比较短；反之，需要的时间就很长。”

举个通俗的例子，对于一本关于数学建模的书，数学专业的学生学起来多半会很快，但非数学专业的学生理解起来可能就会有些难度。如果是完全不学高数的纯文科生，要把整本书啃下来，肯定就得花更多时间。

在某些极端的情况下，比如消化者的特性和“根”的特性完全相反的时候，需要花费的时间甚至可能比死人还要久。相比起来，某些时候倒是活人更方便。

“喂，”鲸脂人戳了戳许冥的手背，不加掩饰地暗示她，“实在不行，就直接放到你那个本子上呗。”

许冥沉默了一会儿，没有直接回答。她下意识往旁边一看，正好看到了不远处的陆月灵。

从兰铎抱回那台电脑起，她就自觉地没再参与他们的谈话，这会儿正独自坐在飘窗上，怔怔地望着窗外，长长的裙摆垂下来，看上去安静又寂寥。

许冥眨了眨眼，缓缓地收回目光。

虽说她是薄荷的朋友，从目前掌握的情况来看也确实是个不错的人，但出于某种心照不宣的谨慎，许冥和其他人都不约而同地规避了“规则书”这个说法，转而用“那个”或“本子”代称。

许冥也想过他们是不是太过警觉了，但仔细一想，又觉得很难不注意——毕竟对方一路跟过来，给出的理由其实有些牵强。

她说自己是为了能进一步掌握红鞋女人的动向才跟着许冥他们的，打算等顾云舒从酒店回来。但在许冥提出给她一块工牌，让她也能直接回酒店后，她却明显很迟疑，甚至有点心虚，最终顾左右而言他，拒绝了。

再往前推，她刚出现时举动就有些奇怪。她询问顾云舒这边的情报时，说的是“如果我没猜错，你应该也挺在意那个红鞋女人吧”。

“在意”这个词就很令人在意。一般情况下会这么表达吗？至少许冥觉得相同的情境下，她肯定更倾向于问顾云舒是否“认识”或“见过”。

“在意”本身就是一个基于现象导出的结论。许冥不确定自己是不是想多了，但这个词莫名让她有一种感觉：陆月灵可能并不是因为红鞋女人才找上他们的，而是为了找上他们才提到红鞋女人的。

如果是这样的话，那在明确她的目的前，还是保持适当的警觉比较好。

许冥默默地想着，也没回应鲸脂人的话，将电脑合上了，又往兰铎的方向推了推，嘱咐他先收好。

说完，她又想到了什么，在包里掏了掏，很快就当着另外几人的面掏出一张半成品工牌，一本正经地填上名字，缠在电脑上。

“你应该知道这种行为是没什么意义的，对吧？”鲸脂人向许冥确认道。

“我知道，但至少得明确一下资产所属嘛。”许冥振振有词地说。

鲸脂人一时有些无语。它甚至怀疑许冥是不是单纯喜欢发工牌的感觉，就像有的人特别喜欢整理东西并贴标签一样。

不管怎样，这事就这么结束了。兰铎因为自己送的礼物没有派上用场，明显有些失落，收好电脑后就继续踩着凳子清理空调。许冥试图安慰他，无意中往旁边一看，正好撞见陆月灵偷偷摸摸收回的目光。

许冥真的不太明白，这个小姑娘到底在想些什么呢？

这个疑问甚至一直持续到几天后。中途顾云舒回来过一趟，告知他们红鞋女人并不在酒店里，然后又回去了，说那边现在有点缺人手，她想去帮忙，顺便还问了问许冥对以后招收的员工有什么想法和要求。

许冥大概猜到了她问这话的意思，纠结了半天，最后只说了句“你看着办吧”。

横竖她又不是真的开公司，就算真带回来什么奇奇怪怪的人也认了，不就是多发一张工牌的事嘛。

只是这样一来，陆月灵的怪异之处就更明显了。她自称是为找红鞋女人而来的，既然确定她们这边不会再有相关的信息，自然也没了待在这里的理由。

可她并没有离开的意思，依旧跟在许冥周围。不过她大概也意识到自己的理由站不住脚，不再待在许冥屋里，而是跑去公寓的楼道里蹲着，有时也会独自坐在楼下的花坛边。

后来还是许冥看不过去——主要是怕吓到走夜路的人——把她叫了回来。于是她又坐在许冥家的飘窗上，大多数时候静默得像个花瓶，有时提到感兴趣的话题，会侃侃而谈很久。

几天下来，许冥依旧没搞清她的目的，对她生前的不少琐事倒是耳熟能详了。

而同样是在这段时间里，她又注意到了另一件事——网络上突然出现了不少关于“路隐”的新闻。

所谓“路隐”，实际上是网友的自创词，是从人们常说的“神隐”一词化用而来的。具体指的是一种小说里经常提到的灵异现象，即有人在路上开车，开着开着突然进入了另一个世界，回到现世时，发现时间已经过去了很久。

当然，这种现象在许冥看来分外眼熟就是了。

这回这个话题突然被炒起来，是因为A城那边突然出现了不少自称遇到“路隐”的人。他们的经历也十分相似，在高速公路上突然进入了一条没有出口也没有指路牌的神秘道路。在里面循环了几十个小时后，终于找到了出口，指向出口的指路牌上还写着奇怪的公司名称。回到现实世界后，发现时间已经过去了几个小时——最长的甚至有半天。

这也解答了许冥之前的疑惑。她之前想，从怪谈区域出来时，发现现实世界的时间才刚过去不到一小时，比她更早进去的人会是怎样的呢？现在她明白了。虽然他们是在不同的时间点进入怪谈的，但出来的时间点相同。在怪谈区域徘徊更久的人回到现实时，流逝的时间也更多。

这次爆料的人大部分应该就是和她一起逃出怪谈区域的人。当然，也有一些明显就是无中生有，过来凑热闹的。

或许是因为凑热闹的营销号太多，这个话题的热度也越来越高了。很快，又有人将“A城”和“循环的道路”两个关键词放在一起，让人想到A城本地流传已久的“循环怪谈”。

这让许冥感到有些不安。虽说现在酒店那边是魔方大厦占优势，但这不代表这个怪谈区域永远安全。这样的大幅传播，搞不好会导致进去的人更多……

没想到她上一秒还在担心，下一秒就看见相关词条从热搜榜上掉了下去。

许冥不太玩这种社交平台，但她也看得懂，热搜是被人撤掉的。

不仅如此，大量跟风炒作这件事、传播怪谈博流量的账号也开始迅速地删帖、删话题。同一时间，另一个热点被迅速炒了起来，热度一升再升，很快就将这事盖了过去。

不过几个小时，许冥就完整地见证了一次互联网热点的起落，眼睁睁地看着所谓的“路隐”就这样被盖在人类的流量狂潮之下。

不得不说，对此她还是挺庆幸的。庆幸之余，又有些好奇。

这时，安心园艺那边又开始给她发消息了。找她的是当初宏强事件后来她家拜访的施绵，来找她的原因也很简单。

她这边已经确认许冥就是蝴蝶大厦的生还者之一，需要再找她做些记录。为了方便管理，这事依旧由施绵负责。

与之前不同的是，施绵这回找她时语气似乎更客气了，也更拘谨了。一些以前会藏着掖着的内部用语现在也不藏了，直接摆到了明面上。

很显然，她已经提前从方雪晴他们那边了解了一些事情，包括许冥——或者说顾铭，现在就职的公司之类的。

这点在她打电话和许冥约见面时间时体现得更加明显。她直接问许冥有没有签保密协议，如果有些问题不方便透露，她会直接规避，还问她需不需要另签合同，毕竟从某种意义上来说，这也算是两个公司的合作。

“在这方面，贵司如果有任何要求，都可以直接和我说，我会尽力满足的。”施绵的语气谨慎中又带着几分紧绷，“如果对谈话场地有要求，也可以和我说。”

贵司……

许冥因为她的措辞沉默了一下，转头看了看自己住的小破公寓。金毛正趴在逼仄的角落里休息，它旁边是正在研究怎么清理台盆霉菌的兰铎。

“没关系的。”许冥说，“我和领导说一声就行。你还像上次一样直接来我家就好。”

“好的好的。”施绵立刻答应了，听上去似乎松了口气。

许冥眨了眨眼，又想起另一件事。

“对了，”她问施绵，“那个‘路隐’的热搜，是你们处理的吗？”

“嗯，”施绵对此倒是十分坦率，“我们有专门的公关部。”

“哦……”许冥缓慢地应了声，大脑又开始运转。

能够直接处理热搜，甚至要求各路账号删帖，说明安心园艺可能不仅仅是财大气粗而已。

再仔细一想，他们当初能直接找到自己，似乎本身就能说明一些事情。

既然是这样的话……

“那我能再拜托你们一件事吗？”许冥接着说，“是我私人的请求。”

施绵说：“请说。”

“我想找个人。可我们公司这边不太允许……我不知道你们那边有没有类似的要求，但我们公司在某些方面管得很严。”许冥尽力让自己的语气显出几分为难。

施绵沉默了一会儿，还是开口问了许冥要找谁。许冥很快就给出了回答。

“是我一个同事的家人，”她轻声道，“顾云舒。我想你们应该知道这个名字。”

图书在版编目（CIP）数据

第一诡异规则书 / 撕枕犹眠著. -- 北京 : 北京联合出版公司, 2025. 9. -- ISBN 978-7-5596-8537-7

Ⅰ. I247.5

中国国家版本馆CIP数据核字第2025UM0265号

第一诡异规则书

作　　者：撕枕犹眠　　出 品 人：赵红仕
责任编辑：李艳芬　　特约编辑：王世琛
产品经理：杨　凡　绿香蕉　　美术编辑：任尚洁
封面设计：人马艺术设计·储平

北京联合出版公司出版
（北京市西城区德外大街83号楼9层　100088）
联合读创（北京）文化传媒有限公司发行
天津盛辉印刷有限公司印刷　新华书店经销
字数 426千字　710毫米×1000毫米　1/16　24印张
2025年9月第1版　2025年9月第1次印刷
ISBN 978-7-5596-8537-7
定价：54.80元